भारत की परमाणु यात्रा

भारत की परमाणु यात्रा

आदित्य अवस्थी

नीलकंठ प्रकाशन
दरियागंज नई दिल्ली–110002

I.S.B.N. : 978-93-95145-19-0

मूल्य	:	
संस्करण	:	2022
प्रकाशक	:	नीलकंठ प्रकाशन 4760-61, 23, अंसारी रोड़, दरियागंज नई दिल्ली-110002
शब्द-संयोजक	:	शोभा कम्प्यूटर्स, दिल्ली
मुद्रक	:	

Bharat Ki Parmanu Yatra by Aditya Awasthi

भूमिका

यह पुस्तक बहुचर्चित और विवादास्पद भारत अमेरिकी नागरिक परमाणु समझौते को केन्द्र में रख कर लिखी गई है। इसका मकसद भारत की परमाणु यात्रा के अतीत और विकास पर एक व्यापक दृष्टि डालना है। यह समझने का प्रयास करना है कि आने वाले समय में यह क्या रूप ले सकती है। आजादी के इन छह दशकों में परमाणु पथ की इस यात्रा पर हम कहां से कहां को चले, और कहां पहुंचे। अब यहां से कहां जाना है, को जानना, समझना है। भारत और शेष विश्व के बीच परमाणु ऊर्जा के शांतिपूर्ण उपयोग के क्षेत्र में हुए हाल ही में हुए समझौतों के देश और दुनिया में दूरगामी प्रभाव होंगे। आने वाले वर्षों और दशकों में धीरे–धीरे ये परिणाम सामने आएंगे। इसलिए भारत और दुनिया के परमाणु जगत में इसके प्रभावों को जानने–समझने की आवश्यकता है।

इस पुस्तक में भारत की परमाणु क्षेत्र में अब तक की प्रगति, चुनौतियों, अवसरों, उपलब्धियों और भविष्य का जायजा लेने के लिए उन नेताओं के इस मसले से जुड़े प्रमुख भाषणों को आधार बनाया गया है जिनके कार्यकाल के दौरान इस रास्ते के महत्त्वपूर्ण पड़ाव आए। भारत में परमाणु ऊर्जा विभाग हमेशा से प्रधानमंत्री के अधीन रहा है। इस विषय से जुड़े मामलों में सुरक्षा और अन्य कारणों से निर्धारित संख्या से अधिक लोगों को पहले से कभी जानकारी नहीं दी गई। वित्त, विदेश और अन्य संबंधित मंत्रालयों की ज्यादा भूमिका इस बारे में किए गए फैसलों को लागू करने में रही। इस बारे में नीति निर्धारण करने में प्रधानमंत्री और उनके निजी सहयोगियों की महत्त्वपूर्ण भूमिका रही है। इस बारे में किए गए महत्त्वपूर्ण फैसलों को कई बार मंत्रिमंडल के सदस्यों तक को पहले से अवगत नहीं कराया गया।

पिछले तीन वर्षों में यह पहला मौका था जब कि परमाणु नीति के बारे में संसद में बार–बार चर्चा हुई। सरकार ने संसद के माध्यम से देश को इस बारे में हो रही प्रगति से अवगत कराया। इस पर मीडिया में और जनसभाओं तक में जोरदार और लंबे समय तक बहस–मुहावसे हुए। अब जब कि करीब पैंतीस वर्षों के अंतराल के बाद देश दुनिया के परमाणु जगत का भागीदार बन गया है तो इस बात की आवश्यकता है कि इस दिशा में गुजरे और आने वाले कल पर एक नजर डाली जाए।

देश की सर्वोच्च नीति निर्धारक और विधायी संस्था संसद में विभिन्न अवसरों पर सरकार की ओर से दिए गए परमाणु ऊर्जा से जुड़े बयानों को गुह कर यह दस्तावेज तैयार किया गया है। ऐसा करते समय उन नेताओं के विचारों को सीधा पाठकों तक पहुंचाने का प्रयास किया गया है। इससे उनके द्वारा अपनाई गई नीतियों, विचारों और फैसलों के बारे में बेहतर तरीके से समझा जा सकें। उन्होंने किन परिस्थितियों में क्या और क्यों किया, इसका जवाब उनके अपने ही शब्दों और विचारों में मिल सके। आवश्यकतानुसार जहां तहां उनमें सम्पादन जरूर किया गया है जिससे वे इस विषय तक ही केन्द्रित रहें। परमाणु ऊर्जा के सैनिक और असैनिक प्रयोग और उपयोग को देखते हुए आम तौर पर इससे जुड़ी जानकारियों को गुप्त रखा जाता रहा है। लोकतांत्रिक व्यवस्था होने के कारण सर्वोच्च स्तर पर सरकार की ओर से संसद को दी गई जानकारी को सबसे अधिक अधिकृत और विश्वसनीय माना जा सकता है। इसलिए इस पुस्तक को तैयार करते समय संसद में इन नेताओं द्वारा दिए गए बयानों को केन्द्र में रखा गया है। पुस्तक का उद्देश्य भारत–अमेरिकी समझौते के परिप्रेक्ष्य में भारत के परमाणु शक्ति के रूप में उत्थान, विकास और भविष्य को उल्लेखित और रेखांकित करना है।

यह प्रयास भी किया गया है कि परमाणु ऊर्जा जैसे महत्त्वपूर्ण मुद्दों को आम बोलचाल की भाषा में सामने लाया जाए। इस तरह के फैसलों के आम लोगों पर दूरगामी प्रभाव होते हैं। पर इन पर विस्तृत चर्चा चंद लोगों तक सिमट कर रह जाती है। आवश्यकता इस बात की है कि विस्तृत जानकारियां आम लोगों तक पहुंचें जिससे वे इस तरह के जटिल मुद्दों पर भी अपनी राय कायम कर सकें।

इस पुस्तक के लिए सामग्री जुटाने और प्रस्तुत करने में संसदीय सचिवालय के निदेशक डा. विनय भटनागर, उपनिदेशक आर. एन. शाली,

संसदीय ग्रंथागार के श्री आर. के. टिक्कू, यूनीवार्ता के सम्पादक श्री अशोक शर्मा और वरिष्ठ वकील श्री बी. एस. शर्मा ने विशेष योगदान किया। इस विचार को पुस्तक का आकार देने में मेरे सहयोगियों पूजा मेहरोत्रा और दिनेश सिंह ने महत्त्वपूर्ण भूमिका निभायी। मैं इन सब के प्रति आभार व्यक्त करता हूं।

–आदित्य अवस्थी

विषय-सूची

1

यात्रा के प्रमुख पड़ाव

ऊर्जा के सभी संसाधनों का इस्तेमाल जरूरी

देश की अर्थव्यवस्था, विकास के इतिहास में अब तक की सब से तेज गति से आगे बढ़ रही है। ऊर्जा की कमी विकास के इस रास्ते की एक बड़ी बाधा है। किसी देश के विकास और वहां होने वाली प्रति व्यक्ति ऊर्जा के इस्तेमाल के बीच सीधा संबंध है। कोई देश कितना विकसित है या हो रहा है, इसका अनुमान वहां पर ऊर्जा की खपत के आधार पर लगाया जा सकता है। इस समय हमारा देश कितना विकसित हुआ है, इसका अनुमान इस बात से लगाया जा सकता है कि दुनिया में प्रति व्यक्ति खपत की तुलना में हमारे देश में ऊर्जा की खपत की दर का पांचवां हिस्सा है। देश की बढ़ती जरूरतों के लिए ऊर्जा के पर्याप्त संसाधन उपलब्ध नहीं हैं। यदि ऊर्जा की मांग और पूर्ति के बीच के अंतर को कम करने के लिए तुरंत कदम नहीं उठाए गए तो आने वाले समय में इस अंतर के लगातार बढ़ते जाने का अनुमान है। ऊर्जा की चुनौती का यह एक पहलू है। इसका दूसरा पहलू यह है कि हमारे पास ऊर्जा के जो संसाधन उपलब्ध हैं, उनका भी पूरी क्षमता से दोहन नहीं हो पा रहा है। ऊर्जा के विकास के रास्ते में पूंजी और तकनीक के अलावा नौकरशाही और राजनीति भी एक बड़ी चुनौती बनती जा रही है। ऊर्जा के संबंध में देश एक विचित्र स्थिति से गुजर रहा है। एक ओर ऊर्जा की कमी हमारे आर्थिक और सामाजिक विकास के रास्ते की एक बड़ी बाधा है। दूसरी ओर हम जल, वायु, समुद्र की लहरों, शहरी इलाकों में कूड़े के ढेर और ग्रामीण इलाकों में खेती किसानी से मिलने वाले खर–पतवार और अन्य अनुपयोगी सामग्री, गोबर सौर ऊर्जा जैसे प्रकृति प्रदत्त संसाधनों की पूरी क्षमता का न विकास कर पा रहे हैं, न ही उनका पूरा इस्तेमाल कर पाने में सफल हो पा रहे हैं।

इस समय ऊर्जा के जिन संसाधनों पर हम निर्भर हैं वे देश और दुनिया के पर्यावरण को नुकसान पहुंचा रहे हैं। हमारी ऊर्जा के कुल उत्पादन का 70 प्रतिशत कोयले पर निर्भर है। पर्यावरण को नुकसान पहुंचाए या बहुत कम नुकसान पहुंचाने वाले संसाधनों का पर्याप्त इस्तेमाल सुनिश्चित नहीं हो पा रहा है। ऐसा तब हो रहा है जब कि पूंजी की कमी उतनी बड़ी समस्या नहीं है, जितनी कभी हुआ करती थी। हम ऊर्जा की कुल मांग का तीन–चौथाई हाइड्रोकार्बन से अर्जित करते हैं जो पर्यावरण प्रदूषण में बहुत बड़ा योगदान करते हैं। ईंधन की कुल मांग का करीब तीन–चौथाई हम मंहगी दरों पर आयात करते हैं। हमारी विदेशी मुद्रा का एक बहुत बड़ा हिस्सा इसी मद पर खर्च हो जाता है। पेट्रोलियम पदार्थों के आयात पर निर्भर रहने का मुख्य कारण यह है कि मांग का एक बहुत छोटा हिस्सा ही देश में उत्पादित हो पाता है। पेट्रोलियम पदार्थों की बढ़ती मांग को अपने संसाधनों से आपूर्ति की व्यवस्था कर पाना न आज संभव है। न आने वाले वर्षों और दशकों में ऐसा हो पाने की संभावना है। कच्चे तेल के मूल्यों में होने वाली बढ़ोतरी हमारी अर्थव्यवस्था को हिला कर रख देती है। इसका वर्तमान और भविष्य दोनों पर ही बहुत बुरा असर पड़ता है। इससे बचने के लिए जरूरी है ऊर्जा के वैकल्पिक स्रोतों का विकास किया जाए। हाइड्रो कार्बन के इस्तेमाल को नियंत्रित किया जाए। उसके आयात पर निर्भरता कम की जाए। ऐसा तभी संभव होगा जब कि उसके लिए उपलब्ध सभी विकल्पों का इस्तेमाल किया जाए। परमाणु ऊर्जा इस क्षेत्र में महत्त्वपूर्ण भूमिका निभा सकती है।

आजादी के पहले हम चले थे इस राह पर

इसमें दो राय नहीं कि परमाणु ऊर्जा भारत की आवश्यकता की पूर्ति में एक महत्त्वपूर्ण योगदान कर सकती हैं। हमारे नेताओं को शुरू से ही इसका अनुमान रहा था। आजादी की लड़ाई के अंतिम दौर में देश के नेताओं ने परमाणु ऊर्जा को कितना महत्त्व दिया। इसका अनुमान इस बात से ही लगाया जा सकता है कि आजादी मिलने के दो साल पहले ही इसके उपयोग के बारे में सुझाव देने के लिए विशेषज्ञ समिति का गठन किया गया था। आजादी मिले अभी एक साल भी नहीं हुआ था कि देश ने इस बारे में पहली बार कानून बनाया। उस समय तक हमारी संसद वर्तमान रूप में बन भी नहीं पाई थी। तब तक आजाद देश के पहले चुनाव कराए ही नहीं गए थे। यह विधेयक उस

सदन में पेश और पारित किया गया था जिसे हम संविधान सभा के रूप में जानते हैं। इस सदन को आजाद भारत का संविधान बनाने का काम सौंपा गया था। प्रथम प्रधानमंत्री पंडित जवाहरलाल नेहरू ने यह विधेयक पेश किया था। 6 अप्रैल 1948 को इस विधेयक पर चर्चा के समय भारत की इस परमाणु यात्रा की नीति और दिशा तय की गई थी। इस चर्चा में देश के उस समय के नीति निर्माताओं ने साफ कर दिया था कि भारत अपने विकास के लिए विज्ञान के नए अवसरों का उपयोग करने से कभी नहीं हिचकिचाएगा। न ही इस बारे में किसी प्रकार के अंतरराष्ट्रीय दबाव को मानने को तैयार होगा।

इस कानून को किताबों में परमाणु ऊर्जा कानून 1948 के नाम से दर्ज किया गया था। इसे 1962 में रद्द कर दिया गया। उसके स्थान पर नया कानून बनाया गया। इस कानून में बदलती परिस्थितियों के संदर्भ में अलग–अलग समय में आवश्यक संशोधन किए गए। अब 'आईएईए' तथा 'एनएसजी' के साथ हुए समझौते के बाद इस कानून में व्यापक फेरबदल करने की तैयारी की जा रही है। वर्तमान कानूनी व्यवस्थाओं के तहत यह क्षेत्र पूरी तरह से सरकारी कंपनियों के लिए आरक्षित है। भारत जब पहली बार अपनी परमाणु यात्रा पर रवाना हुआ उस समय सुरक्षा और आत्मनिर्भरता की नीति के तहत ऐसा किया गया था। अब परस्पर निर्भर विश्व की आवश्यकताओं के संदर्भ में इसमें देशी–विदेशी दोनों ही प्रकार के निजी क्षेत्र को भागीदार बनाने के लिए कदम उठाए जा रहे हैं। इससे वर्तमान और भावी ऊर्जा की आवश्यकताओं की पूर्ति में निजी क्षेत्र को भी भूमिका निभाने का अवसर मिल सकेगा।

कालचक्र पूरा घूम गया है

आजादी के बाद से ही भारत हमेशा परमाणु ऊर्जा के शांतिपूर्ण इस्तेमाल का पक्षधर रहा। उसने इस वैज्ञानिक उपलब्धि का जनसंहार के संसाधनों के रूप में इस्तेमाल किए जाने का लगातार विरोध किया। आज वे ही लोग भारत को परमाणु हथियारों के प्रसार के लिए जिम्मेदार ठहराने का प्रयास कर रहे हैं जिनके पास परमाणु हथियारों के जखीरे हैं। जिन्होंने नियमों और कानूनों का खुलेआम और चोरी छिपे उल्लंघन करके इन हथियारों के प्रसार को बढ़ावा दिया। इन छह दशकों में कालचक्र पूरा घूम चुका है। भारत जिसके लिए लगातार अंतरराष्ट्रीय मंचों पर काम करता रहा आज उसी परमाणु प्रसार के लिए इस देश को जिम्मेदार ठहराने का प्रयास किया जा रहा है। इसका

एक और पहलू है, 1974 में श्रीमती इंदिरा गांधी के नेतृत्व में भारत द्वारा किए गए पहले परमाणु परीक्षण के बाद दुनिया के बड़े और शक्तिशाली देशों ने भारत के खिलाफ प्रतिबंधों और नकारात्मक नीतियों का एक दौर शुरू किया था। अब करीब तीन दशकों के अंतराल के बाद 2008 में ऐसी परिस्थितियां उत्पन्न हो गईं कि उन्हीं देशों को अपनी नीतियों में इस प्रकार का बदलाव करने के लिए मजबूर होना पड़ा है जिससे वे भारत को उसकी शर्तों पर सहयोग देने को तैयार हुए हैं। डा. मनमोहन सिंह को पी. वी. नरसिंह राव की सरकार के वित्त मंत्री के रूप में भारत के आर्थिक उदारीकरण और वैश्वीकरण का रास्ता खोलने वाले नेता के रूप में याद किया जाता है। प्रधानमंत्री के रूप में उनके कार्यकाल को परमाणु सहयोग के लिए दुनिया के साथ सहयोग के द्वार खोलने के लिए याद किया जाएगा।

अपने पर भरोसा है तो दांव लगा ले

परमाणु ऊर्जा के शांतिपूर्ण उपयोग के लिए भारत और अमेरिका के बीच में किया गया समझौता वास्तव में केवल दो देशों के बीच किया जाने वाला कोई एक सामान्य समझौता नहीं है। वास्तव में यह एक अंतरराष्ट्रीय समझौता है। इससे भारत के तकनीकी और आर्थिक विकास की दिशा में नए रास्ते खुलेंगे। आर्थिक और वैज्ञानिक क्षेत्र में विकास का एक नया युग शुरू होगा। यह युग देश के चहुंमुखी विकास के क्षेत्र में एक बेहद महत्त्वपूर्ण भूमिका निभाएगा। प्रगति और विकास के नए दौर देश के लिए यह समझौता मील का एक पत्थर साबित होगा। इस समझौते को केवल परमाणु ऊर्जा और एनर्जी सुरक्षा के नजरिए से देखा और समझा जा रहा है। वास्तव में इस समझौते के क्रियान्वयन से देश और दुनिया पर दूरगामी और व्यापक प्रभाव होंगे। इससे आधुनिकतम तकनीक को आयात करने का अवसर मिलेगा जो चिकित्सा, खेती–किसानी, मौसम, अंतरिक्ष, भूमिज्ञान और अन्य नए क्षेत्रों में अनुसंधान और विकास में मददगार साबित होगी। आवश्यकता इस बात की है कि इस समझौते से उत्पन्न होने वाले अवसरों का देश पूरी तरह से इस्तेमाल करे। उनका प्राथमिकता के आधार पर देश के समग्र विकास के लिए उपयोग किया जाए। उसका लाभ आम लोगों तक पहुंचे। इस समझौते के क्रियान्वयन में सरकार के अलावा देश के उद्योग और व्यापार जगत की बेहद महत्त्वपूर्ण भूमिका होगी। सरकारी और निजी दोनों क्षेत्रों को मिल कर काम करना

होगा। इस समझौते को लेकर कितना विवाद क्यों न उठा हो, देश के लिए यह एक बड़ी उपलब्धि है। इसे सराहा जाना चाहिए। इससे हम में एक आत्मविश्वास की भावना आनी चाहिए। देश में ही नहीं विदेशों में भी हर संभव विरोध के बाद ऐसा किया जा सका। इसका विश्लेषण करते समय यह ध्यान में रखा जाना होगा कि यह समझौता अपने आप में साध्य नहीं है। यह एक साधन है। साध्य यह होगा कि इसका लाभ देश–भर के गांवों में झोपड़ी में रोशनी पाने की इच्छा और आकांक्षा रखने वालों को उचित कीमत पर यह सुविधा मिले। इस समझौते के कारण कृषि, चिकित्सा और विज्ञान के विभिन्न क्षेत्रों के कारण भारत को जिस आधुनिकतम तकनीक के आयात का अवसर मिलता है उसका लाभ आम, गरीब और जरूरतमंद लोगों तक पहुंचे। यदि यह लक्ष्य एक निश्चित समय सीमा के अंदर नहीं हासिल किया जा सका तो इस उपलब्धि के कोई खास मायने नहीं होंगे। मायने होंगे तो केवल उन कंपनियों के लिए जो मुनाफा कमाने के इरादे से इस कारोबार में उतरेंगी। इस समझौते के क्रियान्वयन के बाद अब सरकार की यह जिम्मेदारी होगी कि इससे होने वाली उपलब्धियों के लाभ आम लोगों तक पहुंचाने के लिए काम करे।

राजनीति से ऊपर उठना होगा

भारत–अमेरिकी परमाणु समझौता देश के राजनीतिक दलों के बीच दुनिया–भर के साथ किये गए समझौतों में सबसे बड़े विवाद का विषय रहा है। स्वतंत्र भारत के इतिहास में यह पहला मौका है जब सामरिक और विदेश नीति के आधारभूत विषयों पर राजनीतिक दलों के बीच मतभेद स्पष्ट तौर पर उभर कर सामने आए। परमाणु ऊर्जा के क्षेत्र के विकास में महत्त्वपूर्ण भूमिका निभाने वाले भारतीय वैज्ञानिकों के एक वर्ग ने भी इस समझौते के कुप्रभावों के बारे में अपनी राय दी। इसके पहले तक सामरिक और विदेश नीति के सवाल पर विभिन्न राजनीतिक दलों के बीच आम तौर पर सहमति का रुख रहा है। इस बार स्थिति इतनी विचित्र हो गई कि सुरक्षा और विदेश नीति से सीधे जुड़े इस महत्त्वपूर्ण और दूरगामी प्रभाव वाले विषय को साम्प्रदायिकता और वोट की राजनीति के चश्मे से देखने तक का प्रयास किया गया है। इस मुद्दे पर राजनीतिक टकराव ने इतना बड़ा रूप धारण कर लिया। धर्मनिरपेक्षता का दम भरने वाले वाम दलों ने इसके विरोध के लिए साम्प्रदायिकता का सहारा लेने का अवसर तक नहीं छोड़ा। वाम दलों ने यू पी ए सरकार से समर्थन

वापस लेकर देश को मध्यावधि चुनावों की ओर ढकेलने का फैसला कर लिया। मुख्य विपक्षी दल बी जे पी और उसके नेतृत्व वाले एन डी ए की भूमिका तो और भी रोचक कही जा सकती है। अमेरिका और शेष विश्व के साथ संबंध सुधारने में भाजपा के नेतृत्व वाले एन डी ए शासन के दौरान प्रभावकारी प्रयास किए गए। इन प्रयासों को सफलता भी मिली। वर्तमान भारत अमेरिकी संबंधों की प्रगति में एन डी ए शासन की महत्त्वपूर्ण भूमिका रही। विपक्ष में बैठने के बाद भाजपा के नेता कहते रहे कि वे अमेरिका के साथ संबंध सुधारने के पक्ष में हैं, लेकिन वे इस समझौते का विरोध करते हैं। उनका दावा है कि वर्तमान समझौता बराबरी के स्तर पर नहीं किया गया। इससे भारत का सामरिक कार्यक्रम प्रभावित होगा। उनका वादा है कि सत्ता में आने पर वे इस पर फिर से विचार करेंगे। क्या यह इतना आसान होगा? क्या इस तरह का अंतरराष्ट्रीय समझौता आसानी से पुनर्विचार के लिए खोला जा सकता है? इस प्रश्न का उत्तर तो समय आने पर ही मिलेगा।

आलोचना इधर भी और उधर भी

यह तो रहा भारत--अमेरिकी समझौते की आलोचना का एक पहलू। दूसरा पहलू यह है कि विदेशों में भी इस की खुलकर आलोचना की गई। इसे पूरी तरह भारत के पक्ष में करार दिया गया। यहां तक कहा गया कि इस समझौते के द्वारा भारत को नियमों और उपनियमों का खुल्लमखुल्ला उल्लंघन करने के लिए इनाम दिया जा रहा है। इससे परमाणु निरस्त्रीकरण के प्रयासों को पलीता लग जाएगा। परमाणु हथियारों के विकास को बढ़ावा मिलेगा। अमेरिका ने ऐसा कर के दुनिया में परमाणु बमों के प्रसार और होड़ को बढ़ावा दिया है। अब इस रास्ते पर चल रहे दूसरे देश भी कहेंगे कि दुनिया के अन्य देशों के साथ भी ऐसा ही समझौता करें। इस समझौते के विरोधियों ने इसे लागू नहीं होने के लिए आई ए ई ए, एन एस की और अमेरिकी संसद में आखिरी दम तक प्रयास किया। सब ओर से भारी विरोध के बावजूद अंततः इस समझौते को लागू करने की राष्ट्रीय और अंतरराष्ट्रीय स्तर पर मंजूरी मिल ही गई। अमेरिकी विदेश मंत्री कोंडीला राइस और विदेश मंत्री प्रणव मुखर्जी के हस्ताक्षरों के बाद इसे विधिवत लागू करने का रास्ता खुल गया है। इस समझौते पर विदेश मंत्री प्रणव मुखर्जी और अमेरिका की विदेश मंत्री कोंडीला राइस ने 10 अक्तूबर को वाशिंगटन में दस्तखत किए। इसके पहले डा. मनमोहन सिंह की

अमेरिका यात्रा और श्रीमती राइस की नयी दिल्ली की यात्रा के दौरान इस समझौते पर हस्ताक्षर करने की संभावना व्यक्त की गई लेकिन पहले अमेरिकी संसद और फिर अमेरिकी राष्ट्रपति की मंजूरी नहीं मिल पाने के कारण इस पर दस्तखत टाल दिए गए। इसके साथ ही भारत और फ्रांस के बीच समझौते पर दस्तखत किए जा चुके हैं। रूस के साथ समझौता किए जाने की व्यवस्था की जा चुकी है। यूरोपीय यूनियन और जापान भी इसका भागीदार बनने की तैयारी में है। भारत की विशाल भावी योजनाओं को देखते हुए दुनिया के दूसरे देश भी इस काम में हाथ बंटाने के अवसर तलाशने में अब पीछे नहीं रहना चाहते। भारत को यूरेनियम बेचने का एक समय वादा करके साफ मुकर जाने वाला देश आस्ट्रेलिया अब इस तरह के रास्ते तलाश रहा है कि कैसे भारत के साथ परमाणु ईंधन के कारोबार में शामिल हुआ जाए। आस्ट्रेलिया की स्थानीय राजनीति में तर्क दिया जाता रहा है कि भारत को परमाणु ईंधन की आपूर्ति नहीं की जाए क्यों कि उसने परमाणु अप्रसार संधि पर हस्ताक्षर नहीं किए हैं। उसके कारण परमाणु प्रसार नियंत्रण के अंतरराष्ट्रीय प्रयास सफल नहीं हो पा रहे हैं। अब आस्ट्रेलिया की सरकार और वहां की इस कारोबार से जुड़ी कंपनियों को इस बात के लिए कवायद करने के लिए मजबूर होना पड़ रहा है कि इतने बड़े कारोबार को कैसे हाथ से निकल जाने दिया जाए। यही स्थिति कनाडा की है। 1974 में पोखरण प्रथम विस्फोट के बाद कनाडा ने भारत के साथ परमाणु ऊर्जा के क्षेत्र में कारोबार तोड़ दिया था। अब वहां भी इस टूटी डोर को जोड़ने के रास्ते तलाशने पर काम किया जा रहा है।

आखिर है क्या यह समझौता

आखिर यह समझौता है क्या? यह कैसा समझौता है कि इसका देश में भी विरोध होता है और विदेश में भी। देश में इस समझौते के विरोधी कहते हैं कि यह भारत के हितों के खिलाफ है। विदेशों में इसका विरोध करने वाले कहते हैं कि यह समझौता केवल भारत के हित में है। इसमें भारत को सब कुछ दे दिया गया है। इसमें भारत को फायदा ही फायदा है। क्या वाकई यह इतना ही बुरा है? जो यह कहते हैं कि इससे भारत अमेरिका का पिछलग्गू बन जाएगा, क्या वे ठीक कहते हैं? भारत जब आजाद हुआ था, आज की तरह मजबूत नहीं था तब भी भारत किसी का पिछलग्गू नहीं बना। उस समय की दुनिया दो गुटों में बंटी हुई थी। तब भी भारत किसी गुट का सदस्य नहीं बना।

यही नहीं तीसरी दुनिया के देश कहे जाने वालों के बीच से उसने गुटनिरपेक्ष आंदोलन के नाम से देशों का एक पूरा समूह खड़ा कर दिया। क्या आजादी के साठ साल बाद भी भारत इस स्थिति में नहीं पहुंच सका कि वह किसी महाशक्ति का पिछलग्गू बन कर रह जाने के लिए मजबूर हो सके? क्या कोई भी भारतीय नेतृत्व,वह किसी भी राजनीतिक दल या विचारधारा का पक्षधर हो, देश हित गिरवी रख सकता है? देश हित के खिलाफ काम कर सकता है? देश की सम्प्रभुता को नीलाम कर सकता है? क्या कोई राजनीतिक दल या कोई प्रधानमंत्री भारत को किसी का पिछलग्गू, किसी अन्य देश पर निर्भर बनाने का फैसला कर सकता है? इसमें कोई संदेह नहीं होना चाहिए, कि देश हित सर्वोपरि है। हर फैसला किये जाते समय मुख्य आधार यही होता है और होना भी यही चाहिए। राजनीतिक दलों के बीच नीतियों और विचारों को लेकर मतभेद होना स्वाभाविक है,और हो सकते हैं। इस प्रकार के आरोपों–प्रत्यारोपों को किसी तरह से भी न्यायोचित ठहराया जाना संभव नहीं है। देश हित के मुद्दों को राजनीतिक लाभ–हानि की दृष्टि से देखा जाना किसी तरह उचित नहीं कहा जा सकता। 'देश हित सर्वोपरि है' के सिद्धान्त का उल्लेख ही नहीं किया जाना चाहिए, इसे व्यवहार में लाया जाना भी जरूरी है। ऐसा सभी को करना चाहिए चाहे उसके विचार, सिद्धान्त, नीतियां कोई भी हों।

परमाणु यात्रा की बागडोर

भारत की परमाणु नीति के निर्धारण और विकास में प्रथम प्रधानमंत्री पंडित जवाहर लाल नेहरू की महत्त्वपूर्ण भूमिका रही। आजादी के छह दशक गुजर जाने के बाद भी उनमें कोई मूल परिवर्तन नहीं किया गया है। उन्हें बदली परिस्थितियों के अनुरूप बनाने का प्रयास जरूर हुआ है। अब तक की परमाणु यात्रा में महत्त्वपूर्ण फैसले तीन प्रधान मंत्रियों श्रीमती इंदिरा गांधी, श्री अटल बिहारी वाजपेयी और डा. मनमोहन सिंह के कार्यकाल में हुए। ये महत्त्वपूर्ण पड़ाव तब आए जब पहली बार 1974 में परमाणु परीक्षण किया गया। उस समय सत्ता की बागडोर श्रीमती गांधी के हाथों में थी। उनकी सरकार को संसद में पूर्ण बहुमत था। उनके लोकसभा के लिए निर्वाचन और उनकी सत्ता को अदालत में चुनौती दी गई थी। उनके नेतृत्व पर सवालिया निशान लगे हुए थे। दूसरा पड़ाव तब आया जब भारत ने 1998 में दूसरी बार परमाणु परीक्षण किए। इस बार परमाणु विस्फोट किए जाते समय लंबे समय तक

मुख्य विपक्षी दल रहे भाजपा के नेता श्री अटल बिहारी वाजपेयी प्रधानमंत्री थे। डा. सिंह के नेतृत्व वाली साझा सरकार के कार्यकाल के दौरान इन विस्फोटों के कारण भारत पर लगे अंतरराष्ट्रीय प्रतिबंधों को हटाने का रास्ता खुला। देश की परमाणु यात्रा के मार्ग में ये महत्त्वपूर्ण परिवर्तन करने वाले नेताओं में से दो श्रीमती गांधी और डा. सिंह कांग्रेस पार्टी के प्रतिनिधि के रूप में देश के मुख्य कार्यकारी अधिकारी के रूप में काम कर रहे थे। श्री वाजपेयी भाजपा के नेतृत्व वाली एन डी ए की साझा सरकार के प्रधानमंत्री थे।

2

परमाणु ऊर्जा : आगमन और विकास

जवाहरलाल नेहरू के नेतृत्व में भारत ने अपने परमाणु ऊर्जा कार्यक्रम की शुरुआत की थी। यह शुरुआत उस समय हुई जब देश को आजाद हुए एक साल भी नहीं हुआ था। देश अभी विभाजन की विभीषिका से दो-चार हो रहा था। वर्तमान रूप में संसद का गठन दूर की बात थी। देश का संविधान भी नहीं बना था। संविधान का मसौदा तैयार करने के लिए संविधान सभा की बैठकें चल रही थीं। इन परिस्थितियों में भी उस समय के नेताओं की नजर भविष्य के भारत और उसे एक विकसित राष्ट्र बनाने की ओर थी। दुनिया के इतिहास का यह वह दौर था जब जापान के हिरोशिमा और नागासाकी पर परमाणु बम गिराए जाने के दुष्परिणाम सामने आ ही रहे थे। मानव द्वारा निर्मित दुनिया की सबसे भयानक त्रासदी की यादें जैसे कल की बात थी। परमाणु से ऊर्जा बनाने और उसे विकास के एक संसाधन के रूप में विकसित होने में देरी थी। उसकी संभावनाएं अभी उभर ही रही थीं। भारत ने इस ओर कदम बढ़ाने शुरू कर दिए। प्रधानमंत्री नेहरू ने भारत में परमाणु ऊर्जा के विकास के लिए एक कानून बनाने का प्रस्ताव संविधान सभा में रखा। इस विधेयक में श।मिल की गई व्यवस्थाओं और इस पर संसद में हुई चर्चा इस बात का प्रमाण है कि उन नेताओं की ऊर्जा के इस असीमित संसाधन के बारे में सोच कितनी दूर की थी। वे इसका किस प्रकार से इस्तेमाल करना चाहते थे। वे भारत के और भारत में परमाणु ऊर्जा के विकास को किस नजरिए से देखते थे। उन कठिन परिस्थितियों में इस क्षेत्र में देश को आगे ले जाना चाहते थे। आज साठ साल बाद जब इस मामले पर देश में बहस चल रही है। आरोपों-प्रत्यारोपों का बाजार गर्म है तो संसद की कार्यवाही में अब से छह दशक पहले दर्ज की गई वह बहस हमें आज भी दिशा दिखा पाने में सक्षम

है। आवश्यकता उसे जानने–सनझने और सामयिक परिस्थितियों में उससे प्रेरणा लेने की है।

संविधान सभा में परमाणु ऊर्जा

देश में परमाणु ऊर्जा के विकास की शुरुआत 1945 में हुई। काउंसिल आफ साइंटिफिक एंड इंडस्ट्रियल रिसर्च के अध्यक्ष ने एक समिति का गठन किया। इस समिति को भारत में परमाणु ऊर्जा के क्षेत्र में अनुसंधान और विकास के बारे में सुझाव देने की जिम्मेदारी सौंपी गई। इस समिति का नाम था एटामिक एनर्जी कमेटी। श्री होमी जे भाभा को इस समिति का अध्यक्ष बनाया गया। समिति के सदस्यों में मेघनाद शाहा, डी एन वाडिया और एस एस भटनागर शामिल थे। इन वैज्ञानिकों के योगदान को भारत की आज की वैज्ञानिक प्रगति का आधार कहा जा सकता है। इस समिति ने अध्ययन के बाद अपनी रिपोर्ट पेश की। इसमें देश के वैज्ञानिक प्रगति के लिए दूरगामी सुझाव दिए गए थे। इस रिपोर्ट को लागू किए जाते–जाते देश आजाद हो गया। पंडित जवाहरलाल नेहरू स्वतंत्र भारत के पहले प्रधानमंत्री बने। उन्होंने बहुत पहले से ही समझ लिया था कि देश के विकास के लिए विज्ञान का उपयोग बहुत जरूरी है। उन्हें यह समझने में ज्यादा देर नहीं लगी कि देश के विकास के लिए परमाणु ऊर्जा का विकास बहुत जरूरी है। उनका मानना था कि इसलिए राजस्थान जैसे प्रदेशों में, दूरदराज के प्रदेशों से जहां कोयले की खानें हैं, वहां से कोयला लाकर बिजली घर चलाना मंहगा साबित होगा। जहां नदियां नहीं होने के कारण पानी से बिजली बनाने की संभावना थी ही नहीं। ऐसे क्षेत्रों में परमाणु बिजली घर जैसे विकल्प का इस्तेमाल बेहद आवश्यक था। इसलिए उन्होंने देश में परमाणु ऊर्जा के इस्तेमाल को प्राथमिकता देने का रास्ता चुना।

परमाणु ऊर्जा और पंडित नेहरू की सोच

1948 का परमाणु ऊर्जा अधिनियम एटामिक एनर्जी एक्ट नेहरू जी की उसी सोच का परिणाम था। इस विधेयक को सदन के विचारार्थ पेश करते हुए प्रधानमंत्री ने कहा, इसका उद्देश्य देश में परमाणु ऊर्जा का विकास और उस पर नियंत्रण तथा उससे जुड़े मामलों के बारे में व्यवस्था करना है। उन्होंने कहा कि दुर्भाग्यवश ऐसा हुआ है कि परमाणु ऊर्जा का पहली बार ऐसा

प्रयोग किया गया कि उसके विभिन्न प्रकार के उपयोगी पहलू, जिनका भविष्य में उपयोग किया जाएगा, छिप कर रह गए हैं। अधिकतर लोग यह सोचते हैं कि परमाणु ऊर्जा एक ऐसी चीज है जिससे मानवता के विनाश करने वाले परमाणु बम बनाए जा सकते हैं। लेकिन संभवतः ऐसा होगा कि उस परमाणु बम द्वारा किए गए महाविनाश को भी लोग भूल जाएंगे। परमाणु ऊर्जा का ऐसा इस्तेमाल होगा कि वह पूरी दुनिया के ढांचे को ही बदल कर रख देगा। यह कोई नहीं कह सकता कि उस उपयोग के बारे में परिपूर्णता कैसे आएगी। या उसे कैसे आम आदमी के उपयोग के लायक बनाया जाएगा। लेकिन इस समय बदलाव और विकास की रफ्तार इतनी तेज है कि हो सकता है कि हमारे जीवन काल में ही ऐसा हो सके जब हम देख सकें कि इस महाशक्ति का इस्तेमाल मानवता के उपयोग के लिए किया जाने लगे। इसके कारण दुनिया में बहुत बड़े बदलाव आ सकें। जापान में प्रथम विश्वयुद्ध के अंत में अमेरिका द्वारा किए गए परमाणु बमों के दुष्प्रभाव पंडित नेहरू के विचारों में साफ दिखाई देते हैं। लेकिन वे इसके रचनात्मक और विकासात्मक पहलुओं से परिचित थे। उन्हें ऊर्जा के इस संसाधन के उपयोग के विभिन्न पहलुओं का अनुमान था।

भारत और भारत के लोगों के विकास के लिए पहले कदम

पंडित नेहरू ने संविधान सभा को बताया कि इसलिए मैं यह विधेयक युद्ध के नजरिए से इस सदन में पेश नहीं कर रहा हूं बल्कि मैं ऐसा भारत और भारत के लोगों के भावी विकास और दुनिया के विकास को ध्यान में रख कर रहा हूं। यदि हम आज इस रास्ते पर नहीं चले, उस रास्ते का आज लाभ नहीं उठाया जिससे कि हम परमाणु ऊर्जा बनाने की ओर आगे बढ़ सकें, उन वैज्ञानिकों और अनुसंधानकर्ताओं के साथ हाथ नहीं मिलाया जो इसे विकसित करने का प्रयास कर रहे हैं, तो हम पीछे रह जाएंगे। फिर हमें दूसरों के पीछे–पीछे आना ही बच जाएगा। किसी भी देश के लिए ऐसा करना पर्याप्त नहीं होगा। भारत जैसे देश के लिए यह तो बिल्कुल ही ठीक नहीं होगा क्योंकि भारत के पास अपार संभावनाएं और क्षमताएं हैं। सौभाग्यवश भारत में हर उस तरह का खनिज पदार्थ उपलब्ध है जिसकी इस काम के लिए जरूरत होती है। उससे भी ज्यादा मानव संसाधन उपलब्ध है जो शायद इससे भी कहीं ज्यादा आवश्यक है। आवश्यकता इस बात की है कि हम इन संसाधनों को

एक जगह पर लाएं। उनका इस्तेमाल करें। सरकार इस क्षेत्र में विकास के लिए हर संभव सहायता उपलब्ध कराए। परमाणु ऊर्जा का संबंध युद्ध से रहा है, इसलिए इस मामले में प्रगति को गुप्त रखा जा रहा है। जिन देशों ने इस बारे में अनुसंधान में प्रगति कर ली है वे इस जानकारी को लेकर बहुत ही सतर्क हैं कि यह जानकारी किसी और देश को कहीं मिल न जाए। हां, यदि परस्पर आदान–प्रदान की स्थिति हो तो कुछ हो सकता है। इसलिए हमने भी इस दिशा में सतर्कता के साथ ही कदम बढ़ाए हैं। इसका अर्थ यह है कि इस क्षेत्र में हो रहे अनुसंधान कार्यों के बारे में जानकारी उस तरह से सार्वजनिक नहीं की जा सकती जिस तरह से अन्य वैज्ञानिक कार्यों और क्षेत्रों में होने वाली प्रगति को सार्वजनिक किया जाना चाहिए। ऐसा करने के कई कारण हैं। पहला, कहीं ऐसा न हो कि हम अपने अनुसंधान का लाभ उठा पाने की स्थिति में पहुंचें, इसके पहले ही दूसरे उससे लाभान्वित हो जाएं। दूसरा, यदि हम किसी और देश से इस क्षेत्र में सहयोग करना चाहें और वह देश भी इसके लिए तैयार हो तो भी ऐसा नहीं किया जा सकता क्योंकि वह देश इस बात के लिए राजी नहीं होगा कि उनके अनुसंधान की जानकारियां सार्वजनिक हो जाएं। इसलिए इस विधेयक में इस तरह की व्यवस्था की गई है कि इस क्षेत्र में जो काम होगा वह गुप्त रखा जाएगा। इस काम को किसी और तरीके से नहीं किया जा सकता।

विज्ञान के लाभ मानवता के लिए होने चाहिए

पंडित नेहरू ने कहा कि ऐसा नहीं है कि हम कोई काम गुप्त रख कर करना चाहते हैं। हम तो चाहते हैं कि वैज्ञानिक अनुसंधान का हर काम सार्वजनिक हो जिससे दुनिया को उसका लाभ मिल सके। मैं विज्ञान के क्षेत्र में किसी चीज को गुप्त रखे जाने का पूरी तरह विरोधी हूं। परिस्थितियों ने हमें ऐसा करने के लिए मजबूर किया है। वरना इस क्षेत्र में कोई प्रगति ही नहीं हो पाएगी। दूसरे इस मामले में जल्दी किए जाने की आवश्यकता है। ऐसा नहीं हैं कि इससे हमें तत्काल कोई बड़ा परिणाम मिलने वाला है। हमें अपने खनिजों के उन भंडारों को संरक्षित रखना है जो कभी इस काम के लिए उपयोगी साबित हो सकते हैं। पहले ही उनकी मांग बढ़ रही है। उनका दुरुपयोग हो सकता है, इसलिए इस मामले में देरी नहीं की जा सकती। परमाणु ऊर्जा के उत्पादन के क्षेत्र में काम कर रहे दूसरे देशों के साथ यदि हमें

समझौते करने हैं तो उन्हें सीक्रेसी की गारंटी देनी होगी। हम उनसे तब तक बात नहीं कर सकते जब तक कि हम ऐसा कानून न बना लें। इस कानून के तहत बोर्ड का गठन न कर लें। इस मामले में देरी किया जाना ठीक नहीं होगा क्योंकि हम कीमती समय खो देंगे। पंडित नेहरू को परमाणु ऊर्जा की देश के विकास में संभावनाओं का अनुमान था। वे बिना समय बर्बाद किए इस क्षेत्र में अन्य देशों से सहयोग पक्ष में थे। वे इस बारे में दुनिया के दूसरे देशों के साथ सहयोग के महत्त्व को समझते थे। उस दूरद्रष्टा द्वारा अब से करीब साठ साल पहले दिए गए ये सुझाव आज भी सामयिक हैं। हमें यह समझना और स्वीकार करना होगा।

अहिंसा का हमारा दर्शन दुनिया को राह दिखाएगा

संविधान सभा में इस विधेयक पर हुई चर्चा में अनेक सदस्यों ने भाग लिया। विधेयक का समर्थन करते हुए सेठ गोबिंद दास ने कहा, विज्ञान में नाश और निर्माण दोनों करने की शक्ति होती है। अभी तक नाश का कार्य अधिकतर किया गया है। अब विज्ञान को निर्माण का कार्य भी करना है। इस दृष्टि से इस विषय को देखते हैं तब हमें मालूम होता है इस कार्य को हमारा देश ही सब से अधिक कर सकता है। हमारे पास वैज्ञानिक और खनिज पदार्थों की उपलब्धि तो है ही। जहां तक हमारे दर्शन का संबंध है उस दृष्टि से भी कदाचित हम दिशा में संसार से एक नया कार्य करेंगे। हमने स्वतंत्रता भी अहिंसा के मार्ग द्वारा प्राप्त की है। संसार के किसी देश ने आज तक ऐसा नहीं किया। अहिंसा द्वारा स्वतंत्रता प्राप्त कर के हमने सारे संसार को एक नया मार्ग दिखाया है। इसी अहिंसक दार्शनिकता के कारण परमाणु–खोज और उसका उपयोग भी हमारा देश निर्माण की दिशा में ही करेगा। हमारा देश इस खोज को इस दृष्टि से करेगा जिसका अनुसरण सारा संसार करेगा। हमारी स्वतंत्रता के पश्चात हमारी इस स्वतंत्र धारा सभा में यदि यह बिल पेश नहीं किया जाता तो यह एक आश्चर्य की बात होगी। अन्य देशों में यह खोज यथेष्ट रूप से आगे बढ़ चुकी है। हमें यह देखना है कि हम वह सब ही न करते रहें जो अब तक अन्य देश कर चुके हैं। यदि जो दूसरे देश अब तक कर चुके हैं वही हम करते रहेंगे तो जब तक हम उस स्थिति में पहुंचेंगे जिस स्थिति में आज दूसरे देश हैं। तब तक अन्य देश हम से बहुत आगे बढ़ जायेंगे। हम इस दौड़ में पीछे रह जाएंगे। सब से आवश्यक बात यह होगी कि हम अन्य

देशों से इस संबंध में विचार विनिमय करें; कार्य विनिमय करें। जहां तक वे अब तक पहुंच चुके हैं वह उनके सहयोग से पहुंचे और आगे की दौड़ में परस्पर–सहयोग और परस्पर–सहायता से आगे बढ़े। इस विषय पर पूरी चर्चा के लिए देखें संविधान सभा की कार्यवाही दिनांक 6 अप्रैल 1948, पेज 3315–3333।

श्री नेहरू ने इस विधेयक पर हुई चर्चा का जवाब देते हुए कहा कि यदि हमें एक राष्ट्र के रूप में दुनिया में आगे रहना है तो परमाणु ऊर्जा का विकास युद्ध के लिए नहीं बल्कि शांतिपूर्ण कार्यों में इस्तेमाल के लिए करना होगा। हम इसी आशा के साथ इसका विकास करेंगे। उन्होंने आत्मरक्षा के लिए इस संसाधन का उपयोग किए जाने का साफ संकेत देते हुए कहा कि हमें एक राष्ट्र के रूप में इसका कोई और उपयोग करना पड़े तो हमें उस तरह के उपयोग से रोका नहीं जा सकता। मुझे आशा है कि हम इसका उपयोग मानव जीवन के विकास और उसकी खुशियों के लिए करेंगे न कि युद्ध या घृणा के लिए।

होमी जहांगीर भाभा की भूमिका

इन संदर्भों में देश की परमाणु यात्रा की शुरुआत हुई थी। प्रारम्भिक दौर के इस विकास में होमी जहांगीर भाभा ने बेहद महत्त्वपूर्ण भूमिका निभाई। उन्हें इस कार्यक्रम का जनक कहा जाता है। श्री भाभा की पढ़ाई–लिखाई का एक हिस्सा इंग्लैंड के कैम्ब्रिज विश्वविद्यालय में 1930 के दशक में हुआ। यह वह समय था जब कि परमाणु का ऊर्जा के क्षेत्र में उपयोग विचार के स्तर पर था। विज्ञान की दुनिया में हंगरी मूल के एक वैज्ञानिक लिओ जिलार्ड को पहला ऐसा वैज्ञानिक माना जाता है जिसके मन में यह विचार आया कि परमाणु बम बनाया जा सकता है। उस समय यूरोप में युद्ध के बादल मंडरा रहे थे। उसे इस बात की आशंका थी कि यह शक्ति फासीवादी ताकतों के हाथ न लग जाए। वह चाहता था कि फासीवाद का विरोध करने वाले देश इस शक्ति का उपयोग कर पाने के लायक बन जाएं। उस समय उसकी कोई सुनने को तैयार नहीं था। ब्रिटेन और अमेरिका के उस दौर के प्रमुख वैज्ञानिक और भौतिक शास्त्री जिलार्ड के तर्कों को असंभव करार देते थे। नाजी जर्मनी की पीड़ा से बचने के लिए वह बर्लिन यूनिवर्सिटी से अपना काम छोड़ कर लंदन आ गया था। अपने विचार को कार्य रूप देने के लिए विकल्पों की

तलाश कर रहा था। एक व्यापारी उसके इस विचार को काम के लायक बनाने के लिए समर्थन देने को तैयार हो गया था। वह होटल के एक कमरे से अपने इस विचार को कार्य रूप में लाने के लिए काम कर रहा था। अपने विचार की सफलता के लिए उसे लंबे समय तक इंतजार करना पड़ा। अल्बर्ट आइंस्टीन ने इस क्षेत्र में खासा काम किया था। वे लोगों को यहां तक समझा पाने में सफल हो गए थे कि एटॉमिक न्युक्लियस में ऊर्जा की अपार शक्ति छिपी है। उसे कैसे इस्तेमाल किया जाए तब तक बात वहां तक नहीं पहुंच पाई थी।

बहुत ताकत छिपी है इस परमाणु में

परमाणु में ऊर्जा छिपे होने के बारे में वैज्ञानिकों और भौतिक शास्त्रियों से बहुत पहले एच. जी. वेल्स की एक किताब में इस ख्याल का इस्तेमाल किया गया था। एच. जी. वेल्स की इस पुस्तक का नाम था 'द वर्ल्डसेट फ्री : ए स्टोरी आफ मैनकाइन्ड'। इस पुस्तक में कहा गया था कि आदमी एक ऐसा बम बनाने में सफल हो जाएगा जिससे एक पूरा शहर, एक पूरी सभ्यता का सफाया किया जा सकेगा। जिलार्ड इस कहानी से प्रभावित हुआ था। वह ब्रिटेन के रक्षा विभाग से इस काम में मदद मांगता रहा। लेकिन शुरू में उसकी किसी ने नहीं सुनी। अंत में ब्रिटिश नौसेना उसकी मदद के लिए आगे आई। फरवरी 1936 में जिलार्ड के काम को टाप सीक्रेट के रूप में पेटेंट किया गया। 1936 में जिलार्ड के विचार की जर्मनी के बर्लिन विश्वविद्यालय के दो वैज्ञानिकों ने पुष्टि की। फ्रांस के नोबेल पुरस्कार विजेता फ्रेड्रिक जुलिएट क्यूरी ने यूरेनियम के एटम पर काम करने के बाद कहा कि ऐसा किया जाना संभव है। इसके साथ ही फ्रांस, जर्मनी और रूस में इस क्षेत्र में काम जारी रहा। जर्मनी के गोइटेंजेन, बर्लिन और म्युनिख विश्वविद्यालय भौतिक शास्त्र के क्षेत्र में अनुसंधान के प्रमुख केन्द्रों के रूप में उभरे। अल्बर्ट आइंसटाइन के अलावा मैक्स प्लैंक और डेनमार्क मूल के नोबेल पुरस्कार विजेता नील्स बोहर की विशेष भूमिका रही। उनके नाम पर बना बोर एटामिक फिजिक्स इंस्टीट्यूट, इंग्लैंड की कैम्ब्रिज विश्वविद्यालय की कैवेंडिश प्रयोगशाला, पेरिस का रेडियम इंस्टीट्यूट इस क्षेत्र में अनुसंधान और विकास के प्रमुख केन्द्र रहे। पश्चिमी देशों में हो रहे इस विकास से रूसी भी अपरिचित नहीं थे। लेनिनग्रैड के फिजिक्स इंस्टीट्यूट में परमाणु ऊर्जा के क्षेत्र में काम किया जा रहा था। अमेरिका में कोलंबिया,

शिकागो, प्रिंसटन और बरकले विश्वविद्यालयों के भौतिक शास्त्र विभाग के वैज्ञानिक परमाणु के अंदर छिपी ऊर्जा को बाहर निकालने के लिए काम कर रहे थे। इन सब के साझा प्रयासों से इस ऊर्जा को बाहर निकालने के विकल्प सामने आने लगे। जिलार्ड के प्रयास आखिर ब्रिटेन और अमेरिका के नीति निर्धारकों को इसके महत्त्व को समझा पाने में सफल हुए। द्वितीय विश्वयुद्ध ने इस काम को आगे बढ़ाया। जिलार्ड के विचारों को ही अमेरिका के मैनहटन प्रोजेक्ट का आधार माना जाता है। इस प्रोजेक्ट का परिणाम जापान के हिरोशिमा और नागासाकी के शहरों पर अगस्त 1945 में हुई भारी तबाही के रूप में दुनिया के सामने आए।

अनुसंधान को गुप्त रखने का युग

श्री भाभा को ब्रिटेन में अध्ययन के दौरान परमाणु ऊर्जा के इस्तेमाल के विचार से जुड़े वैज्ञानिकों के साथ काम करने और उनके विचार जानने का अवसर मिला। भाभा ने अपना जीवन एक इंजीनियर के रूप में शुरू किया था। भाभा एक धनी पारसी परिवार में जन्मे थे। उनके माता–पिता उन्हें अपने समय के अनुरूप एक इंजीनियर के रूप में देखना चाहते थे। वे पहले इंजीनियर बने। फिर उन्होंने कास्मिक किरणों के अनुसंधान क्षेत्र में महत्त्वपूर्ण योगदान किया। यूरोप के अनेक जाने माने वैज्ञानिकों की ही तरह उन्होंने गणित और भौतिक शास्त्र के सैद्धान्तिक पहलुओं पर विशेष रूप से काम किया। इस क्षेत्र में उनका योगदान कितना महत्त्वपूर्ण रहा होगा, इसका अनुमान इस बात से लगाया जा सकता है कि 31 वर्ष की आयु में उन्हें फेलो आफ रॉयल सोसायटी चुना गया। भाभा अपने देश के लिए कुछ करना चाहते थे। इसलिए वे 1940 के दशक के शुरुआती वर्षों में स्वदेश लौट आए। बंगलोर के इंडियन इंस्टीट्यूट आफ साइंसेज में युवा वैज्ञानिकों के एक दल के साथ उन्होंने कास्मिक किरणों और उससे जुड़े अन्य विषयों पर काम किया। भारत लौटने के बाद भी उन्होंने परमाणु ऊर्जा के उपयोग से जुड़े विशेषज्ञों और इस क्षेत्र में हो रही प्रगति से अपना सम्पर्क बनाए रखा। 1939 और द्वितीय विश्व युद्ध के बीच के वर्षों में हुई उथल–पुथल के दौरान इस क्षेत्र से जुड़े वैज्ञानिकों को यूरोप के विभिन्न देशों से पलायन करना पड़ा। कुछ तो अमेरिका चले गए। कुछ अन्य ने यूरोप के दूसरे देशों में अपना ठिकाना तलाशा। इसके बाद भी इस क्षेत्र में विकास का काम जारी रहा। दुनिया की परमाणु यात्रा का यह

वह दौर था जब कि परमाणु ऊर्जा के सैनिक उपयोग की संभावनाओं पर काम शुरू हो गया। इस क्षेत्र में हो रही प्रगति और कामकाज को सैनिक नियंत्रण में ले आया गया। इसे गुप्त रखे जाने का दौर शुरू हो गया। अब यह वैज्ञानिक अनुसंधान की बजाय जन संहार के संसाधन के रूप में विकसित किया जाने लगा। इसका इस्तेमाल भयानक और, और भी भयानक बम बनाए जाने के लिए किया जाने लगा।

देश को अपने पैरों पर खड़ा होना होगा

भाभा और उस समय के अन्य प्रमुख भारतीय वैज्ञानिकों को इस बात का अनुमान था कि परमाणु ऊर्जा का उपयोग विकास के लिए आवश्यक संसाधन के रूप में किया जा सकता है। इस पर स्वदेश में काम किए जाने की आवश्यकता है। उन्हें इस बात का अनुमान था कि सैनिक इस्तेमाल का दौर शुरू होने के बाद यह जानकारी आम तौर पर कोई देश, दूसरे देश को देने को तैयार नहीं होगा। तकनीक मिलेगी भी तो उसके साथ तरह–तरह की शर्तें होंगी। यह वह दौर था जब कि देश की आजादी के लिए संघर्ष बहुत तेज हो चुका था। आशा की जाने लगी थी कि जल्दी ही भारत विदेशी शासन से मुक्त हो जाएगा। देश की प्रशासनिक और विधायी व्यवस्था में भारतीय नेता महत्त्वपूर्ण भूमिका निभा रहे थे। उन्हें इस बात का अनुमान था कि अपने देश की गरीबी दूर करने के लिए इस प्रकार के संसाधन की महती आवश्यकता होगी। दुनिया के देश इस संसाधन के बारे में जानकारियों को गुप्त रखे हुए थे। दूसरों के साथ भागीदारी करने को आसानी से तैयार नहीं थे। इसलिए अपने ही संसाधनों से इस रास्ते पर चलने की आवश्यकता होगी। विदेशी सरकारों से उन्हें इस रास्ते में मदद की ज्यादा उम्मीद नहीं रही होगी। इन परिस्थितियों में श्री भाभा ने स्वदेशी क्षेत्रों से इस काम के लिए संसाधन जुटाने का रास्ता अपनाया। उन्होंने 12 मार्च 1944 को सर दोराबजी टाटा ट्रस्ट के सदस्यों को एक पत्र लिखा। मुंबई और देश के एक प्रमुख पारसी परिवार में जन्मे भाभा के इस ट्रस्ट के सदस्यों से निकट के संबंध थे। इस पत्र में ट्रस्ट से अनुरोध किया गया कि देश में गणित और भौतिक शास्त्र के क्षेत्र में मूलभूत अनुसंधान के लिए एक संस्थान की स्थापना की जाए। ट्रस्ट इस काम में उनकी मदद करे। इस ट्रस्ट ने उन्हें बंगलोर में काम करने में पहले भी मदद की थी, इसलिए उन्हें आशा रही होगी कि ट्रस्ट उनके इस सुझाव पर विचार

करेगा। मदद के लिए आगे आएगा। इस पत्र में भाभा ने कहा कि देशहित में इस तरह के स्कूल की बहुत आवश्यकता है जहां भौतिक शास्त्र के विभिन्न पहलुओं पर मूलभूत अनुसंधान किया जाए। यह स्कूल न केवल अनुसंधान के क्षेत्र में महत्त्वपूर्ण भूमिका निभाए। इसके अलावा ऐसे विशेषज्ञ तैयार करे जो भविष्य में देश की बढ़ती वैज्ञानिक जरूरतों को पूरा करने में महत्त्वपूर्ण योगदान कर सकें। भाभा ने माना कि इस समय देश में इस क्षेत्र में जो काम हो भी रहा है वह न तो स्तरीय है और न व्यवहारिक।

उपनिवेशवादी नीतियों के दुष्परिणाम

उस समय देश में विज्ञान और अनुसंधान की ऐसी स्थिति क्यों थी। इसे समझने के लिए हमें कालचक्र में थोड़ा पीछे की ओर जाना होगा। ब्रिटिश शासन की भारत की प्रति वैज्ञानिक क्षेत्र में बनाई और लागू की गई नीतियों पर एक नजर डालनी होगी। एक चीज साफ उभर कर सामने आती है कि विदेशी शासकों ने भारत और भारतीयों को कभी भी दुनिया मे हो रहे वैज्ञानिक अनुसंधान और विकास का भागीदार नहीं बनने दिया था। इन दशकों में इस क्षेत्र में भारतीय वैज्ञानिकों ने जो भी उपलब्धियां हासिल कीं उनमें उनकी अपनी योग्यता और क्षमता ने बहुत बड़ी भूमिका निभाई। ब्रिटिश शासन की रीतियों–नीतियों का मकसद साफ था। वे चाहते थे कि भारत में अनुसंधान और विकास इस तरह से किया जाए जिससे यहां की खनिज और अन्य सम्पदा का उपयोग ब्रिटेन के हित में किया जा सके। शिक्षा–व्यवस्था इस तरह से की गई जिससे वे केवल बाबू बन कर, उनके लिए काम कर सके। ब्रिटिश शासन के दौरान बनाए गए बॉटेनिकल सर्वे, जियोलाजिकल सर्वे, मेट्रोलाजिकल डिपार्टमेंट जैसे सर्वेक्षण आदि करने के लिए भी जो संगठन बने उनका इस्तेमाल इस तरह से किया गया कि वे ब्रिटिश हितों के लिए सहायक सिद्ध हों। इस क्षेत्र में किए गए अनुसंधानों, उनके परिणामों आदि से भारतीयों को अलग ही रखा गया। अध्ययनों का उपयोग इस तरह से किया गया कि भारत में उपलब्ध साज–सामान खनिज और अन्य प्रकृति प्रदत्त संसाधनों का ब्रिटिश हितों के लिए दोहन और शोषण किया जा सके। इस प्रकार की उपनिवेशवादी नीतियों के चलते भारत को दोहरा नुकसान हुआ। एक ओर भारत और भारतीय वैज्ञानिक अनुसंधान और विकास से दूर रहे और रखे गए। दूसरी ओर ब्रिटेन में औद्योगिक विकास और उससे होने वाले लाभ के लिए

भारत में उपलब्ध संसाधनों का हर तरह से उपयोग और दुरुपयोग किया गया। यही नहीं इससे होने वाले उत्पादन को भारत में अपनी शर्तों पर बेच कर अधिकाधिक मुनाफा कमाया गया। यहां तक कि भारत में आयात की शर्तें ऐसी रखी गईं कि ब्रिटेन के उत्पादकों को लाभ मिले। भारत उत्पादक के रूप में उभरने की बजाय सिर्फ एक बड़ा बाजार बन कर रह जाए।

एक छोटी-सी शुरुआत

वैज्ञानिक भाभा की परमाणु ऊर्जा के बारे में भारत की आवश्यकता और उपयोग के बारे में नजरिए का अनुमान टाटा ट्रस्ट को लिखे गए पत्र से लगाया जा सकता है। डा. भाभा ने अपने इस बहुचर्चित पत्र में लिखा कि अब से कुछ दशकों के बाद जब परमाणु ऊर्जा का उपयोग देश में बिजली की आपूर्ति के लिए किया जाएगा तो स्वदेश में ही इस तरह के विशेषज्ञ उपलब्ध होंगे जो यह काम कर सकेंगे। हमें इसके लिए विदेशियों का मुंह नहीं देखना होगा। इस पत्र और इसमें लिखे गए तथ्यों के महत्त्व का अनुमान इस बात से लगाया जा सकता है कि ट्रस्ट ने भाभा के प्रस्ताव को स्वीकार किया। सर दोराबजी टाटा ट्रस्ट और तत्कालीन बंबई सरकार की साझेदारी में टाटा इंस्टीट्यूट आफ फंडामेंटल रिसर्च की स्थापना की गई। बंबई के पैडर रोड स्थित एक छोटी–सी इमारत में थोड़े से लोगों के साथ मिल कर इस संस्थान ने काम शुरू किया। आज यह संस्थान देश के विकास में योगदान करने वाले सबसे प्रमुख वैज्ञानिक संस्थानों में से है। यह संस्थान अनुसंधान और प्रशिक्षण के क्षेत्र में महत्त्वपूर्ण योगदान कर रहा है। 15 अगस्त 1947 को देश आजाद हुआ। परमाणु ऊर्जा अधिनियम 15 अप्रैल 1948 को लागू कर दिया गया। बदलती परिस्थितियों को देखते हुए 13 अगस्त 1962 को इस अधिनियम को समाप्त कर दिया गया। उसके स्थान पर परमाणु ऊर्जा अधिनियम 1962 लागू किया गया। इस कानून में 1974, 1986 और 1987 में फेरबदल किया गया।

भारत एशिया में सबसे आगे

संविधान सभा द्वारा बनाए गए कानून के तहत अगस्त 1948 में परमाणु ऊर्जा आयोग की स्थापना की गई। एशिया में भारत ऐसा पहला देश था जिसने यह काम किया। श्री भाभा को इस आयोग का पहला अध्यक्ष बनाया गया। इस आयोग को इस प्रकार की नीतियां और कार्यक्रम बनाने की

जिम्मेदारी सौंपी गई जिससे देश इस नयी तकनीक के मामले में दुनिया के प्रमुख देशों के साथ खड़ा दिखाई दे। आयोग से कहा गया कि वह देश में ऐसे खनिजों की उपलब्धता का पता लगाये जिनका इस्तेमाल परमाणु ऊर्जा के विकास के लिए किया जा सके। ऐसी तकनीक का विकास करे जो यह काम करने मे मददगार साबित हो। ऐसे वैज्ञानिक और विशेषज्ञ तैयार करे जो यह काम कर सकें। इस क्षेत्र में स्वयं अनुसंधान करे। दूसरों को इस क्षेत्र में अनुसंधान और योगदान करने में मदद करे। भाभा ने अपनी पूरी योग्यता और क्षमता से काम करना शुरू किया। उन्होंने भारत की परमाणु यात्रा में विभिन्न रूपों में काम किया। एक ओर वे टाटा इंस्टीट्यूट आफ फंडामेंटल रिसर्च के डायरेक्टर के रूप में उसका प्रशासनिक कामकाज संभाल रहे थे। दूसरी ओर प्रोफेसर आफ थ्योरेटिकल फिजिक्स के रूप में नए वैज्ञानिकों और विशेषज्ञों को शिक्षित–प्रशिक्षित करने में भागीदार थे। परमाणु ऊर्जा आयोग के अध्यक्ष के रूप में उन पर देश की परमाणु क्षमता विकसित करने की नीतियां बनाने और क्रियान्वित करने की जिम्मेदारी थी। बाद में उन्हें परमाणु ऊर्जा मंत्रालय का सचिव भी नियुक्त किया गया।

एक विमान दुर्घटना या कुछ और

मंत्रालय के सचिव और परमाणु ऊर्जा आयोग के अध्यक्ष होने के कारण वे नीतियां बनाने और उनको क्रियान्वित करने के काम से सीधे जुड़े रहे। इंडियन कैंसर रिसर्च सेंटर, टाटा मेमोरियल सेंटर परमाणु क्षेत्र के विकास के मेडिकल और बायोलाजिकल क्षेत्रों में उपयोग का आधार बने। इससे इस क्षेत्र में आज हुई प्रगति में उस महान वैज्ञानिक की भूमिका का अनुमान ही लगाया जा सकता है। परमाणु ऊर्जा के शांतिपूर्ण उपयोग के क्षेत्र में भाभा के योगदान को देखते हुए उन्हें इस बारे में संयुक्त राष्ट्र संघ द्वारा गठित संगठन का अध्यक्ष बनाया गया। टाटा इंस्टीट्यूट आफ फंडामेंटल रिसर्च और टाटा मेमोरियल सेंटर को भारत के परमाणु ऊर्जा कार्यक्रम का पालना कहा जाता है। 24 जनवरी 1966 को एक बिमान दुर्घटना में डाक्टर भाभा की मृत्यु हो गई। डा. भाभा और अन्य यात्रियों को ले जा रहा एयर इंडिया का बोईंग 707 स्विटजरलैंड के पास आल्पस पहाड़ों में दुर्घटनाग्रस्त हो गया। यह घटना मौंट ब्लाक के पास हुई। वे संयुक्त राष्ट्र की एक बैठक में भाग लेने के लिए वियना जा रहे थे। यह विमान दुर्घटना क्यों और कैसे हुई, इसको लेकर लंबे

समय तक अटकलें लगाई जाती रहीं। क्या यह वाकई दुर्घटना थी? या कुछ और, यह विवाद कभी समाप्त नहीं हुआ। परमाणु ऊर्जा आयोग ने जनवरी 1954 में एटामिक एनर्जी स्टेबलिशमेंट के नाम से एक अलग संस्थान बनाने का फैसला किया। यह संगठन बंबई के पास ट्राम्बे में बनाया गया। इसका मकसद परमाणु ऊर्जा के शांतिपूर्ण उपयोग के क्षेत्र में अनुसंधान और विकास करना रखा गया। पंडित जवाहरलाल नेहरू ने जनवरी 1957 में इसका औपचारिक उद्घाटन किया। इस केन्द्र ने परमाणु ऊर्जा के क्षेत्र में अनुसंधान और इस क्षेत्र के लिए आवश्यक शिक्षित–प्रशिक्षित तकनीकी विशेषज्ञों को तैयार करने में महत्त्वपूर्ण भूमिका निभाई। यहां शिक्षा प्राप्त करने वालों में केवल भारतीय ही नहीं थे। फिलीपीन्स, थाईलैंड, कोरिया, ताईवान और इंडोनेशिया के विशेषज्ञों को इस संस्थान में शिक्षण–प्रशिक्षण प्राप्त करने और काम करने का अवसर उपलब्ध कराया। 1967 में भाभा के नाम पर इस केन्द्र का नाम भाभा परमाणु अनुसंधान संस्थान रखा गया।

भाभा परमाणु ऊर्जा संस्थान यात्रा की धुरी

भारत की परमाणु यात्रा की कहानी इस केन्द्र के विकास की कहानी का एक प्रमुख हिस्सा है। देश में परमाणु ऊर्जा के विकास का काम तीन चरणों में करने का फैसला किया गया। ऐसा क्यों किया गया, इसके भी कारण थे। आयोग के गठन के एक साल के अंदर ही रेयर मटीरियल डिवीजन को इस आयोग के अधीन ले आया गया था। इसके अध्ययनों से पता चला था कि देश में यूरेनियम और वह भी अच्छे किस्म का इतना नहीं मिल पाएगा जितने कि हमें जरूरत होगी। इस दौरान यह भी पता चला कि देश में थोरियम के भंडार भरे हैं। इसका इस्तेमाल परमाणु ऊर्जा बनाने में किया जा सकता है। अनुमान लगाया गया कि दुनिया में मिलने वाले थोरियम के कुल भंडार का एक–चौथाई तो अपने ही देश में है। इसके सब से बड़े भंडार आज के झारखंड राज्य में जमशेदपुर के औद्योगिक शहर से बीस किलोमीटर की दूरी पर सुरदा में होने के संकेत मिले। देश में उपलब्ध यूरेनियम अच्छे किस्म का नहीं था। जो था उसको उपयोग के लायक बनाने में लागत ज्यादा आती। इसका अर्थ था कि या तो विदेश से मंगाने की व्यवस्था की जाए, या फिर इस काम के लिए ऐसे रिएक्टरों का इस्तेमाल किया जाए जो देश में उपलब्ध खनिजों का इस्तेमाल करने में सफल साबित

हों। इस तरह के संवेदनशील मामले में देश पूरी तरह आयात पर निर्भर नहीं होना चाहता था। यह वह दौर था जब कि देश में आत्मनिर्भरता की नीति को सर्वोच्च प्राथमिकता दी जा रही थी। आज की तरह परस्पर निर्भरता वाली दुनिया का उदय तब दूर की बात थी। इस बीच अमेरिका और यूरोप के देशों में परमाणु ऊर्जा का उपयोग विकास के एक संसाधन के रूप में लोकप्रिय होना शुरू हो गया था। परमाणु ऊर्जा से बिजली बनाने के लिए दो तरह के रिएक्टरों का इस्तेमाल किया जा रहा था। देश के सामने दो विकल्प थे एक वह अमेरिका द्वारा विकसित और इस्तेमाल की जा रही तकनीक लाइटवाटर रिएक्टर्स का इस्तेमाल करे या फिर कनाडा द्वारा विकसित किए जा रहे लेकिन अधिक प्रयोग में नहीं लाई गई तकनीक का इस्तेमाल करे। इस तकनीक को कनाडा ड्यूटेरियम यूरेनियम 'कनाड़ू' तकनीक कहा जाता था।

भारत चला कनाडू की राह पर

भारत ने कनाडू के रास्ते पर चलने का फैसला किया। इसका कारण था, इस तकनीक में नेचुरल यूरेनियम का इस्तेमाल किया जाता था। कनाडू की एक खासियत यह थी कि इस संयंत्र में 'आन लाइन', नया ईंधन लगाया जा सकता था। इस्तेमाल किए जा चुके ईंधन को निकाला जा सकता था। इसके लिए संयंत्र को बंद करने की आवश्यकता नहीं थी। इस तकनीक में इस्तेमाल किया जाने वाला हैवी वाटर आयात कर पाना और स्वदेश में बना पाना अपेक्षाकृत आसान समझा गया। उस समय हमारे पास यूरेनियम एनरिचमेंट की पर्याप्त तकनीक उपलब्ध नहीं थी। यह समस्या अभी भी बरकरार है। भारत–अमेरिकी समझौते को लेकर उठे विवादों का एक प्रमुख केन्द्र इस तकनीक के आयात पर लगे सवालिया निशान बने हुए हैं। एन एस जी वेबर के बाद अब द्विपक्षीय समझौतों में इसका समाधान किए जाने का प्रयास किया जा रहा है। इस महंगी तकनीक के आयात और भागीदारी के सवाल पर अभी भी संदेह बने हुए हैं। पहले चरण में रिएक्टरों के साथ ही उससे निकलने वाले प्लूटोनियम को निकालने के लिए रिप्रोसेसिंग प्लांट भी लगाए गए। साठ साल के बाद भी हम इसको उतना आधुनिक रूप नहीं दे पाये हैं जितना और विकसित देश कर चुके हैं। इस तकनीक का आयात एक बड़ी चुनौती है। एन एस जी के फैसले के बाद भी इस दिशा में अभी बहुत कुछ किया जाना बाकी रह जाएगा।

डा. भाभा के नेतृत्व में इन समस्याओं को ध्यान में रख कर एक नयी नीति का विकास किया गया। इस नीति के तहत पहले चरण में ऐसे रिएक्टर बनाए जाने थे जिनमें प्राकृतिक यूरेनियम का इस्तेमाल बिजली और प्लूटोनियम बनाने के लिए किया जाना था। आवश्यकता पड़ने पर प्लूटोनियम का उपयोग बम बनाने के लिए भी किया जा सकता था। दूसरे चरण में ऐसे रिएक्टरों का निर्माण किया जाना था जिनमें प्लूटोनियम का इस्तेमाल करके फिसाइल आइसोटोप बनाए जाने थे। तीसरे चरण में ऐसे ब्रीडर रिएक्टर बनने थे जो थोरियम को ब्रीड कर के फिसाइल आइसोटोप्स और बिजली दोनों ही उत्पन्न करें।

भाभा का सपना

भारत ने परमाणु ऊर्जा के इस्तेमाल को अपनी विकास की नीतियों में कितना महत्त्व दिया था, इसका अनुमान इस बात से लगाया जा सकता है कि पचास और साठ के दशक में भारत ने उस समय अनुसंधान और विकास पर खर्च किए जाने वाले कुल बजट का एक–तिहाई इसी काम पर लगाया। भाभा का सपना था कि भारत को एनर्जी सरप्लस देश बनाया जाए यानी जहां उसके इस्तेमाल की जरूरत से कहीं ज्यादा बिजली और अन्य ऊर्जा के संसाधन उपलब्ध हों। इसके लिए योजनाएं बनाई गईं। 1962 में भाभा की योजना थी कि 1987 तक देश में 20 से 25 हजार मेगावाट परमाणु ऊर्जा का उत्पादन किया जाए। इस दिशा में काम भी शुरू किया गया लेकिन यह प्रगति संतोष– जनक नहीं रही। 1987 तक देश में सिर्फ 1320 मेगावाट परमाणु ऊर्जा का ही उत्पादन होने की क्षमता स्थापित की गई। 1974 में किए गए परमाणु परीक्षण की हमने इस तरह से कीमत चुकाई।

अप्सरा, एशिया का पहला रिएक्टर

तीन स्तरों वाली इस नीति को लागू करते हुए 1955–56 में अप्सरा नाम का पहला रिएक्टर बनाया गया। यह रिएक्टर अनुसंधान के मकसद से बनाया गया था। इसका डिजाइन, निर्माण, इसके संचालन के लिए इलेक्ट्रानिक साज–सामान आदि पूरी तरह भारतीय वैज्ञानिकों और इंजीनियरों द्वारा तैयार किया गया। हां, इस रिएक्टर को चलाने के लिए ईंधन एनरिच्ड यूरेनियम ब्रिटेन की यूनाइटेड किंग्डम एथार्टी द्वारा उपलब्ध कराया गया। इस रिएक्टर

ने 4 अगस्त 1956 को काम करना शुरू किया। अप्सरा एशिया में बनाया गया पहला परमाणु रिएक्टर था। चीन अभी इस स्थिति से बहुत पीछे था। चीन में पहला रिएक्टर अप्सरा से दो साल बाद चालू किया गया। यह रिएक्टर रूस ने चीन के लिए बनाया था। अप्सरा रिएक्टर के लिए ब्रिटेन द्वारा ईंधन की आपूर्ति किए जाने के साथ ही भारत की परमाणु यात्रा में विदेशी सहयोग की शुरुआत हुई। वक्त के साथ यह सहयोग और भी बढ़ता गया। हमने चीन से दो साल पहले इस रास्ते पर चलना शुरू किया था लेकिन रास्ते में पिछड़ गए। चीन ने 1964 में पहली बार परमाणु विस्फोट किया था। हमारे पास उस समय इस तरह के संसाधन थे। हम ऐसा कर सकते थे। डाक्टर भाभा ने कहा था कि हम ऐसा कर सकते हैं। हम ऐसा कर पाने से सिर्फ 18 महीने दूर हैं लेकिन हम इस समय को कम करने के लिए कुछ नहीं कर रहे।

उस समय भारतीय राजनीति का एक पक्ष परमाणु बम बनाने के रास्ते पर चलने के लिए सरकार पर दबाव डाल रहा था लेकिन भारत ने परमाणु ऊर्जा के शांतिपूर्ण इस्तेमाल तक ही अपने को केंद्रित रखने का फैसला किया। वह परमाणु ऊर्जा के शांतिपूर्ण और विकास के संसाधन के रूप में उपयोग करने की राह का पथिक बना। तब भी उसने अपना रास्ता नहीं बदला। अपने पहले परमाणु परीक्षण के लिए उसने एक दशक बाद फैसला किया। वह इस बात के लिए इंतजार करता रहा कि दुनिया अपने को समाप्त कर देने के इस रास्ते पर चलने से खुद को रोकेगी। ऐसा नहीं हुआ। इस दिशा में किये गए प्रयास अंतिम लक्ष्य तक नहीं पहुंचे। भारत के आसपास के देशों में बहुत कुछ ऐसा हुआ जिससे लगा कि भारत की सुरक्षा को खतरा हो सकता है। तब भी भारत की नीति यही रही कि वह परमाणु का शांतिपूर्ण उपयोग ही करेगा। 1998 में इस यात्रा में एक महत्त्वपूर्ण पड़ाव आया जब कि पहली बार भारत ने कहा कि वह परमाणु हथियार सम्पन्न देश है। वह आत्मरक्षा के लिए ऐसा कर रहा है। इसकी विस्तृत चर्चा हम बाद में करेंगे।

चीन की चुनौती और भारत

चीन आज एक परमाणु हथियार सम्पन्न राष्ट्र है। वह विश्व के पांच उन स्थायी देशों में से एक है जिनके पास ये हथियार है। वह संयुक्त राष्ट्र सुरक्षा परिषद का स्थायी सदस्य है। उसे इस मुकाम तक पहुंचाने में भारत ने सक्रिय भूमिका निभाई। भारत संयुक्त राष्ट्र सुरक्षा परिषद में स्थायी सीट पाने के लिए

लंबे समय से प्रयासरत हैं। उसे अब तक आश्वासन ही मिलते रहे हैं। चीन आर्थिक दृष्टि से हमसे बहुत आगे जा चुका है। आज उसे दुनिया का उत्पादन केन्द्र माना जाता है। ऐसा क्यों हुआ? क्या हममें योग्यता, क्षमता नहीं थी? नहीं, ऐसा नहीं था। क्या हमारे पास संसाधनों की कमी थी ? न, यह भी नहीं था, फिर ऐसा क्यों हुआ? क्या राजनीति आड़े आई ? शायद? क्या हमारी प्रशासनिक व्यवस्था वह कर पाने में मदद नहीं कर पाई जो चीन की व्यवस्था कर पाई, इस पर हमें विचार करना होगा। हमारी राजनीतिक और प्रशासनिक व्यवस्था को इसके लिए रास्ता निकालना होगा। हमें इस पर गंभीरता से विचार करना होगा। इसके लिए नियोजित तरीके से सतत प्रयास करना होगा। चहुंमुखी आर्थिक विकास इसका आधार होगा। हमें इसके लिए मिल कर काम करना होगा। विकास के रास्ते पर काम करने के लिए देश में आम सहमति की आवश्यकता है। अभी राजनीतिक लाभ के लिए, विकास के रास्ते में बाधाएं डाली जा रही हैं। यह वास्तव में दुर्भाग्यपूर्ण है। देश के आगे बढ़ने के लिए, गरीबी दूर करने के लिए, सबको आगे बढ़ने के अवसर देने के लिए देश के समग्र विकास की योजना पर काम करना होगा। इस पर आम सहमति जरूरी है। समग्र विकास को वोट की राजनीति से अलग किया जाना होगा।

परमाणु ऊर्जा का विकास और अंतरराष्ट्रीय सहयोग

अप्सरा का इस्तेमाल लगातार अध्ययन और अनुसंधान के लिए किया जाता रहा।1958 में इस रिएक्टर में रेडियोएक्टिव आइसोटोप्स बनाने का काम शुरू हुआ। भारत में परमाणु ऊर्जा की यात्रा प्रारम्भ करने और उसे आगे बढ़ाने में अमेरिका, कनाडा, फ्रांस और तत्कालीन सोवियत रूस ने सहायता की। देश के आजाद होते समय हिरोशिमा और नागासाकी पर परमाणु बम गिराए जाने के परिणामों को भुलाने का प्रयास किया जा रहा था। दुनिया में परमाणु के शांतिपूर्ण इस्तेमाल का दौर शुरू हो चुका था। 1950 के दशक के मध्य में अमेरिका, भारत के साथ परमाणु ऊर्जा के सहयोग को प्रमुखता दे रहा था। भारत ने परमाणु विकास के रास्ते पर दूसरे देशों के साथ कदम मिला कर चलने के लिए अपने रिएक्टरों के विकास पर समय लगाने की बजाय अमेरिका की जनरल इलेक्ट्रिक कंपनी की इंटरनेशनल इकाई से 400 मेगावाट क्षमता का संयंत्र आयात और स्थापित करने का फैसला किया। जी ई दुनिया की उन जानी–मानी कंपनियों में से एक थी जिसने सबसे पहले

अमेरिका में इस तरह का संयंत्र बनाया, लगाया और सफलतापूर्वक चलाया था। आज भी यह कंपनी दुनिया में इस क्षेत्र की सबसे जानी–मानी कंपनियों में से एक है। आने वाले समय में यह कंपनी भारत को परमाणु रिएक्टर सप्लाई करने वाली प्रमुख कंपनी बन सकती है बशर्ते वह रिएक्टरों के साथ उनमें इस्तेमाल होने वाले ईंधन और तकनीक की नियमित आपूर्ति सुनिश्चित कर पाने की स्थिति में हो।

भारत आज इस स्थिति में है कि वह रिएक्टरों के सशर्त आयात और उपयोग को एक सीमा से ज्यादा स्वीकार करने को तैयार नहीं होगा। अमेरिका द्वारा तारापुर बिजली घर के लिए ईंधन की आपूर्ति पर रोक लगाए जाने से भारत पहले ही अपने हाथ जला चुका है। अब दूध का जला छाछ भी फूंक–फूंक कर पीना चाहेगा। अमेरिका के सहयोग से तारापुर में परमाणु रिएक्टर लगाए गए। कनाडा के सहयोग से लगाए गए सायरस रिएक्टर के लिए भी अमेरिका द्वारा हैवी वाटर उपलब्ध कराया जा रहा था। इस समय तक भारत में इस क्षेत्र में काम करने वाले विशेषज्ञों तकनीशियों और इंजीनियरों की एक बड़ी संख्या उपलब्ध कराई जा चुकी थी। इन्हें इन विदेशी संयंत्रों में काम करने का अवसर मिला। उन्होंने अपने अनुभवों और प्रशिक्षणों का भरपूर उपयोग किया। इस दौर में भारत और अमेरिकी संबंध इतने अच्छे थे कि भारतीय वैज्ञानिकों को अमेरिका में परमाणु प्रयोगशालाओं में अध्ययन करने का अवसर मिला। अमेरिका ने इसके लिए भारतीयों को स्कॉलरशिप और अन्य सुविधाएं भी दीं।

सायरस, कनाडू और पूर्णिमा की यात्रा

उस दौर में परमाणु क्षेत्र में अमेरिका के अलावा, कनाडा भारत के एक बड़े सहयोगी के रूप में उभरा। कनाडा ने 1956 में भारत को एक परमाणु रिएक्टर सायरस दिया। यह रिएक्टर कोलम्बो प्लान के तहत उपलब्ध कराया गया। इसे ट्राम्बे में लगाने का फैसला किया गया। यह कनाडा और ब्रिटेन के सहयोग से ओटावा नदी के किनारे चाक रिवर गांव के पास लगाए गए एन आर एक्स किस्म के रिएक्टर के नमूने पर बना था। इसे थोड़े फेरबदल के साथ भारत लाया गया था। इस संयंत्र को स्थापित करने में कनाडा के इंजीनियरों और विशेषज्ञों के साथ भारतीय इंजीनियरों और विशेषज्ञों ने भी योगदान किया। सायरस में प्राकृतिक यूरेनियम का इस्तेमाल किया जाता

था। इसमें न्यूट्रॉन्स की गति को धीमा करने के लिए हैवी वाटर और संयंत्र को ठंडा रखने के लिए सामान्य पानी का इस्तेमाल किया जाता था। इस संयंत्र में बिजली बनाने की स्थापित क्षमता 40 मेगावाट थी। इस रिएक्टर को चलाने के लिए ईंधन उपलब्ध कराने के लिए 1956 के प्रारम्भ में इसके साथ ही यहां यूरेनियम फ़्यूल बनाने की सुविधा स्थापित करने का फैसला किया गया। यूरेनियम फ्यूलिंग प्लांट इस संयंत्र के लिए ईंधन सप्लाई करने के लिए बनाया गया था। इसके साथ ही यहां से मिलने यूरेनियम का उपयोग करने के लिए यहां पर यूरेनियम मेटल प्लांट लगाने को भी मंजूरी दी गई। तीन साल से भी कम समय में इन इकाइयों ने काम करना शुरू कर दिया। इनमें उत्पादन भी शुरू हो गया। यह काम बेहद जटिल और समय लेने वाला था। भारतीय इंजीनियरों और विशेषज्ञों ने ऐसा कर दिखाया। इतने कम समय और इतनी कम लागत में इन इकाइयों की स्थापना के लिए भारतीय विशेषज्ञों के काम को दुनिया–भर में सराहा गया। बाद में यूरेनियम मेटल प्लांटस में अन्य सुविधाएं भी जोड़ी गईं।

1961में भारतीय विशेषज्ञों के सहयोग से यहां पर जीरो एनर्जी रिसर्च रिएक्टर जेरलीना विकसित किया गया। इसमें तरह–तरह के आवश्यक और बेहद जटिल माने जाने वाले अनुसंधान और विकास के कार्य किए गए। इसे 1983 में बंद कर दिया गया। इस बीच देश में ही यूरेनियम और परमाणु ऊर्जा के क्षेत्र में काम आने वाले थोरियम और अन्य खनिजों का पता लगाने का काम जारी रहा। 1975 में सूरदा के बाद, 1983 में राखा में थोरियम और यूरेनियम के भंडारों का पता चला। 1986 में हिंदुस्तान कॉपर लिमिटेड में कापर टेलिंग से यूरेनियम प्राप्त करने का प्रयास सफल रहा। भाटिन, नरवा पहाड़, भांडुरंग, बड़जाता, तूरामदीह, माहुलदीह में यूरेनियम के भंडारों का पता चला। भारत बंगला देश सीमा के पास दिया सियात से मिले यूरेनियम खनिज की किस्म दूसरों की तुलना में बेहतर पाई गई। बाद में आंध्र प्रदेश के नालगोंडा और कुडप्पा तथा कर्नाटक के गुलबर्गा में ही यूरेनियम का पता चल'। जेरलीना रिएक्टर से किए गए अध्ययन और अनुसंधान के आधार पर 1972 में पूर्णिमा नाम का एक नया रिएक्टर बनाया गया। यह रिएक्टर कलपक्कम में लगाए गए बिजली घर के रिएक्टरों के विकास का आधार बना। 10 मई 1984 को पूर्णिमा द्वितीय ने काम करना शुरू किया। पूर्णिमा दो का निर्माण पूर्णिमा प्रथम के निर्माण और संचालन से प्राप्त अनुभवों के आधार पर किया गया। पूर्णिमा

द्वितीय देश का ऐसा पहला रिएक्टर था जिसमें यूरेनियम 233 इस्तेमाल किया गया। इसके बाद ट्राम्बे में स्वदेशी तकनीक से ध्रुव रिएक्टर का निर्माण किया गया। ध्रुव ने इस क्षेत्र में विकास के नए कीर्तिमान स्थापित करने में महत्त्वपूर्ण भूमिका निभाई।

अमेरिकी सहयोग से लगा कोटा में परमाणु बिजली घर

राजस्थान में परमाणु बिजली घर लगाए जाने का फैसला पंडित नेहरू के निर्देश पर किया गया। नेहरू का कहना था कि राजस्थान कोयले की खानों से बहुत दूर है। इसलिए यहां कोयले से चलने वाला बिजली घर लगाना महंगा होगा। यहां पर पानी से बिजली बनाने की व्यवस्था नहीं की जा सकती क्यों कि यहां पर ऐसी नदियां ही नहीं हैं जिनमें पूरे साल पानी रहता हो। इसलिए परमाणु बिजली घर ही इस रेगिस्तानी प्रदेश को बिजली उपलब्ध करा कर इसे विकास के रास्ते पर ले चलने में मददगार साबित हो सकते हैं। राजस्थान के कोटा में अमेरिकी सहायता से लगे बिजली घरों ने काम करना शुरू किया। यहां से प्राप्त अनुभवों को देखते हुए आने वाले समय में देश में परमाणु बिजली घरों से अतिरिक्त बिजली का उत्पादन किए जाने की योजनाएं बनाई गईं। इन प्रस्तावित बिजली घरों में हैवी वाटर की संभावित आवश्यकता को ध्यान में रख कर कोटा में हैवी वाटर का उत्पादन करने वाले संयंत्रों की स्थापना की गई। नेहरू की दूरगामी सोच के चलते शुरू से ही इन संयंत्रों को अधिक क्षमता वाले बनाया गया जिससे बाद में हैवी वाटर की बढ़ती मांग को देश में ही पूरा किया जा सके। इन रिएक्टरों में इस्तेमाल किए जाने वाले इलेक्ट्रानिक उपकरणों के निर्माण और अनुसंधान के लिए हैदराबाद में इलेक्ट्रानिक कारपोरेशन आफ इंडिया की स्थापना की गई। यह वह जमाना था जब प्लूटेनियम के इस्तेमाल पर अंतरराष्ट्रीय सेफगार्ड लगाए जाने की व्यवस्था की शुरुआत नहीं हुई थी। इसलिए इस रिएक्टर के इस्तेमाल के सवाल पर नाम मात्र के ही नियंत्रण थे। 1960 के दशक में कनाडा ने भारत को दो और न्यूक्लियर रिएक्टरों की बिक्री की। इन्हें कनाडू के नाम से जाना जाता था। निर्यात करते समय कनाडा ने इन रिएक्टरों के इस्तेमाल पर अनेक प्रकार के प्रतिबंध लगाए। ऐसा इसलिए किया गया था जिससे भारत परमाणु ऊर्जा के सैनिक इस्तेमाल के लिए इनका प्रयोग न कर सके।

परमाणु ऊर्जा विकास के संसाधन के रूप में लाई गई

संविधान सभा में हुई चर्चा के आधार पर हम देख चुके हैं कि भारत में परमाणु ऊर्जा का विकास मूलतः ऊर्जा के एक संसाधन के रूप में किया गया था। इसमें सुरक्षा का पहलू बाद में बदलती राष्ट्रीय और अंतरराष्ट्रीय परिस्थितियों और विशेष रूप से भारत की सुरक्षा को संभावित खतरों को ध्यान में रख कर जोड़ा गया। भारत ने इस संसाधन के हथियार के रूप में इस्तेमाल किये जाने का लगातार विरोध किया। दुनिया के चंद गिने–चुने देशों को छोड़ दिया जाए तो सभी जिम्मेदार देशों में इस बात पर सहमति है कि पृथ्वी पर से परमाणु हथियारों का समाप्त किया जाना जरूरी है। उनमें इस बात पर सहमति नहीं हो पाई है कि इस लक्ष्य को कैसे प्राप्त किया जाए। भारत ने आजाद होने के बाद से ही लगातार इस बात का प्रयास किया कि दुनिया से किस तरह परमाणु हथियारों के जखीरे को खत्म किया जाए। इस लक्ष्य को पाने के लिए उसने विश्व मंच पर अनेक प्रस्ताव रखे। परमाणु हथियार सम्पन्न बनने के बाद भी भारत की यह नीति बदली नहीं। भारत ने अपनी ओर से उनका पहले इस्तेमाल नहीं करने का वादा किया है। भारत ऐसा करने के लिए किसी भी तरह से वचनबद्ध नहीं है। विश्व को परमाणु हथियारों से मुक्त करने और उन पर नियंत्रण के लिए भारत द्वारा किए गए और किए जा रहे प्रयासों की विस्तृत चर्चा हम 'एकला चलो रे' अध्याय में करेंगे। भारत की सामरिक परमाणु नीति में भी साफ किया गया है कि उसके परमाणु हथियार आत्मरक्षा के लिए हैं। वह इनका उपयोग उन देशों के खिलाफ नहीं करेगा जिनके पास इस तरह के हथियार नहीं हैं। वह इन हथियारों का पहले इस्तेमाल नहीं करेगा। यदि उस पर इस तरह के हथियारों से हमला किया जाता है तब ही वह इन हथियारों का इस्तेमाल करेगा। भारत इन हथियारों का इस्तेमाल इस तरह से करेगा कि दुश्मन को पूरी तरह से नेस्तनाबूत कर दिया जाए। इस परिस्थिति के लिए वह अपने पास आवश्यक और पर्याप्त हथियार और उन्हें दुश्मन के ठिकानों तक पहुंचाने के लिए संसाधन अपने पास रखेगा। बदलती परिस्थितियों के अनुसार उनमें आवश्यक फेरबदल करेगा। विस्तृत जानकारी के लिए देखिए बुद्धा स्माइल अगेन : पोखरण दो।

3

बुद्धा इज स्माइलिंग : पोखरण-1

1974 में भारत ने पहली बार एक परमाणु परीक्षण किया। यह विस्फोट भारत की परमाणु यात्रा का एक प्रमुख पड़ाव कहा जा सकता है। यहीं से भारत को दुनिया की परमाणु यात्रा से अलग–थलग कर देने के दौर की शुरुआत हुई। यह विस्फोट 18 मई 1974 को सुबह आठ बज कर पांच मिनट पर किया गया। यह विस्फोट राजस्थान के रेगिस्तानी इलाके में जमीन के अंदर एक सौ मीटर से भी अधिक की गहराई पर हुआ। इसे पीसफुल न्यूक्लियर एक्सप्लोजन पी एन ई का नाम दिया गया। इसे बुद्धा इज स्माइलिंग या पोखरण वन के नाम से भी जाना जाता है। सरकारी दस्तावेज इसे एक परीक्षण कहते हैं। इस विस्फोट को बुद्धा इज स्माइलिंग का नाम दिए जाने के पीछे एक रोचक कहानी बताई जाती है। यह विस्फोट बुद्ध पूर्णिमा के दिन किया गया था। प्रधानमंत्री को इस परीक्षण की सफलता की जानकारी देने के लिए इस वाक्य को एक कोड वर्ड के रूप में इस्तेमाल किया गया था। पोखरण में परमाणु विस्फोट की यह योजना पूरी तरह से गुप्त रखी गई थी। इस बारे में दिल्ली में यह जानकारी केवल प्रधानमंत्री, उनके सलाहकार डी. पी. धर और प्रधानमंत्री के सचिव पी. एन. हक्सर तक सीमित रखी गई। ऐसा इसलिए किया गया था जिससे इस बारे में देश–विदेश में किसी को तब तक पता न चल सके जब तक इसे सफलतापूर्वक कर न लिया जाए। तत्कालीन विदेश मंत्री को विस्फोट के कुछ समय पहले और रक्षा मंत्री को विस्फोट की सफलता के बाद ही इसकी औपचारिक जानकारी दी गई। दुनिया को इस विस्फोट का पता तभी चला जब यह काम सफलतापूर्वक पूरा कर लिया गया। पोखरण दो के समय भी भारतीय विशेषज्ञ ऐसा कर पाने में सफल रहे। सारी दुनिया पर नजर रखने वाले अमरीकी गुप्तचर उपग्रह और अन्य साज–सामान भी इस

परीक्षण का पता लगाने में बुरी तरह असफल रहे। इस बात के प्रमाण हैं कि पोखरण दी के पहले भी कई बार इस तरह की योजनाएं बनाई गईं लेकिन इसके बारे में दूसरे देशों को पता चल गया था और इस फैसले को टालने के लिए भारत को मजबूर होना पड़ा था।

बेबीज सैटिसफैक्टरली बॉर्न

परमाणु विस्फोट के बारे में नेतृत्व को जानकारी देने के लिए दुनिया में पहले भी कोड वर्डस का इस्तेमाल किए जाने के प्रमाण हैं। ब्रिटेन के प्रधानमंत्री विंस्टेन चर्चिल को जब अमेरिका द्वारा न्यू मैक्सिको के रेगिस्तान में पहली बार परमाणु बम का सफलतापूर्वक परीक्षण किए जाने की जानकारी दी गई थी तो संदेश में लिखा गया था 'बेबीज सैटिसफैक्टरली बॉर्न'। श्री चर्चिल ने द्वितीय विश्वयुद्ध के बारे में लिखी गई अपनी पुस्तक में इस बारे में जानकारी दी है। चर्चिल ने लिखा कि वह 17 जुलाई थी जब दुनिया को दहला देने वाली यह जानकारी मुझे दी गई। मैं उस दिन बर्लिन में था। वहां मेरी अमरीकी राष्ट्रपति ट्रूमैन के साथ बातचीत होनी थी। मैं जहां ठहरा हुआ था वहां पर मेरे सहयोगी स्टिमसन मुझसे मिलने आए। उन्होंने मेरे सामने एक कागज रखा। इस पर लिखा हुआ था कि बेबीज सैटिसफैक्टरली बॉर्न। स्टिमसन के हाव–भाव से मुझे लगा कि कुछ बड़ी बात हुई है। उन्होंने बताया कि इसका अर्थ है कि न्यू मैक्सिकन रेगिस्तान में किया गया परमाणु परीक्षण सफल रहा है। परमाणु बम अब एक वास्तविकता बन चुका है। यह परीक्षण 16 जुलाई 1945 को न्यू मैक्सिको के अलमोगोर्डो फायरिंग रेंज में किया गया था। यह फायरिंग रेंज जोर्नाडो डेल मुरटो इलाके में स्थित था। अमेरिकी परमाणु बम के अनुसंधान की इस परियोजना को मैनहट्टन प्रोजेक्ट के नाम से जाना जाता है। इस योजना को टॉप सीक्रेट रखा गया था। बाद में तो इस पर किताबें लिखी गयीं। फिल्में बनाई गई।

श्रीमती गांधी का आदेश

पोखरण–1 परियोजना से जुड़े रहे लोगों का कहना है कि विस्फोट की सफलता के बाद कुछ समय तक दिल्ली को यह जानकारी नहीं दी जा सकी क्योंकि इस काम के लिए खास तौर पर लगाई गई हॉट लाइन ने आखिरी वक्त पर काम नहीं किया। पोखरण की गर्मी में किए गए विस्फोट को शायद

यह हाट लाइन भी सह नहीं सकी। इसके बाद सेना की एक जीप में आयोग के एक अधिकारी को पोखरण गांव के सार्वजनिक टेलीफोन तक जाना पड़ा। वहां से प्रधानमंत्री सचिवालय के एक्सचेंज की मार्फत प्रधानमंत्री तक यह जानकारी भेजी जा सकी। इस बीच सेना के नेटवर्क के रास्ते दिल्ली को यह महत्त्वपूर्ण सूचना पहुंचाने की व्यवस्था भी की गई। प्रथम परमाणु परीक्षण के फैसले और उसके क्रियान्वयन के बीच भारत की परमाणु यात्रा ने लंबी दूरी तय की। इस परियोजना के विकास के बारे में अधिक लिखत–पढ़त नहीं की गई। जो की भी गई उसको अधिकृत तौर पर कभी सार्वजनिक नहीं किया गया। इसलिए फैसले को लागू किए जाने और उसकी प्रगति के बारे में अधिक सूचनाएं जुटा पाना संभव नहीं हो पाता है। माना यह जाता है कि 7 सितम्बर 1972 को श्रीमती गांधी ने भाभा परमाणु अनुसंधान केन्द्र का दौरा किया था। इसी दौरान उन्होंने न्यूक्लियर डिवाइस बनाने और उसका परीक्षण करने के बारे में मौखिक आदेश दिए थे। इसके बाद पहले कागजों पर इसका डिजाइन बनाने का काम शुरू हुआ। फिर इसे वास्तविकता के धरातल पर उतारने के लिए इंजीनियरों और वैज्ञानिकों ने महीनों तक अपना पसीना बहाया। इसके साथ ही इस बात पर विचार किया गया कि विस्फोट कहां किया जाए, इसके लिए सर्वेक्षण आदि का काम शुरू हुआ। विभिन्न विकल्पों पर विचार करने के बाद राजस्थान के पोखरण क्षेत्र के रेगिस्तानी इलाके में यह परीक्षण करने का फैसला किया गया। इसके लिए जमीन का अधिग्रहण किया गया। आस–पास रहने वाले लोगों को हटा कर दूसरी जगहों पर बसाया गया। परीक्षण क्षेत्र को गुप्त रखने के लिए इसका विकास सेना के लिए फायरिंग रेंज बनाने के मकसद से किया गया बताया गया। कुछ लोगों का कहना है कि पोखरण में फायरिंग रेंज बनाने का फैसला श्री लाल बहादुर शास्त्री के प्रधानमंत्री के कार्यकाल के दौरान किया गया था। निश्चित तौर पर यह नहीं कहा जा सकता कि यह फैसला परमाणु बम के विस्फोट के लिए फायरिंग रेंज बनाने के लिए था या सेना के नियमित अभ्यास के लिए यह रेंज बनाया जाने के लिए किया गया था।

विस्फोटक सामग्री इंडियन एयरलाइन्स की सामान्य उड़ान में ले जाई गई

देश में पहली बार परमाणु परीक्षण करने के लिए भाभा परमाणु अनुसंधान केन्द्र के निदेशक राजा रामन्ना को डिवाइस डेवलपमेंट की इस योजना का

टीम लीडर बनाया गया। पी. के. आयंगर इस काम के लिए गठित टीम के सेकेंड इन कमान थे। उन्होंने इस परियोजना के विकास में बेहद महत्त्वपूर्ण भूमिका निभाई। वे इस डिवाइस के वास्तविक उत्पादन के लिए जिम्मेदार बनाए गए। रक्षा अनुसंधान और विकास संस्थान डी. आर. डी. ओ. के डायरेक्टर और रक्षा मंत्री के वैज्ञानिक सलाहकार डा. बी. नाग चौधरी को विस्फोटक प्रणाली के विकास को समन्वित करने की जिम्मेदारी सौंपी गई। डा. एन. एस. वेंकटेशन ने डी. आर. डी. ओ. की चंडीगढ़ स्थित टर्मिनल बैलेस्टिकस रिसर्च लैबोरेटरी के निदेशक के रूप में हाई एक्सप्लोसिव सिस्टम के विकास और उत्पादन में विशेष योगदान किया। न्यूक्लियर सिस्टम डिजाइन टीम की कमान आर चिदम्बरम ने संभाली। इलैक्ट्रानिक डिटोनेशन सिस्टम टीम को पी. आर. दस्तीदार ने लीड किया। न्यूट्रॉन इनीशिएटर टीम का नेतृत्व वासुदेव के आयंगर ने किया। प्लूटोनियम कोर फैब्रीकेटर टीम का नेतृत्व पी. के. राय ने किया। सिस्टम इंटीग्रेशन टीम जितेन्द्र नाथ सोनी और अनिल काकोदर ने प्रभावकारी भूमिका निभाई। श्री काकोदर ने भारत–अमेरिकी समझौता करने और उसे 2008 में आई ए ई ए में पारित कराने के समय भारतीय पक्ष को पेश करने में बेहद महत्त्वपूर्ण योगदान किया। परमाणु क्षेत्र की प्रगति में इन वैज्ञानिकों द्वारा किए गए प्रारम्भिक कार्यों ने ही आज भारत को इस स्तर पर ले जाने में सक्षम बनाया जहां वह अपनी शर्तों पर दुनिया से बात कर पाने की स्थिति में है।

अपने संसाधन अपनी तकनीक

राजस्थान के तपते रेगिस्तान में मई की गर्मी में किया गया पहला परमाणु परीक्षण भारत ने पूरी तरह अपने संसाधनों से किया था। इसके लिए तकनीक का विकास भी भारतीय वैज्ञानिकों द्वारा ही किया था। दुनिया के प्रमुख देश भारत के इस दावे से सहमत नहीं थे। उन्हें विश्वास ही नहीं था भारत ऐसा कर सकता है। इस विस्फोट के बारे में तत्कालीन प्रधानमंत्री श्रीमती इंदिरा गांधी ने संसद के मानसून सत्र में संसद में एक बयान दिया। यह बयान परमाणु यात्रा के इस पड़ाव और उसके प्रभावों और इस पड़ाव तक पहुंचने की कहानी कहता है। इससे इस यात्रा की वर्तमान और भावी नीति और दिशा के बारे में स्पष्ट जानकारी सामने आती है। इसलिए इस बयान को पढ़ना, जानना और समझना जरूरी है। श्रीमती गांधी उस समय

प्रधानमंत्री के अलावा परमाणु ऊर्जा इलेक्ट्रॉनिक्स और अंतरिक्ष विभाग की भी मंत्री थीं। श्रीमती गांधी ने इस विस्फोट के बारे में 22 जुलाई 1974 को लोक सभा में एक बयान दिया। यह बयान शून्य काल के तुरंत बाद दिया गया। लोकसभा की घड़ी में जैसे एक बजे,श्रीमती गांधी सदन में अपने निर्धारित स्थान पर खड़ी हुई और इस बारे में अपना बयान पढ़ना शुरू किया। श्रीमती गांधी ने कहा कि यह प्रयोग परमाणु ऊर्जा आयोग द्वारा परमाणु ऊर्जा के शांतिपूर्ण उपयोग के उद्देश्य से किए जा रहे अनुसंधान और विकास के कार्यों के तहत किया गया। माननीय सदस्यों को याद होगा 15 नवम्बर 1972 को मैंने लोकसभा में कहा था कि परमाणु ऊर्जा आयोग उन परिस्थितियों की जांच कर रहा है जिनमें जमीन के नीचे शांतिपूर्ण कार्यों के लिए परमाणु विस्फोट किए जा सकें। जिनका कि भारत के आर्थिक विकास में लाभ मिल सके और जिससे पर्यावरण को भी कोई हानि न पहुंचे। इसके ठीक एक साल बाद 15 नवम्बर को मैंने राज्य सभा के सम्मानित सदस्यों को बताया था कि परमाणु ऊर्जा आयोग इस क्षेत्र में लगातार रुचि ले रहा है। मैंने उन्हें यह भी बताया था कि जब पर्यावरण पर पड़ने वाले संभावित प्रभावों के संतोषजनक जवाब मिल जाएंगे तब शांतिपूर्ण कार्यों के लिए जमीन के अंदर परीक्षण करने के सवाल पर विचार किया जा सकता है। श्रीमती गांधी के इस बयान से स्पष्ट है कि भारत ने परमाणु परीक्षण के लिए काम करना इस परीक्षण को करने से बहुत पहले शुरू कर दिया था। संसद में दिए गए इन बयानों से साफ है कि इस फैसले को उतना भी गुप्त नहीं रखा गया था जितना कि माना जाता है। स्पष्ट है कि पंडित नेहरू द्वारा संविधान सभा में दिए गए संकेतों को ही आगे बढ़ाया गया था।

हमने कोई अंतरराष्ट्रीय समझौता नहीं तोड़ा

प्रधानमंत्री श्रीमती गांधी ने कहा कि मुझे सदस्यों को यह बताते हुए प्रसन्नता हो रही है कि 18 मई को किए गए परीक्षण का पर्यावरण में रेडियोधर्मिता का कोई प्रभाव नहीं पड़ा है। रेडियोधर्मिता पर इस तरह से नियंत्रण रखा जा सका कि परीक्षण के एक घंटे के अंदर ही वैज्ञानिकों का एक दल परीक्षण स्थल के तीस मीटर ऊंचाई तक पर उड़ान भर सका। जमीन पर परीक्षण स्थल से 250 मीटर की दूरी तक आ सका। उसे कहीं भी रेडियोधर्मिता के प्रमाण नहीं मिले। परमाणु ऊर्जा आयोग इस समय इस परीक्षण के परिणामों

की जांच कर रहा है। इसमें करीब छह महीने का समय लगने की आशा है। आयोग का प्रस्ताव है कि वैज्ञानिक परम्परा के अनुसार इस परीक्षण के बारे में लेख प्रकाशित किए जाएंगे। दुनिया के वैज्ञानिकों के लाभ के लिए इस परीक्षण के बारे में जानकारी दी जाएगी। श्रीमती गांधी ने स्पष्ट किया कि इस परियोजना के लिए इस्तेमाल किया गया सारा साज–सामान, उपकरण और इस पर काम करने वाले सभी कर्मचारी भारतीय थे। भारत ने किसी अंतरराष्ट्रीय कानून और जिम्मेदारियों या इस बारे में किसी देश से किए गए किसी वादे को नहीं तोड़ा है। यह कह कर श्रीमती गांधी ने इस परीक्षण के आलोचकों को करारा जवाब दिया जो भारत को अंतरराष्ट्रीय समझौता तोड़ने का कसूरवार ठहराने का प्रयास कर रहे थे।

दुनिया हमारे प्रयास को समझेगी

भारत के परमाणु विस्फोट के बारे में दुनिया में उठे विवादों का ब्योरा देते हुए श्रीमती गांधी ने कहा कि इस प्रयोग के बारे में विभिन्न देशों ने अलग–अलग प्रतिक्रिया व्यक्त की है। विकासशील देशों ने आम तौर पर इस परीक्षण को भारत द्वारा परमाणु ऊर्जा के शांति पूर्ण उपयोग के लिए अनुसंधान और विकास की ओर एक कदम कहा है। इसका स्वागत किया है। कुछ को छोड़कर विकसित देशों ने इस प्रकार की समान समझदारी नहीं दिखाई है। संयुक्त राज्य अमेरिका ने इस बारे में संतोष व्यक्त करते हुए कहा है कि भारत के साथ किए गए समझौते के तहत आई ए ई ए द्वारा सेफगार्ड लगाए जाने की व्यवस्था ने अपना काम किया है। अमेरिका ने यह भी कहा है कि इस परीक्षण के लिए इस्तेमाल किया गया साज–सामान अमेरिका से नहीं आया। उसने अपनी इस नीति को फिर से दोहराया है। उसकी सरकार की नीति परमाणु प्रसार के विरुद्ध है। सोवियत संघ ने इस बात को रेखांकित किया है कि भारत ने एक अनुसंधान कार्यक्रम किया है जो परमाणु ऊर्जा के शांतिपूर्ण उपयोग के लिए दुनिया–भर में किए जा रहे अनुसंधान कार्यक्रमों के साथ समता बनाए रखने के उद्देश्य से किया गया है। भारत के परमाणु ऊर्जा आयोग के अध्यक्ष को फ्रांस के परमाणु ऊर्जा आयोग के अध्यक्ष की ओर से एक पत्र मिला है जिसमें परीक्षण की सफलता पर उन्हें बधाई दी गई है। चीन ने इस परीक्षण के बारे में सरकारी तौर पर जानकारी दी है। उसकी ओर से इस परीक्षण पर कोई टिप्पणी नहीं की गई है। इस परीक्षण पर जापान सरकार की

प्रतिक्रिया यह रही है कि उसने इस परीक्षण पर खेद व्यक्त किया है।

हम कनाडा की राय से सहमत नहीं हैं

श्रीमती गांधी ने सदन को बताया कि कनाडा और हमारे पड़ोसी, उन्होंने पाकिस्तान का नाम नहीं लिया, की ओर से इस पर तीखी प्रतिक्रिया व्यक्त की गई है। कनाडा इस बात से संतुष्ट है कि इससे दोनों देशों के बीच हुए किसी समझौते का उल्लंघन नहीं हुआ है लेकिन कनाडा के विदेश मंत्री ने कहा है कि इससे विश्व समुदाय द्वारा परमाणु परीक्षणों को रोकने और परमाणु विस्फोट तकनीक के प्रसार को रोकने के प्रयासों को करारा झटका लगा है। श्रीमती गांधी ने कहा, भारत सरकार कनाडा सरकार के इस प्रतिनिधि की राय से इत्तिफाक नहीं रखती। मैंने बार–बार परमाणु ऊर्जा के शांतिपूर्ण इस्तेमाल की हमारी नीति की पुष्टि की है। हमने विशेष रूप से यह कहा है कि हमारा परमाणु हथियार बनाने का कोई इरादा नहीं है। भारत सरकार आशा करती है कि कनाडा की सरकार इस परीक्षण के कारणों को समझेगी। मैंने इस बयान में पहले ही कहा है कि हमारा परमाणु ऊर्जा आयोग इस प्रौद्योगिकी के बारे में सैद्धान्तिक और व्यवहारिक दृष्टि से हो रही प्रगति की समीक्षा करता रहा है। इस इरादे को गुप्त नहीं रखा गया था। दुनिया को इसके बारे में बता दिया गया था। यदि किसी बात के बारे में कनाडा और भारत सरकार के बीच मतभेद सामने आए हैं तो भारत सरकार आशा करती है कि उन्हें दोनों देशों के प्रतिनिधियों के बीच बातचीत से संतोषजनक तरीके से निपटा लिया जाएगा। दोनों देशों के प्रतिनिधियों के बीच इस बारे में बातचीत जारी है।

यह गलत है कि पाकिस्तान में रेडियोधर्मिता फैली

श्रीमती गांधी ने कहा कि भारत सरकार पाकिस्तान सरकार के प्रतिनिधियों द्वारा बार–बार न्यूक्लियर ब्लैकमेल कहे जाने की बात को समझ पाने में सफल नहीं हो पा रही है। मैंने पाकिस्तान के प्रधानमंत्री श्री जुल्फिकार अली भुट्टो को एक पत्र लिख कर इस परीक्षण के शांतिपूर्ण कार्यों के लिए होने और इसके पीछे के आर्थिक उद्देश्यों के बारे में जानकारी दी है। मैंने यह भी कहा है कि भारत पाकिस्तान के साथ परमाणु प्रौद्योगिकी के बारे में भागीदारी करने को उसी तरह तैयार है जिस तरह से उसने दूसरे देशों के साथ भागीदारी करने की अपनी इच्छा दिखाई है। शर्त यह है कि इसके लिए माहौल हो। समझदारी

तथा विश्वास का वातावरण बने। मैं फिर एक बार यह आश्वासन दोहराती हूं और आशा करती हूं कि पाकिस्तान की सरकार इस बारे में भारत सरकार के पक्ष को समझेगा। पाकिस्तान ने यह भी आरोप लगाया है कि इस विस्फोट के कारण उस देश में रेडियोधर्मिता फैली है। मैं यह साफ करना चाहती हूं कि ऐसा हो पाना संभव ही नहीं है क्योंकि परीक्षण जमीन के अंदर किया गया। उससे कोई रेडियोधर्मिता पर्यावरण में बाहर निकली ही नहीं और न ही रेडियोएक्टिव गुबार देखा गया। यही नहीं उस दिन हवा उल्टी तरफ को चल रही थी जैसी कि उन दिनों में आम तौर पर चलती है। सिद्धान्त के रूप में इस बात को स्वीकार नहीं किया जा सकता क्योंकि उस दिन यानी 18 मई 1974 को हवा दक्षिण--पश्चिम की ओर से चल रही थी।

परमाणु ऊर्जा का शांतिपूर्ण उपयोग किया जा सकता है

प्रधानमंत्री ने कहा, विकसित देशों के वैज्ञानिकों ने शांतिपूर्ण परमाणु परीक्षणों के बारे में अनेक लेख प्रकाशित किए हैं। 1970,1971, 1972 में इंटरनेशनल एटामिक एजेंसी ने पैनल मीटिंग्स आयोजित की थी। भारत ने इन सभी बैठकों में पैनल के सदस्य के रूप में हिस्सा लिया था। पीसफुल न्यूक्लियर एक्सप्लोजन्स फिनोमेनोलॉजी एंड स्टेटस रिपोर्ट 1970 में उन परियोजनाओं के बारे में संकेत दिया गया है जिनके बारे में शांतिपूर्ण परमाणु परीक्षण किए जा सकते हैं। इस रिपोर्ट में एक जगह पर कहा गया है कि पूरी तरह से जमीन के अंदर किए जाने वाले परमाणु परीक्षण, जो जमीन फाड़कर बाहर नहीं निकलते, को अनेक प्रकार की योजनाओं में प्रयोग किया जा सकता है। परीक्षण के तौर पर उद्योग के क्षेत्र में इस तकनीक का गैस और तेल निकालने के क्षेत्र में उपयोग किया गया है। उसके अच्छे परिणाम निकले हैं। इसके अलावा परमाणु विस्फोट से बनने वाली खाइयों का उपयोग, जमीन के अंदर तेल गैस के भंडार बनाने, परमाणु बिजली घरों से निकलने वाले रेडियोएक्टिव कचरे को रखने और रासायनिक कारखानों से निकलने वाले कूड़े--कचरे को ठिकाने लगाने की परियोजनाओं में करना लाभ का सौदा हो सकता है। इसी तरह से जमीन के अंदर से खनिज निकालने और कम गहराई पर मिलने वाले तेल को निकालने के लिए इस तकनीक का उपयोग किया जा सकता है। भारत के लिए यह सुझाव खास रुचि का हो सकता है। वह जमीन के अंदर से इस तकनीक का इस्तेमाल करके खनन कर सकता है।

ऐसा करने से उसकी दूसरे देशों पर खनिजों के मामले में निर्भरता कम हो सकती है। उसकी राष्ट्रीय अर्थव्यवस्था के विकास में मदद मिल सकती है।

परिणाम मिलने के बाद भविष्य पर विचार करेंगे

श्रीमती गांधी ने कहा कि हमने अभी हाल ही में परमाणु परीक्षण किया है। इसके परिणाम करीब छह महीने में मिल पाएंगे। इसलिए अभी इस बारे में बात करना बहुत जल्दी होगी कि इस विस्फोट से बने गड्ढे का क्या उपयोग किया जा सकता है। इस तरह की व्यवस्था आर्थिक और अन्य नजरिए से कितनी व्यवहारिक हो सकती है, इस बारे में विचार करने के लिए और जानकारियों की आवश्यकता होगी। माननीय सदस्यो, मैंने पीछे जिस पैनल की चर्चा का उल्लेख किया है उसमें अधिकतर विकसित देश भी शामिल हुए थे। उस चर्चा में इस बात पर जोर दिया गया था कि शांतिपूर्ण परमाणु विस्फोट मूलतः अनुसंधान और विकास के कार्यक्रम हैं। इन परिस्थितियों में भारत सरकार यह समझ पाने में असफल रही है कि उसकी इस बात के लिए आलोचना क्यों की जा रही है कि शांतिपूर्ण परमाणु विस्फोट के लिए जिस प्रौद्योगिकी की जरूरत है उसमें और परमाणु हथियार बनाने के लिए इस्तेमाल की जाने वाली तकनीक में कोई अंतर है। कोई भी प्रौद्योगिकी अपने आप में बुरी नहीं है। कोई देश किसी तकनीक का कैसे इस्तेमाल करता है। इस बात पर निर्भर करता है कि वह देश, उस तकनीक का कैसे इस्तेमाल कर रहा है। भारत रंगभेदी सिद्धान्तों को किसी भी तरह से स्वीकार नहीं करता, भले ही वह प्रौद्योगिकी के क्षेत्र में क्यों न हो।

विस्फोट इतना भी शांतिपूर्ण नहीं था

पोखरण वन के करीब पचीस साल बाद 10 अक्तूबर 1997 को एक संवाददाता के सवाल के जवाब में परमाणु कार्यक्रम के निदेशक राजा रमन्ना ने अपनी एक सार्वजनिक टिप्पणी में यह कहा था कि पोखरण परीक्षण एक बम था। अब मैं आपको यह बता सकता हूं कि विस्फोट तो एक विस्फोट होता है। बंदूक तो बंदूक होती है, आप उससे किसी पर निशाना लगा कर गोली चलाएं या जमीन पर चलाएं। मैं यह साफ करना चाहता हूं कि यह परीक्षण उतना भी शांतिपूर्ण नहीं था। पोखरण प्रथम द्वारा देश की योग्यता और क्षमता के प्रदर्शन के बावजूद करीब ढाई दशकों तक भारत ने न कोई परीक्षण किया

और न ही इसका परमाणु हथियार बनाने की दिशा में इस्तेमाल किया। भारत ने एक जिम्मेदार परमाणु शक्ति सम्पन्न राष्ट्र की तरह इस तकनीक को किसी दूसरे देश को कभी नहीं दिया। उसकी सीमा से लगे देशों में इस तरह की घटनाएं बार–बार होती रहीं। आजादी के बाद भारत को चार बार 1947, 1962, 1965 और 1971 में पड़ोसी देशों द्वारा किए गए सैनिक हमलों के कारण युद्ध की विभीषिका का सामना करना पड़ा। इनमें से तीन बार हमले पाकिस्तान ने किए। एक बार चीन की ओर से ऐसा किया गया लेकिन तब भी भारत ने परमाणु ऊर्जा के सैनिक इस्तेमाल का प्रयास नहीं किया। जनरल मुशर्रफ के नेतृत्व में कारगिल पर कब्जे के पाकिस्तानी सेना के असफल प्रयास को भी जोड़ लें तो यह चौथा मौका था जब पाकिस्तानी फौज ने भारत की सीमा में अपने पैर जमाने का असफल प्रयास किया। अंततः उन्हें मुंह की खानी पड़ी। हमें आत्मरक्षा में चौथा युद्ध लड़ने के लिए मजबूर होना पड़ा।

परमाणु ऊर्जा के उपयोग के रास्ते की रुकावटें

पोखरण प्रथम के बाद दुनिया के परमाणु हथियार धारी और उनके समर्थक देश इस बात को सहन नहीं कर सके कि भारत परमाणु विस्फोट करके इस क्षेत्र में अपने कदम आगे बढ़ाए। इसलिए इस परीक्षण के साथ ही भारत की परमाणु यात्रा के रास्ते में बाधा डालने और उसकी प्रगति को रोकने के लिए हर संभव प्रयास किए गए। यह प्रयास इस विस्फोट के तीन दशकों के बाद तक जारी रहे। भारत की प्रधानमंत्री ने देश की संसद में खड़े होकर कहा था कि परमाणु ऊर्जा के शांतिपूर्ण इस्तेमाल के लिए यह विस्फोट किया गया है। यह भारत ने अपने संसाधनों से किया है। भारत ने किसी अंतरराष्ट्रीय नियम–कायदे को तोड़कर ऐसा नहीं किया है। इसके बाद भी परमाणुशक्ति सम्पन्न राष्ट्र यह सुनने के लिए तैयार नहीं थे। उन्होंने इस विस्फोट के बाद भारत के साथ इस क्षेत्र में सहयोग समाप्त कर दिया। उस पर अनेक तरह के प्रतिबंध लगा दिए गए। वास्तव में यहीं से दुनिया में परमाणु ईंधन और तकनीक के निर्यात पर रोक का एक नया युग शुरू हुआ। दुनिया को दो खेमों में बांटने का प्रयास किया गया। इसमें एक ओर वे देश थे जिनके पास परमाणु हथियारों के जखीरे थे। दूसरी ओर वे देश थे जिनके पास परमाणु हथियार नहीं थे। वे इस वैज्ञानिक प्रगति का शांतिपूर्ण कार्यों के लिए इस्तेमाल करने का प्रयास कर रहे थे जिससे वे भी विकास के रास्ते पर चल सकें लेकिन

परमाणु संसाधनों से सम्पन्न राष्ट्र यह मानने को तैयार नहीं थे। इस विस्फोट से कनाडा को शिकायत थी कि इस परीक्षण के लिए प्लूटोनियम निकालने हेतु उसके द्वारा सप्लाई किए गए पहले परमाणु रिएक्टर का इस्तेमाल किया गया। इस रिएक्टर को कनाडा इंडियन रिएक्टर सी आई आर कहा जाता था। इस रिएक्टर को निर्यात करते समय इस तरह की कोई शर्त नहीं लगाई गई थी कि उसका उपयोग कैसे किया जाना है। बाद में जब कनाडा ने दो और रिएक्टर निर्यात किए तो उन पर कुछ शर्तें लगाई गई थीं। इस दौरान इस बात का प्रयास हुआ था कि पहले निर्यात किए गए रिएक्टर को शर्तों के दायरे में ले आया जाए लेकिन बाद में ऐसा नहीं किया जा सका था। ऐसा इसलिए हुआ क्यों कि कनाडा को भय था कि भारत किसी और देश से इन्हें आयात कर लेगा जो इस प्रकार की शर्तें लगाने के इच्छुक नहीं थे। दुनिया में परमाणु कारोबार का यह वह दौर था जब भारत के पास रिएक्टरों के आयात के लिए विकल्प थे और वह उनका इस्तेमाल कर सकता था। इसके बाद भी कनाडा ने पोखरण 1 के विस्फोट के लिए भारत की तीखी आलोचना की। भारत के साथ इस रिश्ते को तोड़ देने का फैसला किया। उसने दूसरे देशों में भारत के खिलाफ माहौल बनाने में महत्त्वपूर्ण भूमिका निभाई।

अमेरिका और कनाडा ने कारोबार पर रोक लगाई

इस परीक्षण से पहले तक कनाडा से मंगाए गए रिएक्टर में हैवी वॉटर अमेरिका से मंगा कर इस्तेमाल किया जा रहा था। इसलिए विस्फोट के आलोचकों ने कनाडा के साथ अमेरिका को भी इस स्थिति के लिए जिम्मेदार करार दिया। अमेरिकी संसद में यह मामला उठाया गया। संसदीय समिति से इसकी जांच कराई गई। इन विवादों पर अमेरिका का कहना था कि इस विस्फोट से साफ है कि भारत ने उसे शांतिपूर्ण इस्तेमाल के लिए सप्लाई किए गए हैवी वॉटर का दुरुपयोग किया। इसलिए वह भारत के साथ परमाणु क्षेत्र में कोई सहयोग नहीं रखना चाहता। इन परिस्थितियों में अमेरिका ने भी भारत के साथ परमाणु सहयोग पर रोक लगाने का फैसला किया। अमेरिकी संसद ने परमाणु प्रसार कानून 1978 को मंजूरी दी। इस कानून में परमाणु हथियार नहीं रखने वाले देशों को परमाणु साज–सामान के निर्यात पर नयी और अधिक कठोर शर्तें लागू करने की व्यवस्था की गई। इन शर्तों के तहत निर्यात पर फुल स्कोप सेफगार्ड लगाने की व्यवस्था की गई। इस कानून में यह व्यवस्था

भी की गई कि अन्य बातों के अलावा यदि आयात करने वाला देश परमाणु विस्फोट करता है या परमाणु हथियार बनाने या कहीं और प्राप्त करने की व्यवस्था करता है तो यह समझौता समाप्त हो जाएगा। तीन दशकों के बाद अब भारत अमेरिकी सहयोग स्थापित करने के लिए इसी कानून में बदलाव किया गया है। हम भारत की परमाणु यात्रा के इस पड़ाव पर चर्चा बाद में करेंगे। अमेरिका ने अन्य सहयोगी देशों के साथ मिल कर भारत को पूरी दुनिया से इस कारोबार से अलग कर देने की व्यवस्था करने का लगातार प्रयास किया। एन एस जी का गठन इन्हीं प्रयासों को कार्यरूप देने के लिए किया गया।

लंदन क्लब

एन एस जी बनने के पहले परमाणु क्षेत्र के कारोबार में लगे सदस्य देशों को लंदन क्लब के नाम से भी पुकारा जाता था। यह एक अनौपचारिक संगठन था। इस एक्सक्लूसिव क्लब की बैठकें गुप्त होती थीं। इसमें यूरोप और अमेरिका में इस क्षेत्र में हो रही गतिविधियों पर चर्चा होती थी। इस बात को मंजूरी दी जाती थी किस देश से किस तरह का परमाणु कारोबार किया जाना है या नहीं किया जाना है। कैसे इस कारोबार में दूसरे देशों को शामिल होने देना है या नहीं होने देना है। 1974 में एक परमाणु हथियार न रखने वाले देश भारत ने परमाणु विस्फोट करके इस क्लब के सदस्य देशों और दुनिया के अन्य देशों में खलबली मचा दी। यही विस्फोट आगे चल कर दुनिया में अपने किस्म के सबसे सशक्त और प्रभावकारी माने जाने वाले कार्टेल एन एस जी के गठन का कारण बना। श्रीमती गांधी ने संसद में साफ तौर पर कहा था कि यह परीक्षण पूरी तरह भारतीय संसाधनों से किया गया है। इन देशों का दावा था कि भारत ने शांतिपूर्ण कार्यों के लिए निर्यात किए गए परमाणु साज–सामान का उपयोग इस विस्फोट के लिए किया है। इन देशों का कहना था कि यह शांतिपूर्ण कार्यों के लिए निर्यात की गई तकनीक का दुरुपयोग है। इसलिए अंतरराष्ट्रीय स्तर पर इस तरह की व्यवस्था की जानी जरूरी है जिससे इस प्रकार का दुरुपयोग फिर कभी न किया जा सके। भारत विरोध के इस अभियान में परमाणु साज–सामान और तकनीक का निर्यात करने वाले देश ही शामिल नहीं हुए। परमाणु अप्रसार संधि पर दस्तखत करने वाले अन्य देशों को भी इसमें शामिल कर लिया गया।

ऐसे बना एन एस जी (न्यूक्लियर सप्लाई ग्रुप)

1978 में एन एस जी का गठन किया गया। इस संगठन को बनाए जाने का उद्देश्य यह बताया गया कि एक परमाणु हथियार न रखने वाले देश ने परमाणु के शांतिपूर्ण इस्तेमाल के लिए उपलब्ध कराई गई तकनीक का दुरुपयोग किया है। इसलिए इस तरह की व्यवस्था की जानी चाहिए कि जिससे कि शांतिपूर्ण इस्तेमाल के लिए निर्यात की गई तकनीक का परमाणु बम बनाने के लिए उपयोग नहीं किया जा सेके। वास्तव में इस व्यवस्था का उपयोग इस तरह से किया गया जिससे भारत को परमाणु ईंधन और साज–सामान के निर्यात पर पूरी तरह नियंत्रण लगाया जा सके। एन एस जी पेट्रोलियम पदार्थों का उत्पादन करने वाले देशों के संगठन आर्गनाइजेशन आफ पेट्रोलियम प्रोड्यूसिंग कंट्रीज ओपेक की ही तरह दुनिया में ऊर्जा के संसाधनों की आपूर्ति पर नियंत्रण करने का काम करता है। परमाणु हथियारों के प्रसार पर रोक और निशस्त्रीकरण के नाम पर इस संगठन से जुड़े देशों और उसके समर्थकों ने इस कारोबार के नियंत्रण को एक नैतिक आधार दे रखा है। वास्तव में इसका इस्तेमाल परमाणु ईंधन और परमाणु तकनीक के नियंत्रण के लिए ही किया जाता है। बाद में इसके दायरे में उस तरह की तकनीक और साज–सामान को भी ले आया गया जिसका कि अनुसंधान और विकास के दूसरे कामों के लिए इस्तेमाल किया जा सकता है। इसे डुएल यूज टेक्नॉलाजी का नाम दिया गया। दोहरे इस्तेमाल वाली तकनीक के निर्यात पर रोक लगाए जाने का भारत में वैज्ञानिक अनुसंधान और विकास के रास्ते में बाधाएं आईं। इससे केवल परमाणु ऊर्जा के क्षेत्र में नहीं बल्कि चिकित्सा, खेती–किसानी, मौसम जैसे मामलों के अनुसंधान और विकास के क्षेत्र अछूते नहीं रह सके। इन परिस्थितियों से निपटने के लिए भारत ने स्वदेशी संसाधनों का उपयोग करके विकल्प तलाशने का प्रयास किया। इस पर भारी लागत आई और इसमें देरी हुई। भारत को बहुत से ऐसे काम करने पड़े जिन्हें दुनिया में पहले ही किया जा चुका था। और यदि इस बारे में विकसित तकनीक के आयात की इजाजत होती तो भारत उन्हें आसानी से आयात कर के प्रगति के उस स्तर पर पहुंच जाता और अनुसंधान आदि पर वहां से काम शुरू करता। इन चुनौतियों के बावजूद भारत ने कुछ क्षेत्रों में बेहतर काम कर पाने में सफलता हासिल की जब कि कुछ दूसरे क्षेत्रों में उसका विकास बाधित हुआ।

जैंगर कमेटी

परमाणु तकनीक सम्पन्न राष्ट्रों द्वारा इस पर नियंत्रण का प्रयास कोई नयी बात नहीं थी. । 1970 में परमाणु अप्रसार संधि पर दस्तखत होने के साथ ही इस बात का प्रयास शुरू हो गया था कि परमाणु क्षेत्र से जुड़े साज–सामान के निर्यात को इस तरह से संचालित किया जाना चाहिए जिससे कि उसका सैनिक कार्यों के लिए इस्तेमाल नहीं किया जा सके। इस मामले पर विचार करने और उपाय सुझाने के लिए 1971 में जैंगर कमेटी का गठन किया गया था। समय– समय पर इस कमेटी की बैठकें होती रहीं। इन बैठकों में इस कारोबार पर नियंत्रण के विभिन्न पहलुओं पर विचार किया जाता रहा। इस कमेटी का मुख्य काम परमाणु अप्रसार संधि एन पी टी की शर्तों को किस तरह से लागू किया जाए के बारे में सिफारिश करना था। इसी समिति की सिफारिश पर 'ट्रिगर–लिस्ट' बनाने की व्यवस्था की गई। ट्रिगर लिस्ट परमाणु क्षेत्र से जुड़ी तकनीक और साज–सामान की एक सूची थी जिसमें शामिल किसी साज–सामान को यदि किसी ऐसे देश को प्रत्यक्ष या अप्रत्यक्ष रूप से निर्यात किया जा रहा हो, जिसने एन पी टी पर दस्तखत न किए हों, या जिसके पास परमाणु हथियार नहीं हों तो, उस पर 'सेफगार्डस' और इस बारे में जारी गाइडलाइन्स के तहत तय किए गए नियंत्रण लागू किया जाना सुनिश्चित हो सके। इस कमेटी की सिफारिश पर परमाणु साज–सामान के निर्यात पर तीन तरह की मुख्य शर्तें लगाई गईं। आयात करने वाले देश को यह आश्वासन देना था कि वह इसका इस्तेमाल परमाणु विस्फोट करने के लिए नहीं करेगा। आई ए ई ए की सेफगार्डस की व्यवस्था में शामिल होगा, और यदि वह इस तरह से आयातित किसी साज–सामान का किसी अन्य देश को निर्यात करेगा तो उन्हीं शर्तो पर करेगा जिस शर्त पर उसने आयात किया है। इस कमेटी की सिफारिशों को ही अंतरराष्ट्रीय परमाणु ऊर्जा एजेंसी आई ए ई ए के सुरक्षोपाय 'सेफगार्डस' व्यवस्था का आधार बनाया गया। जैंगर कमेटी की रिपोर्ट को एन एस जी के गठन के लिए एक आधार के रूप में इस्तेमाल किया गया। इस कमेटी की सिफारिश में की गई ट्रिगर लिस्ट की व्यवस्था एन एस जी द्वारा पहली बार जारी की गई गाइड लाइन्स में साफ तौर पर देखी जा सकती है। एन एस जी के गठन के बाद भी यह कमेटी काम करती रही।

अंतर्राष्ट्रीय परमाणु ऊर्जा एजेंसी आई ए ई ए

एन एस जी के 1978 में गठन के करीब दो दशक पहले आईएईए का गठन किया जा चुका था। संयुक्त राष्ट्र संघ के सहयोगी संगठन के रूप में अंतरराष्ट्रीय परमाणु ऊर्जा एजेंसी आई ए ई ए परमाणु तकनीक के समाज में अधिकतम योगदान और उसके शांतिपूर्ण उपयोग को सुनिश्चित करने के लिए काम करती आ रही थी। यूएनओ के तहत एक स्वतंत्र संगठन के रूप में आईएईए का गठन 1957 में किया गया था। यह संगठन अमेरिकी राष्ट्रपति आईजन हॉवर द्वारा 1953 में संयुक्त राष्ट्र महासभा में दिए गए उस बयान को कार्यरूप देने के लिए किया गया था जिसमें उन्होंने परमाणु का शांतिपूर्ण उपयोग 'एटम फार पीस' का आह्वान किया था। यह विचार हिरोशिमा और नागासाकी के दुष्परिणामों से उत्पन्न स्थिति से निपटने के लिए सामने आया था। राष्ट्रपति आईजन हॉवर ने अपने बयान में एक ऐसे अंतरराष्ट्रीय संगठन को बनाए जाने का सुझाव दिया था जिसे परमाणु ऊर्जा के नियंत्रण और उपयोग को प्रोत्साहन देने का अधिकार हो।

आई ए ई ए संयुक्त राष्ट्र संघ के 144 सदस्य देशों के लिए यह जिम्मेदारी निभा रहा है। 2005 में इस संगठन और इसके महानिदेशक मोहम्मद अलबरादेई को नोबेल पुरस्कार से सम्मानित किया गया। इसे यह पुरस्कार परमाणु ऊर्जा के सैनिक इस्तेमाल को रोकने और सुरक्षित तरीके से इसका शांतिपूर्ण कार्यों के लिए इस्तेमाल करने के क्षेत्र में उल्लेखनीय योगदान के लिए दिया गया। आई ए ई ए संयुक्त राष्ट्र महासभा को अपनी सालाना रिपोर्ट पेश करती है। आवश्यकता पड़ने पर, जैसे कि यदि कोई देश उसके साथ किए गए समझौते का उल्लंघन करता है, या फिर इस कारण से विश्व में कहीं शांति और सुरक्षा को कोई खतरा उत्पन्न होने की संभावना होती है, तो वह संयुक्त राष्ट्र सुरक्षा परिषद को अपनी रिपोर्ट देती है और उचित कार्रवाई करने का अनुरोध करती है।

सेफगार्डस क्या हैं?

आई ए ई ए उसे सौंपे गए कार्यों को करने के लिए सदस्य देशों के साथ सुरक्षोपाय 'सेफगार्ड' समझौते करती है। सेफगार्ड के तहत इस तरह की व्यवस्थाएं की जाती हैं जिससे यह पता लगाया जा सकता है कि कोई देश परमाणु तकनीक का उपयोग केवल शांतिपूर्ण कार्यों के लिए ही कर रहा है।

गुप्त रूप से परमाणु इस तकनीक और साज–सामान का इस्तेमाल परमाणु हथियार बनाने के लिए तो नहीं कर रहा है। इस समय आई ए ई ए 70 देशों में सैकड़ों की संख्या में ऐसी सुविधाओं को सुरक्षित रखे जाने की जिम्मेदारी निभा रहा है जहां परमाणु तकनीक का इस्तेमाल किया जा रहा है। परमाणु अप्रसार संधि में भी इस प्रकार की व्यवस्था है कि परमाणु हथियार न रखने वाले सभी देश आई ए ई ए के साथ व्यापक सेफगार्ड समझौता करेंगे। अपना सभी परमाणु साज–सामान आई ए ई ए की जांच के लिए पेश करेंगे। इस व्यवस्था के तहत सम्बद्ध देश की सरकार को आई ए ई ए के साथ समझौता करना होता है। परमाणु क्षेत्र से जुड़ा अपना सारा साज–सामान और सुविधाएं आई ए ई ए की जांच के लिए रखनी होती हैं। आई ए ई ए अपने विशेषज्ञों से विश्लेषण करा कर, पर्यावरण की जांच कर, उपग्रहों द्वारा तस्वीरें लेकर और मौके पर जाकर जांच करके इस बात का पता लगाता रहता है कि उसके साथ किए गए समझौते की शर्तों का पालन किया जा रहा है। इस समय आई ए ई ए दुनिया के 150 देशों के साथ इस तरह के सेफगार्ड समझौते कर चुका है। इस व्यवस्था को लागू करने के लिए आई ए ई ए ऐसे परमाणु से जुड़े साज–सामान का हिसाब रखता है जिससे वह 'सिगनिफिकेंट क्वांटिटीज' एस क्यूज यानी पर्याप्त मात्रा में मानता है। एस क्यूज के तहत आम तौर पर प्लूटोनियम या एनरिच्ड यूरेनियम आदि को लाया जाता है क्योंकि इनका इस्तेमाल परमाणु बम बनाने के लिए किया जा सकता है। इस समय करीब एक लाख साठ हजार एस क्यूज आई ए ई ए के सेफगार्ड के तहत रखे जा रहे हैं। आई ए ई ए केवल परमाणु सामग्री और साज–सामान की सुरक्षा की ही जिम्मेदारी नहीं निभाता। यह संगठन वैज्ञानिक अनुसंधान के इन संसाधनों और तकनीक का इस्तेमाल दुनिया से भूख और बीमारी हटाने, प्राकृतिक संसाधनों के संरक्षण, पर्यावरण– प्रदूषण नियंत्रण आदि के क्षेत्रों में करने में भी सक्रिय भूमिका निभाता है। इन कार्यों को करने के लिए वह चिकित्सा, खेती–किसानी, औद्योगिक, जल प्रबंधन आदि के क्षेत्र में परमाणु तकनीक उपलब्ध कराने में भी मदद करता है।

इन्टरनेशनल एटमिक एनर्जी एजेंसी और भारत के बीच समझौता

परमाणु ऊर्जा के असैनिक इस्तेमाल के लिए भारत और अमेरिका के समझौते के बाद भारत को मिलने वाली परमाणु तकनीक और ईंधन की सुरक्षा

के लिए भारत ने आई ए ई ए के साथ एक विशेष समझौते पर दस्तखत किए हैं। भारत दुनिया के उन गिने–चुने देशों में है जिसने यह कह कर परमाणु अप्रसार संधि पर हस्ताक्षर करने से इंकार कर दिया था कि यह संधि पक्षपात पूर्ण है। इस बारे में विस्तृत चर्चा के लिए देखें अध्याय एकला चलो रे। भारत उन देशों में है जिसके पास परमाणु हथियार हैं। वह परमाणु अप्रसार संधि पर उसके वर्तमान रूप में हस्ताक्षर करने के लिए तैयार नहीं है। इसलिए भारत के साथ समझौता करने के लिए आई ए ई ए को अपने समझौते की सामान्य शर्तों से अलग हटकर एक समझौता दस्तावेज तैयार करना पड़ा है। इस बारे में दोनों पक्षों की सहमति से यह दस्तावेज तैयार किया गया है। इसके अलावा भारत की विशेष परिस्थिति के कारण उसे आई ए ई ए के साथ एक अलग दस्तावेज पर और भी दस्तखत करने होंगे। यह समझौता अभी विचाराधीन है। इस पर बाद में हस्ताक्षर किए जाएंगे। इसे एडीशनल प्रोटोकोल का नाम दिया गया है। इसके तहत भारत को अपने परमाणु कार्यक्रम के बारे में आई ए ई ए को न्यूक्लियर फ्यूल साइकिल के विभिन्न पहलुओं के बारे में अतिरिक्त सूचनाएं उपलब्ध कराने, तथा सुविधाओं की जांच के लिए अतिरिक्त अधिकार और आधुनिकतम तकनीक का इस्तेमाल करने की इजाजत देनी होगी। ये समझौते भारत की परमाणु यात्रा की भावी दिशा के लिए महत्त्वपूर्ण पड़ाव साबित होंगे। भारत ने साफ कर दिया है कि वह केवल असैनिक इस्तेमाल के लिए काम करने वाली व्यवस्थाओं के बारे में यही ये सुविधाएं उपलब्ध कराएगा। सैनिक इस्तेमाल के लिए आरक्षित सुविधाओं के बारे में वह इस प्रकार की कोई सुविधा देने को तैयार नहीं है। इस बारे में प्रधानमंत्री मनमोहन सिंह ने संसद को साफ आश्वासन दिया है। विस्तृत जानकारी के लिए देखें अध्याय अवसर और चुनौतियां। आई ए ई ए और भारत के बीच हुए इस समझौते पर दस्तखत होने के बाद ही इस मामले को विचार–विमर्श के लिए एन एस जी में ले जाया जा सकता था। इसलिए भारत ने इस पर दस्तखत किए। भारत की भावी परमाणु यात्रा के बारे में गहराई से जानते–समझने के लिए यह दस्तावेज बेहद महत्त्वपूर्ण है।

एन एस जी और उसके दिशा निर्देश

न्यूक्लियर सप्लायर्स ग्रुप ने परमाणु साज–सामान और तकनीक के निर्यात पर नियंत्रण रखने के लिए 1978 में पहली बार अपनी 'गाइड–लाइन्स'

दिशा–निर्देश जारी किये। समय–समय पर बदलती परिस्थितियों में इनमें फेरबदल किए गए। इन गाइड लाइन्स को अमेरिकी संसद द्वारा 1978 में पारित कानून की तर्ज पर ही बनाया गया था। इनमें 1992, 1995 और 2000 में बदलाव किए गए। इन दिशा निर्देशों में पहली बार बदलाव करने की आवश्यकता 1990 में परमाणु अप्रसार संधि की समीक्षा के दौरान प्राप्त सुझावों को कार्यरूप देने के लिए पड़ी। अंतरराष्ट्रीय राजनयन की दुनिया में, इन दिशा निर्देशों को आई एन एफ सी आई आर सी 254 एक और दो दस्तावेज के नाम से जाना जाता है। इन दिशा निर्देशों के ब्यौरे देने के लिए मुख्य रूप से दो दस्तावेज बनाए गए हैं। पहले दस्तावेज में परमाणु साज–सामान के तहत आने वाली उन चीजों के निर्यात को नियंत्रित किया जाता है। इन्हें विशेष रूप से इस काम के लिए तैयार किया गया हैं। इनमें न्यूक्लियर मटीरियल, न्यूक्लियर रिएक्टर और उनकी मशीनें और अन्य उपकरण, न्युक्लियर रिएक्टरों के लिए इस्तेमाल किया जाने वाला नॉन न्यूक्लियर मटीरियल, रिप्रोसेसिंग और एनरिचमेंट तथा न्यूक्लियर मटीरियल को बदलने वाली व्यवस्था, ईंधन बनाने और हैवी वॉटर का उत्पादन करने वाली व्यवस्था तथा इन कार्यों में इस्तेमाल की जाने वाली तकनीक आती है। दूसरे दस्तावेज के तहत इस कारोबार को इस तरह से नियंत्रित करने की व्यवस्था की गई थी जिससे कि ऐसा साज–सामान और तकनीक पर भी नियंत्रण रखा जा सके जिसका दोहरा इस्तेमाल किया जा सकता हो। यानी ऐसी तकनीक जो परमाणु के अलावा अन्य उद्योगों या अन्य क्षेत्रों में भी इस्तेमाल की जा सकती हो।

क्यों बनी गाइड लाइन्स

इन गाइड लाइन्स को बनाने का उद्देश्य परमाणु क्षेत्र से जुड़े कारोबार को इसके शांतिपूर्ण कार्यों के लिए उपयोग तक सीमित रखना था। इसके अलावा यह भी सुनिश्चित करना था कि इससे परमाणु हथियारों के प्रसार को बढ़ावा न मिले। परमाणु क्षेत्र में अंतरराष्ट्रीय कारोबार के सुचारु रूप से संचालन में कोई बाधा नहीं आए। इन गाइड लाइन्स को इस तरह से बनाया गया था जिससे परमाणु कारोबार का संचालन इस तरह से किया जा सके जिससे शांतिपूर्ण कार्यों के लिए परमाणु के इस्तेमाल के लिए सहयोग सुनिश्चित किया जा सके लेकिन यह काम अंतरराष्ट्रीय परमाणु अप्रसार के विचारों के अनुरूप हो सके। ये गाइड लाइन्स परमाणु अप्रसार संधि के अलावा

लातेलोलको, रारोतोंगा, पेलींदाबा और बैंकाक संधियों में की गई व्यवस्थाओं को भी ध्यान में रखकर बनाई गई हैं। लातेलोलको संधि के तहत दक्षिण अमेरिकी देशों में परमाणु हथियार रखने पर रोक लगाई गई थी। रारोतोंगा संधि के द्वारा दक्षिण पैसफिक क्षेत्र को परमाणु हथियार–मुक्त क्षेत्र बनाने की व्यवस्था की गई। बैंकाक संधि दक्षिण पूर्व एशिया को परमाणु हथियारों से मुक्त रखने के लिए की गई। दुनिया में परमाणु ऊर्जा और उसके कारोबार पर इन संधियों का महत्त्वपूर्ण प्रभाव रहा है।

एन एस जी के सदस्य देश

इस समय एन एस जी के सदस्य देशों में अर्जेंटाइना, आस्ट्रेलिया, आस्ट्रिया, बेलारस, बेल्जियम, बुलगारिया, कनाडा, चीन, क्रोशिया, सायप्रस, चेक रिपब्लिक, डेनमार्क, एस्टोनिया, फिनलैंड, फ्रांस, जर्मनी, ग्रीस, हंगरी, आयरलैंड, इटली, जापान, कजाकिस्तान, रिपब्लिक आफ कोरिया, लताविया, लिथूनिया, लक्जमबर्ग, माल्टा, नीदरलैंड, न्यूजीलैंड, नार्वे, पोलैड, पुर्तगाल, रोमानिया, रशियन फेडरेशन, स्लोवाकिया, स्लोवेनिया, दक्षिण अफ्रीका, स्पेन, स्वीडन, स्विटजरलैंड, तुर्की, उक्रैन, ब्रिटेन और अमेरिका शामिल हैं। यूरोपीय यूनियन इस संगठन की बैठकों में पर्यवेक्षक आब्जर्वर के रूप में हिस्सा लेता है। इसका मुख्यालय वियना में है। साल में एक बार इस संगठन की आम सभा की बैठक होती है। फैसले आम सहमति से किए जाते हैं। समय–समय पर विभिन्न कार्यो के लिए यह सदन कार्यकारी दल का गठन कर सकता है। अध्यक्ष को किसी मामले पर काम करने का अधिकार सौंप सकता है। बारी–बारी से सदस्य देश इस संगठन की अध्यक्षता करते हैं। एन एस जी अपने सदस्य देशों से आशा करता है कि वह इन गाइड लाइन्स का सख्ती से पालन करेंगे। 1978 से 1991 के बीच इस संगठन की कोई खास गतिविधि नहीं रही। लेकिन उसके द्वारा बनाई गई गाइड लाइन्स का इस्तेमाल किया जाता रहा। 1992 में दोहरे इस्तेमाल के काम आने वाले साज–सामान के निर्यात को नियंत्रित करने के लिए गाइड लाइन्स में महत्त्वपूर्ण बदलाव किए गए। 1998 में भारत और पाकिस्तान द्वारा परमाणु विस्फोट किए जाने के बाद इन देशों पर लगाए गए नियंत्रणों में एन एस जी ने सक्रिय भूमिका निभाई। 2002 में एन एस जी में इस बात पर खास ध्यान दिया गया कि नियंत्रण की व्यवस्थाओं को इस तरह से लागू किया जाए जिससे परमाणु हथियार के आतंकवादियों के हाथ

लगने का खतरा न रहे।

एन एस जी और भारत

1978 में अमेरिकी कांग्रेस द्वारा परमाणु ऊर्जा के निर्यात पर नियंत्रण का कानून पास किए जाने तक अमेरिका पहले से ही सेफगार्ड के तहत काम कर रहे तारापुर परमाणु बिजली घर के लिए ईंधन की सप्लाई कर रहा था। इस कानून के लागू होने के बाद इस बिजली घर के लिए ईंधन की आपूर्ति में बाधा पड़नी शुरू हो गई। जिमी कार्टर के अमरीका के राष्ट्रपति के कार्यकाल के दौरान कार्यपालिका के विशेष आदेश से इस बिजली घर के लिए ईंधन की दो खेपें भेजे जाने की व्यवस्था की गई। अमेरिकी संसद में इसका भारी विरोध हुआ। इस विरोध के चलते 1980 के बाद इस बिजली घर के लिए अमेरिका से ईंधन मिलना बंद हो गया। अमेरिकी राष्ट्रपति जिमी कार्टर के भारत दौरे के समय दोनों देशों के बीच संबंधों में सुधार की नई संभावनाएं देखी गईं। लंबे अंतराल के बाद अमेरिका का कोई राष्ट्रपति भारत आया था। राष्ट्रपति कार्टर और प्रधानमंत्री मोरारजी देसाई के बीच हुई बैठक में ऐसी परिस्थितियां उत्पन्न हो गईं कि बातचीत आगे नहीं बढ़ सकी। यह पहला मौका था जब कि केन्द्र में पहली बार कोई ऐसी सरकार आई थी जिसे गैर कांग्रेसी सरकार का नाम दिया गया था। 1975 में श्रीमती गांधी द्वारा देश में आंतरिक आपात स्थिति धोषित किए जाने के विरोध ने विभिन्न राजनीतिक दलों को एक मंच पर आने का मौका दिया था। इस सरकार के प्रधानमंत्री और उनके मंत्रिमंडल के कुछ सदस्य तो ऐसे थे जिन्होंने कि लंबा समय कांग्रेस पार्टी में ही गुजारा था लेकिन अनेक नेता ऐसे भी थे जो पहली बार सत्ता के भागीदार बने थे। इसके साथ ही पूंजीवादी अमेरिका और कम्युनिस्ट चीन के बीच आर्थिक सहयोग का एक नया दौर शुरू हुआ। 'पिंग पांग डिप्लोमेसी' परवान चढ़ी। विदेश मंत्री हेनरी किसिंजर ने इस दौर में महत्त्वपूर्ण भूमिका निभाई। उसके परिणाम आज चीन की आशातीत प्रगति में साफ देखे जा सकते हैं। इसके बाद किसी अमेरिकी राष्ट्रपति के भारत आगमन और दुनिया के सबसे पुराने और सबसे बड़े लोकतंत्र के बीच सामरिक संबंधों की शुरुआत होने में करीब दो दशक का समय गुजर गया। इन दोनों देशों के बीच संबंधों का नया दौर शुरू होने में दो चीजों की महत्त्वपूर्ण भूमिका रही। पहली सोवियत संघ के विघटन के बाद शीत युद्ध के दौर का खत्म होना और

दूसरा भारत में आर्थिक सुधार लागू किए जाने के बाद भारतीय अर्थव्यवस्था का तेजी से विकास और आतंकवाद का अमेरिका तक पहुंच जाना।

ईंधन और तकनीक न मिलने से बिजली घरों का उत्पादन प्रभावित

पोखरण–1 के बाद अमेरिका से ईंधन की सप्लाई बंद हो गई। इसके बाद भारत ने फ्रांस से 1984–1995 के बीच ईंधन प्राप्त करने का प्रयास किया। कुछ वर्षों तक फ्रांस से यह सुविधा मिलती रही। जब फ्रांस ने भी फुल स्कोप सेफगार्ड लागू किए तो यह रास्ता भी बंद हो गया। चीन 2004 तक एन एस जी का सदस्य नहीं था। इसलिए कुछ समय के लिए भारत ने चीन से ईंधन प्राप्त करने का प्रयास किया और प्राप्त किया भी। यह व्यवस्था ज्यादा दूर तक नहीं चल सकी। एन एस जी का सदस्य होने के बावजूद रूस ने 2001–2004 के बीच भारत को बिजली घर की सुरक्षा के आधार पर ईंधन की सप्लाई की। एन एस जी के अन्य सदस्य देशों के भारी विरोध के चलते यह रास्ता भी बंद हो गया। इसका भारत में काम कर रहे तारापुर और अन्य परमाणु बिजली घरों की उत्पादन क्षमता पर बुरा प्रभाव पड़ा। एन एस जी के गठन और उसके तहत लगाई गई बदलती शर्तों के कारण भारत में परमाणु ऊर्जा के विकास पर बुरा असर पड़ा। किंतु देश ने अपनी तकनीकी कुशलता के आधार पर अपने परमाणु कार्यक्रम का विकास जारी रखा। उसने अपना रास्ता नहीं बदला। अपने निर्धारित लक्ष्य की ओर अकेला ही बढ़ता रहा। भारत की प्रगति को रोकने के ये प्रयास कितने एक तरफा थे इसका अनुमान इन तथ्यों से लगाया जा सकता है कि चीन के पास तीन दशकों से परमाणु हथियार थे। वह इस तकनीक को दूसरे राष्ट्रों को येन केन प्रकारेण देता रहा लेकिन उस पर रोक लगाने जैसा कुछ नहीं किया गया। पाकिस्तान के पास परमाणु हथियार होने, इस तकनीक को दूसरे देशों को देने आदि के बारे में बार–बार जानकारियां सामने आती रहीं। इसमें चीन की भूमिका रहीं लेकिन विश्व समुदाय ने इस ओर आंखें बंद रखीं।

एन एस जी और दोमुंही नीतियां

जब 1998 में भारत और पाकिस्तान दोनों ने एक–एक करके परमाणु परीक्षण किए तो दोनों देशों पर समान रूप से प्रतिबंध लगाए गए। दोनों को एक ही पलड़े पर रख कर देखे जाने का सिलसिला जारी रहा। ऐसा तब

किया गया जब इस बात के साफ प्रमाण थे कि पाकिस्तान चोरी छिपे यह तकनीक हासिल करता रहा है। उसका इस्तेमाल इस्लामिक बम बनाए जाने के लिए किया जाता रहा है। इस तकनीक के पाकिस्तान से अन्य देशों को सप्लाई किए जाने के प्रमाण बार–बार सामने आते रहे हैं। राष्ट्रपति जनरल परवेज मुशर्रफ के कार्यकाल के दौरान पाकिस्तान में परमाणु बम के जनक कहे जाने वाले के यू खान के न्यूक्लियर सुपर बाजार चलाने की पुष्टि हुई। अमेरिका उन्हें पूछताछ के लिए अपने देश ले जाना चाहता था। इस कारोबार का असली चेहरा उजागर हो जाने की आशंका को देखते हुए जनरल मुशर्रफ ने श्री खान को अपने पद से त्यागपत्र देने की इजाजत दे दी। यही नहीं उन्हें नजरबंद रखने के नाम पर इस्लामाबाद में ही सुरक्षित रखे जाने की व्यवस्था कर दी गई। आतंकवाद के खिलाफ अमेरिकी जंग का एक प्रमुख सहयोगी देश होने के कारण अमेरिका ने भी इस जांच को आगे नहीं बढ़ाना ही ठीक समझा। यही रुख चीन के प्रति रहा जिसने न केवल पाकिस्तान को साज–सामान और तकनीक उपलब्ध कराई बल्कि उसे तीसरे देशों तक जाते देख कर भी उसकी ओर ध्यान देना ठीक नहीं समझा। परमाणु हथियार रखने वाले पांच देशों में से एक चीन के लिए इस बारे में अंतरराष्ट्रीय बिरादरी द्वारा तय नियमों का पालन किया जाना जरूरी था। लेकिन जो कुछ हुआ उससे 'समरथ को नहिं दोस गोसाईं' की कहावत चरितार्थ होती रही।

4

एकला चलो रे

गुटनिरपेक्षता और पंचशील

दुनिया में परमाणु ऊर्जा के शांतिपूर्ण इस्तेमाल के लिए किए गए भारत– अमेरिकी समझौते के विरोधियों का मुख्य आरोप है कि इससे दुनिया में परमाणु हथियारों की दौड़ शुरू होगी। इससे परमाणु हथियारों के प्रसार पर रोक लगाने के प्रयासों में बाधा पड़ेगी। इससे दूसरे देशों को इसी तरह से परमाणु हथियार बनाने का रास्ता खुल जाएगा। जो देश ऐसा कर रहे हैं उन्हें बल मिलेगा। यह विश्व शांति के लिए एक खतरा बन सकता है। जो लोग इस तरह के सवाल उठा रहे हैं, वे भारत द्वारा परमाणु हथियारों पर रोक और उनके प्रसार पर नियंत्रण करने के लिए पिछले छह दशकों में किए गए प्रयासों को नकारने की कोशिश कर रहे हैं। दुनिया और विशेष रूप से एशिया की स्थितियां ऐसी हैं जहां परमाणु हथियार रखना और उनका विकास करना भारत की मजबूरी है। अपनी सुरक्षा के लिए हर संभव प्रयास करना किसी भी सार्वभौमिक देश का अधिकार है। कोई भी देश कभी भी ऐसा कोई समझौता नहीं कर सकता जिससे उसकी सुरक्षा को खतरा उत्पन्न होता हो। भारत पर परमाणु हथियारों को बढ़ावा देने का आरोप लगाने वालों को यह नहीं भूलना चाहिए कि उसने हमेशा इन हथियारों के प्रसार का विरोध किया है। भारत ने बिना तलवार और ढाल का इस्तेमाल किए शांति और अहिंसा के रास्ते पर चल कर आजादी हासिल की। आजादी के बाद से ही वह गुटनिरपेक्षता के रास्ते पर चला। उसकी विदेश नीति पंचशील के सिद्धान्तों पर आधारित रही। वह मानता रहा कि किसी देश को एक दूसरे के आंतरिक मामलों में हस्तक्षेप नहीं करना चाहिए। परस्पर सहयोग और शांतिपूर्ण सह

अस्तित्व के रास्ते पर चलना चाहिए। उसने हमेशा परमाणु हथियारों के इस्तेमाल और उनके प्रसार का विरोध करता रहा।

दुनिया को परमाणु हथियार मुक्त करने के भारत के प्रयास

भारत द्वारा परमाणु हथियारों पर रोक लगाने और उन्हें समाप्त किए जाने के लिए किए गए प्रयासों का एक लंबा इतिहास है। इन पर एक नजर डालें तो पता चलता हैं कि उसने 1954 में पंडित जवाहर लाल नेहरू के कार्यकाल में पहली बार अंतरराष्ट्रीय स्तर पर एक प्रस्ताव रखा था कि परमाणु परीक्षणों पर रोक लगाई जाए। उसने 1965 में परमाणु अप्रसार संधि 'न्यूक्लियर नॉन प्रालीफरेशन ट्रीटी' एन पी टी के सिद्धान्तों का प्रस्ताव रखा था। यह प्रस्ताव उसने तब रखा था जब कि उसके कुछ ही साल पहले उसने अपने पड़ोसी जिससे वह मित्रता और सहयोग के संबंध रखता था, के हमले का सामना किया था। बाद में जब परमाणु अप्रसार संधि पर दुनिया के विभिन्न देशों के बीच इस बारे में सहमति हुई तो भारत ने इस पर हस्ताक्षर करने से इंकार कर दिया। देश के सुरक्षा संबंधी हितों को ध्यान में रखते हुए भारत ने अपने परमाणु विकल्प को खुला रखा। श्रीमती इंदिरा गांधी के नेतृत्व में भारत ने परमाणु अप्रसार संधि पर हस्ताक्षर करने से यह कह कर मना कर दिया कि उसकी राय में यह संधि पक्षपातपूर्ण है। भारत का कहना था कि यह संधि परमाणु हथियारों पर पूरी तरह और व्यापक रोक लगाने के उद्देश्य को पाने में असफल रही है। इस संधि के मसौदे को जिस तरह से तैयार किया गया है उससे परमाणु हथियार रखने वाले देशों के जखीरे को वैधता मिलती है। जिनके पास इस तरह के हथियार नहीं हैं केवल उन पर नियंत्रण लगाती है। भारत उन देशों में है जिसने कम्प्रेहन्सिव टेस्ट बैन ट्रीटी सी टी बी टी यानी जिसमें परमाणु परीक्षण पर पूरी तरह रोक लगाने की व्यवस्था की जानी थी, का प्रस्ताव किया था। भारत ने इस प्रस्ताव को आगे बढ़ाने में महत्त्वपूर्ण भूमिका निभाई। उसका प्रयास रहा कि यह संधि भी एन पी टी की ही तरह परमाणु हथियार सम्पन्न देशों के हथियारों के जखीरे को वैधता प्रदान करने का साधन बन कर न रह जाए। श्रीमती इंदिरा गांधी के कार्यकाल के दौरान भारत की ओर से 1982 में परमाणु हथियारों और उनमें इस्तेमाल के लिए फिसाइल मटीरियल तैयार किए जाने पर रोक लगाने के लिए एक अंतरराष्ट्रीय समझौता किए जाने का प्रस्ताव रखा गया था। इस प्रस्ताव को कभी लागू नहीं किया जा

सका। इन संधियों पर हस्ताक्षर करने के लिए भारत पर तरह– तरह के दबाव डाले गए लेकिन भारत इसके लिए झुका नहीं। वह इस दौरान एकला चलो रे की नीति पर चलता रहा। लेकिन उसने परमाणु अप्रसार के लिए अपने प्रयास जारी रखें।

परमाणु अप्रसार और राजीव गांधी

श्रीमती गांधी के निधन के बाद उनके पुत्र राजीव गांधी ने 1984 में प्रधानमंत्री के रूप में भारत की बागडोर संभाली। यह युवा प्रधानमंत्री देश को एक विकसित राष्ट्र बनाने का सपना देखता था। वह चाहता था कि उसका देश तेजी से आगे बढ़े। 21वीं सदी में भारत एक विकसित देश बन सके। श्री गांधी ने तो 1998 में निरस्त्रीकरण पर हुए तीसरे संयुक्त राष्ट्र सम्मेलन की आम सभा में इस आशय का एक प्रस्ताव रखा। इसमें एक निश्चित समय सीमा के अंदर दुनिया को परमाणु हथियारों से मुक्त करने की एक कार्य योजना पेश की गई। विश्व समुदाय के सामने अपनी इस योजना को पेश करते हुए श्री गांधी ने कहा था कि इस बात को तो स्वीकार नहीं किया जा सकता कि कुछ देश अपनी सुरक्षा के नाम पर ऐसे रास्ते पर चलने का अधिकार रखें जिससे पूरी मानवता को खतरा उत्पन्न होता हो। श्री गांधी का तर्क था कि यह भी तो मानने लायक बात नहीं हैं कि जिनके पास परमाणु हथियार हैं वे तो हर प्रकार के नियंत्रणों से बाहर रहें और जिनके पास नहीं हैं वे कहीं ये हथियार बना न लें इसकी जांच करें और उन पर नियंत्रण रखें। स्वर्गीय गांधी द्वारा रखे गए इस प्रस्ताव को 2008 में मनमोहन सिंह ने संयुक्त राष्ट्र महासभा में अपने बयान में सही ठहराया है। उन्होंने विश्व समुदाय से आग्रह किया है कि वह विचार बीस साल के बाद भी उतना ही सामयिक है। इसे क्रियान्वित किए जाने की आवश्यकता है। प्रधानमंत्री पी. वी. नरसिंह राव मई 1994 में अमेरिका के दौरे पर गए थे। श्री राव के अमेरिका में प्रवास के दौरान राष्ट्रपति बिल क्लिंटन के साथ हुई बातचीत के बाद जारी बयान में कहा गया, दोनों देश चाहते हैं कि जन संहार के हथियारों और उनको ठिकाने तक पहुंचाने के साधनों के प्रसार पर रोक लगे। उन्हें समाप्त करने के लिए, उनमें कमी लाने के लिए प्रयास करने पर दोनों देश सहमत हैं। भारत ने पाकिस्तान से प्रस्ताव किया था कि वे वर्तमान व्यवस्था जिसके तहत वे एक दूसरे के परमाणु ठिकानों पर बमबारी नहीं करेंगे, का दायरा बढ़ाया जाए। इस समझौते के दायरे में यह

भी लाया जाए कि वे एक दूसरे के बड़े शहरों और आर्थिक महत्त्व के ठिकानों पर इन हथियारों से हमला नहीं करेंगे। भारत ने तो यह भी प्रस्ताव किया था कि दोनों देश इस बात पर सहमत हो जाएं कि वे एक दूसरे के खिलाफ पहले परमाणु हथियारों से हमला नहीं करेंगे। भारत को उसके इन प्रस्तावों पर पाकिस्तान की ओर से कोई सकारात्मक जवाब नहीं मिला। 1998 में पोखरण–दो के बाद भी भारत ने विश्व को परमाणु हथियार मुक्त करने के लिए अपने प्रयास जारी रखे। आइए एक नजर डालें, भारत के पृथ्वी से परमाणु हथियारों के भय को समाप्त करने के लिए पिछले छह दशकों में किए गए प्रयासों पर। पोखरण दो के बाद संसद में प्रस्तुत किए गए एक दस्तावेज में इस नीति का विस्तृत ब्योरा मिलता है।

भारत की परमाणु नीति

इस दस्तावेज में कहा गया है कि 1947 में जब राष्ट्रों के समूह में अपना उपयुक्त स्थान लेने के लिए भारत एक स्वतंत्र राष्ट्र के रूप में उदित हुआ था तब आणविक युग की शुरूआत हो चुकी थी। तब हमारे नेताओं ने आत्मनिर्भरता तथा विचार और कार्य की स्वतंत्रता के विकल्प के पक्ष में महत्त्वपूर्ण निर्णय लिया। हमने शीत युद्ध के प्रतिमान, जिसकी छाया पहले से क्षितिज पर दिख रही थी, को अस्वीकार कर दिया। अपने को किसी ब्लाक के साथ जोड़ने के बदले हमने गुटनिरपेक्षता के कठिन रास्ते को चुना। इसके लिए आवश्यकता थी कि हम अपने संसाधनों, अपनी कार्यकुशलता तथा सृजनात्मक शक्ति और लोगों के समर्पण के जरिए राष्ट्रीय शक्ति का निर्माण करें। प्रथम प्रधानमंत्री पंडित जवाहरलाल नेहरू ने इसकी पहल विज्ञान का विकास तथा वैज्ञानिक भावना को लोगों के मन में बिठाकर की थी। यही वह पहल थी जो 11 और 13 मई 1998 की दुबारा परमाणु विस्फोट की सफलताओं का आधार बनी। यह काम परमाणु ऊर्जा विभाग तथा रक्षा अनुसंधान एवं विकास संगठन के वैज्ञानिकों के बीच अनुकरणीय सहयोग के जरिए संभव हो सका। निरस्त्रीकरण, उस समय तक और अभी भी हमारी विदेश नीति में एक बड़ी बाधा रही है। वास्तव में एक ऐसे राष्ट्र के लिए, जिसने अहिंसा और सत्याग्रह के बल पर स्वतंत्रता की अनोखी लड़ाई लड़ी हो, केवल यही मार्ग बचता था और अभी भी है।

परमाणु हथियारों की समाप्ति से दुनिया सुरक्षित होगी

आणविक प्रौद्योगिकी के विकास ने विश्व सुरक्षा के स्वरूप को बदल दिया है। हमारे नेताओं का यह कहना था कि आणविक हथियार युद्ध के हथियार नहीं थे, बल्कि बड़े पैमाने पर तबाही के हथियार थे। अतः एक आणविक शस्त्रमुक्त विश्व से न केवल भारत की सुरक्षा में अपितु सभी राष्ट्रों की सुरक्षा में अभिवृद्धि होगी। हमारी आणविक नीति में यही सबसे बड़ी बाधा है। सामान्य तथा भेदभाव रहित निरस्त्रीकरण के अभाव में हम एक ऐसी व्यवस्था को स्वीकार नहीं कर सकते जो आणविक हथियार सम्पन्न और आणविक हथियार विहीन राष्ट्रों के बीच एक मनमाने विभाजन का निर्माण करती हो। भारत का मानना है कि प्रत्येक राष्ट्र को अपने सर्वोपरि राष्ट्रीय हितों के बारे में निर्णय लेने और उसे लागू करने का सार्वभौमिक अधिकार है। हम राष्ट्रों के समान और वैध सुरक्षा हितों के सिद्धान्त का समर्थन करते हैं। इसे एक संप्रभु अधिकार मानते हैं। साथ ही हमारे नेताओं ने आरंभ में ही यह समझ लिया था कि आणविक प्रौद्योगिकी में आर्थिक विकास की असीम क्षमताएं हैं, विशेषकर विकासशील राष्ट्रों के लिए, जो काफी वर्षों से चले आ रहे औपनिवेशिक शोषण के कारण बनी प्रौद्योगिक खाई को पाटने का प्रयास कर रहे हैं। इस विचारधारा की झलक स्वतंत्रता के एक वर्ष के अंदर 1948 में पारित परमाणु ऊर्जा अधिनियम में मिलती है। आणविक निरस्त्रीकरण के क्षेत्र में तब से हमारे द्वारा की गई अनेक पहलकदमियां हमारी उन घोषित नीतियों के अनुरूप ही रही हैं।

परमाणु ऊर्जा का उपयोग हथियार बनाने के लिए नहीं होना चाहिए

पचास के दशक में परमाणु परीक्षण जमीन पर हुआ। विशिष्ट मशरूम बादल आणविक युग के स्पष्ट प्रतीक बन गए। उस समय भारत ने परमाणु शस्त्र के दौर को समाप्त करने के लिए पहल की। प्रथम कदम के रूप में सभी परमाणु शस्त्र परीक्षणों पर रोक लगाने का आह्वान किया। प्रथम हाईड्रोजन बम के परीक्षण के तुरंत पश्चात 2 अप्रैल 1954 को लोक सभा को संबोधित करते हुए पंडित जवाहरलाल नेहरू ने कहा था–"आणविक,रासायनिक और जैविक ऊर्जा तथा शक्ति का उपयोग व्यापक विनाश के लिए हथियार बनाने में नहीं किया जाना चाहिए।" विस्तृत विवरण के लिए देखें, सदन की कार्यवाही की पृष्ठ संख्या 3913–3919। पंडित नेहरू ने कहा कि हमें बताया गया है कि अमेरिका और सोवियत संघ के पास इस प्रकार के हथियार हैं। पिछले

दो सालों में इन देशों ने इन विनाशक हथियारों का कई बार परीक्षण किया है। अमेरिका ने गत एक मार्च को किए गए परीक्षणों के बाद उससे भी अधिक शक्तिशाली हथियारों का परीक्षण किया है। उनकी और भी परीक्षण करने की योजना है। ये हथियार कितने भयावह हैं, इसका अनुमान इस बात से लगाया जा सकता है कि इनके उपयोग से मानवता और सभ्यता के अस्तित्व को ही खतरा उत्पन्न हो गया है। इनसे बचाव के लिए कुछ नहीं किया जा सकता। इनमें से किसी एक के इस्तेमाल से ही लाखों लोगों की मौत हो जाने और उससे अधिक की संख्या में इनके परिणामों से मारे जाने की संभावना है। उन्होंने परमाणु शस्त्रों पर प्रतिबंध लगाने और उनकी समाप्ति के लिए वार्ताओं तथा आंतरिक रूप से आणविक परीक्षणों को रोकने के लिए यथास्थिति समझौते का आह्वान किया। उस समय तक विश्व में पैंसठ से भी कम परीक्षण हुए थे। हमारे आह्वान पर ध्यान नहीं दिया गया। 1963 में वायुमंडलीय परीक्षण पर रोक लगाने के लिए एक करार किया गया। उस समय तक राष्ट्रों ने भूमिगत आणविक परीक्षण की प्रौद्योगिकियां विकसित कर ली थीं। आणविक हथियार दौड़ अबाध गति से जारी रही। तीन दशकों के सक्रिय अनुसंधान और 2000 से अधिक परमाणु परीक्षण करने और ढाई वर्षों की वार्ताओं के पश्चात, जिसमें भारत ने भी सक्रिय रूप से भाग लिया था; 1996 में एक व्यापक परीक्षण प्रतिबंध संधि को हस्ताक्षर के लिए प्रस्तुत किया गया। इस संधि के अंतिम रूप में अनेक ऐसी बातें छोड़ दी गई थीं जिन्हें उसमें होना चाहिए था। वास्तव में यह संधि न तो यह व्यापक थी और न ही यह निरस्त्रीकरण से संबंधित थी।

हम परमाणु अप्रसार संधि में शामिल नहीं होंगे

1965 में गुटनिरपेक्ष देशों के एक छोटे से समूह के साथ भारत ने अंतरराष्ट्रीय अप्रसार करार का एक विचार रखा, जिसके अंतर्गत आणविक शस्त्र संपन्न राष्ट्र अपने शस्त्रों को त्याग देने के लिए सहमत होंगे, बशर्ते अन्य देश भी ऐसे हथियारों का विकास करने और उन्हें प्राप्त करने से परहेज करेंगे। लगभग तीस वर्ष पूर्व जब 1968 में परमाणु अप्रसार संधि एन टी पी अस्तित्व में आई तो अधिकारों तथा बाध्यताओं का वह संतुलन नहीं था। साठ के दशक में हमारी सुरक्षा चिंताएं बढ़ी थीं। किंतु परमाणु शस्त्रों से हमें ऐसी घृणा थी और उन्हें प्राप्त करने से बचने की इतनी इच्छा थी कि इसके बजाय हमने विश्व की

प्रमुख परमाणु शक्तियों से सुरक्षा गांरटी मांगी। जिन देशों से हमने समर्थन और सहयोग की मांग की थी, वे हमारी तत्कालीन मांग को पूरा करने में असमर्थ थे। इन्हीं कारणों से भारत ने अप्रसार संधि पर हस्ताक्षर करने में अपनी असमर्थता व्यक्त की। लोकसभा में 5 अप्रैल 1968 को अप्रसार संधि पर वाद–विवाद हुआ। तत्कालीन प्रधानमंत्री श्रीमती इंदिरा गांधी ने सदन को आश्वस्त किया कि "हमारा आत्मज्ञान और राष्ट्रीय सुरक्षा के विचार ही पूर्णतः हमारा निर्देश करेंगे।" परमाणु निरस्त्रीकरण के प्रति देश की वचनबद्धता पर जोर देते हुए उन्होंने अप्रसार संधि की कमियो पर प्रकाश डाला। उन्होंने सदन को और देश को सचेत किया कि "संधि पर हस्ताक्षर नहीं करने से राष्ट्र के सम्मुख अनेक कठिनाइयां आ सकती हैं। इसका तात्पर्य है कि सहायता पर रोक और सहयोग पर रोक। चूंकि हम यह निर्णय मिल कर ले रहे है, अतः हमें इसके परिणामों का मुकाबला भी मिल कर करना चाहिए।" विस्तृत विवरण के लिए देखें, लोकसभा की कार्यवाही पृष्ठ संख्या 2687–2690।

हम परमाणु हथियार नहीं बनाना चाहते

श्रीमती गांधी ने लोकसभा में दिए गए इस बयान में सदन को बताया, "हमने यह पहले ही स्पष्ट कर दिया है कि वर्तमान रूप में संधि का यह मसौदा संयुक्त राष्ट्र महासभा द्वारा इस संबंध में पारित किए गए प्रस्ताव की भावनाओं के अनुकूल नहीं है। मानवता इस समय परमाणु शांति और युद्ध के चौराहे पर खड़ी है। इसमें कोई संदेह नहीं है कि हमें परमाणु शांति के रास्ते पर चलना चाहिए। लेकिन इस दिशा में पहला कदम ही दिखाई नहीं दे रहा। यह बहुत महत्त्वपूर्ण है, परमाणुशक्ति सम्पन्न देश इस बारे में बातचीत करने में पहल करें। परमाणु हथियार न रखने वाले देश इस संधि को समानता के नजरिए से किसी भी तरह से नहीं देख सकते क्योंकि उनसे यह कहा जा रहा है कि वे अपनी रक्षा के लिए परमाणु हथियार न बनाएं और न हासिल करें। भारत सरकार ने साफ किया है कि हम परमाणु हथियार नहीं बनाना चाहते। हमने यह फैसला बहुत पहले कर लिया था लेकिन इसका परमाणु अप्रसार संधि से कोई संबंध नहीं है। हम परमाणु निशस्त्रीकरण के अपने प्रयास जारी रखेंगे क्योंकि इससे ही भेदभाव समाप्त होगा और सभी देशों के बीच बराबरी का स्तर बहाल किया जा सकेगा।"

हमारी सामरिक क्षमता सीमित हो जाएगी

यह एक संक्रांति काल था। उस समय इस सदन ने राष्ट्रीय सर्वसम्मति दर्शाते हुए सरकार के निर्णय को संबल प्रदान किया। अप्रसार संधि पर हस्ताक्षर न करने का हमारा निर्णय, विचार और कार्य की स्वतंत्रता को कायम रखने के आधारभूत उद्देश्य को ध्यान में रखते हुए किया गया था। 1974 में हमने अपनी परमाणु क्षमता का प्रदर्शन किया। उसके बाद आने वाली सरकारों ने भारत के परमाणु विकल्प की सुरक्षा करने के लिए उस संकल्प और राष्ट्रीय इच्छा को ध्यान में रखते हुए सभी आवश्यक कदम उठाना जारी रखा। व्यापक परीक्षण प्रतिबंध संधि सी टी बी टी पर हस्ताक्षर न करने के 1996 के निर्णय के मूल में भी यही प्राथमिक कारण था, इस निर्णय का भी सदन ने एक बार फिर सर्वसम्मति से अनुमोदन किया था। उस समय हमारा दृष्टिकोण यह था कि सी टी बी टी पर हस्ताक्षर करने से भारत की परमाणु क्षमता एक अस्वीकार्य निम्न स्तर पर गंभीर रूप से सीमित हो जाएगी। हमारे सुरक्षित अधिकार और बढ़ गए थे, क्योंकि सी टी बी टी भी परमाणु निरस्त्रीकरण की प्रक्रिया को अमल में नहीं लाई। अतः दोनों स्थितियों में एक बार फिर हमारी सुरक्षा चिंताएं अनसुलझी रह गईं। 1996 में इस विषय पर चर्चा के दौरान विदेश मंत्री श्री इंद्र कुमार गुजराल ने इस सदन को सरकार के तर्क के बारे में स्पष्टीकरण दिया था।

नयी सदी में भी नहीं बदली दुनिया

इसी बीच अस्सी और नब्बे के दशक में परमाणु और प्रक्षेपास्त्र प्रसार के परिणाम स्वरूप हमारे सुरक्षा वातावरण में क्रमिक ह्रास हुआ। हमारे पड़ोस में परमाणु शस्त्रों में वृद्धि हुई। अत्याधुनिक प्रक्षेपण प्रणालियों की स्थापना कर ली गई। इससे भी अधिक हमारे क्षेत्र में परोक्ष रूप से परमाणु सामग्री प्रक्षेपास्त्र और संबद्ध प्रौद्योगिकी के अधिग्रहण के बारे में पता लगा। इस अवधि में भारत विदेशी सहायता प्राप्त और दुष्प्रेरित आतंकवाद, उग्रवाद तथा भाड़े के सैनिकों के माध्यम से परोक्ष युद्ध का शिकार हो गया। शीत युद्ध की समाप्ति और बीसवीं सदी के इतिहास में विभाजक रेखा को चिह्नित करती है। इसने यूरोप के राजनीतिक परिदृश्य को बदला, तथापि इसने भारत की सुरक्षा चिंताओं का समाधान निकालने की दिशा में कुछ भी नहीं किया। सापेक्ष व्यवस्था, जिस तक यूरोप में पहुंचा गया, विश्व के अन्य भागों में नहीं दोहराई

गई थी। विश्वव्यापी स्तर पर परमाणु शस्त्र संपन्न देशों की तरफ से परमाणु हथियार मुक्त विश्व की दिशा में अग्रसर निर्णायक तथा अपरिवर्तनीय कदमों को उठाने के अभी तक कोई संकेत नहीं मिले हैं। इसके बजाय अप्रसार संधि को परमाणु शस्त्रों की मौजूदगी को अविच्छिन्न बनाते हुए उन पांच देशों, जो संयुक्त राष्ट्र सुरक्षा परिषद के स्थायी सदस्य भी हैं, के हाथों में अनिश्चित काल तक तथा बिना शर्त के विस्तारित किया गया। कुछ देशों के ऐसे सिद्धान्त हैं, जो परमाणु शस्त्रों के पहले प्रयोग की अनुमति देते हैं। ये देश अपने परमाणु शस्त्रागारों का आधुनिकीकरण करने के कार्यक्रमों में भी लगे हुए हैं।

भारत के सामने कोई और विकल्प नहीं था

ऐसी परिस्थितियों में भारत के पास और कोई विकल्प नहीं रह गया था। उसे यह सुनिश्चित करने के लिए आवश्यक कदम उठाने पड़े कि देश के परमाणु विकल्प को सदियों से विकसित तथा सुरक्षित, स्वैच्छिक, स्वआरोपित नियंत्रण तथा ह्रास होने की अनुमति न दी जाए। निस्संदेह इस प्रकार के क्षरण से हमारी सुरक्षा पर गैर मियादी तरीके से प्रतिकूल प्रभाव पड़ सकता था। इस प्रकार सरकार को इस कठिन निर्णय का सामना करना पड़ा। एक मात्र कसौटी, जिसने हमारा मार्ग प्रशस्त किया, हमारी राष्ट्रीय सुरक्षा थी। 11 और 13 मई के परीक्षण पहले से तैयार की गई नीतियों के अनुक्रम में किए गए थे, जिन्होंने देश को विचार और कार्रवाई की आत्मनिर्भरता तथा स्वतंत्रता के पथ पर अग्रसर किया है। तथापि कुछ ऐसे क्षण होते हैं, जब चुना हुआ रास्ता कंटकमय हो जाता है और निर्णय लेना पड़ जाता है। हमारे परमाणु अध्याय में 1968 के साथ–साथ 1974 और 1996 ऐसे ही क्षण थे। इन प्रत्येक क्षणों में हमने राष्ट्रीय हित द्वारा निर्देशित तथा राष्ट्रीय सर्वानुमति द्वारा समर्थित सही निर्णय लिया था। 1998 के निर्णय का जन्म पूर्ववर्ती निर्णयो की कठोर परीक्षा से हुआ था। यह तभी संभव हो सका, क्योंकि वे निर्णय विगत में तथा उचित समय पर सही तरीके से लिए गए थे। ऐसे समय में जब उन्नत प्रौद्योगिकियों के क्षेत्रों में गतिविधियां द्रुत गति से स्थान ले रही हैं, नए तौर तरीकों को ढूंढने, परीक्षित किए जाने की आवश्यकता है और उस कौशल को वैज्ञानिकों की समकालीन तथा बाद की पीढ़ियों तक बनाए रखने की बात को सुनिश्चित करने के उद्देश्य से वैधीकृत किए जाने की आवश्यकता है, ताकि वैज्ञानिक और इंजीनियर अपने पूर्ववर्तियों द्वारा किए गए कार्य को आगे बढ़ाने में समर्थ

हो सकें। भारत द्वारा किए गए पांच परीक्षणों की सीमित शृंखला ठीक इसी प्रकार का एक अभ्यास था। इसने अपने बताए हुए उद्देश्य को प्राप्त किया। इन परीक्षणों द्वारा प्रदान किए गए आंकड़े शस्त्रों के अनुरूप हमारी क्षमताओं को वैध ठहराने के लिए समालोचनीय हैं। इसके साथ–साथ इन परीक्षणों से हमारे वैज्ञानिकों तथा इंजीनियरों की क्षमता में उल्लेखनीय वृद्धि हुई है, जिससे वे भविष्य में यदि आवश्यक हुआ तो वे मई डिजाइनों के कम्प्यूटर अनुरूपण में और उन्हें सब–क्रिटिकल प्रयोग करने मे समर्थ बनाने में सक्षम होंगे। तकनीकी क्षमता की दृष्टि से विश्वसनीय निवारक सुनिश्चित करने के लिए हमारे वैज्ञानिकों और इंजीनियरों के पास अपेक्षित संसाधन हो गए हैं।

अब भी हमारी नीति नहीं बदली है

हमारे पड़ोसी देशों तथा अन्य देशों के साथ हमारी नीतियों में भी परिवर्तन नहीं हुआ है। भारत शांति तथा स्थिरता को प्रोत्साहन देने और द्विपक्षीय बातचीत एवं वार्ताओं के माध्यम से सभी अनसुलझे मसलों को सुलझाने के लिए पूर्णतः वचनबद्ध है। ये परीक्षण किसी देश के विरुद्ध नहीं किए गए हैं। इनका उद्देश्य भारत की जनता को अपनी सुरक्षा के प्रति पुनः आशावान बनाना था। अपने इस निश्चय से अवगत कराना था कि इस सरकार के पास पिछली सरकारों की तरह क्षमता है। वह राष्ट्रीय सुरक्षा हितों की रक्षा का संकल्प लेती है। सरकार परस्पर लाभकारी संबंधों में सुधार लाने के लिए और एक दूसरे के क्रियाकलापों के क्षेत्र में विस्तार करने के लिए अपने पड़ोसी देशों के साथ निरंतर वार्ता करेगी। विश्वासोत्पादक सतत प्रक्रिया है। हम इसके प्रति कृत संकल्प हैं। परीक्षणों के परिणामस्वरूप तथा हमारी सुरक्षा चिंताओं के अपर्याप्त मूल्यांकन से कुछ देशों ने हमें वे कदम उठाने को कहा, जिनसे हमें दुःख हुआ है। हम अपने द्विपक्षीय संबंधों को महत्त्व देते हैं। हम वार्ता के लिए वचनबद्ध हैं। इस बात की पुनः पुष्टि करते हैं कि भारत की सुरक्षा कायम रहने से इन देशों के साथ कोई विवाद नहीं होगा। भारत परमाणु शस्त्र संपन्न देश है। यह एक वास्तविकता है। इससे इनकार नहीं किया जा सकता। यह ऐसी कोई प्रदत्त चीज नहीं है, जिसे हम चाहते हैं। न ही यह कोई ओहदा है, जो दूसरे हमें दें। यह तो हमारे वैज्ञानिकों द्वारा दी गई एक राष्ट्रीय धरोहर है। यह विश्व की आबादी के छठवें भाग वाले इस भारत का उचित अधिकार है। हमारी सुदृढ़ क्षमता हमारे उत्तरदायित्व के भाव को, शक्ति के

उत्तरदायित्व और बाध्यता से जोड़ती है। भारत अपनी अंतरराष्ट्रीय बाध्यताओं के प्रति सचेत रह कर आक्रमण करने के लिए अथवा किसी दूसरे के खिलाफ भय पैदा करने के लिए इन हथियारों का प्रयोग नहीं करेगा। ये अपनी सुरक्षा के लिए हथियार हैं। यह सुनिश्चित करते हैं कि भारत को कोई खतरा नहीं है। भारत पर कोई बल प्रयोग नहीं कर सकता।

न्यूक्लियर फ्रीज

1994 में हमने यह सुझाव दिया था कि भारत और पाकिस्तान संयुक्त रूप से यह वचन लें कि वे एक दूसरे के विरुद्ध अपनी–अपनी परमाणु क्षमता का प्रयोग पहले नहीं करेंगे। सरकार ने इस अवसर पर अपनी यह तत्परता दोहराई कि वह उस देश के साथ, अन्य देशों के साथ द्विपक्षीय तौर अथवा सामूहिक रूप से पहले प्रयोग नहीं करने से संबद्ध करार पर बातचीत करे। भारत हथियारों की दौड़ में नहीं रहेगा। भारत शीत युद्ध के सिद्धान्तों में भी योगदान नहीं करेगा अथवा पुनर्प्रतिपादित नहीं करेगा। भारत अपनी विदेश नीति के मौलिक सिद्धान्त के प्रति वचनबद्ध है कि परमाणु शस्त्रों के सार्वभौम उन्मूलन की धारणा इसकी सुरक्षा के साथ–साथ शेष विश्व की सुरक्षा में अभिवृद्धि करेगा। यह विशेष कर अन्य परमाणु शस्त्र वाले राज्यों से अनुरोध करता रहेगा कि वे इन उपायों को अपनाएं, जो इस लक्ष्य के प्रति अर्थपूर्ण रूप से योगदान करेंगे। पूर्व में कई पहलकदमियां की गई हैं। 1978 में भारत ने एक ऐसे अंतरराष्ट्रीय अभिसमय के लिए वार्ता का प्रस्ताव किया था, जो परमाणु हथियारों के उपयोग अथवा उपयोग के भय का निषेध करेगा। इसके बाद 1982 में एक अन्य पहलकदमी की गई, जिसे न्यूक्लियर फ्रीज कहा गया, हथियारों के लिए विखंडन सामग्रियों के उत्पादन, परमाणु हथियारों के उत्पादन तथा संबंधित डिलीवरी सिस्टम पर रोक लगा दी गई। 1988 में हमने एक निर्धारित समय सीमा के भीतर सभी परमाणु शस्त्रों को चरण बद्ध रूप से समाप्त करने के लिए एक कार्य योजना पेश की थी। हमें खेद है कि अन्य परमाणु शस्त्र सम्पन्न देशों से इन प्रस्तावों का सकारात्मक जवाब नहीं मिला। यदि उनका जवाब सकारात्मक होता तो भारत को वर्तमान परीक्षण नहीं करना पड़ता। यही बात है, जहां परमाणु शस्त्रों के प्रति हमारा दृष्टिकोण दूसरे से भिन्न है। यही भिन्नता हमारे परमाणु सिद्धान्त की आधारशिला है। यह बड़े पैमाने पर सभी परमाणु शस्त्रों को पूर्ण रूप से समाप्त करने के लिए नियंत्रण

और संघर्ष करने का प्रतीक है।

गुटनिरपेक्ष देश परमाणु हथियारों पर रोक के पक्ष में

गुट निरपेक्ष आंदोलन, जो परमाणु निरस्त्रीकरण को उच्चतम प्राथमिकता देता आ रहा है, द्वारा व्यक्तिगत रूप से सामूहिक रूप से की गई ऐसी पहल--कदमियों का समर्थन करता रहेगा। हाल ही में कार्टजेना में सम्पन्न गुटनिरपेक्ष आंदोलन की मंत्रिस्तरीय बैठक में इस बात की पुनः पुष्टि की गई, जिसने निरस्त्रीकरण से संबद्ध सम्मेलन सहित परमाणु शस्त्र अभिसमय में अपना यह आह्वान दोहराया कि उच्चतम प्राथमिकता के आधार पर एक तदर्थ समिति की स्थापना की जाए, जो एक निश्चित समय सीमा के भीतर परमाणु शस्त्रों को पूर्ण रूप से समाप्त करने के लिए एक चरणबद्ध कार्यक्रम के सिलसिले में 1998 में बातचीत शुरू कर दे। 113 गुटनिरपेक्ष देशों की एक सामूहिक आवाज सार्वभौम परमाणु निरस्त्रीकरण के प्रस्ताव को परिलक्षित करती है, जिसके प्रति भारत वचनबद्ध रहा है। गुटनिरपेक्ष आंदोलन के सदस्यों में से एक सदस्य का प्रस्ताव, जिसे हम अत्यधिक महत्त्व देते हैं, अंतरराष्ट्रीय न्यायालय का उल्लेख करना था। जिसके फलस्वरूप 8 जुलाई 1996 को सलाहकार मत के रूप में अंतरराष्ट्रीय न्यायालय में सर्वसम्मत घोषणा करनी थी कि "सख्त और प्रभावकारी अंतरराष्ट्रीय नियंत्रण के तहत अपने सभी पहलुओं में परमाणु निरस्त्रीकरण की दिशा में नेकनीयती से बातचीत संपन्न करने की बाध्यता विद्यमान है।" इस मामले पर अंतरराष्ट्रीय न्यायालय से जिन देशों ने अनुरोध किया, उनमें भारत भी एक है। अन्य किसी परमाणु शस्त्र सम्पन्न देश ने इस निर्णय का समर्थन नहीं किया; वास्तव में वे इसकी निंदा करना चाहते थे। परमाणु शस्त्र अभिसमय के लिए बातचीत शुरू करने में हम हमेशा आगे रहे हैं और हमेशा आगे रहेंगे, ताकि इस चुनौती से उसी प्रकार से निपटा जा सके, जिस प्रकार जैविक हथियारों से संबद्ध अभिसमय तथा रासायनिक हथियारों से संबद्ध अभिसमय के माध्यम से दो अन्य महाविनाशक हथियारों से निपटे थे। अपने निरस्त्रीकरण संबंधी व्यापक, सार्वभौमिक तथा भेदभाव रहित दृष्टिकोण के प्रति वचनबद्धता को कायम रखने में भारत इन दोनों अभिसमयों का एक आरंभिक पक्षकार देश है। तदनुसार भारत अंतरराष्ट्रीय प्राधिकरण--रासायनिक शस्त्र निषेध संगठन को अपने रासायनिक हथियारों को समाप्त करने की योजना शीघ्र ही प्रस्तुत कर देगा।

हमारी नीति संयम और खुलेपन की

भारत परम्परागत रूप से एक बहिर्मुखी दृष्टि रखने वाला देश रहा है। संयुक्त राष्ट्र जैसे संगठनों में हमारी सक्रिय भागीदारी, बहुपक्षीयवाद के प्रति हमारी दृढ़ वचनबद्धता परिलक्षित करती है। हाल के वर्षों में नई चुनौतियों का सामना करते हुए हमने सार्क, हिंद महासागर के रीम संघ के क्षेत्रीय सहयोग तथा आसियान क्षेत्रीय संगठन मंच के सदस्य के रूप में क्षेत्रीय सहयोग को सक्रियता से संवर्धित किया है। यह वचनबद्धता जारी रहेगी। हाल के वर्षों में शुरू की गई आर्थिक उदारीकरण की नीतियों से हमारे क्षेत्रीय और सार्वभौमिक संबंध और बढ़े हैं। सरकार इन संबंधों को और सघन और मजबूत बनाएगी। हमारी परमाणु नीति संयम और खुलेपन से ओतप्रोत है। इसमें न तो 1974 में और न ही अब 1998 में किसी भी अंतरराष्ट्रीय करार का उल्लंघन किया है। हाल के वर्षों में अपने संभाषणकर्ताओं को हमारी चिंता से अवगत करा दिया गया है। 1974 में अपनी क्षमता का प्रदर्शन कर लेने के बाद 24 वर्ष तक संयम बरतने का अपने आप में एक बेजोड़ उदाहरण है। संयम से सामर्थ्य उत्पन्न होती है। यह किसी अनिर्णय अथवा संशय पर आधारित नहीं हो सकती। संयम तभी तक जायज है, जब तक संशयों का निवारण नहीं हो जाता। भारत द्वारा किए गए परीक्षणों की श्रृंखला ने शंकाओं का निवारण कर दिया है। इससे जुड़ी कार्रवाई एकदम संतुलित थी। यह हमारी राष्ट्रीय सुरक्षा परिकलन के अपरिवर्तनीय घटक को बनाए रखने के लिए न्यूनतम आवश्यकता थी। अतः सरकार के इस निर्णय को संयम बरतने की उस परम्परा के भाग के रूप में देखा जाना चाहिए, जो पिछले पचास वर्षों में हमारी नीति की मुख्य विशेषता रही है।

भारत परमाणु परीक्षण से बचेगा

परीक्षणों के उपरांत सरकार ने पहले ही यह बता दिया है कि भारत अब इन पर अपनी ओर से प्रतिबंध लगा देगा तथा भूमिगत परमाणु परीक्षण विस्फोट से बचा रहेगा। सरकार ने इस घोषणा के कानूनन निर्दिष्टीकरण की दिशा में अग्रसर होने की इच्छा का भी संकेत दिया है। परमाणु परीक्षण विस्फोटों से दूर रहने की व्यापक परीक्षण प्रतिबंध संधि की प्राथमिक बाध्यता इस प्रकार पूरी हो जाती है। अपनी ओर से की गई इस घोषणा का अभिप्राय सार्थक वचनबद्धता के लिए हमारे आशय की गंभीरता अंतरराष्ट्रीय समुदाय

को बताना है। अपने देश की सुरक्षा आवश्यकताओं के प्रति अपने आपको आश्वस्त कर लेने के पश्चात और निर्णय बाद में लिए जाएंगे। भारत ने विखंडनीय पदार्थ कट ऑफ संधि पर जिनेवा में होने वाले निरस्त्रीकरण सम्मेलन की बातचीत में भाग लेने के लिए अपनी तत्परता का भी संकेत दिया है। इस संधि का बुनियादी उद्देश्य परमाणु शस्त्रों या परमाणु विस्फोटक उपकरणों को प्रयोग में लाने के लिए विखंडनीय पदार्थों के भावी उत्पादन पर रोक लगाना है। इन चर्चाओं में भारत का दृष्टिकोण यह सुनिश्चित करना रहेगा कि यह संधिक एक प्रभावकारी जांच तंत्र द्वारा समर्पित, एक सार्वभौमिक तथा भेदभाव रहित संधि के रूप में उभर कर सामने आए। जब हम इन वार्ताओं की शुरुआत करें, तब सरकार राष्ट्र की शस्त्र सुसज्जित परमाणु प्रतिरोधकता की पर्याप्तता और विश्वसनीयता को पूर्ण विश्वास में लेगी।

हम अब भी परमाणु अप्रसार के लिए वचनबद्ध

हम न तो अप्रसार संधि के पक्षकार हैं और न ही परमाणु आपूर्तिकर्ता समूह न्यूक्लियर सप्लाई ग्रुप एन एस जी के सदस्य हैं। फिर भी भारत ने परमाणु पदार्थों तथा उससे संबद्ध प्रौद्योगिकियों के निर्यात पर प्रभावी नियंत्रण बनाए रखा है। भारत परमाणु अप्रसार के प्रति वचनबद्ध है। उसने यह सुनिश्चित करने के लिए कठोर निर्यात नियंत्रण बनाए रखा है, ताकि हमारे स्वदेशी रूप से विकसित तकनीकी ज्ञान तथा प्रौद्योगिकियों का रहस्योद्घाटन न हो जाए। वास्तव में इस संबंध में भारत का आचरण अप्रसार—संधि के पक्षकार देशों के मुकाबले बेहतर रहा है। भारत ने विगत में अंतरराष्ट्रीय परमाणु अप्रसार प्रणाली की अपर्याप्तता पर अपनी चिंताओं से अवगत कराया है। भारत ने यह स्पष्ट किया हैं कि हमारा देश इसमें शामिल होने की स्थिति में नहीं है, क्योंकि यह व्यवस्था हमारे देश की सुरक्षा संबंधी चिंताओं का समाधान नहीं करती। इनका समाधान सार्वभौमिक परमाणु निरस्त्रीकरण के हमारे अधिमानी दृष्टिकोण की दिशा में अग्रसर होने से किया जा सकता है। ऐसा नहीं हुआ है, अतः भारत को उभरती हुई व्यवस्था से अलग खड़ा होने के लिए बाध्य होना पड़ा, ताकि उसके कार्य करने की स्वतंत्रता पर कोई दबाव न डाला जाए। यह यथार्थ का रास्ता है, जिसका अनुपालन पिछले तीन दशक से दृढ़तापूर्वक किया जाता रहा है। वही सकारात्मक दृष्टिकोण देशों के साथ भारत की वार्ता का आधार होगा, जिसके प्रति हमारे गंभीर आशय और इच्छा का अनुसरण किए जाने

की है, ताकि आपसी हित और चिंताओं का संतोषजनक हल निकाला जा सके। भारतीय राजनीतिज्ञता की चुनौती संतुलित है और इस संबंध में वैध अंतरराष्ट्रीय चिंताओं के साथ भारत की सुरक्षा अत्यावश्यकताओं के साथ मेल खाती है।

स्रोत : पोखरण-2 पर लोकसभा में हुई चर्चा के दौरान सरकार की ओर से पेश किया गया नीतिगत दस्तावेज। विस्तृत चर्चा के लिए देखें सदन की कार्यवाही के ब्योरे।

5

बुद्धा इज स्माइलिंग अगेन : पोखरण-2

मई 1998 में भारत की परमाणु यात्रा में एक और महत्त्वपूर्ण पड़ाव आया। राजस्थान के रेगिस्तान से बुद्धा इज स्माइलिंग अगेन का संदेश दिल्ली पहुंचा। प्रधानमंत्री अटल बिहारी वाजपेयी ने 7 रेस कोर्स के अपने सरकारी निवास में इस सफलता की घोषणा की। इस अवसर पर जारी बयान में कहा गया कि भारत ने अपने परमाणु विकल्प का इस्तेमाल किया। ऐसा इसलिए संभव हो सका क्योंकि इस बीच आई सभी सरकारें इस बात के लिए कटिबद्ध रहीं कि राष्ट्रीय सुरक्षा और सामरिक स्वायत्तता को मजबूत करने के हित में एक न्यूनतम विश्वसनीय परमाणु शक्ति का विकास होना चाहिए। सरकार ने 11 मई को एक वक्तव्य जारी करके यह घोषणा की थी कि भारत ने पोखरण रेंज में सफलतापूर्वक तीन भूमिगत परमाणु परीक्षण किये हैं। दो और सब किलो टन के भूमिगत परीक्षण करने के दो दिन के पश्चात सरकार ने परीक्षणों की योजनाबद्ध श्रृंखला के पूर्ण होने की घोषणा की। 11 मई को दोपहर बाद तीन बज कर 45 मिनट पर किए गए तीन भूमिगत परीक्षण तीन अलग–अलग विधाओं के थे–एक फिशन डिवाइस, एक कम शक्ति का सब किलोटन डिवाइस तथा एक थर्मोन्यूक्लियर डिवाइस। 13 मई को दोपहर बारह बज कर 21 मिनट पर किए गए दो परीक्षण भी सब किलो टन रेंज से कम शक्ति वाले डिवाइस थे। इन परीक्षणों के परिणाम हमारे वैज्ञानिकों की आशाओं के अनुरूप रहे हैं।

श्री वाजपेयी की प्रेस कांफ्रेंस

यूनीवार्ता संवाद समिति के सम्पादक श्री अशोक शर्मा 11 मई 1998 को कुछ इस तरह से याद करते हैं। वह दिन दिल्ली की गर्मी के सबसे गर्म

दिनों में से एक था और खबरों की मंदी थी। बुद्ध पूर्णिमा का दिन होने के कारण सरकारी छुट्टी थी। अचानक प्रधानमंत्री निवास से सूचना दी गई कि एक घंटे के बाद प्रधानमंत्री ने एक आवश्यक प्रेस कांफ्रेंस बुलाई गई है। श्री अटल बिहारी वाजपेयी उसी दिन 7 सफदरजंग रोड के अपने निवास से 7 रेसकोर्स स्थित प्रधानमंत्री के सरकारी निवास में रहने के लिए आए थे। हमें पता था कि आज वहां गृह प्रवेश आदि हुआ है। एक विचार तो यह था कि शायद इसी बारे में कोई समाचार होगा लेकिन फोन करने वाले ने जिस तरह से हमें फोन करके प्रधानमंत्री की आवश्यक प्रेस कांफ्रेंस की बात की थी। उससे लगा कि मामला कुछ खास हो सकता है। हममें से किसी को परमाणु विस्फोट किए जाने जैसी इस तरह की घोषणा की उम्मीद नहीं थी। हम संवाददाताओं की आदत है कि हम जल्दी आश्चर्यचकित नहीं होते क्योंकि आपदाओं को छोड़कर खबरों के बारे में कुछ न कुछ अनुमान रहता है क्यों कि हम स्वभाववश उन गतिविधियों पर नजर रखते हैं जिससे कि पता चलता है कि क्या कहां पक रहा है। प्रधानमंत्री के इस बयान से हम कुछ समय के लिए भौचक्के जरूर हो गए थे। आम तौर पर प्रधानमंत्री की दिल्ली में औपचारिक प्रेस कांफ्रेंस हफ्तों की तैयारी के बाद होती है। दिल्ली में प्रधानमंत्री की अचानक प्रेस कांफ्रेंस जैसी स्थिति कभी–कभार ही होती है। इस अनुमान के आधार पर हम चार संवाददाताओं के साथ 7 रेस कोर्स रोड पहुंचे। यह काम्पलेक्स हमेशा से ही कड़ी सुरक्षा व्यवस्था के घेरे में था। उस दिन कुछ खास सुरक्षा दिखाई दी। 7 आर सी आर परिसर में मोबाइल फोन ले जाने पर रोक है। इसलिए हम अपने फोन गाडी में बाहर बैठ कर हमारा इंतजार करने वाले रिपोर्टर के पास ही छोड़ गए। हमने अपने सहयोगियो को कुछ इस तरह से बिठाया था कि दो सहयोगी अगली कतार में बैठें जो कि पूरी प्रेस कांफ्रेंस के नोट्स ले सकें। दो सहयोगी पिछली कतार में बैठें जो बारी–बारी से जाकर इस महत्त्वपूर्ण समाचार को दे सकें। अभी हम पंचवटी में जहां प्रेस कांफ्रेंस का आयोजन किया गया था पहुंचे ही थे कि प्रधानमंत्री श्री वाजपेयी आए और उन्होंने चंद लाइनों का एक वक्तव्य पढ़ा, इसके बाद तो जैसे पत्रकार सम्मेलन में भगदड़ मच गई। वह एक ऐतिहासिक दिन था। श्री वाजपेयी ने इस बारे में हमारे सवालों का जवाब देने से इंकार कर दिया। सुरक्षा घेरे में वहां से रवाना हो गए। उसके बाद जो कुछ हुआ वह तो इतिहास है।

नया मोड़ नया पड़ाव

इस बयान ने भारत की परमाणु यात्रा और विकास के रास्ते को एक नया मोड़ दिया। यह एक नया पड़ाव था। उसने जैसे एक नया इतिहास लिखा। इसके बाद तो प्रधानमंत्री के स्वागत समारोह के लिए उनके निवास पर रैलियों का एक दौर शुरू हुआ जो कई दिनों तक चलता रहा। 11 मई के बाद 13 मई को भारत ने दुबारा विस्फोट किए। इन रैलियों में प्रधानमंत्री ने इन विस्फोटों और उनके प्रभावों के बारे में जानकारी दी। पोखरण में किए गए दूसरे दौर के परमाणु विस्फोटों के बाद 13 मई 1998 को प्रधानमंत्री को बधाई देने के लिए उनके निवास पर आए लोगों को संबोधित करते हुए श्री अटल बिहारी वाजपेयी ने कहा, देश में इस सवाल पर आम राय है। लगभग सभी पार्टियां इस बात से सहमत रही हैं कि देश की रक्षा के लिए, देश की स्वतंत्रता, संप्रभुता और अखंडता की रक्षा के लिए हमें सब कदम उठाने को तैयार रहना चाहिए। हमने जो कुछ भी किया है, अपने बचाव के लिए किया है, देश की रक्षा के लिए किया हैं, किसी को खतरा पैदा करने के लिए नहीं किया है। श्री शर्मा मानते हैं कि इसके साथ ही इन परीक्षणों के बारे में देश और दुनिया को जानकारी देने का सिलसिला शुरू हुआ और जब प्रधानमंत्री श्री वाजपेयी ने संसद में इस बारे में विस्तृत जानकारी दी तो इसके सभी पहलू उभर कर सामने आए।

अंतरराष्ट्रीय नियम सब पर समान रूप से लागू हों

श्री वाजपेयी ने अपने निवास पर उपस्थित पार्टी के नेताओं और कार्यकर्ताओं को संबोधित करते हुए कहा कि 1974 में पोखरण में एक अणु परीक्षण हुआ था। अब फिर परमाणु परीक्षण हुआ है। तब से हम विज्ञान, टेक्नॉलाजी, परमाणु ऊर्जा के क्षेत्र में बहुत आगे बढ़े हैं। हमारे वैज्ञानिकों ने, इंजीनियरों ने वक्त के बदलने के साथ अपने ज्ञान को, अपनी जानकारी को आज की स्थिति का सामना करने लायक बनाए रखा है। 11 तारीख को यह परीक्षण प्रारंभ हुआ था जो आज 13 मई को समाप्त हो गया। उन पर विश्व अपनी प्रतिक्रिया कर रहा है। अलग–अलग तरह की प्रतिक्रियाएं हो रही हैं। हम ऐसी दुनिया में विश्वास करते हैं, जो परमाणु शस्त्रों से रहित हो; लेकिन ऐसी दुनिया एकतरफा नहीं होगी। आज तो दुनिया बंटी हुई है। कुछ ऐसे देश हैं, जो समझते हैं कि केवल उन्हीं को अपनी सुरक्षा के लिए हर तरह के कदम

उठाने का अधिकार है, बाकी देशों को इस तरह का कोई अधिकार नहीं है। यही हमें स्वीकार नहीं है। विज्ञान, टेक्नोलॉजी, न्यूक्लियर एनर्जी इनको किसी देश की सीमाओं में नहीं बांध सकते। अंतरराष्ट्रीय नियम जो भी हो सब पर लागू होना चाहिए। सब मर्यादा में रहने चाहिए। अभी इस तरह के विश्व की रचना बाकी है। हम उस दिशा में प्रयत्न करते रहेंगे। मैं आप से एक ही बात कहना चाहता हूं कि हमने जो कदम उठाया है, सोच–समझ कर उठाया है, किसी जल्दबाजी में नहीं उठाया, लोकप्रियता हासिल करने के लिए नहीं उठाया। देश की रक्षा का सवाल सर्वोपरि सवाल है। राजनीतिक भेदभाव से ऊपर है। यह हमारा मूलभूत अधिकार है, हमारा कर्तव्य भी है। हम अपने कर्तव्य का पालन करेंगे।

वे हमें समझने का प्रयास करेंगे

हम उम्मीद करते हैं कि दुनिया और दुनिया के खासकर वे देश जो अभी तक परमाणु अस्त्रों पर अपना एकाधिकार समझते थे, वे इस बात को स्वीकार करेंगे कि विश्व की व्यवस्था ऐसी होनी चाहिए कि सब पर वह समान रूप से लागू हो। जो सबको सुरक्षा का आश्वासन दे, जो सब को संतुष्ट करे। अब हमसे कहा जा रहा है कि जो रास्ता आपने अपनाया है उसमें आपको तकलीफें उठानी पड़ेंगी। सहायता नहीं मिलेगी, कर्जा बंद हो जाएगा, और तरह की मदद मिलने में भी मुसीबतें होंगी, मुश्किलें होंगी। मैं नहीं समझता कि दुनिया के देश और जिन देशों के साथ हमारे मैत्रीपूर्ण संबंध हैं और जिन मैत्रीपूर्ण संबंधों को हम बहुत अधिक महत्त्व देते हैं, वे इस तरह का कोई कदम उठाएंगे। अगर इस तरह का कोई कदम उठाया जाता है तो हम भारतवासी, राष्ट्र के नागरिक के नाते, भारत माता के पुत्र–पुत्रियों के नाते इस तरह के कदमों का मुकाबला करेंगे। और, इसके लिए हमने कठिनाई का रास्ता चुना है।

पंडित नेहरू ने परमाणु परीक्षणों पर रोक की पहल की थी

श्री वाजपेयी ने 27 मई 1998 को संसद में परमाणु परीक्षण के औचित्य पर एक वक्तव्य देते हुए कहा, मैं सदन को उन महत्त्वपूर्ण घटनाओं की जानकारी देने के लिए खड़ा हुआ हूं, जो घटनाएं सत्रावसान के दौरान घटी हैं। 11 मई 1998 को भारत ने तीन भूमिगत परमाणु परीक्षण सफलतापूर्वक

सम्पन्न किए। 13 मई को दो और भूमिगत परीक्षण करके परीक्षणों की योजनाबद्ध शृंखला को पूरा किया गया। मैं चाहूंगा कि यह सदन उन वैज्ञानिकों, इंजीनियरों तथा रक्षा कार्मिकों के प्रति अपनी कृतज्ञता प्रकट करने के लिए मेरे साथ शामिल हो, जिनकी अद्वितीय सफलता ने हमें राष्ट्रीय गौरव और आत्मविश्वास की भावना से ओत–प्रोत होने का अवसर दिया हैं। जब भारत का उदय एक स्वतंत्र राष्ट्र के रूप में हुआ था, तब परमाणु युग की शुरुआत हो चुकी थी। हमारे नेताओं ने महसूस किया कि परमाणु शस्त्र से मुक्त विश्व न सिर्फ भारत की सुरक्षा अपितु सभी राष्ट्रों की सुरक्षा में अभिवृद्धि करेगा। यही कारण है निरस्त्रीकरण हमारी विदेश नीति का एक महत्त्वपूर्ण आधार स्तम्भ था, और है। पचास के दशक के दौरान सभी परमाणु शस्त्र परीक्षणों पर रोक लगाने का आह्वान करने की पहल की। दो अप्रैल 1954 को लोक सभा को संबोधित करते हुए पंडित जवाहरलाल नेहरू, जिनकी स्मृति में हम आज श्रद्धांजलि अर्पित कर रहे हैं, ने कहा था–"परमाणु, रासायनिक और जैविक ऊर्जा तथा शक्ति का उपयोग व्यापक विनाश के लिए हथियार बनाने के लिए नहीं किया जाना चाहिए।" उन्होंने परमाणु शस्त्रों के निषेध और इनकी समाप्ति के लिए वार्ताओं तथा आंतरिक रूप से परमाणु परीक्षणों को रोकने के लिए यथास्थिति समझौते का आह्वान किया पर इस आह्वान पर ध्यान नहीं दिया गया।

परमाणु अप्रसार का करार सब देशों पर समान रूप से लागू हो

1965 में गुटनिरपेक्ष देशों के एक छोटे से समूह के साथ भारत ने अंतरराष्ट्रीय अप्रसार करार का एक विचार रखा था, जिसके अंतर्गत परमाणु शस्त्र सम्पन्न देश अपने शस्त्रागारों का परित्याग करने के लिए सहमत हों, बशर्ते अन्य देश भी इस प्रकार के शस्त्रों का विकास करने और उन्हें प्राप्त करने में संयम बरतें। अधिकारों और बाध्यताओं के इस संतुलन को स्वीकार नहीं किया गया। साठ के दशक में हमारी सुरक्षा चिंताएं और बढ़ गई। हमारे देश ने सुरक्षा की गारंटी मांगी, लेकिन जिन देशों से यह मांग की गई थी वे हमारे प्रत्याशित आश्वासनों को पूरा करने में असमर्थ रहे। इसके परिणाम–स्वरूप हमने स्पष्ट कर दिया था कि हम अप्रसार संधि पर हस्ताक्षर करने में असमर्थ हैं। 5 अप्रैल 1968 को लोकसभा ने अप्रसार संधि पर बहस की थी। प्रधानमंत्री श्रीमती इंदिरा गांधी ने सदन को आश्वस्त किया था कि हमारा

आत्मज्ञान और राष्ट्रीय सुरक्षा के विचार ही पूर्णतः हमारा दिशा–निर्देशन करेंगे। यह संक्रांति काल था और उस समय इस सदन ने राष्ट्रीय सर्वानुमति का परिचय देते हुए तत्कालीन सरकार के निर्णय को उचित ठहराया था। अप्रसार संधि पर हस्ताक्षर न करने का हमारा निर्णय हमारे आधारभूत उद्देश्य को ध्यान में रखते हुए किया गया था। 1974 में हमने अपनी परमाणु क्षमता का प्रदर्शन किया था। उसके बाद आने वाली सरकारों ने भारत के परमाणु विकल्प को सुरक्षित रखने के लिए उस संकल्प और राष्ट्रीय इच्छा को ध्यान में रखते हुए सभी आवश्यक कदम उठाए। व्यापक परीक्षण प्रतिबंध संधि पर हस्ताक्षर न करने के 1996 के निर्णय के पीछे यही मूल कारण था, सदन ने उस निर्णय का भी सर्व सहमति से स्वागत किया था।

विस्फोट का कारण हमारी सुरक्षा को खतरा

इसी बीच अस्सी और नब्बे के दशकों में परमाणु और प्रक्षेपास्त्र अप्रसार के परिणामस्वरूप हमारे सुरक्षा के वातावरण में क्रमिक रूप से ह्रास दिखाई दिया। हमारे पास–पड़ोस में परमाणु शस्त्रों की होड़ बढ़ी है और अत्याधुनिक प्रक्षेपण प्रणालियों को शामिल किया गया है। इसके अलावा भारत विदेशी सहायता प्राप्त और दुष्प्रेरित आतंकवाद, उग्रवाद तथा परोक्ष युद्ध का भी शिकार हुआ है।

विश्वस्तर पर परमाणु हथियार मुक्त विश्व की दिशा में अग्रसर, निर्णायक और अपरिवर्तनीय कदम उठाने का कोई संकेत नहीं मिला है। इसके बजाय अप्रसार संधि को उन पांच देशों के हाथों में परमाणु शस्त्रों की मौजूदगी को अविच्छिन्न बनाते हुए अनिश्चितकाल तक बिना शर्त के विस्तारित किया गया है। ऐसी परिस्थितियों में सरकार को एक कठिन निर्णय करना पड़ा। एकमात्र कसौटी, जिसने हमारा सही मार्ग प्रशस्त किया, वह थी हमारी राष्ट्रीय सुरक्षा। ये परीक्षण पहले से तैयार की गई नीतियों के अनुक्रम में किए गए थे, जिन्होंने इस देश को विचारों तथा कार्रवाई की आत्मनिर्भरता और स्वतंत्रता के मार्ग की ओर अग्रसर किया है।

भारत परमाणु हथियार सम्पन्न राष्ट्र एक वास्तविकता

भारत एक परमाणु सम्पन्न देश है। यह एक वास्तविकता है। इससे इंकार नहीं किया जा सकता। यह ऐसी कोई प्रदत्त चीज नहीं है, जिसे हम

चाहते हैं और न ही कोई ओहदा है, जो दूसरे हमें दें। यह तो हमारे वैज्ञानिकों तथा इंजीनियरों द्वारा प्रदत्त एक राष्ट्रीय धरोहर है। यह विश्व की छठवें भाग वाले इस भारत का अधिकार है। हमारी सुदृढ़ क्षमता हमारे उत्तरदायित्व की भावना को बढ़ाती है। हमारा इरादा इन हथियारों का प्रयोग आक्रमण के लिए अथवा किसी देश के खिलाफ भय उत्पन्न करने के लिए नहीं है। ये हथियार आत्म रक्षा के लिए है, ताकि यह सुनिश्चित किया जा सके कि भारत को कोई परमाणु खतरा नहीं है। भारत पर कोई बल–प्रयोग नहीं कर सकता। हमारा इरादा हथियारों की दौड़ में शामिल होना नहीं है। विगत काल में हमने कई बार पहल की है। हमें खेद है कि अन्य परमाणु शस्त्र सम्पन्न देशों से इन प्रस्तावों पर सकारात्मक जवाब नहीं मिला। वस्तुतः यदि उनका जवाब सकारात्मक होता तो हमें अपने वर्तमान परीक्षण कार्यक्रम की आवश्यकता ही नहीं पड़ती। परमाणु शस्त्र अभिसमय के लिए वार्ता शुरू करने के लिए आह्वान करने में हम आगे रहे हैं। आगे रहेंगे, ताकि इस चुनौती से भी उसी तरह निपटा जा सके, जिस प्रकार जैविक हथियारों से संबद्ध अभिसमय और रासायनिक हथियारों से संबद्ध अभिसमय के माध्यम से दो अन्य महाविनाशक हथियारों से निपटे थे। भारत परम्परागत रूप से एक बहिर्मुखी दृष्टि रखने वाला देश रहा है।

संयम से सामर्थ्य बढ़ता है

श्री वाजपेयी ने कहा कि संयुक्त राष्ट्र जैसे संगठनों में हमारी सक्रिय भागीदारी बहुपक्षीयवाद के प्रति हमारी दृढ़ वचनबद्धता प्रकट करती हैं। यह वचनबद्धता जारी रहेगी। हाल के वर्षों में शुरू की गई आर्थिक उदारीकरण की नीतियों से हमारे क्षेत्रीय और सार्वभौमिक संबंध और बढ़े हैं। मेरी सरकार इन संबंधों को प्रगाढ़ और मजबूत बनाने का इरादा रखती है। हमारी परमाणु नीति संयम और खुलेपन से ओतप्रोत है। हमने न तो 1974 में और न ही अब 1998 में किसी भी अंतरराष्ट्रीय करार का उल्लंघन किया है। 1974 में अपनी क्षमता का प्रदर्शन कर लेने के बाद 24 वर्ष तक संयम बरतने का अपने आप में एक बेजोड़ उदाहरण है। संयम से सामर्थ्य बढ़ता है। यह किसी अनिर्णय अथवा संशय पर आधारित नहीं हो सकता। हाल ही में भारत द्वारा की गई परीक्षणों की शृंखला ने शंकाओं का निवारण कर दिया है। इससे जुड़ी कार्रवाई संतुलित थी। यह हमारी राष्ट्रीय सुरक्षा परिकलन के अपरिवर्तनीय

घटक को बनाए रखने के लिए न्यूनतम आवश्यकता थी। तत्पश्चात सरकार ने पहले ही यह घोषणा कर दी है कि भारत अब इन पर अपनी ओर से प्रतिबंध लगा देगा तथा भूमिगत परमाणु परीक्षण विस्फोट करने से बचा रहेगा। हमने इस घोषणा को विधिवत औपचारिक रूप प्रदान करने की दिशा में अग्रसर होने की अपनी इच्छा का भी संकेत दिया है।

इंदिरा जी का निर्णय सही था, देश की रक्षा के लिए था

मई के अंतिम सप्ताह में संसद के दोनों सदनों में पोखरण में हुए विस्फोटों पर लंबी चर्चा हुई। 29 मई को श्री वाजपेयी ने लोक सभा और राज्य सभा में हुई चर्चा के जवाब दिए। प्रधानमंत्री ने लोकसभा में कहा, यह प्रश्न खड़ा किया गया है कि आखिर पोखरण में परीक्षण की आवश्यकता क्या थी? एक बात मुझे याद आ रही है, जब पोखरण प्रथम पर चर्चा हुई थी 1974 में, तो उस समय मैं चर्चा में उपस्थित था। कॉमरेड इंद्रजीत गुप्त भी उपस्थित थे। संसद में हम दो ही सदस्य हैं, जो उस समय भी सदन में उपस्थित थे और आज भी सदन में मौजूद हैं। उस समय मैंने जो बातें कही थीं और आज जो कहने जा रहा हूं, उनमें कोई अंतर नहीं है। 1974 में इंदिरा जी ने परीक्षण की इजाजत दी थी, सारे देश में उसका स्वागत हुआ था। उनका निर्णय कोई सामूहिक निर्णय नहीं था, उनका निर्णय प्रतिपक्ष से विचार–विमर्श करने के बाद लिया गया हो, ऐसा निर्णय नहीं था, लेकिन निर्णय सही था, देश की रक्षा के लिए था। हमारे वैज्ञानिकों को एक आवश्यक अवसर देने की दृष्टि से था, इसलिए उसका स्वागत हुआ। मुझे याद है, जो चर्चा हुई थी उसमें श्रीमती गांधी जी ने भाषण नहीं दिया था। उनकी ओर से, किसी एक और मंत्री ने भाषण दिया था। सारे देश में संतोष था।

इसके पीछे पचास साल का परिश्रम था

कुछ माननीय सदस्यों ने कहा कि भारत ने परीक्षण किया, इसके जवाब में पाकिस्तान ने परीक्षण किया। क्या सोलह दिन के भीतर परमाणु परीक्षण संभव है? यहां परीक्षण से परिचित लोग भी बैठे हैं, जानकार उपस्थित हैं, पन्द्रह दिन के भीतर कोई परमाणु परीक्षण की तैयारी नहीं कर सकता। यह तैयारी वर्षों से चल रही थी। कल परीक्षण हुआ, आज खबर आई है कि उन्होंने दूर मार करने वाली कोई मिसाइल आकाश में भेजी है। यह सिलसिला कब

से चल रहा है? हमारे नेताओं को इसकी जानकारी है और देश को तैयार करने का काम भी उन्होंने किया। मैंने एक दिन में आकर फैसला कर लिया और परीक्षण हो गया, ऐसा नहीं हुआ है। जैसा मैंने पहले कहा था, आज मैं फिर से दोहराना चाहता हूं कि इसके पीछे पचास साल का अन्वेषण, अनुसंधान, परिश्रम हमारे वैज्ञानिक प्रयास पोखरण की चिलचिलाती धूप में गरम बालू में पचास के करीब टेंप्रेचर में जो वैज्ञानिक काम करते रहे, जो जवान काम करते रहे, उनके मन में एक ही भावना थी और एक ही भावना है कि देश की रक्षा होनी चाहिए। देश का सम्मान बढ़ना चाहिए। मैं नहीं समझता कि इस भावना को लेकर सदन में कोई मतभेद है। हम सब की भावना है और इस देश की यह विशेषता रही है जब–जब संकट आता है तो देश सारे मतभेद भुला देता है। लोकतंत्रवादी देश है, मतभेद होना स्वाभाविक है–मुंडे मुंडे मर्तिमिनः।

राजीव गांधी ने कहा था हम दिल्ली को कभी निशाना नहीं बनने देंगे

श्री वाजपेयी ने कहा कि 11 अक्तूबर 1985 को दिल्ली प्रेस क्लब में एक प्रेस कांफ्रेंस में श्री राजीव गांधी ने जो कुछ कहा है मैं उसे उद्धृत करना चाहता हूं–" मैने अनेक अवसरों पर यह कहा था कि हमें अपनी सुरक्षा के बारे में सोचना होगा। नई दिल्लो या भारत के किसी अन्य शहर को निशाना बनने देने का सवाल ही नहीं है। हम ऐसा कभी नहीं होने देंगे। पाकिस्तान के कार्यक्रम के बारे में चिंता करने की जरूरत नहीं है; चिंता का विषय यह है कि हमें यह निश्चित तौर पर पता है कि इस कार्यक्रम के खर्च का कम से कम कुछ हिस्सा दूसरे देशों से आ रहा है। हमें चिंता इस बात की है कि इस प्रकार से तैयार किए गए परमाणु हथियार इन देशों को भी जाएंगे। मैं यह नहीं कहता कि हम उनके फैसलों या उनकी प्रतिक्रिया की प्रतीक्षा करेंगे। पाकिस्तान द्वारा किसी विस्फोट की स्थिति में हमारा कहना है कि हमें अपनी रक्षा के लिए कुछ कदम उठाने होंगे। अपने परमाणु हथियार बनाने के सिवा भी हमारे पास अनेक विकल्प हैं।" यह उनका 1985 में दिया गया वक्तव्य है। सरकार के मन में चिंता थी। सीमा के पार क्या हो रहा है, इसकी जानकारी भी थी। इसलिए जब सवाल आया कि विश्व की महाशक्तियां, जिन्होंने अणु अस्त्रों के अंबार लगा रखे हैं इस बात के लिए तैयार नहीं हैं, कि एक समयबद्ध कार्यक्रम के अंतर्गत उन सारे अणु अस्त्रों को विनष्ट करने के लिए स्वीकृति दें। वे भेदभावपूर्ण संधि दुनिया पर लादना चाहते हैं तो सब ने मिल कर फैसला

किया, इकट्ठे फैसला किया, कि सी टी बी टी पर हस्ताक्षर नहीं करेंगे। हमें डर था कि हम अलग–थलग पड़ जाएंगे। कभी–कभी अलग–थलग पड़ना भी जरूरी होता है। फैसला सही होना चाहिए। हम अलग–थलग हैं, इतना महत्त्वपूर्ण नहीं है। विकल्प हमने खुला रखा लेकिन बाद में जो समाचार प्राप्त हुए, उनसे ऐसा लगा कि इस संबंध में कुछ करना आवश्यक होगा। वैज्ञानिकों से भी सलाह ली गई कि कौन से कदम उठाए जाएं। हमारे लिए अणु शस्त्र विनाश के अस्त्र हैं। अगर ज्यादा से ज्यादा उनका लाभ है तो उनका लाभ रक्षा में है, आत्मरक्षा में है। हमारे विरोधी जान लें कि हमारे पास अणु शस्त्र हैं और हमारे ऊपर हमला करने की उनकी हिम्मत न हो, इस तरह की परिस्थिति पैदा होनी चाहिए।

हमारी परम्परा आक्रमणकारी की नहीं रही

श्री वाजपेयी ने कहा कि भारत की परंपरा आक्रमणकारी की, अन्यायी की, अत्याचारी की नहीं रही है। भारत की परंपरा बलिदान की रही है, समर्पण की रही है, सम्मान की रक्षा के लिए जान को हथेली पर रख कर मैदान में कूदने की रही है। हमें बार–बार हमलों का शिकार होना पड़ा। हम हमला करने कहीं नहीं गए थे। हम विभाजित थे, बंटे थे, अपने–अपने दायरे में सीमित थे, हिंदुस्तान के दूसरे हिस्सों में क्या हो रहा है, इसकी हमें चिंता नहीं थी, इस कारण हमने अपनी आजादी बार–बार खोई। लेकिन यह भी सच है कि लड़ाई के लिए हमारी तैयारी हमेशा चलती रही, लड़ाई हमेशा चलती रही। हमने हार की जीत में बदला, आक्रमणकारी को, अत्याचारी को मुंहतोड़ जवाब दिया। देश की रक्षा के लिए, हर धर्म की रक्षा के लिए हमने जो तलवार उठाई उसको तब तक म्यान में नहीं जाने दिया जब तक हमने विजय प्राप्त नहीं कर ली। पिछले आठ–दस साल में पंजाब ने जो कुछ भुगता, आप कहानी जानते हैं। अब पंजाब में शांति है। हम आशा करते हैं कि हमें शांति बनाए रखने में सफलता मिलेगी। कोई बाहर से आकर हमारी शांति भंग नहीं करेगा। हम कहीं दूसरे देश में जाकर उसकी शांति भंग करें, ऐसा नहीं होगा। हम पड़ोसी के साथ पड़ोसी के धर्म के अनुसार रहना चाहते हैं। लेकिन अगर पड़ोसी हमारे देश में दखल दे, शांति को भंग करने की कोशिश करे तो फिर अपनी रक्षा करना, अपनी हिफाजत करना, यह हमारा काम है और हम यह कर रहे हैं। इसके बारे में किसी के मन में कोई संदेह नहीं होना चाहिए।

परमाणु बम को बनाने के पीछे यही उद्देश्य है। विनाश का उद्देश्य नहीं है, आत्मरक्षा का उद्देश्य है।

यह बरसों की तैयारी थी

अब हमारे पड़ोसी ने भी विस्फोट कर दिया है। हमारे बहुत से मित्र ऐसे हैं जो कहते हैं आपने किया इसलिए उन्होंने किया। हमने कहा कि यह बताइए कि उन्होंने इतनी जल्दी कैसे कर लिया? क्या सोलह दिन में परमाणु अस्त्र बनाए जा सकते हैं? प्रक्षेपास्त्र छोड़े जा सकते हैं। यह बरसों की तैयारी थी। यह बात हम इसलिए भी जानते हैं, क्योंकि हमें भी काफी समय लगा है, तैयारी करने में। हमारे वैज्ञानिकों का कहना था कि हम पूरी जानकारी इकट्ठी कर लें, सफल परीक्षण कर लें, तभी हम देश को विश्वास दिला सकते हैं कि जो देश हमसे चाहता है वह हमने पूरा किया। हमने उन्हें मौका दिया। अब हम दुनिया में सभी घातक हथियार खत्म हो जाएं, इस प्रयत्न में और तेजी लाएंगे। कुछ देश यह तो चाहते हैं कि और देश उनकी तरह के हथियार न बनाएं, मगर वे खुद अपने हथियारों को कम करने के लिए तैयार नहीं हैं, इन्हें छोड़ने के लिए तैयार नहीं हैं, उल्टे उन्हें पैना करने में लगे हुए हैं। हम दूध के जले हैं, छाछ को भी फूंक–फूंक कर पीना चाहते हैं।

अब हम परमाणु परीक्षण नहीं करेंगे

2 जून 1998 को प्रधानमंत्री निवास पर आयोजित एक और जन सभा को संबोधित करते हुए श्री वाजपेयी ने कहा कि जहां तक पोखरण का सवाल है, हमने जो कुछ किया है, अपने बचाव के लिए किया है। किसी पर हमले के लिए नहीं किया है। चौबीस साल पहले 1974 में श्रीमती इंदिरा गांधी ने पोखरण में पहला आणविक विस्फोट किया था। चौबीस साल हम इंतजार करते रहे कि हमें विस्फोट की जरूरत नहीं पड़ेगी। दुनिया में जो विस्फोट हो रहे हैं वे बंद हो जाएंगे। जो एटमी हथियार जमा किए जा रहे हैं, उनकी जमाखोरी रुकेगी। वे हथियार खत्म कर दिए जाएंगे। लेकिन ऐसा नहीं हुआ। मैं आपको गिनाना नहीं चाहता कि पिछले चौबीस सालों में किन देशों ने कितने विस्फोट किए। हमें वे उपदेश देते रहे, अमन का पाठ पढ़ाते रहे और खुद तैयारी करते रहे, नए–नए हथियार बनाते रहे। पुराने हथियारों को पैना करते रहे। सारी दुनिया के लिए मुसीबत पैदा कर दी। हमने जब देखा कि

हमारे आस–पास एटमी हथियार इकट्ठे हो रहे हैं, अमन के खतरे में पड़ने का डर है तो हमने फैसला किया कि हम अपने वैज्ञानिकों को, अपने साइंटिस्टों को, इंजीनियर्स को इस बात की इजाजत दें कि वे मुल्क को इस लायक बना सकें, उस हद तक एटमी परीक्षण कर सकें, जिस हद तक हिंदुस्तान के बचाव के लिए और अमन को बनाए रखने के लिए जरूरी हो। यह काम पोखरण में पूरा हो गया है। हमने ऐलान कर दिया है कि अब हम परमाणु परीक्षण नहीं करेंगे।

हम एटमी निरस्त्रीकरण के पक्ष में हैं

हमने कुछ और कदमों का ऐलान किया है। दुनिया के जिन मुल्कों के पास एटमी हथियार हैं–और पांच बड़े–बड़े मुल्क हैं–उनसे हम उम्मीद करते हैं कि वे अपने हथियारों को खत्म करने का प्रोग्राम बनाएं, जिससे हिंदुस्तान के आसपास अमन हो–इतना ही काफी नहीं है–सारी दुनिया में अमन हो सके। देखें, दुनिया वाले इस समझदारी की आवाज को सुनते हैं या नहीं सुनते। दुनिया में बैठकें होती हैं, तकरीरें की जाती हैं, सम्मेलन बुलाए जाते हैं, मगर एटमी हथियार खत्म करने के लिए कोई सार्थक कदम नहीं उठाया जाता। पोखरण ने एक बार सारी दुनिया को झकझोर दिया हैं, खासकर जो बड़े मुल्क हैं, वे सोचने को मजबूर हो गए हैं। यूनाइटेड नेशंस के सेक्रेटरी जनरल ने भी यह कहा है कि न्यूक्लियर डिसार्मामेंट के बारे में फिर से सोचने की जरूरत है। हम उसमें जोड़ना चाहते हैं कि कुछ सोचने की जरूरत नहीं है, कुछ करने की जरूरत है। हम एटमी निरस्त्रीकरण के हक में हैं। हम ऐसी दुनिया बनाना चाहते हैं, अपने पड़ोस में ऐसा माहौल पैदा करना चाहते हैं, जिसमें एटमी हथियार न हों। लोगों का ध्यान रोजमर्रा की कठिनाइयों को कम करने की ओर लगे। देश में खुशहाली आए। हरएक के पास रोजगार हो। गरीबी और अमीरी की खाई पटे, सब को इंसाफ मिले, सब की हिफाजत हो।

पोखरण-2 : स्वतंत्रता और अखंडता अक्षुण्ण रखने के लिए

15 अगस्त 1998 को लाल किले की प्राचीर से राष्ट्र के नाम संदेश में श्री वाजपेयी ने कहा, हमें अपनी सेनाओं को अत्याधुनिक बनाना पड़ेगा, जिससे वे किसी भी संकट का डट कर मुकाबला कर सकें। हमारी स्वतंत्रता और अखंडता अक्षुण्ण रख सकें। इसी उद्देश्य से और केवल इसी उद्देश्य से

हमने 11 और 13 मई को पोखरण में अणु विस्फोट किया था। पोखरण का विस्फोट यह एक रात का खेल नहीं था। हमारे वैज्ञानिकों, इंजीनियरों, टेक्नीशियनों और हमारे सुरक्षा बलों की बरसों की तपस्या का यह फल था। पच्चीस वर्ष पूर्व श्रीमती इंदिरा गांधी ने जिस कार्य की नींव रखी थी, मैंने उस पर इमारत खड़ी करने का प्रयास किया है। मैं जानता हूं कि मैं केवल निमित्त मात्र हूं। इस महान उपलब्धि का सेहरा वैज्ञानिकों की कुशाग्र बुद्धि और जवानों की अतुलनीय मेहनत को जाता है। इसी क्षण मैं इस बात को स्पष्ट करना चाहता हूं कि भारत सदैव शांति का पुजारी था, है और रहेगा। हम शस्त्र का उपयोग आत्मरक्षा के लिए करना जानते हैं और चाहते हैं, हम अणु अस्त्र का प्रयोग आक्रमण के लिए नहीं करेंगे और इसीलिए हमने नए अणु परीक्षण पर अपनी ओर से पाबंदी लगा दी है। हमने स्वयं खड़े होकर दुनिया से अणु अस्त्र का प्रयोग न करने का वादा किया हैं। हम यह सब न किसी के दबाव में कर रहे हैं, न किसी के डर से।

अणु अस्त्र रहित दुनिया हमारा सपना है

हम केवल स्वेच्छा से इसलिए कर रहे हैं कि विश्वशांति और निरस्त्रीकरण में हमारी गहरी आस्था है। अणु अस्त्ररहित दुनिया–यह हमारा सपना है, जिसे हम साकार करना चाहते हैं। आरंभ में दुनिया के कुछ राष्ट्रों ने राष्ट्रीय सुरक्षा की हमारी आवश्यकता की नीति और नीयत पर संदेह किया। कुछ ने हम पर आर्थिक प्रतिबंध लगा दिए। अब परिस्थिति बदल रही है। दुनिया अब भारत की भूमिका को धीरे–धीरे समझ रही है। हम उन्हें अपना दृष्टिकोण समझाने में सफल हो रहे हैं। इसके चलते कुछ आर्थिक प्रतिबंध ढीले भी पड़ने लगे हैं। दुनिया की इस बदलती दृष्टि का हम स्वागत करते हैं। 4 जुलाई 1998 को राजधानी में आयोजित एक स्वागत समारोह में श्री वाजपेयी ने कहा, पोखरण के बाद भारत का संसार में एक नया स्थान बना है। हमें अलग–थलग करने की कोशिशे व्यर्थ हुई हैं और सब भारत के महत्त्व को स्वीकार कर रहे हैं, करेंगे। आखिर राष्ट्र की रक्षा सर्वोपरि है। पिछले पचास साल की कहानी मन को ठेस पहुंचाने वाली कहानी है। हमने अपनी भूमि खोई है, हमारे सम्मान को चोट लगी है। फिर भी हम धैर्य धारण करते रहे। ऐसे विश्व की कामना करते रहे, जिसमें अणु अस्त्रों के लिए कोई स्थान नहीं होगा।

हमने सहयोग मांगा था, निराशा हाथ लगी

जब हमारे पड़ोस में पहली बार अणु विस्फोट हुआ था तो हमने अनेक अणु शस्त्रधारी देशों से सहायता मांगी थी। उनका सहयोग प्राप्त करने का प्रयास किया था, मगर हमें निराशा हाथ लगी। तब ऐसा लगा कि रक्षा के मामले में, राष्ट्र की सुरक्षा के मामले में, हमें अपने पैरों पर खड़ा होना पड़ेगा। उसके कारण हमारे ऊपर दबाव बढ़ा, कठिनाइयां बढ़ीं, हमारा दायित्व भी बढ़ा है। हम एक न्यूक्लियर देश हैं। यह सम्मान हमें किसी ने दिया नहीं है। यह हमने अर्जित किया है। हमारे वैज्ञानिकों की, हमारे इंजीनियरों की टैक्नीशियंस की इसके पीछे पचास साल की साधना है। मैं अकेले इसका श्रेय नहीं लेता। लेकिन हां परीक्षण, जब हुआ तब मेरे हाथ में बागडोर थी। यह संयोग था। सचमुच में परीक्षण तो बहुत पहले हो जाना चाहिए था। जब फ्रांस परीक्षण कर रहा था, जब चीन परीक्षण कर रहा था, जब परीक्षण करने पर कोई प्रतिबंध नहीं था, जब परीक्षण करना आलोचना का विषय नहीं था। तब हमारी सरकार ने परीक्षण नहीं किया। क्यों नहीं किया? फिर जब वातावरण बिगड़ा तो हम चुपचाप उसे देख नहीं सकते थे। हमने कहा कि हम अपना कर्तव्य पूरा करेंगे।

हम दबाव सहेंगे लेकिन नीति नहीं बदलेंगे

तीसरी दुनिया के देशों में हमारे अणु परीक्षणों से एक नया आत्मविश्वास पैदा हुआ है। गुटनिरपेक्ष देशों में यह आशा बलवती हुई है कि संसार को एक ध्रुव पर नहीं नचाया जा सकता। आस पास जब परमाणु अस्त्रों के अंबार लग रहे हों तो हमें राष्ट्र की रक्षा के लिए आवश्यक कदम उठाने हैं। वे हमने उठाए हैं। लेकिन, इसकी वजह से दबाव बढ़े हैं, कठिनाइयों में वृद्धि हुई है। कुछ ऋण मिलने बंद हो गए हैं। कुछ सहायता आनी रुक गई है। हम दबाव का भी बड़े आत्मविश्वास के साथ सामना करेंगे। दबाव के कारण हम अपनी सही नीतियों में परिवर्तन नहीं लाएंगे। हमने जो कुछ किया है, सोच–समझकर किया है। धीरे–धीरे, जैसे–जैसे वक्त बीतता जा रहा है, लोग हमारे कदम की उपयोगिता, हमारे कदम की आवश्यकता समझ रहे हैं लेकिन केवल पोखरण के कारण नहीं। 3 सितम्बर 1998 को डरबन में गुटनिरपेक्ष देशों के शिखर सम्मेलन में श्री वाजपेयी ने कहा, 1947 में, जब से भारत एक स्वतंत्र राष्ट्र के रूप में उभरा है, निरस्त्रीकरण हमारी विदेश नीति का आधार स्तम्भ रहा है। हमारे नेताओं ने इसे ऐसे देश के लिए एक स्वाभाविक मार्ग के रूप में चुना,

जहां अहिंसा और सत्याग्रह के आधार पर ही हमने अपने अनूठे स्वतंत्रता संग्राम का संचालन किया था। उनका कहना था कि परमाणु हथियारों से मुक्त विश्व से सभी देशों की सुरक्षा मजबूत होगी। आज भी वह अवधारणा उतनी ही मजबूत है, जितनी 1954 में थी, जब भारत ने परमाणु हथियारों के निषेध और समाप्ति के लिए बातचीत तथा तब तक के लिए परमाणु हथियारों के परीक्षणों पर रोक लगाने के समझौते का आह्वान किया था। लक्ष्य एक ऐसा प्रतिबंध लगाने का था, जिससे परमाणु हथियारों के लिए अनुसंधान और विकास पर रोक लग जाती। यह लक्ष्य अभी भी हमारी पहुंच से बाहर लगता दिखाई देता है। 1963 की आंशिक परमाणु हथियार परीक्षण संधि का परिणाम यह हुआ है कि भूमिगत परीक्षण होने लगे। 1996 की कथित व्यापक परमाणु अस्त्र परीक्षण निषेध संधि सी टी बी टी भी एक अन्य आंशिक परीक्षण प्रतिबंध संधि है, जो परमाणु हथियार संपन्न देशों को अपने हथियारों को परिष्कृत करने और उन्नत बनाने की छूट देती है।

हम न बदले हैं और न बदलेंगे

परमाणु अप्रसार संधि के बारे में हमारा दृष्टिकोण सर्व विदित है। पहली बार जब यह संधि प्रस्तावित की गई थी तब से हमारे इस दृष्टिकोण में कोई परिवर्तन नहीं आया है। यह एक भेदभावपूर्ण संधि है। इससे परमाणु अप्रसार का उद्देश्य तो पूरा हुआ नहीं है। इससे पांच देशों को परमाणु हथियारों की मौजूदगी के खिलाफ सार्वभौमिक राय की अवहेलना करते हुए प्रसार का अधिकार दे दिया। परमाणु हथियार सम्पन्न देशों द्वारा सामान्य एवं संपूर्ण निरस्त्रीकरण की दिशा में प्रयास करने की अपनी वचनबद्धता की पूरी तरह अवहेलना की गई है। यहां तक कि परमाणु सामग्री और प्रौद्योगिकी के हस्तांतरण को रोकने के वचन का भी पालन नहीं किया गया है। निरस्त्रीकरण के बारे में 1978 में संयुक्त राष्ट्र महासभा के पहले अधिवेशन में भारत ने कई गुटनिरपेक्ष देशों के साथ मिल कर एक प्रस्ताव रखा था कि परमाणु हथियारों के प्रयोग को मानवता के खिलाफ एक अपराध घोषित किया जाए। 1982 में महासभा के दूसरे विशेष अधिवेशन में परमाणु हथियारों का प्रयोग न करने के बारे में एक संधि के मसौदे से इस अवधारणा को और मजबूत किया गया। आज भी पांच परमाणु हथियार सम्पन्न देशों और उनके मित्र देश संयुक्त राष्ट्र महासभा में इस प्रस्ताव का विरोध जारी रखे हुए हैं। उन्होंने हाल ही में इस

भारतीय प्रस्ताव का भी विरोध किया कि परमाणु हथियारों के प्रयोग को प्रस्तावित अंतरराष्ट्रीय आपराधिक न्यायालय के क्षेत्राधिकार के दायरे में आने वाले अपराधों की सूची में शामिल किया जाए। 1980 के दशक के दौरान जब परमाणु हथियारों की दौड़ के फिर से सिर उठाने के बारे में काफी चिंता व्यक्त की जा रही थी, तब स्वीडन, यूनान, मैक्सिको, अर्जेंटाइना और तंज।नियां के साथ मिल कर भारत ने छह देशों की पांच महाद्वीप पहल की शुरुआत की थी। इसमें एक बार फिर सभी परमाणु परीक्षणों पर प्रतिबंध लगाने पर जोर दिया गया था। एक ऐसे प्रतिबंध की बात की गई थी, जो निरस्त्रीकरण की दिशा में एक सार्थक कदम होगा। दो प्रमुख परमाणु शक्तियां इस अपील का विरोध करती रहीं। निरस्त्रीकरण के बारे में संयुक्त राष्ट्र महासभा के 1988 के तीसरे विशेष अधिवेशन में भारत ने एक परमाणु हथियार मुक्त और गैर हिंसापूर्ण विश्व व्यवस्था की स्थापना के लिए एक कार्ययोजना प्रस्तुत की थी। यह एक चरणबद्ध योजना थी। इसमें परमाणु अस्त्रों के सभी जखीरों को प्रम।णनीय तरीके से समाप्त करने की दिशा में क्रमबद्ध दृष्टिकोण का प्रस्ताव किया गया था। दुर्भाग्य से परमाणु हथियार सम्पन्न देशों ने इसे अव्यवहारिक कह कर रद्द कर दिया।

परमाणु हथियारों के बिना भी दुनिया चल सकती है

हममें से कई ने मैक्सिको द्वारा आंशिक परमाणु हथियार परीक्षण प्रतिबंध संधि को एक व्यापक परीक्षण निषेध संधि सी टी बी टी में बदलने के लिए संशोधन की उठाई गई मांग का समर्थन किया था। भारत उन देशों में एक था, जिन्होंने 1995 में अंतरराष्ट्रीय न्यायालय के समक्ष बयान देने की पहल की थी, जिसके फलस्वरूप एक वर्ष बाद अंतरराष्ट्रीय न्यायालय ने परमाणु हथियारों के खतरे या प्रयोग की अवैधता के बारे में एक ऐतिहासिक निर्णय सुनाया था। हमने अंतरराष्ट्रीय न्यायालय के इस कथन का स्वागत किया है कि कड़े और कारगर अंतरराष्ट्रीय नियंत्रण में परमाणु निरस्त्रीकरण की दिशा में ईमानदारी से समझौता करने की जरूरत है। 1961 के पहले शिखर सम्मेलन से अब तक हमारे इस आंदोलन को कई उल्लेखनीय सफलताओं का श्रेय जाता है। लेकिन विश्वव्यापी परमाणु निरस्त्रीकरण के मसले पर, जिसे हमारे नेताओं ने 1961 में एक प्राथमिकता के रूप में स्वीकार किया था, हमें अभी भी निर्णायक प्रगति करनी है। शीत युद्ध की समाप्ति के साथ ही हमें विश्वास हो चला है कि

अवसरों की एक किरण मौजूद है, जिसका इस्तेमाल किया ही जाना चाहिए। अंतरराष्ट्रीय समुदाय के कई वर्ग अब अपने पूर्ववर्ती दृष्टिकोणों पर फिर से विचार कर रहे हैं। परमाणु निरस्त्रीकरण के लिए एक ऐसी चरण बद्ध प्रक्रिया के फायदों के बारे में संतुष्ट होते जा रहे हैं, जिसे वे 1988 में बहुत अधिक आदर्शवादी मानते थे। परमाणु हथियारों की समाप्ति के बारे में कैनबरा आयोग ने घोषणा की थी कि आज ऐसे अवसर मौजूद हैं, जो शायद पहले नहीं थे, और आगे भी न हों, जिनसे हम एक नया एवं स्पष्ट विकल्प ढूंढ़ सकते हैं, जिससे विश्व परमाणु हथियारों के बिना भी अपना काम चला सेके।

एन टी पी समस्या का स्थायी समाधान नहीं

कई देश महसूस कर रहे हैं कि परमाणु अप्रसार संधि परमाणु हथियारों के प्रसार की समस्या का स्थायी एवं वास्तविक हल नहीं प्रदान कर सकती। इस मोड़ पर हमारे आंदोलन के लिए जरूरी है कि परमाणु हथियारों से मुक्त विश्व के लक्ष्य के प्रति हम अपनी प्रतिबद्धता को दोहराएं और इस माहौल का फायदा उठाएं। कार्टाजेना शिखर सम्मेलन द्वारा पारित दस्तावेज के आधार पर हममें से कई देशों ने बहुपक्षीय समझौतों की जरूरतों पर बल दिया है। इससे शीघ्र ही एक परमाणु हथियार संधि की जा सके, जिसके फलस्वरूप परमाणु हथियारों के विकास, निर्माण, परीक्षण, तैनाती, भंडारण, हस्तांतरण, धमकी या इस्तैमाल पर रोक लग सके। इसमें इन हथियारों की समाप्ति का भी प्रावधान हो। भारत के हाल के परमाणु परीक्षण एक ऐसे भौगोलिक राजनीतिक परिवेश में किए गए, जहां हमारी सुरक्षा को खतरा था। यह खतरा हमारे आसपास के ढके—छिपे या खुलेआम परमाणुकरण से और भी गंभीर हो गया था। वैसे हम पहले की तरह अभी भी इस बात पर विश्वास नहीं करते कि परमाणु हथियार हमेशा बने ही रहेंगे। इसके विपरीत यदि स्थापित परमाणु सम्पन्न देश परमाणु हथियारों को समाप्त करने के लिए राजी हो जाएं तो हम इसमें शामिल होने वालों में से सर्वप्रथम होंगे। आज मैं उनसे आग्रह करता हूं। भारत उनसे कई बार पहले भी अनुरोध कर चुका है कि आइए, हमारे साथ गुटनिरपेक्ष आंदोलन से मिल कर एक परमाणु हथियार संधि करें, जिसके जरिए व्यापक जन संहार के हथियारों की इस अंतिम श्रेणी को हम समाप्त कर दें। आज यह आंदोलन अपनी चिरकालिक प्रतिबद्धता के अनुरूप अपने भविष्य की सुरक्षा के लिए एक ऐतिहासिक आह्वान कर रहा है। आइए,

हम वचन लें कि 2001 में हम जब अगले शिखर सम्मेलन के लिए एकत्र हों तो हम ऐसे सामूहिक निर्णय का स्वागत कर सकें कि नई सहस्राब्दी में परमाणु हथियारों का खतरा मौजूद नहीं होगा।

नयी सदी परमाणु हथियार मुक्त पृथ्वी की हो

24 सितंबर 1998 को न्यूयार्क में संयुक्त राष्ट्र संघ की महासभा को संबोधित करते हुए श्री वाजपेयी ने कहा, बीसवीं शताब्दी के अंतिम वर्षों में अंतरराष्ट्रीय समुदाय के सामने दूसरी प्राथमिकता परमाणु निरस्त्रीकरण की चुनौती है। हमने हाल के दशकों में रासायनिक और जैविक हथियारों पर सफलतापूर्वक प्रतिबंध लगाया है। वर्तमान शताब्दी में परमाणु अस्त्रों का विकास और उनका विध्वंसकारी प्रयोग हुआ है। हमें यह सुनिश्चित करना है कि महाविनाश के इस अस्त्र के इस्तेमाल की परम्परा अगली शताब्दी में न रहे। पिछले पचास वर्षों से भारत विश्वव्यापी निरस्त्रीकरण के द्वारा अंतरराष्ट्रीय शांति और सभी के लिए समान एवं न्यायोचित सुरक्षा के उद्देश्यों को प्राप्त करने की दिशा में सतत रूप से लगा हुआ है। ये अवधारणाएं हमारी राष्ट्रीय सुरक्षा के बुनियादी सिद्धान्तों में निहित है। भारत ने पिछले कुछ वर्षों में इस उद्देश्य के लिए विश्वव्यापी परमाणु निरस्त्रीकरण को प्रोत्साहन देकर अपनी राष्ट्रीय सुरक्षा को सुदृढ करने की कोशिश की है कि परमाणु अस्त्रों से मुक्त विश्व में न केवल भू–मंडलीय सुरक्षा, बल्कि भारत की राष्ट्रीय सुरक्षा में भी मजबूती आएगी। व्यापक परमाणु परीक्षण प्रतिबंध संधि सी टी बी टी पर बातचीत आखिरकार 1993 में इस जनादेश से शुरू हुई कि ऐसी संधि परमाणु अस्त्रों के अप्रसार, परमाणु निरस्त्रीकरण की प्रक्रिया तथा इस प्रकार अंतरराष्ट्रीय शांति और सुरक्षा की इस दिशा में सभी पहलुओं पर प्रभावी ढंग से अपना योगदान देगी। भारत ने इन चर्चाओं में सक्रिय और रचनात्मक ढंग से हिस्सा लिया और दुनिया के समस्त परमाणु हथियारों की समाप्ति के लिए एक समय बद्ध कार्यक्रम का प्रस्ताव करके इस संधि को निरस्त्रीकरण के ढांचे में ढालने की मांग जाहिर की।

राष्ट्रीय सुरक्षा से कैसे समझौता किया जा सकता है

यह पुरानी बात है कि भारत के प्रस्ताव स्वीकार नहीं किए गए। जिस रूप में यह संधि सामने आई उसे भारत ने अपनी राष्ट्रीय सुरक्षा के आधार

पर स्वीकार नहीं किया। हमने अपनी आपत्ति जता दी। और अपना दृष्टिकोण स्पष्ट कर देने के बावजूद संधि के कार्यान्वयन के लिए भारत के हस्ताक्षर और स्वीकृति को पूर्व शर्त बना दिया गया। सुरक्षा वातावरण में आए बिगाड़ को ध्यान में रखते हुए हमें 1996 में सी टी बी टी से दूर रहने पर मजबूर होना पड़ा और फिर भारत ने 11 मई और 13 मई 1998 को पांच सीमित भूमिगत परमाणु परीक्षण किए। ये परीक्षण निकट भविष्य में भारत की राष्ट्रीय सुरक्षा के लिए एक विश्वसनीय परमाणु प्रतिरोधक सुनिश्चित करने के लिए आवश्यक थे। इन परीक्षणों का यह अर्थ नहीं है कि विश्वव्यापी परमाणु निरस्त्रीकरण की दिशा में भारत की प्रतिबद्धता में कोई ढील आई है। तदनुसार इस सीमित परीक्षण कार्यक्रम को पूरा करने के बाद भारत ने भविष्य में और भूमिगत परमाणु परीक्षण विस्फोटों पर एक स्वैच्छिक रोक लगाने की घोषणा की। हमने इस वचनबद्धता को कानूनी जामा पहनाने की अपनी इच्छा जाहिर की। परमाणु परीक्षणों पर स्वैच्छिक रोक लगा कर भारत ने पहले ही सी टी बी टी की बुनियादी जिम्मेदारी स्वीकार कर ली है। 1996 में भारत इस जिम्मेदारी को स्वीकार नहीं कर सका होगा, क्योंकि इससे हमारी क्षमता कुंठित रहती तथा हमें राष्ट्रीय सुरक्षा से समझौता करना पड़ता।

हम दुनिया से सहयोग के लिए तैयार हैं

भारत अपनी राष्ट्रीय अनिवार्यताओं और सुरक्षा संबंधी अपनी जिम्मेदारियों को समझते हुए अंतरराष्ट्रीय समुदाय के साथ निरंतर सहयोग का इच्छुक हैं तथा सी टी बी टी सहित विभिन्न मुद्दों पर मुख्य देशों के साथ बातचीत कर रहा है। हम इन चर्चाओं को एक निष्कर्ष तक ले जाना चाहते हैं, ताकि सी टी बी टी में शामिल होने में सितम्बर 1999 के बाद विलंब न हो। हमें उम्मीद है कि जैसा सी टी बी टी के अनुच्छेद–16 में दर्शाया गया है, अन्य देश इस संधि को बिना शर्त मंजूर करेंगे। लंबी चर्चाओं के बाद जिनेवा में निरस्त्रीकरण सम्मेलन अब अप्रसार संधि पर बातचीत आरंभ करने की स्थिति में है, जो परमाणु हथियारों अथवा अन्य परमाणु विस्फोटक उपकरणों के लिए विखंडन सामग्री के उत्पादन पर प्रतिबंध लगाएगा। हमें पुनः इस बात की जानकारी है कि यह एक आंशिक कदम है। ऐसी संधि जब कभी पूर्ण एवं प्रवृत्ति होगी, उससे वर्तमान परमाणु हथियार समाप्त नहीं होंगे। फिर भी हम ऐसी संधि, जो भेदभावपूर्ण न हो और भारत की सुरक्षा की जरूरतों को पूरा करती हो, को सुनिश्चित

करने के उद्देश्य से अच्छी भावना के साथ इस विचार–विमर्श में भाग लेंगे। भारत निरस्त्रीकरण सम्मेलन में बातचीत के दौरान इस क्षेत्र में अन्य किसी भी बहुपक्षीय पहल पर गंभीरता से ध्यान देगा।

जरूरी हुआ तो अपनी निर्यात व्यवस्था को और कठोर बनाएँगे

परमाणु अप्रसार के प्रति वचनबद्ध एक जिम्मेदार राष्ट्र के रूप में भारत ने यह निर्णय लिया है कि वह इन हथियारों अथवा इससे संबंधित जानकारी अन्य राज्यों को हस्तांतरित नहीं करेगा। परमाणु शक्ति सम्पन्न भारत के संदर्भ में हमारे पास निर्यात नियंत्रण की एक कारगर प्रणाली है और जहां कहीं आवश्यक होगा इसे और अधिक कड़ा बनाया जाएगा। इसमें उपकरणों और प्रौद्योगिकी की नियंत्रण सूची का विस्तार शामिल है, ताकि इनको समकालिक और प्रभावी बनाया जा सके। इसके साथ–साथ एक विकासशील देश होने के नाते हम इस बात के प्रति भी जागरूक हैं कि परमाणु प्रौद्योगिकी के अनेक शांतिपूर्ण प्रयोग हैं और हम अपने अंतरराष्ट्रीय उत्तरदायित्वों को ध्यान में रखते हुए इस संबंध में अन्य देशों के साथ सक्रिय रूप में सहयोग जारी रखेंगे। कुछ सप्ताह पहले डरबन में हुए निर्गुट शिखर सम्मेलन में भारत ने प्रस्ताव रखा था और निर्गुट आंदोलन इस पर सहमत भी हुआ था कि सभी परमाणु अस्त्रों को चरणबद्ध कार्यक्रम के तहत पूरी तरह से समाप्त करने के लिए एक समझौता करने के उद्देश्य से इस शताब्दी के समाप्त होने के पहले, बल्कि 1999 में ही एक अंतरराष्ट्रीय सम्मेलन का आयोजन किया जाना चाहिए। मैं विश्व समुदाय के सभी सदस्यों, विशेष रूप से परमाणु शक्ति सम्पन्न देशों का आह्वान करता हूं कि वे इस अभियान में साथ दें। आइए, हम प्रतिज्ञा करें कि जब हम नई शताब्दी में एकत्र हों तो हम इस वचनबद्धता का स्वागत करने के लिए हों कि मानव जाति फिर कभी भी परमाणु अस्त्रों के प्रयोग की धमकी अथवा प्रयोग से आशंकित नहीं होगी।

6

नयी चुनौतियां नये अवसर

पोखरण–2 के बाद दुनिया के विभिन्न देशों ने भारत के खिलाफ नए आर्थिक और अन्य प्रतिबंध लगाए। कनाडा ने भारत के इस कदम की तीखी आलोचना की। उसने भारत से अपने उच्चायुक्त को वापस बुला लिया। तीसरी दुनिया के देशों में विकास की योजनाओं में मदद करने के लिए गठित कनाडा सरकार की संस्था सीडा की मार्फत भारत को दी जाने वाली आर्थिक सहायता तक बंद कर दी। यही नहीं उसने भारत की आलोचना करने के लिए दूसरे देशों को एकजुट करने में भी सक्रिय भूमिका निभाई। अमेरिका पोखरण–दो के आलोचकों में शामिल था। यही नहीं अमेरिकी सरकार के भारत के मिसाइल कार्यक्रम के प्रति भी अनेक सवाल थे। 1998 में भारत द्वारा अग्नि मिसाइल का सफलतापूर्वक परीक्षण किया जाना भी इस आलोचना का एक प्रमुख आधार बन गया। अमेरिका ने न केवल भारतीय अंतरिक्ष अनुसंधान संस्थान इसरो के लिए निर्यात पर रोक लगाई बल्कि उसने सोवियत संघ पर भी इस बात के लिए दबाव डाला कि वह भारत को क्रायोजेनिक रॉकेट इंजन की आपूर्ति न करे। भारत और रूस ने 1993 में एक समझौते पर दस्तखत किए थे। इसके तहत रूस को ये इंजन भारत को देने थे। अन्य देशों ने भारत की आलोचना की लेकिन कनाडा को इस क्षेत्र में सबसे ज्यादा सक्रिय देशों में माना गया। अमेरिका द्वारा पोखरण–दो के बाद भारत पर लगाए गए सैनिक और आर्थिक सहयोग के प्रतिबंधों के देखते हुए पश्चिमी दुनिया के अधिकतर देशों ने वैसा ही किया। यही नहीं, अमेरिका ने भारत के फिसाइल मटीरियल के उत्पादन पर रोक लगाने और सी टी बी टी पर दस्तखत करने के लिए तैयार करने के लिए हर तरह का दबाव डाला। उसने पाकिस्तान के दक्षिण–एशिया को परमाणु मुक्त क्षेत्र घोषित करने के प्रस्ताव का समर्थन किया। इस

सबका देश के आर्थिक, सामाजिक, वैज्ञानिक सहित विभिन्न क्षेत्रों में विकास पर बुरा प्रभाव पड़ा लेकिन भारत इसके लिए तैयार था। इन प्रतिबंधों के बावजूद इस बीच देश में आर्थिक विकास के क्षेत्र में नयी ऊंचाइयां हासिल करने में सफलता हासिल की।

उदारीकरण और नयी उपलब्धियां

इस समय तक प्रधानमंत्री पी. वी. नरसिंह राव के शासन काल के दौरान 1991 में शुरू किए गए वैश्वीकरण और उदारीकरण के अच्छे परिणाम आने शुरू हो गए थे। देश की अर्थव्यवस्था ने विकास की तेज रफ्तार पकड़ ली थी। उदारीकरण के बाद से बदली गई नीतियों और व्यवस्थाओं के चलते देश में निवेश के नए अवसर उपलब्ध कराए गए। इससे देश और विदेश की कंपनियो को मुनाफा कमाने का अवसर मिला। कभी भारत को 'दुनिया का सिक मैन' कहा जाता था। अब वह दौर आ गया था जब भारत की अर्थव्यवस्था आठ से नौ प्रतिशत सालाना की दर से बढ़ रही थी। भारत में मध्यम वर्ग दुनिया के लिए सबसे बड़े बाजार के रूप में उभर कर सामने आया था। गरीबी तेजी से कम होनी शुरू हो गई थी। यह अनुमान लगाया जाने लगा था कि भारत जिस गति से विकसित हो रहा है उससे अगले दो दशकों में इसकी औसत हाउसहोल्ड इन्कम तीन गुनी हो जाएगी। 2025 तक भारत दुनिया की पांचवीं सबसे बड़ी अर्थव्यवस्था बन जाएगा। जिस समय इस तरह के अध्ययन सामने आए उस समय तक भारत का दुनिया की अर्थव्यवस्था की स्थिति से 12वां स्थान था। भारत में निवेश के अतिरिक्त अवसर मिलने से दूसरे देशों और उनकी कंपनियों को भारतीय बाजार में अपने पांव फैलाने का मौका मिला। बहुराष्ट्रीय कंपनियों ने इस दिशा में पहल की। फिर पहले छोटे और फिर दूसरे बड़े देशों और उनकी बड़ी और मझोली कंपनियों ने भी भारत का रुख करना शुरू कर दिया। भारतीय कंपनियों ने विदेशों में निवेश करना शुरू किया। भारतीय कंपनियों ने ग्लोबल स्तर हासिल करने शुरू किए। भारत में निवेश के विकल्प बढ़ने लगे। उससे लाभ की संभावनाएं बढ़ीं तो और कंपनियों ने भारत के विशाल बाजार में अपने कदम बढ़ाए। सूचना प्रौद्योगिकी और सर्विस सेक्टर ने इस दौर में महत्त्वपूर्ण भूमिका निभाई। इससे भारत और अमेरिका के बीच सहयोग के नए–नए अवसर सामने आए। अमेरिका में जा बसे भारतीयों ने इस काम में महत्त्वपूर्ण योगदान किया।

भारत अमेरिकी संबंध कल, आज और कल

भारत की आजादी की लड़ाई में अमरीका और वहां के लोगों ने भारत का खुलकर साथ दिया था। गदर पार्टी के अभियान का तो केन्द्र ही कैलीफोर्निया और शिकागो रहे। अमेरिकी राष्ट्रपति फ्रैंकलिन रूजवेल्ट ने भारत की आजादी का पूरा समर्थन किया था। बहुत से अमेरिकी तो भारत की आजादी की लड़ाई को अमेरिका द्वारा ब्रिटेन के नियंत्रण से मुक्ति पाने की लड़ाई की तरह से ही देखते थे। भारत जब आजाद हुआ और संसदीय लोकतंत्र के रास्ते पर चला तो दोनों देशों में आशा थी कि इनके बीच संबंधों की बेहद मजबूत कड़ी होगी। ऐसा हो नहीं सका। आजादी के बाद पहले दशक में अमेरिका भारत को सहायता देने वालों में सबसे आगे था। तकनीकी शिक्षा और हरित क्रांति के युग में अमेरिकी संगठनों की महत्त्वपूर्ण भूमिका रही। पंडित नेहरू के नेतृत्व में भारत जब गुटनिरपेक्षता की डगर पर चला तो अमेरिका को लगा कि वह सोवियत संघ की ओर झुका हुआ है। नेहरू की समाजवादी नीतियों और मिक्सड इकनॉमी और कमांडिंग हाइट आफ पब्लिक सेक्टर जैसे तर्कों से अमेरिकी कंपनियों ने भारत में निवेश करने से कन्नी काट ली। 1962 में चीन ने भारत पर जब हमला किया और भारत ने दुनिया से हथियारों के लिए आग्रह किया तो अमेरिका भारत की मदद के लिए आगे आया। लड़ाई खत्म होने के बाद सामरिक संबंधों का यह दौर आगे नहीं बढ़ पाया। सोवियत संघ ने इस मामले में पहल कर ली। इसके साथ ही अमेरिकी नजर में भारत सोवियत खेमे का सदस्य बन कर रह गया। 1971 की पाकिस्तान के साथ लड़ाई के दौरान भारत की नजर में रिचर्ड निक्सन के नेतृत्व में अमेरिका पाकिस्तान का समर्थक बन गया। श्रीमती गांधी के कार्यकाल के दौरान 1974 में पोखरण बन के बाद दोनों देशों के संबंधों में दरार और गहरी हो गयी। यह सिलसिला लंबे समय तक चलता रहा। पोखरण दो और आर्थिक विकास की तेज गति ने फिर एक बार भारत ने अमेरिकी नीति निध ारिकों को अपनी ओर आकर्षित किया। इस बीच सोवियत संघ का विघटन हो चुका था। शीत युद्ध का दौर कहीं पीछे छूट गया था। चीन के बढ़ते प्रभाव क्षेत्र को देखते हुए अमेरिका में भारत को महत्त्व देने की दिशा में विचार शुरू हुआ। इसके तहत भारत और पाकिस्तान को एक साथ रखकर देखने की अमेरिकी नीति में बदलाव आया। भारत को पाकिस्तान से अलग करके देखने की शुरुआत की गई।

जसवंत टलबोट वार्ता

अमेरिका और भारत के बीच सामरिक संबंधों की स्थापना में एन डी ए सरकार के विदेश मंत्री जसवंत सिंह की विशेष भूमिका रही। श्री सिंह और अमरीका के विदेश उपमंत्री स्ट्रोब टालबोट के बीच दोनों देशों के भावी संबंधों को लेकर बातचीत करीब ढाई साल तक चलती रही। इन दोनों के बीच दुनिया के विभिन्न देशों में 14 दौर की बातचीत हुई। भारत और अमेरिकी संबंधों में इस बातचीत से एक नया मोड़ आया। इससे दोनों देशों को एक दूसरे के बारे में बेहतर तरीके से समझने का मौका मिला। पोखरण–2 के बाद सबसे ज्यादा तीखी प्रतिक्रिया व्यक्त करने वाले देशों में से एक अमेरिका ने इन विस्फोटों के कुछ ही महीनों के बाद अपने रुख में बदलाव लाने की शुरुआत कर दी। इसका प्रमाण इस बात से मिलता है कि सन दो हजार में अमेरिकी राष्ट्रपति बिल क्लिंटन भारत की यात्रा पर आए। करीब पांच दिनों के भारत प्रवास के दौरान उन्होंने वाजपेयी सरकार से विस्तृत बातचीत की। इस यात्रा से दोनों देशों के बीच संबंधों में सुधार का एक नया दौर शुरू हुआ। श्री कार्टर के बाद जार्ज बुश अमेरिका के नए राष्ट्रपति बने। श्री बुश के नेतृत्व में 2001 में अमेरिकी प्रशासन ने दोनों देशों के बीच स्ट्रेटजिक पार्टनरशिप स्थापित करने की दिशा में पहल की। विदेश मंत्री जसवंत सिंह और श्री टोलबोट के बीच हुई बातचीत के दौरान दोनों देशों के बीच तलाशे गए सहयोग के अवसरों से दोनों देशों के बीच सहमति के आधार बनने शुरू हुए। दोनों देशों के बीच नेताओं का आवागमन तेज हुआ। सहयोग के नए अवसरों की तलाश शुरू हुई। उपलब्ध अवसरों में भागीदारी के रास्ते तलाशे गए। उन पर चलने का प्रयास किया गया। इस दौरान किए गए फैसलों को क्रियान्वित करने का सिलसिला शुरू हुआ।

संबंध सुधार का दूसरा दौर

इन्हें नेक्सट स्टेप इन स्ट्रेटजिक पार्टनरशिप एन एस एस पी का नाम दिया गया। इस सहमति के तहत ऐसे कदम उठाने की इच्छा व्यक्त की गई जिससे दोनों देशों की आर्थिक लाभ मिले और क्षेत्रीय और विश्वस्तर पर सुरक्षा व्यवस्था को मजबूत बनाने में मदद मिले। इस योजना को दो चरणों में लागू करने पर सहमति हुई। इस दौरान दोनों देशों को अपने–अपने यहां पहले से तय की गई विधि के अनुसार व्यवस्था में फेरबदल करने थे। इस

प्रयास के तहत जनवरी 2004 में दोनों देशों में परमाणु ऊर्जा और अंतरिक्ष के असैनिक इस्तेमाल के क्षेत्र और उच्च तकनीक के क्षेत्र में कारोबार को इजाजत दिए जाने का फैसला किया गया। भारत को अमेरिकी निर्यात नियंत्रण की व्यवस्थाओं के अनुरूप भारत के कानूनी और प्रशासनिक व्यवस्था में फेरबदल करने थे और परमाणु प्रसार के बारे में अमेरिकी चिंताओं को दूर करने के लिए कदम उठाने थे। अमेरिका ने इस सहमति के तहत अपने निर्यात नीतियों में बदलाव किया। इससे अंतरिक्ष क्षेत्र में भारत के साथ सहयोग बढ़ाया जा सके। इस समय तक देश में काम कर रहे 14 परमाणु बिजलीघरों में से सिर्फ चार ही सेफगार्ड व्यवस्था के तहत काम कर रहे थे। इसमें राजस्थान के कोटा स्थित दो और तारापुर परमाणु बिजलीघर की दो इकाइयां शामिल थीं। इस व्यवस्था से इसरो को तकनीक आयात करने का रास्ता खुला। वहीं भारत में सेफगार्डस के तहत काम कर रहे परमाणु बिजली–घरों के लिए कुछ साज–सामान आयात करने की व्यवस्था की गई। दोनों देश इस प्रक्रिया को आगे बढ़ाने पर भी सहमत हुए। इससे असैनिक के साथ सैनिक क्षेत्रों में सहयोग का रास्ता खुला। अब भी भारत में अमेरिका को एक ऐसे सहयोगी के रूप में स्वीकार नहीं किया गया था जिस पर वक्त–बेवक्त निर्भर रहा जा सके। भारत को आधुनिक तकनीक की जरूरत थी जो सोवियत संघ उपलब्ध करा पाने की स्थिति में एक हद से ज्यादा सक्षम नहीं था। अमेरिका के पास पूंजी और तकनीक दोनों थीं लेकिन परमाणु विस्फोटों के कारण लगाए गए प्रतिबंधों के चलते अमेरिका उसे भारत को दे पाने की स्थिति में नहीं था।

बदलती परिस्थितियों में अमरीकी कंपनियों की भूमिका

इन बदलती परिस्थितियों में भारत में उपलब्ध अवसरों से अपने आप को जोड़ने के लिए अमरीकी कंपनियों ने महत्त्वपूर्ण भूमिका निभाई। सूचना प्रौद्योगिकी के क्षेत्र में फैलते कारोबार और अमेरिकी अर्थव्यवस्था में महत्त्वपूर्ण योगदान कर रहे भारतीय मूल के निवासियों ने इस भागीदारी को आगे बढ़ाया। भारत में सत्तारूढ़ एन डी ए के शासन काल के दौरान अमेरिका के साथ संबंधों को सुधारने का नये सिरे से प्रयास शुरू किया। एन डी ए के चुनावी दंगल में पराजित हो जाने के बाद डा. मनमोहन सिंह के नेतृत्व में केन्द्र में यू पी ए की सरकार बनी। डा. सिंह और अमेरिकी राष्ट्रपति जार्ज बुश ने इन

संबंधों को नयी दिशा देने में विशेष महत्त्वपूर्ण भूमिका निभाई। जुलाई 2005 में प्रधानमंत्री मनमोहन सिंह अमेरिका के दौरे पर गए। राष्ट्रपति बुश के साथ बातचीत के दौरान अमेरिका की ओर से प्रस्ताव किया गया कि तीस साल के लंबे अंतराल के बाद वह भारत को परमाणु ऊर्जा के असैनिक इस्तेमाल में सहयोग के लिए तैयार है। वह भारत को परमाणु बम बनाने में कोई सहयोग नहीं दे सकता लेकिन उसकी ऊर्जा की बढ़ती जरूरतों को पूरा करने के लिए वह परमाणु बिजलीघर और उनके लिए ईंधन की आपूर्ति करने को तैयार है। डॉ. मनमोहन सिंह की वाशिंगटन यात्रा के बाद जारी बयान में भारत और अमेरिका के बीच संबंधों के नये दौर के संकेत दिए गए। मार्च 2006 में जार्ज बुश भारत के दौरे पर आए तो इस विचार को कार्य रूप देने के बारे में समझौते पर दस्तखत किए गए। इस समझौते के साथ ही दोनों देशों के बीच संबंधों में एक नए युग की शुरुआत हुई। परमाणु ऊर्जा के शांतिपूर्ण उपयोग के लिए भारत–अमेरिका समझौता भारत की परमाणु यात्रा के मार्ग का एक और प्रमुख पड़ाव है। इस समझौते के होने और उसे लागू करने के बीच राजनीतिक विरोध और उथल–पुथल के चलते तीन साल से भी अधिक का समय लग गया।

परमाणु ऊर्जा के क्षेत्र में भारत-फ्रांस सहयोग का नया दौर

भारत के तेज आर्थिक विकास ने केवल अमरीका और उसकी कंपनियों को अपनी ओर आकर्षित नहीं किया था। फ्रांस भी इसमें भागीदारी करना चाहता था। इसलिए जिस समय अमेरिका के साथ सहयोग के रास्ते तलाशे जा रहे थे उन्हीं दिनों फ्रांस के साथ भी बातचीत का दौर शुरू हो रहा था। फ्रांस और सोवियत रूस के साथ अन्य क्षेत्रों में सहयोग के अलावा परमाणु ऊर्जा के शांतिपूर्ण उपयोग के क्षेत्र में सहयोग की वार्ता भी आगे बढ़ने लगी थी। भारत–अमेरिकी असैनिक परमाणु सहयोग पर उठे विवाद के कारण अंतरराष्ट्रीय सहयोग का यह आयाम उतनी चर्चा में नहीं रहा। इसका यह मतलब कतई नहीं था कि सहयोग का यह पहलू किसी तरह से कम महत्त्वपूर्ण था। राजनीतिक बवंडर से दूर सहयोग के इस पहलू पर भारत और फ्रांस तथा भारत और रूस के बीच सहयोग किए जाने की वार्ताओं के दौर विभिन्न स्तरों पर जारी रहे। भारत और रूस के बीच सैनिक और असैनिक सहयोग की कहानी बहुत लंबी है। पिछले करीब एक दशक में फ्रांस और भारत के

बीच सहयोग के नए आयाम उभर कर सामने आए हैं। परमाणु क्षेत्र में कारोबार के लिए भारत को एन एस जी से मंजूरी मिलने के पहले ही इन दोनों देशों के साथ इस क्षेत्र में सहयोग की रूपरेखा को अंतिम रूप दे दिया गया था। इसे आगे बढ़ाने के लिए एन एस जी की मंजूरी का इंतजार किया जा रहा था।

अब आगे बढ़ें

अभी अमेरिकी संसद में भारत–अमेरिकी समझौते को मंजूरी मिलने की प्रक्रिया पूरी की ही जा रही थी कि भारत और फ्रांस ने इस बारे में समझौते पर औपचारिक दस्तखत करके इसे क्रियान्वित करने का काम शुरू भी कर दिया। प्रधानमंत्री मनमोहन सिंह और फ्रांस के राष्ट्रपति निकोलास सरकोजी की उपस्थिति में 30 सितम्बर 2008 को पेरिस में इस समझौते पर हस्ताक्षर किये गए। एन एस जी से स्वीकृति मिलने के बाद भारत की परमाणु यात्रा के रास्ते में लगी बाधाओं को हटाने के बाद यह पहला मौका था जब भारत और फ्रांस ने परमाणु ऊर्जा के शांतिपूर्ण उपयोग के क्षेत्र में सहयोग के समझौते पर दस्तखत किए थे। इसके साथ ही भारत का दुनिया के साथ परमाणु क्षेत्र में कारोबार का रास्ता विधिवत खुल गया। इस अवसर पर जारी बयान से इस बात का अनुमान लगाया जा सकता है कि अब भारत की परमाणु यात्रा की दिशा क्या होगी। डा. सिंह और फ्रांस के राष्ट्रपति श्री सरकोजी की बातचीत के बाद इस अवसर पर जारी संयुक्त बयान में कहा गया कि इससे ऊर्जा अनुसंधान के क्षेत्र में सहयोग के अवसर बढ़ेंगे। भारत की ऊर्जा के लिए कोयले पर निर्भरता कम होगी। इस यात्रा के दौरान अंतरिक्ष में सहयोग के क्षेत्र के बारे में एक अन्य समझौते पर दस्तखत भी किए गए जिसकी ओर अधिक ध्यान नहीं दिया गया। इसरो और फ्रांस की संस्था एसट्रियम के बीच हुए इस समझौते के तहत भारत के पोलर सेटेलाइट के लंबे समय तक इस्तेमाल की व्यवस्था की गई है।

ऐसे हुई थी शुरुआत इस सहयोग की

भारत और फ्रांस के बीच सामरिक महत्त्व से सहयोग की शुरुआत लगभग उसी दौर में हो गई थी जब कि अमेरिका और भारत के बीच इस तरह के संबंधों की स्थापना पर बातचीत चल रही थी। भारत और फ्रांस के

बीच बातचीत का आधार परमाणु ऊर्जा के बारे में दोनों देशों के विचारों में समानता का होना माना गया। बातचीत के दौरान दोनों देशों ने स्वीकार किया कि नाभिकीय ऊर्जा एक सुरक्षित पर्यावरण के अनुकूल तथा सतत ऊर्जा का स्रोत प्रदान करता है। दोनों देश शांतिपूर्ण उद्देश्यों के लिए नाभिकीय ऊर्जा के सहयोग को बढ़ावा देने के लिए अंतरराष्ट्रीय सहयोग को और अधिक एक– जुट करने की आवश्यकता को स्वीकार करते हैं। दोनों देशों का मानना है कि भावी पीढ़ियों के लिए नाभिकीय ऊर्जा, ऊर्जा का एक अपरिहार्य स्रोत होगी। वे इस बात से सहमत हैं कि नाभिकीय, रासायनिक और जैविक हथियार तथा उन्हें छोड़े जाने के साधनों का प्रसार अंतरराष्ट्रीय शांति और सुरक्षा के लिए एक खतरा है। वे सामूहिक विनाश के हथियार तथा उन्हें छोड़े जाने के साधनों के अप्रसार के क्षेत्र में, विशेष रूप से आतंकवाद के साथ इसके संभावित संम्पर्कों को ध्यान में रखते हुए, समान चिंता और उद्देश्य रखते हैं। इसलिए उन्हें इस क्षेत्र में अधिक सहयोग और साझेदारी से काम करना चाहिए। इस बारे में नियोजित तरीके से बातचीत करने के लिए जनवरी 1998 में एक विशेषज्ञ दल का गठन किया गया था। दोनों देशों के बीच में बातचीत में ऊर्जा कितना महत्त्वपूर्ण भूमिका निभाने वाली थी, इसका अनुमान इस बात से लगाया जा सकता है कि इसे ऊर्जा पर द्विपक्षीय कार्यदल का नाम दिया गया। इसमें भारत के परमाणु ऊर्जा आयोग ए ई सी और फ्रांस के कमिशरियाट अ ला एनर्जी एटोमिक सी इ ए के प्रतिनिधियों को शामिल किया गया। शुरुआती बातचीत के बाद दोनों देशों के बीच 29 जुलाई 1999 को एक दस्तावेज पर दस्तखत किए गए। इसमें इस बात की व्यवस्था की गई कि बातचीत की दिशा और रूपरेखा क्या होगी। इस सहमति को कार्य रूप देने के उद्देश्य से दोनों देशों के प्रतिनिधियों के बीच अनेक दौर की बातचीत हुई। इस बातचीत के दौरान हुई सहमति के आधार पर 16 सितम्बर 2002 को एक समझौते पर हस्ताक्षर किए गए। यह दस्तावेज दोनों देशों के बीच संबंधों को और सामरिक तथा महत्त्वपूर्ण बनाने के लिए आगे बातचीत करने का आधार बना। इसके बाद दोनों देशों के बीच सहयोग के नए क्षेत्र तलाशने का सिलसिला जारी रहा। भारत फ्रांस के साथ परमाणु ऊर्जा के क्षेत्र में इसलिए सहयोग चाहता था क्योंकि फ्रांस दुनिया में परमाणु ऊर्जा से बिजली बनाने वाला दूसरा सबसे बड़ा देश है।

समझौता केवल ऊर्जा तक ही सीमित नहीं

सितम्बर 2005 में फ्रांस के राष्ट्रपति भारत दौरे पर आए। दिल्ली प्रवास के दौरान उन्होंने प्रधानमंत्री मनमोहन सिंह से बातचीत की। दोनों देशों के बीच सर्वोच्च स्तर पर हुई इस बातचीत के बाद जारी किए गए बयान में दोनों देशों के बीच परमाणु ऊर्जा के शांतिपूर्ण इस्तेमाल की दिशा में व्यापक सहयोग का रास्ता खुला। इसके बाद इन विचारों को कार्यरूप देने के लिए अधिकारियों के स्तर पर काम शुरू हुआ। इस दौरान भारत के परमाणु ऊर्जा विनिमय बोर्ड और फ्रांस के डाइरेक्शन जेनरल डि ला स्युरेटे न्यूक्लियर एट डी ला डी जी एस एन आर के बीच एक सहमति पर हस्ताक्षर किए गए। 20 फरवरी 2006 को भारत और फ्रांस के बीच एक और दस्तावेज पर हस्ताक्षर किए गए। इस दस्तावेज को परमाणु ऊर्जा के शांति पूर्ण उपयोग के क्षेत्र में सहयोग की घोषणा कहा गया। इस दस्तावेज पर फ्रांस की ओर से वहां के विदेश मंत्री मि फिलीप डाउस्ते ब्लाजी और भारत की ओर से परमाणु ऊर्जा आयोग के अध्यक्ष अनिल काकोदकर ने हस्ताक्षर किए। दोनों देशों के बीच किए इस समझौते के ब्यौरे यह बताने के लिए पर्याप्त हैं कि भारत और फ्रांस ही नहीं दुनिया के अन्य देशों के साथ भारत के संबंधों में आने वाले समय में किस प्रकार का बदलाव आने वाला है।

भारत और फ्रांस के बीच हुआ यह समझौता केवल रिएक्टर और ईंधन की आपूर्ति तक ही सीमित नहीं है। इसका कार्यक्षेत्र व्यापक है। आने वाले समय में इसके दूरगामी परिणाम सामने आएंगे। श्री काकोदकर और फ्रांसीसी विदेश मंत्री के बीच हुए समझौते के ब्यौरों पर एक नजर डालिए। इस समझौते में रिएक्टर और ईंधन की आपूर्ति के अलावा कृषि विज्ञान, जीव–विज्ञान, भूविज्ञान तथा औषधि के क्षेत्रों में, तथा उद्योगों में नाभिकीय ऊर्जा के अनुप्रयोग का विकास और उपयोग ऊर्जा, परियोजनाओं की स्थापना सहित ऊर्जा उत्पादन के लिए नाभिकीय ऊर्जा का अनुप्रयोग, नाभिकीय ईंधन प्रबंध, नाभिकीय अपशिष्ट प्रबंधन, नाभिकीय सुरक्षा, रेडियोधर्मिता से सुरक्षा तथा पर्यावरणीय सुरक्षा, रेडियो धर्मिता अथवा नाभिकीय दुर्घटनाओं के कारण होने वाली आपात परिस्थितियों की रोकथाम और उसकी अनुक्रिया सिर्फ शांति पूर्ण उद्देश्यों के लिए नाभिकीय ऊर्जा के सहयोग के फायदों के संबंध में लोगों में जागरूकता और स्वीकार्यता तथा उस करार में दोनों पक्षों की सहमति से किसी अन्य क्षेत्र में सहयोग करने का भी उल्लेख किया गया है।

सहयोग के नए आयाम

इस घोषणा पत्र में कहा गया है कि दोनों देशों के बीच के भावी करार के तहत निम्नलिखित रूपों में भी सहयोग हो सकता है। वैज्ञानिक एवं तकनीकी स्टाफों का आदान–प्रदान और प्रशिक्षण, वैज्ञानिक तथा तकनीकी सूचना का आदान–प्रदान, एक देश के वैज्ञानिकों एवं तकनीकी स्टाफ द्वारा दूसरे देश में आयोजित शोध एवं विकास के कार्यकलापों में भाग लेना; संयुक्त रूप से शोध एवं प्रयोग करने सहित, संयुक्त रूप से शोध एवं इंजीनियरिंग कार्यकलाप आयोजित करना, जिसके लिए दोनों देश समान रूप से संसाधन उपलब्ध करा रहे हैं, वैज्ञानिक सामग्री, नाभिकीय सामग्री, उपकरण, प्रौद्योगिकी की सुविधाओं और सेवाओं का प्रावधान, संबंधित अंतरराष्ट्रीय मंचों में चर्चा और सहयोग तथा उस करार में दोनों पक्षों द्वारा संयुक्त रूप से सहमत सहयोग का कोई अन्य रूप। इसमें यह व्यवस्था भी की गई है कि भारत की संस्थाओं परनाणु ऊर्जा विभाग, डी ए ई तथा सी ई ए बी ए आर सी तथा फ्रांस की संस्थाओं इंस्टीट्यूट डी रेडियोप्रोटेक्शन ए डी स्यूरेटे न्यूक्लियर आई आर एस एन ए, ई आर बी तथा डी जी एस एन आर जैसी दोनों देशों की संबंधित संस्थानों के बीच परमाणु ऊर्जा के क्षेत्र में पहले हस्ताक्षरित करार इस रूपरेखा के भाग होंगे और मौजूदा स्वरूप में उनको कार्यान्वित किया जाना उनका जारी रहेगा।

नेता बदले लेकिन नीतियां नहीं

घोषणा पत्र में यह भी कहा गया कि भारत और फ्रांस यह सुनिश्चित करेंगे कि भावी करार के अनुसरण में होने वाला सहयोग शांतिपूर्ण उद्देश्यों के लिए ही होगा। आई ए ई ए के साथ उपयुक्त सुरक्षोपाय करार द्वारा, जहां लागू होगा, कवर किया जाएगा। सहयोग करार तथा यथा उपयुक्त बाद में होने वाला विशिष्ट करार अन्य मुद्दों के साथ–साथ सूचना की गोपनीयता, तीसरे देश की नाभिकीय जिम्मेदारी, बौद्धिक सम्पदा, भौतिक सुरक्षा से संबंधित उपायों और तीसरे देश को पुनः अंतरण से संबंधित मुद्दों का भी समाधान करेगा। इसी समझौते के आधार पर भारत और फ्रांस के बीच परमाणु ऊर्जा के शांतिपूर्ण उपयोग के क्षेत्र में सहयोग के रास्ते की दिशा निर्धारित हुई। एन एस जी की मंजूरी के बाद इस समझौते को कार्यरूप देने के लिए पेरिस में 30 सितम्बर 1 अक्तूबर को दस्तखत किए गए। भारत और फ्रांस के बीच लंबे

समय तक बातचीत चलती रही। इस बातचीत के बीच भारत और फ्रांस दोनों ही देशों में सत्ता परिवर्तन हुआ। नई दिल्ली में श्री वाजपेयी के स्थान पर डा. मनमोहन सिंह ने प्रधानमंत्री का पद संभाला। पेरिस में जैक शिराक के स्थान पर श्री सरकोजी ने सत्ता संभाली। विभिन्न राजनीतिक दलों और विचारों के नेताओं के सत्ता में आने के बाद भी दोनों देशों के बीच सहयोग की इस नीति में कोई बदलाव नहीं आया। भारत–अमेरिकी सहयोग के समझौते को लेकर भारत में लंबे समय तक विवाद चलता रहा। यह विवाद अभी भी पूरी तरह समाप्त नहीं हो पाया है। भारत और फ्रांस के बीच समझौते को लेकर कोई विवाद नहीं उठा। यह प्रक्रिया सामान्य रूप से जारी रही। इसे लागू किए जाने के लिए अमेरिकी समझौते को क्रियान्वित किए जाने के लिए इंतजार किया जाता रहा।

नाभिकीय ऊर्जा के असैनिक उपयोग में भारत-रूस सहयोग

भारत और फ्रांस के बीच समझौते के साथ ही रूस के साथ भी इसी प्रकार से परमाणु ऊर्जा के शांतिपूर्ण उपयोग के क्षेत्र में सहयोग के लिए विचार विमर्श का सिलसिला चल रहा था। उसका भी क्रियान्वयन अमेरिकी समझौते और एन एस जी की मंजूरी से जुड़ा हुआ था। इस समझौते को करने में रूस के राष्ट्रपति की विशेष भूमिका रही। रूस के राष्ट्रपति व्लादीमीर वी पुतिन जनवरी 2007 में दो दिन की भारत यात्रा पर पधारे। वे 26 जनवरी को राजपथ पर होने वाले गणतंत्र दिवस परेड के मुख्य अतिथि थे। 25 और 26 जनवरी को उन्होंने भारतीय नेताओं के साथ विभिन्न स्तरों पर बातचीत की। 25 जनवरी 2007 को प्रधानमंत्री मनमोहन सिंह के साथ श्री पुतीन की बातचीत हुई। इसके बाद दोनों देशों के बीच एक समझौते पर दस्तखत किए गए। यह समझौता भारत और रूस के बीच परमाणु सहयोग के लिए तय किए गए क्षेत्रों का आधार बना। दोनों नेताओं के बीच बातचीत के बाद जारी बयान में इस सहयोग की दिशा के स्पष्ट संकेत हैं। एन एस जी से मंजूरी मिलने और भारत और अमेरिका के बीच समझौता हो जाने के बाद परमाणु ऊर्जा के शांतिपूर्ण सहयोग के बारे में भारत और रूस के बीच दिसम्बर 2008 में समझौते पर हस्ताक्षर किये गए। जनवरी 2007 में श्री पुतिन और मनमोहन सिंह के बीच बातचीत के बाद जारी बयान में कहा गया कि दोनों देश अपनी सामरिक भागीदारी के महत्त्व की पुष्टि करते हैं जो अपने

राष्ट्रीय हितों को पूरा करती है। द्विपक्षीय संबंधों को मजबूत बनाती है। अंतरराष्ट्रीय शांति एवं सुरक्षा में योगदान देती है। परमाणु ऊर्जा के क्षेत्र में पारस्परिक रूप से लाभप्रद सहयोग के साफ उद्देश्य का महत्त्व प्रदर्शित करती है।

विकास के लिए ऊर्जा जरूरी

भारत और रूस उन्नत परमाणु और प्रौद्योगिकी वाले देश के तौर पर यह स्वीकार करते हैं कि परमाणु ऊर्जा सुरक्षित पर्यावरण के अनुकूल और वहीनीय स्रोत प्रदान करती है। वे अपनी संबंधित अंतरराष्ट्रीय प्रतिबद्धताओं और राष्ट्रीय विधानों के अनुसार शांतिपूर्ण उद्देश्यों के लिए परमाणु ऊर्जा के उपयोग को बढ़ावा देने में अंतरराष्ट्रीय सहयोग को और विकसित करने की आवश्यकता रेखांकित करते है। उनका विश्वास है कि परमाणु ऊर्जा भावी पीढ़ियों के लिए ऊर्जा का एक अनिवार्य स्रोत होगी। जिम्मेदार राष्ट्रों के तौर पर भारत और रूस का व्यापक विनाश के हथियारों और आतंकवादियों के साथ संभावित सम्पर्क सहित उनकी डिलीवरी के साधनों का अप्रसार सुनिश्चित करने का साझा उद्देश्य है। दोनों देश परमाणु ऊर्जा के शांतिपूर्ण उपयोग संबंध में अपने वैज्ञानिक और अन्य आदान–प्रदान एवं द्विपक्षीय संवाद के विस्तार और उसे मजबूत बनाने के लिए कृत संकल्प हैं। भारत और रूस कुडनकुलम में परमाणु ऊर्जा के संयंत्रों के निर्माण में जारी अपने सहयोग पर संतोष व्यक्त करते हैं। दोनों देश परमाणु ऊर्जा कार्यक्रमों के संवर्धन और आत्मनिर्भर बनने के लिए ऊर्जा सुरक्षा के अपने लक्ष्यों को प्राप्त करने में भारत को सक्षम बनाने के उद्देश्य से परमाणु ऊर्जा के उत्पादन पर विशेष बल देते हुए असैनिक परमाणु ऊर्जा सहयोग के विस्तार के लिए साथ–साथ काम करने की अपनी प्रतिबद्धता की पुनः पुष्टि करते हैं। इन उद्देश्यों के क्रियान्वयन के लिए कुडनकुलम में 4 अतिरिक्त संयंत्रों के निर्माण में सहयोग के संबंध में भारत सरकार और रूसी संघ की सरकार के बीच एक समझौते पर हस्ताक्षर किए जाएंगे। यह समझ–बूझ दिनांक 25.1.2007 के आशय ज्ञापन में प्रदर्शित की गई है।

भारत के वादे

यह समझौता करते समय भारत ने वादा किया है कि रूस द्वारा आपूर्त रिएक्टर सुविधाएं और परमाणु ईंधन, रक्षोपाय समझौते जो भारत और आई

ए ई ए के बीच किया जाएगा, के अनुसार वास्तविक प्रयोग की सम्पूर्ण अवधि में आई ए ई ए रक्षोपायों के तहत रहेगा। इसके अतिरिक्त भौतिक संरक्षण और पारस्परिक रूप से सहमत अन्य मामलों से संबंधित उपायों को भी ध्यान में रखेगा। रूस भारत के साथ असैनिक परमाणु ऊर्जा सहयोग विस्तार के लिए अपने दिशा निर्देशों में संशोधन करके अनुकूल परिस्थितियां तैयार करने के लिए एन एस जी की प्रतिभागी सरकारों के साथ कार्य करता रहेगा। भारत और रूस नवीन प्रौद्योगिकी के विकास के लिए अनुसंधान और विकास के महत्त्व को स्वीकार करते हैं। इससे परमाणु ऊर्जा के बड़े पैमाने पर विकास के लिए परमाणु अप्रसार का खतरा कम होगा। परमाणु रिएक्टरों और ईंधन साइकिल के लिए अंतरराष्ट्रीय परियोजना आई एन पी आर ओ, जो भारत–रूस की भागीदारी से आई ए ई ए के तत्वावधान में कार्यान्वित की जा रही है, उत्पादक अंतरराष्ट्रीय सहयोग का उदाहरण है। दोनों पक्षों द्वारा अभिनिर्धारित किए जाने वाले पारस्परिक हित के क्षेत्रों में ऊर्जा विखंडन और संयोजन, ऊर्जा और गैर ऊर्जा अनुप्रयोग दोनों में व्यापक सहयोग कर के अपने द्विपक्षीय असैनिक परमाणु ऊर्जा सहयोग के और विस्तार एवं उसे मजबूत बनाने की इच्छा व्यक्त करते हैं। भारत का परमाणु ऊर्जा विभाग और रूसी का संघीय परमाणु ऊर्जा एजेंसी भारत और रूस के बीच परमाणु ऊर्जा के शांतिपूर्ण उपयोग के क्षेत्र में सन् 2007 में एक व्यापक सहयोग कार्यक्रम तैयार करेंगे।

हम प्रतीक्षा करेंगे

इन देशों के साथ परमाणु ऊर्जा के क्षेत्र में सहयोग के समझौतों के मसौदों पर सहमति हो गई। इन्हें लागू किए जाने के लिए एन एस जी की सहमति जरूरी थी। इसलिए इस बारे में किए जाने वाले समझौतों पर अंतिम हस्ताक्षर नहीं किये जा सके। भारत में राजनीतिक गतिरोध के चलते यह मामला करीब दो साल तक अटका रहा। जब एक बार भारत सरकार ने इस बारे में अंतिम फैसला किया। संसद में अपना बहुमत साबित कर दिया और आई ए ई ए के साथ समझौता करने के लिए कदम आगे बढ़ाए तो इसे मंजूरी दिलाने में रूस के राष्ट्रपति पुतिन और फ्रांस के राष्ट्रपति जैक सरकोजी ने बेहद महत्त्वपूर्ण भूमिका निभाई। ये देश पहले से ही भारत के साथ सहयोग को बढ़ाने के लिए तैयार थे लेकिन इसमें पहल अमेरिका को करनी थी। अमेरिका ही वास्तव में इस स्थिति में था कि वह एन एस जी में भारत के पक्ष

में राय देने के लिए आम सहमति बना सके। इसलिए अमेरिका और भारत के बीच समझौता किया जाना जरूरी था। उसके बिना भारत के लिए परमाणु क्षेत्र में कारोबार का रास्ता खुलना संभव ही नहीं था। भारत अपनी सुरक्षा से कोई समझौता करने को तैयार नहीं था। वह अमेरिका के सहयोग के बदले परमाणु निरस्त्रीकरण की चिंताओं को दूर करने में मदद करने को तैयार था। इससे बात बन गई। प्रतिबंधों के जंगल से भारत के लिए रास्ता तलाशने की जिम्मेदारी श्री बुश के नेतृत्व में अमेरिका ने निभाई। अमेरिका ने भारत की मदद के लिए अपने कानून में बदलाव किया। अमेरिका के लिए यह कानून बदलना कितना बड़ा मुद्दा रहा होगा, इसका अनुमान इस बात से ही लगाया जा सकता है कि भारत के पहले परमाणु परीक्षण के बाद अमेरिकी संसद ने न्यूक्लियर नान प्रॉलीफरेशन एक्ट 1978 पास किया था। यह कानून भारत जैसे देशों, जिन्होंने न तो परमाणु अप्रसार संधि पर हस्ताक्षर किए, और न ही अपने परमाणु संसाधनों को अंतरराष्ट्रीय नियंत्रण में रखने के लिए तैयार थे, को रोकने के लिए ही बनाया गया था। अगले तीस वर्षों तक अमेरिका अपने देश में और दुनिया में इस कानून की व्यवस्थाओं को लागू करने के लिए काम करता रहा। अब राष्ट्रपति बुश इस कानून में ऐसा बदलाव चाहते थे जो इसके ठीक विपरीत था। यानी भारत न तो अपने परमाणु हथियारों के बारे में कोई समझौता करने के लिए राजी था और न ही परमाणु अप्रसार संधि पर हस्ताक्षर करने के लिए तैयार था। इसके बावजूद अमेरिका उसके साथ कारोबार करना चाहता था। उसे इसके लिए अपने कानून में इस तरह से फेरबदल करना था कि भारत को छूट दी जा सके। इसके तहत परमाणु रिएक्टरों, उनके लिए ईंधन हैवी वॉटर और अन्य साज–सामान के निर्यात में ढील दी जानी थी।

हाईड एक्ट आखिर पारित हुआ

लंबे विचार–विमर्श के बाद अमेरिका में इस कानून में फेरबदल करने के लिए कानून बनाया गया। इसे अब हाईड एक्ट के नाम से जाना जाता है। इस विधेयक को पारित करने में अमेरिका के दोनों प्रमुख दलों रिपब्लिकन्स और डेमोक्रेट्स के सदस्यों ने सक्रिय भूमिका निभाई। इसी कानून के तहत दोनों देशों के बीच विशेष समझौते पर दस्तखत किए गए। इस समझौते को जिस सेक्शन 123 के तहत यह समझौता किया गया उसी के नाम पर 123 समझौता कहा जाता है। इनके तहत दोनों देशों ने अपने सम्प्रभु अधिकारों

और हितों को सुरक्षित रखने का प्रयास किया। अमेरिकी प्रयासों और भारत द्वारा अपना रास्ता बदलने के बारे में सहमत होने के बाद ही आई ए ई ए और एन एस जी से मंजूरी के निर्णय तक पहुंचा जा सका। दुनिया के सबसे बड़े और सबसे पुराने दो लोकतंत्रों के बीच बदलाव की यह डगर आसान नहीं थी। इसके रास्ते में अनेक खंदक खाइयां और बाधाएं थीं। जार्ज बुश और मनमोहन सिंह के बीच के संबंधों और इन नेताओं के बीच आपसी समझ और दृढ़ इच्छा शक्ति के चलते दोनों देशों के बीच संबंधों को सहयोग और व्यापार की नयी ऊंचाइयों पर ले जाने में मदद मिली। भारत और अमेरिका के बीच परमाणु ऊर्जा के नागरिक उपयोग के लिए सहयोग का यह समझौता दुनिया के दो प्रमुख लोकतांत्रिक देशों के बीच संबंधों में रचनात्मक सुधार लाने के लिए एक धुरी के रूप में उभरा। लोकतांत्रिक देश होने के कारण दुनिया का सबसे ताकतवर व्यक्ति माने जाने के बाद भी अमेरिकी राष्ट्रपति जार्ज बुश के लिए यह आसान काम नहीं था। अल्पसंख्यक और साझा सरकार को चला रहे प्रधानमंत्री सिंह के लिए तो यह और भी चुनौती का काम था। यू पी ए की सरकार बाहर से उसका समर्थन कर रहे वाम मोर्चे के समर्थन पर टिकी थी। वाम मोर्चा किसी भी कीमत पर सरकार को अमेरिका के साथ यह समझौता करने देने के पक्ष में नहीं था।

समर्थन वापस मनमोहन सरकार खतरे में

यू पी ए की साझा सरकार का बाहर से समर्थन कर रहे वामदलों के विरोध के चलते भारत अमेरिकी संबंधों को उतनी तेजी से फलने–फूलने का अवसर मिल पाने में बाधाएं आती रहीं जितनी तेजी से सरकार इनको करना चाहती थी मोर्चा इसमें उतनी ही देर करवा देता था। मोर्चे के प्रभाव के चलते आर्थिक सुधार रुक कर रह गए थे। सरकार चाह कर भी सरकारी कंपनियों में विनिवेश, वित्तीय और श्रमिक क्षेत्र में किसी भी प्रकार का सुधार कर पाने में पूरी तरह असफल रही। कई बार तो ऐसी स्थितियां उत्पन्न हो गईं कि कभी प्रशासनिक सुधारों के लिए पहचाने जाने वाली सरकार की ड्रीम टीम नीति गत मामलों में फैसला कर पाने में तो ऐसी स्थिति में देखी गई जिसे कि नीतिगत लकवा मार जाने और असहाय सरकार का नाम दिया गया। सरकार के भागीदार और घटक दल ही नही कांग्रेस के नेताओं के विभिन्न गुटों ने अलग–अलग समय में अपनी ही सरकार की राह में रोड़े अटकाने का

काम किया। किसी देश या देशों के साथ समझौता करने का काम संविधान ने सरकार को सौंपा है। इस मामले में प्रधानमंत्री और उनके मंत्रिमंडल को अंतिम फैसला करने का अधिकार है। इन समझौतों की संसद से पुष्टि कराने की कोई व्यवस्था नहीं है। इसलिए सरकार चाहती तो बिना संसद में जाए इस बारे में फैसला कर सकती थी। लेकिन संविधान के अनुच्छेद 253 में देश की सर्वोच्च विधायिका संसद को यह अधिकार दिया गया है कि वह पूरे देश या उसके किसी भाग के लिए ऐसा कानून बना सकती है जिसमें कि किसी देश के साथ संधि समझौते या सहमति को लागू करने के बारे में हो। इस सिद्धान्त को ध्यान में रख कर और मामले के दूरगामी प्रभावों को देखते हुए सरकार ने इस बारे में संसद को विश्वास में लेने का फैसला किया।

समझौता राजनीति के दल-दल में

यह फैसला करने के बाद सरकार तो जैसे राजनीतिक दल–दल में फंस कर रह गई। वाम मोर्चे के समर्थन पर टिकी सरकार अपने सहयोगियों के साथ इस मसले पर उठने वाले सवालों और उनके समाधान के उपाय तलाशने के लिए महीनों तक चर्चा करती रही। बात बनती न देखकर इस मामले को निपटाने के लिए एक समन्वय समिति का गठन किया गया जिसमें सरकार के भागीदार और समर्थक दलों के 15 सदस्य श।मिल थे। इस समिति की बैठकों में इस बारे में बार--बार विचार किया जाता रहा। समाधान के लिए विकल्पों की तलाश की जाती रही। लेकिन सभी प्रयासों के बावजूद कोई सर्वमान्य हल नहीं निकाला जा सका। भारत–अमेरिकी समझौते को लेकर वाम मोर्चे का कहना था कि इससे भारत की स्वतंत्र विदेश नीति पर बुरा प्रभाव पड़ेगा। भारत अमेरिका का पिछलग्गू बन कर रह जाएगा। मुख्य विपक्षी दल भाजपा के नेतृत्व वाले एन डी ए के घटक दलों में भी इस समझौते को लेकर अनेक आपत्तियां थीं। उनका कहना था कि यह समझौता बराबरी के स्तर पर नहीं किया गया है। सत्ता में आने पर वे इस समझौते पर पुनर्विचार करेंगे। परमाणु ऊर्जा की भारतीय यात्रा के निर्णायक रहे वैज्ञानिकों का एक वर्ग भी इस समझौते के पक्ष में नहीं था। इस बारे में उठाई गई आपत्तियों और उनके जवाबों की विस्तृत चर्चा प्रधानमंत्री के संसद में दिए गए एक भाषण में की गई है। आगे चल कर इन आपत्तियों और उनके जवाबों का उल्लेख किया जाएगा।

भारत-अमेरिकी समझौते का देश-विदेश में विरोध

परमाणु ऊर्जा के शांति पूर्ण इस्तेमाल के लिए भारत और अमेरिका के बीच हुआ समझौता एक ऐसा समझौता है जिसका कि दोनों सरकारों और उनके कुछ समर्थकों को छोड़ कर हर तरफ विरोध ही किया गया। इस विरोध के अपने–अपने कारण रहे। देश में ही नहीं विदेशों में इस समझौते को लेकर भारी विरोध देखने को मिला। यह विरोध बहुत ही नियोजित तरीके से और सोच–समझ कर किया गया। विरोधियों के कारण और तर्क अपने–अपने और अलग–अलग रहे। हर वर्ग ने अपने तरीके से हर स्तर पर इसका अलग–अलग और मिल कर विरोध किया। समझौते के विरोधियों का प्रयास था कि पहले तो भारत के साथ समझौता करने के लिए अमेरिकी राष्ट्रपति को अधिकार देने वाला कानून ही न बनने दिया जाए। जब ऐसा लगा कि यह कानून बनने जा रहा है तो उसमें इस तरह के प्रावधान करने के प्रयास किए गए जिससे भारत किसी तरह से उन्हें मानने को ही राजी न हो। इसके बाद जब यह कानून बन गया तो प्रयास यह रहा कि दोनों देशों के बीच समझौता नहीं हो पाए। जार्ज बुश और डा. मनमोहन सिंह के बीच हुए समझौते पर जब हस्ताक्षर हो गए तो उसको लागू किए जाने के रास्ते में रोड़े अटकाने का अभियान चलाया गया। भारत और आई ए ई ए के बीच होने वाले समझौते को लेकर आपत्तियां उठाई गईं। इसके बाद विरोध का मुख्य केन्द्र बना वियना स्थित एन एस जी का मुख्यालय। एन एस जी में प्रस्ताव पास करने के लिए आम सहमति प्राप्त किए जाने की व्यवस्था को इस समझौते को लागू नहीं होने देने का एक माध्यम बनाने का प्रयास किया गया। अंत में यह प्रयास भी असफल रहा। फिर जब आई ए ई ए और एन एस जी की मंजूरी के बाद इस समझौते को मंजूरी के लिए अमेरिकी संसद और सिनेट में पेश किया गया तो इसे अटकाए रखने और पारित नहीं होने देने के लिए तरह–तरह के तौर–तरीके अपनाए गए। अमेरिकी की खस्ता आर्थिक हालत और उसका समाधान तलाश किए जाने के बीच जब यह समझौता अमेरिकी कांग्रेस के चुनावों के पहले के अंतिम सत्र में विचार के लिए पहुंचा तो हालात ऐसे हो गए थे कि यह समझौता किसी न किसी स्तर पर अटक जाएगा। अंत में अमेरिकी नेतृत्व के लगातार प्रयासों के कारण इसे मंजूरी मिल ही गई। समझौते के विरोधियों का कहना था कि यदि यह समझौता लागू होता है तो ऐसा करके अमेरिका भारत के प्रति अपनी अप्रसार की नीतियों और कार्यक्रमों में भारी बदलाव करेगा। यह एन एस जी

की मल्टीलेटरल एक्सपोर्ट कंट्रोल गाइड लाइन्स द्वारा की गई व्यवस्थाओं के विपरीत होगा। ये गाइड लाइन्स भारत को केन्द्र में रख कर ही बनाई गई थी। एक ओर अमेरिका दुनिया के दूसरे देशों से कह रहा है कि वह अपने निर्यात के नियंत्रण कानूनों को कड़ा करे। उन्हें सख्ती से लागू करे। वहीं भारत के साथ इस समझौते को लागू करने के लिए वह अपने नियंत्रण कानूनों में ढील देगा। एन एस जी से भी भारत को ढील देने को कह रहा है। इससे परमाणु अप्रसार संधि के तहत दूसरे देशों पर नियंत्रण करने में दिक्कतें आएंगी। यही नहीं, इससे अन्य देशों को भी इसी रास्ते पर चलने के लिए प्रेरणा मिलेगी। उन पर नियंत्रण रख पाना मुश्किल हो जाएगा।

समझौते से अमेरिका को लाभ होगा

बुश प्रशासन और उसके समर्थकों ने इस समझौते के विरोधियों की इन आलोचनाओं का करारा जवाब दिया। भारत के पक्ष में माहौल बनाने के लिए लगातार काम किया। अमेरिका में रहने वाले भारतीय मूल के निवासियों और उनके समर्थकों ने इस काम में हाथ बटाया। बुश प्रशासन का कहना था कि यह समझौता अमेरिका के हित में है। तीन दशकों में पहली बार ऐसा होगा कि भारत का पूरा असैनिक कार्यक्रम अंतरराष्ट्रीय नियंत्रण के दायरे में आ जाएगा। भारत 22 में से 14 परमाणु रिएक्टरों को तो स्थायी रूप से आई ए ई ए सेफगार्डस के दायरे में लाएगा। नए बनने वाले सभी रिएक्टर भी इसी व्यवस्था के तहत होंगे। इस प्रकार कुछ वर्षों में भारत की परमाणु ऊर्जा का करीब 90 प्रतिशत इस स्थिति में आ जाएगा। यदि यह व्यवस्था नहीं की गई तो भारत का पूरा ही कार्यक्रम समझौते के बाहर रहेगा। भारत उसका अपनी तरह से इस्तेमाल के लिए स्वतंत्र बना रहेगा। यह समझौता होने से भारत परमाणु अप्रसार की अंतरराष्ट्रीय मुख्य धारा का हिस्सा बन जाएगा। समझौते के आलोचक भारत को इस्तेमाल किए गए ईंधन को इस्तेमाल करने की सहमति दिए जाने का जोरदार विरोध कर रहे थे। उन्हें बताया गया कि जापान और यूरोपीय परमाणु ऊर्जा समिति को ऐसे अधिकार पहले ही दिए जा चुके हैं। भारत को यह अधिकार तब मिलेगा जब वह इस तरह की नयी सुविधा का विकास कर लेगा। उसे अंतरराष्ट्रीय नियंत्रण में रखने को तैयार होगा। इस कार्यक्रम को लागू किए जाने के लिए विशेष प्रक्रिया और सुविधा होगी। आलोचकों का तर्क था कि इस तरह से काम करने से भारत को अपने परमाणु संसाधन और

ईंधन का उपयोग सैनिक कार्यों के लिए करने की सुविधा मिल जाएगी। ऊर्जा की मांग पूरी करने के लिए वह दूसरे देशों से रिएक्टर ईंधन और अन्य सामग्री प्राप्त कर सकेगा। समर्थकों का तर्क था कि इस समझौते से भारत को अपने परमाणु हथियारों के बनाने में कोई मदद नहीं मिलेगी। समझौते में यह व्यवस्था है कि यदि भारत कभी विस्फोट करता है तो अमेरिका को उसकी कंपनियों द्वारा सप्लाई किए गए साज–सामान और ईंधन को वापस लेने का अधिकार होगा। इसके अलावा यदि भारत को इस कारोबार में शामिल कर लिया जाता है तो अमेरिकी कंपनियों को भारत में इस व्यापार में शामिल होने का मौका मिलेगा।

अमरीकी कंपनियों को मुनाफा होगा

समझौते के समर्थकों का तर्क है कि इससे न केवल अमेरिकी कंपनियों को मुनाफा होगा और अमेरिका में रोजगार के अवसर बढ़ेंगे बल्कि इस मांग को पूरा करने के लिए किए जाने वाले अनुसंधान आदि से अमेरिका में रिएक्टरों की उत्पादन लागत कम करने, उससे सस्ती बिजली मिलने के अवसर मिलेंगे। अमेरिका परमाणु ऊर्जा के विश्व व्यापार में अधिक प्रतियोगितात्मक कंपटीटिव बनेगा। आगे चल कर यह स्थिति अमेरिकी कंपनियों को और अधिक विकास के अवसर उपलब्ध कराएगा। अमेरिकी विदेश विभाग ने सीनेट को भेजे गए एक नोट में इस समझौते से अमरीका को होने वाले लाभ के बारे में जानकारी देते हुए कहा है कि हमें विश्वास है कि इस समझौते से अमेरिका की निजी क्षेत्र की कंपनियों को महत्त्वपूर्ण लाभ होगा। इस समय भारत में 15 न्यूक्लियर पावर रिएक्टर काम कर रहे हैं। सात निर्माणाधीन हैं। भारत का इरादा इस संख्या में भारी बढ़ोतरी करने का है। असैनिक क्षेत्र में इस बढ़ती हुई मांग को पूरा करने के लिए उसे रिएक्टर्स, ईंधन, उनको बनाने चलाने आदि के लिए तकनीकी सहायता आदि ऐसे क्षेत्र हैं जिससे अमेरिका के लिए एक नया बाजार खुल सकता है। भारतीय अधिकारियों ने संकेत दिया है कि 2012 तक वे एक हजार मेगावाट क्षमता के कम से कम आठ रिएक्टर आयात करने पर विचार कर रहे हैं। उसके बाद के वर्षों में भारत का और भी रिएक्टर आयात करने की योजना है। अध्ययनों से पता चलता है कि यदि अमेरिकी कंपनियों को इनमें से दो रिएक्टर निर्यात करने का भी ठेका मिल जाता है तो इससे देश में सीधे तौर पर तीन से पांच हजार लोगों को और अप्रत्यक्ष रूप से दस

से 15000 लोगों को नौकरियां मिल सकेंगी। भारत ने हमें आश्वस्त किया है कि वह अमेरिकी कंपनियों को परमाणु क्षेत्र के इस विकास और आधुनिकीकरण के प्रयास में अमेरिका को भी भागीदार बनने का अवसर देगा। भारत का परमाणु ऊर्जा के इस्तेमाल के बारे में रिकार्ड बहुत अच्छा रहा है। अप्रसार संधि पर दस्तखत न करने के बाद भी उसने कभी इसके प्रसार को बढ़ावा नहीं दिया। उसने स्वयं ही और परमाणु परीक्षण न करने की घोषणा की है। इस बारे में भारत ने कभी किसी को तकनीकी सहायता नहीं दी है। वह आगे भी किसी और को इस तरह की सहायता नहीं देने के लिए पहले से ही वचनबद्ध है। इसके अलावा भारत के आगे बढ़ने और उसके साथ अच्छे संबंध रखने से दक्षिण–पूर्व एशिया में उसे एक अच्छा सहयोगी और भागीदार मिलेगा। अमेरिका ने पाकिस्तान के साथ भारत जैसी डील करने के प्रयासों से साफ इंकार कर दिया है और कहा है कि पाकिस्तान की परिस्थितियों और उसके इतिहास को देखते हुए इस तरह के किसी समझौते की कोई संभावना नहीं है।

भारत को अप्रसार के दायरे में लाने के तर्कों में कोई दम नहीं

समझौते के विरोधियों का कहना था कि इससे भारत को परमाणु अप्रसार की मुख्य धारा में लाए जाने में मदद मिलेगी, इस तर्क में कोई दम नहीं है। भारत अभी भी परमाणु अप्रसार संधि का विरोधी बना हुआ है। उस पर दस्तखत करने को तैयार नहीं है। उसने अभी भी यह नहीं कहा है कि वह अब परमाणु हथियार नहीं बनाएगा या परमाणु परीक्षण नहीं करेगा। यही नहीं वह परमाणु हथियार बनाने के लिए फिसाइल मटीरियल बनाने पर रोक लगाने को तैयार नहीं है। भारत के जिन आठ रिएक्टरों को सेफगार्ड के दायरे में नहीं लाया जाएगा वे फास्ट ब्रीडर रिएक्टर होंगे। इनमें इतना और इस तरह का प्लूटोनियम बनाया जा सकेगा जितना बम बनाने हेतु इस्तेमाल की भारत को जरूरत ही नहीं होगी। इस समझौते के तहत भारत के आई ए ई ए के साथ अतिरिक्त समझौता करने यानी एडीशन प्रोटोकोल पर दस्तखत करने का कोई खास लाभ नहीं होगा। इस समझौते के तहत यह पता लगाने के लिए अतिरिक्त व्यवस्था की जाती है कि इस प्रकार की सामग्री का इस्तेमाल करने वाला देश उसका सैनिक इस्तेमाल तो नहीं कर रहा। भारत का पहले ही अलग सैनिक कार्यक्रम है। वह उसे जारी रखेगा तो इस समझौते के तहत

जानकारी मांगने या प्राप्त करने का कोई मतलब ही नहीं है। इस एडीशन प्रोटोकोल के लिए अभी भारत और आई ए ई ए के प्रतिनिधियों के बीच विचार–विमर्श का दौर शुरू हुआ है। यह कब पूरा होगा, उसमें क्या व्यवस्थाएं की जाएंगी, अभी इस बारे में कुछ नहीं कहा जा सकता। भारत ने अपने निर्यात नियंत्रण व्यवस्था को अधिक कठोर बनाने का वादा किया है। उसे संयुक्त राष्ट्र सुरक्षा परिषद द्वारा पारित प्रस्ताव के तहत ऐसा करना जरूरी था। इसलिए इस समझौते में यह वादा करने का कोई मतलब नहीं कहा जा सकता। इसी प्रकार अमेरिका के साथ समझौते पर दस्तखत करने के पहले ही भारत स्वतः यह कह चुका था कि अब वह और परमाणु परीक्षण नहीं करेगा। एनरिच्ड और रिप्रोसेसिंग टेक्नॉलाजी का निर्यात नहीं करेगा। इन बातों को इस समझौते में शामिल करने का क्या अर्थ निकलता है। अब इन तथ्यों को अगर इस समझौते में शामिल किया गया है तो उसका कोई विशेष मतलब तो नहीं रहा।

अमेरिका भारत पर निर्भर नहीं रह सकता

ये आलोचक यह मानने के लिए भी तैयार नहीं थे कि इस समझौते से अमेरिका को एक ऐसा सहयोगी मिलेगा जिस पर वह निर्भर रह सकता है। आलोचकों का तर्क था कि भारत और अमेरिका के हित अलग–अलग हैं। भारत, अमेरिका की बजाय अपने हितों की सुरक्षा करेगा। इन आलोचकों ने विशेष रूप से भारत और ईरान संबंधों का उल्लेख करते हुए कहा कि अमेरिका ईरान के खिलाफ कार्रवाई का समर्थक है। भारत के ईरान के साथ सैनिक संबंध हैं। वह ईरानी नौसैनिकों को प्रशिक्षण देता है। भारत कच्चे तेल के आयात के लिए ईरान पर निर्भर है। ईरान से नेचुरल गैस लाने के लिए पाइप लाइन बिछाने की योजना पर काम कर रहा है। वह साफ कहता है कि ईरान से भारत के पुराने संबंध हैं। उन्हें प्रभावित नहीं होने दिया जाएगा। गुटनिरपेक्ष आंदोलन के जनक से यह आशा करना कि वह अमेरिकी हितों के लिए काम करेगा या उसका सहयोगी बनेगा, बहुत बड़ी आशावादिता है। जहां तक चीन का सवाल है ताईवान सहित अनेक परिस्थितियां ऐसी हैं जहां अमेरिका और चीन के बीच टकराव की स्थिति आ सकती है। ऐसी परिस्थिति में भारत से यह उम्मीद करना कि वह अपने निकटतम पड़ोसी और दुनिया की एक प्रमुख शक्ति जिसके साथ उसके बहुत बड़े स्तर पर व्यापारिक और

दूसरी तरह के संबंध हैं, की तुलना में वह अमेरिका के साथ खड़ा होगा, को कितना ठीक कहा जा सकता है।

भारत-चीन संबंध और अमेरिका

भारत और चीन अपने संबंधों को सुधारने के लिए सीमा पर शांति बनाए हुए हैं। बातचीत से सीमा विवाद को सुलझाने का प्रयास कर रहे हैं। 1962 के बाद से अब तक दोनों में टकराव का कोई बहुत बड़ा अवसर सामने नहीं आया है। उनके बीच सैनिक सहयोग के समझौते पर दस्तखत किए जा चुके हैं। दोनों देशों की सेनाएं मिलकर अभ्यास कर रही हैं। ईरान के खिलाफ ईराक में सद्दाम हुसेन और अफगानिस्तान में सोवियत संघ के खिलाफ मुजाहिद्दीन को मदद देकर अमेरिका अपने हाथ जला चुका है। अमेरिका को इन मामलों में अपनी आशावादिता की भारी कीमत चुकानी पड़ी है। भारत की मदद करके अमेरिका को बदले में चीन के मामले में भारत से मदद की आशा नहीं करनी चाहिए। आलोचकों का कहना था कि दुनिया के तीन देशों ने ही एन पी टी पर दस्तखत नहीं किए हैं। ये हैं : भारत, पाकिस्तान और इजरायल। अमेरिका के लिए इस समय सामरिक महत्त्व की दृष्टि से भारत तीसरे स्थान पर आता है। सामरिक नजरिए से देखा जाए तो पाकिस्तान अफगानिस्तान और आतंकवाद के खिलाफ अमेरिका के संघर्ष में बेहद महत्त्वपूर्ण सहयोगी है। इसके अलावा पाकिस्तान का इस्लामी देशों में महत्त्वपूर्ण स्थान है। इस दौर में अमेरिका को इस्लामी देशों की मदद की ज्यादा जरूरत है। यही स्थिति मध्य पूर्व एशिया में इजरायल की है। वह लंबे समय से अमेरिका का ऐसा सहयोगी रहा हैं जिस पर निर्भर रहा जा सकता है। सामरिक दृष्टि से भी इजरायल की ऐसी स्थिति है कि वह मध्य–पूर्व में अमेरिका के सामरिक हितों में मदद कर सकता है। इस दृष्टि से देखा जाए तो भारत तीसरे स्थान पर आता है। इसलिए यह कहना कितना महत्त्वपूर्ण माना जाना चाहिए कि सामरिक दृष्टि से अमेरिका के लिए भारत बहुत महत्त्वपूर्ण है? इसलिए इस समझौते के तहत भारत को छूट दिया जाना चाहिए। इसे किसी भी तरह से उचित नहीं ठहराया जा सकता।

इससे ईरान और पाकिस्तान का रास्ता आसान होगा

समझौते के आलोचकों का यह भी कहना था कि परमाणु साज–सामान के निर्यात में भारत को ढील दिए जाने से ईरान और पाकिस्तान को स्वतः ही

इससे ढील मिल जाएगी। ये आलोचक तो इस हद तक जाने को तैयार थे कि इस ढील से आतंकवादियों तक को यह साज–सामान खरीदने का मौका मिल जाएगा। वे व्यापक जन–संहार के हथियार बना सकेंगे। समझौते का विरोध करने वालों का तर्क था कि परमाणु सामग्री के निर्यात पर नियंत्रण इसलिए लागू हैं क्योंकि सभी सप्लायर्स देश इस बात पर सहमत हैं कि वे खतरनाक तकनीक का निर्यात नहीं करेंगे। आपसी सहमति के आधार पर यह रोक काम कर रही है। अब यदि अमेरिका अपने दोस्त भारत की मदद करने के लिए इसमें छूट देता है तो कल रूस अपने दोस्त ईरान की मदद करने के लिए ऐसा कर सकता है। चीन अपने दोस्त पाकिस्तान की मदद करने के लिए ऐसा क्यों नहीं कर सकता? इन आलोचकों ने इस मामले में भारत और ईरान को एक ही नजरिए से देखा। उनका तर्क था ईरान भी तो भारत की ही तरह विदेशी सहयोग से प्राप्त परमाणु सुविधाओं का शांतिपूर्ण कार्यों के लिए उपयोग करते हुए अब परमाणु हथियार बनाने की ओर बढ़ रहा है। अमेरिका इसे रोकने के लिए विश्व समुदाय से सहयोग की आशा कर रहा है। यह इस बात का प्रयास कर रहा है कि रूस और चीन जैसे देश संयुक्त राष्ट्र सुरक्षा परिषद में इस काम में अमेरिका की मदद करें। जब अमेरिका भारत की मदद करने के लिए अपनी नीतियों में बदलाव करने को तैयार है तो वह ईरान की मदद करने के लिए रूस और पाकिस्तान की मदद करने से चीन को रोकने के लिए कैसे राजी करेगा। अमेरिका भारत को जो तकनीक और प्रौद्योगिकी बेचना चाहता है वह वही तकनीक रूस द्वारा ईरान को और चीन द्वारा पाकिस्तान को बेचने से रोकने के लिए कैसे राजी करेगा। वास्तव में ऐसा करके अमेरिका भारत के सैनिक कार्यों के लिए परमाणु संसाधनों का उपयोग करने के कार्यों को वैधता प्रदान कर रहा है। इसके बाद वह दूसरे देशों को ईरान के खिलाफ कार्रवाई में मदद करने के लिए राजी होने की आशा कर रहा है। ऐसा कैसे होगा?

भारत अतिरिक्त बम बना सकेगा

आलोचक इस बात से सहमत नहीं थे कि इन निर्यातों से भारत को अतिरिक्त बम बनाने की सुविधा नहीं मिलेगी। उनका कहना था कि अभी भारत के पास अपने संसाधनों से उतना यूरेनियम नहीं होता जिससे वह अपने बिजलीघर भी चला सके और परमाणु बम भी बना सके। उसे चुनाव करना

होता हैं कि कितना यूरेनियम बिजली उत्पादन के लिए इस्तेमाल किया जाए और कितना बम बनाने के लिए। इस समझौते के बाद भारत को यूरेनियम आयात करने का मौका मिल जाएगा। आयातित यूरेनियम से वह अपने बिजलीघरों का संचालन करेगा। अपने यूरेनियम का इस्तेमाल उन इकाइयों को चलाने के लिए करेगा जहां बम बनाए जाते हैं। इससे भारत के परमाणु हथियारों के जखीरे में बढ़ोतरी होगी। उन पर नजर रख पाना भी संभव नहीं होगा। वे सेफगार्ड के दायरे से बाहर होंगे। यही नहीं अमेरिका ने इस समझौते में भारत के साथ अंतरिक्ष कार्यक्रम में सहयोग करने की व्यवस्था की है। भारत इस अनुभव का इस्तेमाल अपनी मिसाइल व्यवस्था को और विकसित करने में कर सकेगा। वह अधिक लंबी दूरी की क्षमता वाली मिसाइलों का विकास कर सकेगा। भारत इस दिशा में पहले ही काम कर रहा है। उसने यह क्षमता अपने सिविलियन स्पेस लांच प्रोग्राम के तहत विकसित की है। दुनिया में भारत ऐसा पहला देश है जिसने ऐसा किया है। इस समझौते के तहत पहले ही अमेरिका के व्यापार विभाग ने भारतीय अंतरिक्ष अनुसंधान संस्थान इंडियन स्पेस रिसर्च आर्गनाइजेशन 'इसरो' सहित तीन संगठनों को निर्यात नियंत्रणों के बाहर कर दिया है। ये संगठन भारत में मिसाइल क्षेत्र में की जा रही रिसर्च में सक्रिय भूमिका निभा रहे हैं।

भारत का रिकार्ड उतना भी अच्छा नहीं रहा है

परमाणु अप्रसार के ठेकेदार इस बात से सहमत नहीं हैं कि भारत का परमाणु अप्रसार क्षेत्र में रिकार्ड बहुत अच्छा रहा है और उसे एक ऐसा व्यापारिक भागीदार बनाया जाना चाहिए जिस पर निर्भर किया जा सकता है। इनका तर्क था कि भारत ने परमाणु और अंतरिक्ष अनुसंधान के कार्यक्रम में शांतिपूर्ण तरीके से काम करते हुए परमाणु बम और उन्हें ठिकाने तक पहुंचाने के लिए निसाइल क्षमता का विकास किया है। 1974 में उसने जो परमाणु विस्फोट किया था उसके लिए सामग्री शांतिपूर्ण उपयोग के लिए उसे दिए गए रिएक्टरों, ईंधन और हैवी वाटर से ही निकाली गई थी। 1980 के दशक में जब भारत ने ऐसी नीतियां अपनाई जिससे कि नियंत्रणों के बाहर रहते हुए उसे सोवियत संघ, चीन और नार्वे से हैवी वॉटर प्राप्त करने का अवसर मिला। इसका इस्तेमाल भारत में काम कर रहे रिएक्टरों में किया गया। इनसे ही बम बनाने के लिए प्लूटोनियम प्राप्त किया गया। इन आलोचकों

का दावा था कि भारत द्वारा बनाई गई सबसे बडी और परमाणु हथियारों को ले जाने में सक्षम अग्नि मिसाइल का निर्माण नासा से आयात किए गए अमरीकी स्पेस लांचर के आधार पर बनाई गई। भारत ने शांति पूर्ण अनुसंधान के लिए लांचर आयात किया था। इन आलोचकों का तो यहां तक दावा था कि भारत के मिसाइल और परमाणु क्षेत्र में काम कर रहे संगठन अभी भी नियंत्रण कानूनों को ठेंगा दिखा कर अमेरिकी तकनीक का इस्तेमाल कर रहे हैं। भारत ने इन आरोपों को हमेशा गलत बताया। भारत का कहना है कि उसने अपनी क्षमता और तकनीक से मिसाइल और परमाणु कार्यक्रमों का विकास किया। उसने कभी भी किसी अंतरराष्ट्रीय व्यवस्था का कोई उल्लंघन नहीं किया। भारत को एन एस जी से विशेष छूट दिलाने में भारत के इसी रिकार्ड ने महत्त्वपूर्ण भूमिका निभाई।

भारत के लिए परमाणु ऊर्जा उतनी महत्त्वपूर्ण नहीं

इन आलोचकों का कहना था कि भारत को इस समझौते से उसकी ऊर्जा की बढ़ती जरूरतों को पूरा करने में मदद मिलेगी, इस तर्क में कोई ज्यादा दम नहीं। पहले भी भारत की ऊर्जा की जरूरतों को पूरा करने में परमाणु ऊर्जा की भूमिका बहुत मामूली रही है। आगे भी इसके बहुत अधिक योगदान कर पाने की संभावना नहीं है। भारत में पिछले चालीस साल से परमाणु ऊर्जा का उत्पादन किया जा रहा है। इस समय भी यह देश में होने वाले कुल बिजली के उत्पादन का तीन प्रतिशत से भी कम है। भारत द्वारा अधिक परमाणु बिजली घर नहीं बनाए जाने का मुख्य कारण यही रहा है कि उससे बनने वाली बिजली उतना लाभ का सौदा नहीं रही है जितना कि अनुमान लगाया गया था। भारत परमाणु ऊर्जा से उत्पादित होने वाली बिजली की दर में पचास प्रतिशत की बढ़ोतरी कर ले, जो कि आसान नहीं है, तो भी तेल और गैस पर उसकी निर्भरता कम नहीं होगी। इस बढ़ोतरी के बाद भी यह कुल ऊर्जा की मांग और आपूर्ति का एक बहुत मामूली हिस्सा ही हो पाएगी। डील के आलोचक इस तर्क से सहमत नहीं थे कि इससे अमेरिकी कंपनियों को भारत को रिएक्टर, ईंधन और तकनीक सप्लाई करके लाभ कमाने का मौका मिलेगा। इससे अमेरिका में रोजगार के अवसर बढ़ेंगे। आलोचकों का कहना था कि भारत स्वयं ही इस तरह के रिएक्टर अपने ही देश में बनाने की योजनाओं पर काम कर रहा है। ये रिएक्टर अमेरिका से

आयात किए जाने वाले रिएक्टरों से कहीं ज्यादा सस्ते होंगे। दूसरा भारत को रिएक्टरों के आयात के और आसान विकल्प उपलब्ध हैं। इसलिए भारत उन विकल्पों का इस्तेमाल करेगा।

भारत के पास विकल्प है

रूस पहले ही भारत के परमाणु बाजार में कदम रख चुका है। वह अमेरिका की तुलना में अपेक्षाकृत सस्ती दरों और अधिक आसान शर्तों पर इस तरह का साज–सामान उपलब्ध कराने की स्थिति में है। अमेरिकी कंपनियों को अपने देश के कानूनों के अनुसार शर्तें लगानी जरूरी होंगी। भारत को इन शर्तों को मानने की कोई खास जरूरत नहीं होगी। फ्रांस और कनाडा भी इस कारोबार में उतरने को तैयार हैं। इससे इस बाजार में प्रतियोगिता बढ़ेगी। यह बाजार बायर्स मार्केट होगा जहां खरीददार को तय करना होगा कि उसे लाभ कहां है। अमेरिका इस प्रतियोगिता के दौर में भाग ले पाने की स्थिति में नहीं होगा। 1980 के दशक में चीन के बाजार में अमेरिका के साथ ऐसा हो चुका है। जिस समय अमेरिका में चीन के साथ परमाणु समझौता किया जा रहा था उस समय भी अमेरिकी कंपनियों ने ऐसे तर्क दिए थे। समझौते के बाद चीन ने अमेरिका से एक भी रिएक्टर नहीं खरीदा। यही नहीं अमेरिका के बाजार में उतरने के बाद ऐसी परिस्थितियां उत्पन्न हो गईं कि रिएक्टरों के दाम गिर गए। उसका असली फायदा चीन को हुआ। अब भारत के साथ परमाणु समझौते के लिए वैसे ही तर्क दिए जा रहे हैं। अंत में ऐसा होगा कि भारत को ही उसका लाभ मिलेगा।

समझौते के बिना भी भारत से संबंध सुधर सकते हैं

समझौते के आलोचकों का मानना है कि भारत के साथ संबंध सुधारने के लिए परमाणु ऊर्जा और अंतरिक्ष क्षेत्र में भागीदार बनाना जरूरी नहीं है। अमेरिका के पास ऐसे विकल्प हैं जिनसे इस तरह के समझौते के बिना भी दोनों देशों के संबंधों में सुधार लाया जा सकता है। ये विकल्प हैं : अमेरिका भारत में बिजली के उत्पादन को बढ़ाने के लिए दूसरे तरीकों से भी मदद कर सकता है। अंतरिक्ष के क्षेत्र में दोनों देशों के संबंधों को मजबूत करने के लिए मिसाइल तकनीक सप्लाई करने की बजाय दूसरे तरीकों का भी इस्तेमाल किया जा सकता है। मसलन अमेरिका भारत के उपग्रहों को अंतरिक्ष में छोड़ने

में मदद कर सकता है। इनसे मिलने वाले डेटा भारत को दे सकता है। सैनिक–सहयोग, व्यापार, वैज्ञानिक आदान–प्रदान के अवसर बढ़ाने के अनेक मौके हैं जिन्हें परमाणु समझौता नहीं करने के बावजूद लागू किया जा सकता है। ऐसा करके भी दोनों देशों के बीच संबंधों को मजबूत किया जा सकता है। इन आलोचकों का कहना था कि इस डील का मुख्य मकसद पैसा कमाना है। इससे भारत की स्थिति मजबूत होगी। इस बदलाव के बाद अमेरिका से भारत को सैनिक साज–सामान बेचने का रास्ता खुल जाएगा। भारत इस समय दुनिया के सबसे बड़े हथियारों के सौदागर के रूप में बाजार में है। अमेरिका इस अवसर का लाभ उठाना चाहता है। अब तक भारत के लिए हथियारों की खरीद का सबसे बड़ा साधन सोवियत संघ रहा है। अब अमेरिका रूस की जगह लेने के लिए प्रयास कर रहा है। यह समझौता वास्तव में हथियारों के सौदागरों की मदद करेगा। रूसी खेमे से भी यह आरोप लगाया गया है कि अमेरिका की इस डील के पीछे एक कारण रसियन फेडरेशन को भारत के हथियार बाजार से बाहर करना है। डील के आलोचकों का कहना है कि यह डील अमेरिका के लिए 'अच्छा समझौता' नहीं कहा जा सकता। वास्तव में यह डील भारत के लिए हर तरह से लाभ का सौदा है। इसमें अमेरिका के लिए कुछ नहीं है। यहां एक रोचक बात यह है कि भारत मे इस डील की आलोचना करने वाले इसे भारत के लिए अहितकर बता रहे हैं। यह तर्क दिया जा रहा है कि इससे भारत अमेरिका का जूनियर पार्टनर बन कर रह जाएगा। अब यदि अमेरिका और दुनिया के अन्य देशों में इस समझौते का विरोध कर रहे लोगों की राय को ठीक मान लिया जाए तो यह कहा जा सकता है कि इस समझौते के समय भारत का पक्ष रखने वालों ने इस तरह से काम किया कि वे वर्तमान स्थिति में समझौते की शर्तों को इस तरह से मनवाने में सफल हो गए जिससे भारत के हितों पर आंच न आए।

मनमोहन सिंह ने अपनी प्रतिष्ठा दांव पर लगा दी

प्रधानमंत्री मनमोहन सिंह ने वाम मोर्चे के भारी विरोध के बावजूद इस समझौते को लागू करने के लिए अपनी प्रतिष्ठा दांव पर लगा कर इसे आगे बढ़ाने का हर संभव प्रयास किया। इस मामले पर संसद और संसद के बाहर बार–बार चर्चा हुई। सरकार का समर्थन कर रहे वाम मोर्चे के विरोध के चलते इस बारे में बातचीत तेजी से आगे नहीं बढ़ सकी। सरकार ने कई बार तो इस

मामले को टाल ही दिया। अंततः मनमोहन सिंह ने स्वयं इस मामले में कमान संभालने का फैसला किया। यू पी ए की अध्यक्ष सोनिया गांधी के नेतृत्व में सरकार की भागीदार पार्टियों को इस समझौते को लागू करने के लिए तैयार किया। श्रीमती सोनिया गांधी और पार्टी के महासचिव राहुल गांधी के इस समझौते के समर्थन में आगे आने के बाद कांग्रेस पार्टी एक जुट हुई। वाम मोर्चे के समर्थन वापस लेने की स्थिति में सरकार के लिए समर्थन जुटाने की व्यवस्था की गई। जब सरकार ने इस समझौते को लागू करने की दिशा में कदम बढ़ाए तो वाम मोर्चे ने सरकार से समर्थन वापस लेने की घोषणा कर दी। एक समय तो ऐसा लगा कि सरकार संसद में अपना बहुमत साबित नहीं कर सकेगी। देश को मध्यावधि चुनाव का सामना करना पड़ेगा। लेकिन राजनीतिक घटना चक्र तेजी से घूमा। अंत में समाजवादी पार्टी के सरकार के समर्थन में आने और छोटे दलों और निर्दलीय तथा अन्य सदस्यों के सहयोग से सरकार ने सदन में अपना बहुमत साबित करने में सफलता प्राप्त की। सरकार पर वोटों की खरीद के आरोप लगाए गए। संसद में नोटों की गड्डियां दिखा कर इन आरोपों को पुष्ट करने का प्रयास किया गया। इन विवादों के बीच ही सरकार ने इस समझौते को लागू करने के लिए कार्रवाई शुरू की। आई ए ई ए के साथ आवश्यक समझौते का चरण अपेक्षाकृत आसानी से पूरा कर लिया गया। एन एस जी से सहमति प्राप्त करने में अनेक चुनौतियों का सामना करना पड़ा।

एन एस जी में भारत विरोध

चीन सहित आधा दर्जन देशों ने आखिरी दम तक एन एस जी की बैठक में इस प्रस्ताव को पारित नहीं होने देने का हर संभव प्रयास किया। जिन देशों ने एन एस जी में भारत का खुल कर विरोध किया उसमें न्यूजीलैंड, आयरलैंड, आस्ट्रिया आदि देशों के नाम शामिल हैं। एन एस जी में प्रस्तावों को आम सहमति से पारित किए जाने की व्यवस्था के चलते इसकी दो बार बैठक हुई। एन एस जी की पहली बैठक के पहले अमेरिका की ओर से प्रस्ताव का मसौदा सदस्य देशों के विचार के लिए रखा। औपचारिक बैठक में हुई चर्चा के दौरान इस प्रस्ताव पर आम सहमति नहीं हो सकी। इस प्रस्ताव पर पचास के करीब संशोधन रखे गए। दो दिनों तक एन एस जी की बैठक जारी रहने के बाद भी जब आम सहमति बनती नहीं दिखी तो इस बैठक को स्थगित करने का

फैसला किया गया। करीब एक पखवाड़े के अंतराल के बाद दुबारा एन एस जी की बैठक बुलाई गई। इस बैठक के शुरू होने के पहले अमेरिका की ओर से एक संशोधित मसौदा विचार के लिए पेश किया गया। यह मसौदा अमेरिका के राजनयिकों ने भारत के सहयोग से तैयार किया था। एन एस जी की लंबी बैठकों और इनको स्थगित किए जाने के बीच विभिन्न देशों की सरकारों के बीच विचार विमर्श जारी रहा। इसके बाद भी भारत को मंजूरी देने के बारे में सहमति नहीं बन पा रही थी। परमाणु अप्रसार के क्षेत्र में सक्रिय स्वयंसेवी और अन्य संगठन इस प्रस्ताव को मंजूरी देने का विरोध करने के लिए हर संभव प्रयास कर रहे थे। भारत एन एस जी का सदस्य नहीं था। इस कारण वह बैठकों में शामिल नहीं हुआ। भारतीय राजनयिक और भारत के नेता इन सदस्य देशों के नेताओं से बातचीत करके समाधान के प्रयास करते रहे। सदस्यों की परमाणु अप्रसार की चिंताओं को दूर करने के लिए विदेश मंत्री प्रणव मुखर्जी ने दिल्ली में एक बयान जारी किया। इस बयान में जिसमें भारत की परमाणु नीति को फिर से एक बार दोहराया गया। इस बीच अमेरिका के राष्ट्रपति जार्ज बुश और विदेश मंत्री कोंडिला राइस सहित अनेक नेताओं ने, अधिकारियों ने सदस्य देशों से बातचीत की और अंततः एन एस जी से भारत का अपनी शर्तो में छूट देने का प्रस्ताव पारित कर दिया। इस प्रस्ताव को पारित करने में श्री मुखर्जी के इस बयान ने महत्त्वपूर्ण भूमिका निभाई। रोचक बात यह है कि श्री मुखर्जी के बयान का मुख्य आधार श्री वाजपेयी द्वारा पोखरण–दो के बाद की गई घोषणाओं को ही बनाया गया। दोनों ही बयानों में खासी समानताएं देखी जा सकती हैं। इस आधार पर ही यह कहा जा सकता है कि वाजपेयी सरकार की नीतियों और सिद्धान्तों को ही मनमोहन सरकार ने आगे बढ़ाया।

प्रणव मुखर्जी का बयान

एन एस जी की बैठकों के बीच नयी दिल्ली में विदेश मंत्री प्रणव मुखर्जी ने एक बयान जारी किया। इस बयान में कहा गया, भारत के साथ पूर्ण असैनिक सहयोग की अनुमति प्रदान करने के लिए अपने दिशा निर्देशों से भारत के लिए छूट पर विचार करने के लिए परमाणु आपूर्तिकर्ता समूह की 4–5 सितम्बर 2008 को एक पूर्ण बैठक हो रही है। भारत, परमाणु हथियारों के व्यापक और पूर्ण उन्मूलन के लिए स्थायी और दृढ़ रूप से प्रतिबद्ध है। श्री राजीव गांधी ने सन 1988 में संयुक्त राष्ट्र संघ के समक्ष परमाणु हथियारों से

मुक्त विश्व का जो दृष्टिकोण रखा था वह आज भी व्यापक रूप से गुंजायमान है। हम सहयोग की भावना से एन एस जी और इसके सभी सदस्य देशों के साथ बातचीत कर रहे हैं ताकि हम पारस्परिक हित और महत्त्व के विषयों पर विचारों का स्पष्ट और सतत आदान–प्रदान कर सकें। ऐसी बातचीत से आने वाले वर्षों में हमारे संबंध और मजबूत होंगे। हमारे असैनिक परमाणु पहल से अंतरराष्ट्रीय अप्रसार व्यवस्था मजबूत होगी। वैश्विक ऊर्जा सुरक्षा और जलवायु परिवर्तन का मुकाबला करने के लिए अंतरराष्ट्रीय प्रयासों पर इसका अत्यधिक सकारात्मक प्रभाव पड़ेगा। भारत ने संयुक्त राष्ट्र महासभा के समक्ष अभी हाल में परमाणु निरस्त्रीकरण के संबंध में एक प्रक्रिया दस्तावेज प्रस्तुत किया है। इसमें परमाणु निरस्त्रीकरण से संबंधित पहलों का उल्लेख है। इनमें परमाणु हथियारों की पूर्ण समाप्ति के लक्ष्य के प्रति सभी परमाणु हथियार सम्पन्न राष्ट्रों की सुस्पष्ट प्रतिबद्धता की पुनः पुष्टि, परमाणु हथियारों के प्रयोग अथवा प्रयोग करने की धमकी पर पूर्ण प्रतिबंध के संबंध में कन्वेंशन पर समझौता वार्ता और परमाणु हथियारों के विकास, उत्पादन, भंडारण और प्रयोग को प्रतिबंधित करते हुए और उन्हें नष्ट करने के संबंध में परमाणु हथियार कन्वेंशन पर वार्ता ताकि एक निश्चित समय सीमा में व्यापक रूप से भेदभाव के बगैर और प्रामाणिक रूप में परमाणु हथियारों को नष्ट किया जा सके।

हम परमाणु हथियारों की दौड़ में शामिल नहीं होंगे

श्री मुखर्जी ने कहा कि हम परमाणु परीक्षण पर स्वैच्छिक और एकतरफा रोक के प्रति वचनबद्ध हैं। हम हथियारों की किसी होड़ का समर्थन नहीं करते हैं। इसमें परमाणु हथियारों की दौड़ भी शामिल है। हमने वैश्विक जिम्मेदारी की भावना से अपनी सामरिक स्वायत्तता पर सदैव संयम रखा हैं। हम परमाणु हथियारों का पहले प्रयोग नहीं करने की अपनी नीति पर दृढ़ हैं। हम निरस्त्रीकरण सम्मेलन में बहुपक्षीय विखंडन सामग्री कटौती संधि एफ एम सी टी करने के लिए दूसरों के साथ काम करने के लिए प्रतिबद्ध हैं जो व्यापक और भेदभाव से रहित और प्रामाणिक हो। भारत का अप्रसार का रिकार्ड बेदाग रहा हैं। हमने राष्ट्रीय निर्यात नियंत्रण की एक कारगर व्यवस्था की है। उच्चतम अंतरराष्ट्रीय मानकों को पूरा करने के लिए इसे निरंतर अद्यतन बनाया जाता है। व्यापक विनाश के हथियारों और उनके प्रक्षेपण की व्यवस्था अधिनियम 2005 में इसका स्पष्ट उल्लेख है। भारत ने व्यापक निर्यात नियंत्रण कानून के माध्यम

से और समरूपण के माध्यम से परमाणु सामग्री और प्रौद्योगिकी प्राप्त करने के आवश्यक उपाय किए हैं। हम प्रक्षेपास्त्र प्रौद्योगिकी नियंत्रण व्यवस्था और एन एस जी के दिशा निर्देशों का पालन करने के लिए वचनबद्ध हैं।

हम परमाणु ईंधन बैंक बनाने में मदद करना चाहते हैं

श्री मुखर्जी ने कहा कि भारत संवेदनशील प्रौद्योगिकी के प्रसार का स्रोत नहीं बनेगा। इसमें संवर्धन और पुनः संसाधन हस्तांतरण भी शामिल है। हम अप्रसार व्यवस्था को मजबूत करना चाहते हैं। हम ऐसे राष्ट्रों को ई एन आर उपकरण अथवा प्रौद्योगिकी को प्रतिबंधित करने के लिए अंतरराष्ट्रीय प्रयासों का समर्थन करते हैं, जिनके पास ये उपकरण अथवा प्रौद्योगिकी नहीं है। हम परमाणु अप्रसार के अपने साझा उद्देश्य को आगे बढ़ाने के लिए अंतरराष्ट्रीय समुदाय के साथ काम करेंगे। इस संबंध में भारत एक आपूर्तिकर्ता देश, विशेषतः थोरियम आधारित ईंधन के आपूर्तिकर्ता देश के रूप में भाग लेने और अंतरराष्ट्रीय ईंधन बैंक की स्थापना में सहयोग का इच्छुक है। इससे भारत को भी लाभ मिलेगा। भारत आई ए ई ए की परमाणु रक्षोपाय व्यवस्था द्वारा निभाई गई भूमिका को काफी महत्त्व देता है। हम आई ए ई ए के साथ सम्पन्न भारत विशिष्ट रक्षोपाय समझौते को लागू करने में आई ए ई ए के साथ काम करना चाहते हैं। भारत की असैनिक परमाणु सुविधाओं के संबंध में एक अतिरिक्त प्रोटोकोल पर हस्ताक्षर करने और उनका पालन करने की अपनी वचनबद्धता को कायम रखते हुए हम आई ए ई ए के साथ मिल कर काम कर रहे हैं ताकि रक्षोपाय समझौते के लिए अतिरिक्त प्रोटोकाल शीघ्रातिशीघ्र लागू किया जा सके। श्री मुखर्जी के इस बयान ने एन एस जी से मंजूरी दिलाने में महत्त्वपूर्ण भूमिका निभाई। रोचक बात यह हैं कि इस बयान में श्री मुखर्जी ने ऐसा कुछ नहीं कहा जिसे नया कहा जा सकता हो। इस बयान में जिन फैसलों का उल्लेख किया गया उसमें से अनेक तो वाजपेयी सरकार के समय किये गए थे। इससे इस बात की पुष्टि भी हुई कि सरकारें बदलीं लेकिन भारत की परमाणु यात्रा पहले की ही तरह अपने पूर्व निर्धारित रास्ते पर ही चलती रही।

आखिर दे ही दी एन एस जी ने अपनी मंजूरी

एन एस जी बनाया ही गया था भारत पर नियंत्रण रखने के लिए लेकिन तीस साल में परिस्थितियां इतनी बदल चुकी थीं कि उसी एन एस जी को भारत

को उन शर्तों से छूट देने के लिए मजबूर होना पड़ा जिन्हें भारत की परमाणु यात्रा के रास्ते में बाधाएं खड़ी करने के लिए बनाया और लागू किया गया था। एन एस जी के आधा दर्जन सदस्य तो भारत को शर्तों से छूट देने के लिए किसी भी तरह से राजी नहीं थे। लंबे समय तक ना–नुकर करने के बाद वे इसके लिए राजी होने पर मजबूर हो गए। अमेरिका, रूस, फ्रांस, जर्मनी और अन्य प्रमुख देशों के प्रभावकारी राजनयिक प्रयासों के बाद एन एस जी से सहमति मिल गई। भारत को परमाणु क्षेत्र में कारोबार की इजाजत देने के लिए छूट देने का प्रस्ताव एन एस जी में पारित कराने में राष्ट्रपति बुश और उनके सहयोगियों ने निजी तौर पर बेहद सक्रिय भूमिका निभाई। एन एस जी द्वारा भारत को परमाणु कारोबार को मंजूरी दिए जाने वाले दस्तावेज में कहा गया है कि परमाणु साज–सामान का निर्यात करने वाले देश भारत की ऊर्जा की आवश्यकताओं को समझते हैं लेकिन वे परमाणु प्रसार पर रोक लगाने के लिए वचनबद्ध हैं। वे भारत द्वारा इस बारे में अपनी ओर से उठाए कदमों को स्वीकार करते हैं। वे भारत द्वारा इस संबंध में किए गए वादों के परिप्रेक्ष्य में इस प्रस्ताव को अपनी मंजूरी देते हैं। मूल प्रस्ताव के लिए देखें दस्तावेज खंड। भारत अमेरिकी परमाणु समझौते के विरोधियों ने एन एस जी के इस फैसले की तीखी आलोचना की। उन्होंने कहा कि यह एक ऐसा फैसला है जिसका दुनिया के इतिहास में कोई और उदाहरण नहीं मिल सकता। इससे एन एस जी का महत्त्व कम हुआ है। परमाणु अप्रसार संधि को धक्का लगा हैं। एन एस जी ने अपनी मर्जी से इस प्रस्ताव को मंजूरी नहीं दी है। उन पर यह फैसला करने के लिए दबाव डाला गया। आलोचकों ने कहा कि एन एस जी से भारत को मिली छूट से उसे परमाणु अप्रसार की मुख्य धारा में लाने में कोई मदद नहीं मिली है। 179 दूसरे देशों की तरह भारत ने सी टी बी टी पर दस्तखत नहीं किए हैं। वह परमाणु हथियारों के लिए फिसाइल मटीरियल और परमाणु हथियार बनाना जारी रखेगा। भारत ने इस पर रोक लगाने के लिए कोई समझौता नहीं किया है। न ही ऐसा कानूनी रूप से बाध्य कोई वादा किया है जिससे वह परमाणु अप्रसार के लिए काम करने के लिए वचनबद्ध हो। भारत के लिए ऐसी कोई कानून बाध्यता नहीं है कि वह अपनी ओर से किए गए वादों को पूरा करे। भारत पहले भी ऐसा कर चुका है और आगे भी नहीं करेगा, इसकी कोई गारंटी नहीं है। भारत और अमेरिका ने एन एस जी के इस फैसले का स्वागत किया।

अमेरिकी संसद की मंजूरी

इसके बाद यह मामला अमेरिकी संसद की मंजूरी के लिए वाशिंगटन पहुंचा। अमेरिका के लिए यह वह समय था जहां कि राष्ट्रपति के चुनाव की प्रक्रिया शुरू हो चुकी थी। अमेरिकी कांग्रेस का चुनावों के पहले यह अंतिम सत्र था। इस सत्र में इस विधेयक को मंजूरी मिल जाने पर ही राष्ट्रपति बुश इस समझौते को मंजूरी देने वाले दस्तावेज पर हस्ताक्षर कर पाने की स्थिति में होते। इस बीच अमेरिकी अर्थव्यवस्था ने गंभीर संकट का रूप धारण कर लिया। इससे अमेरिका ही नहीं पूरे विश्व की अर्थव्यवस्था के सामने गंभीर चुनौतियाँ उठ खड़ी हुईं। अब अमेरिका के लिए प्राथमिकता थी अपनी अर्थव्यवस्था को चरमरा जाने से बचाना। इसलिए इस समझौते पर अमरीकी संसद में मंजूरी मिलने में देरी हुई। समझौते का विरोध करने वालों ने इस अवसर का लाभ उठाने का हर संभव प्रयास किया। विधायी प्रक्रिया का इस्तेमाल करके इसे टलवाने का प्रयास किया। अमेरिकी संसद की प्रक्रिया के तहत किसी मामले पर विचार के लिए उसे संसद में पेश किए जाने के तीस दिन बाद ही उस पर विचार किया जा सकता है। अमेरिकी संसद के इस अधिवेशन के दौरान तीस दिन तक सत्र चलना ही नहीं था। इसलिए इन सामान्य परिस्थितियों में इस विधेयक पर चर्चा हो पाना संभव नहीं था। इसलिए अमेरिकी अधिकारियों ने संसदीय प्रक्रिया के जानकारों और दोनों सदनों के पीठासीन अधिकारियों और उनके सहयोगियों के साथ विचार–विमर्श करके उन नियमों–उपनियमों की तलाश की जिसके तहत इस विधेयक पर विचार किया जा पाना संभव हो सकता। इस बीच अमेरिकी अर्थव्यवस्था की स्थिति खराब और खराब होती गई।

अमेरिकी अर्थव्यवस्था में अभूतपूर्व गिरावट

अर्थव्यवस्था में सुधार के लिए सरकार को विशेष कदम उठाने थे और उसके लिए संसद की मंजूरी जरूरी थी। इस कारण दोनों सदनों की बैठक की तिथियां बढ़ाई गईं। अर्थव्यवस्था में सुधार के लिए किए जाने वाले प्रयासों को लेकर राजनीतिक दलों के बीच भारी मतभेद थे, इसलिए उस पर चर्चा ने संसद का ज्यादा समय लिया। इसलिए भारत–अमेरिकी समझौते पर विचार को स्थगित करना पड़ा। इस बीच समझौते का विरोध करने वाला वर्ग भी सक्रिय रहा। उसने प्रक्रिया के तहत इस प्रकार के कार्य किए जिससे कि

समझौते को मंजूरी देने वाले अधिनियम को विचार के लिए लिया ही न जा सके। इन परिस्थितियों के बीच जार्ज बुश के नेतृत्व में उनके सहयोगियों ने इस प्रस्ताव को पारित करवाने के लिए अपने प्रयास लगातार जारी रखे। अंततः अमरीकी संसद के दोनों सदनों ने इस समझौते को अपनी मंजूरी दी। हाउस आफ रिप्रेजेंटेटिव में चर्चा के बाद हुए मतदान में 298 सदस्यों ने इसके पक्ष में मतदान किया जब कि 117 सदस्यों ने इस प्रस्ताव के विपक्ष में वोट दिया। सीनेट की विदेश मामलों की उपसमिति ने पहले इस विधेयक पर विचार किया। सीनेट में सुनवाई के समय कार्यपालिका की ओर से सदस्यों को इस विधेयक के विभिन्न पहलुओं के बारे में विस्तृत जानकारी दी। सदस्यों ने उनसे सवाल–जवाब किए। इस सुनवाई के बाद समिति ने सीनेट को अपनी रिपोर्ट पेश की। फिर सीनेट में इस मामले पर चर्चा हुई। चर्चा के बाद सीनेट ने इस बारे में सदन के सामने रखे गए विधेयक पर मतदान के समय 86 सदस्यों ने इसके पक्ष में वोट दिया जब कि 13 सदस्यों ने इसका विरोध किया।

कोंडीला राईस खाली हाथ लौटीं

इस मंजूरी मिलने के तुरंत बाद अमरीकी विदेश मंत्री कोंडीला राइस भारत आईं। सुश्री राईस की विदेश मंत्री के रूप में संभवतः भारत की यह अंतिम यात्रा थी। भारत–अमेरिकी संबंधों के इतिहास में बदलाव लाने में सुश्री राईस की सोच और सतत प्रयास की बेहद महत्त्वपूर्ण भूमिका रही है। वे विदेश मंत्री के रूप में भारत की अपनी इस यात्रा में इस समझौते पर हस्ताक्षर करना चाहती थीं जिससे कि वे इस प्रक्रिया को अपने कार्यकाल के दौरान पूरा होते देख सकें। अमेरिकी विदेश मंत्री की ओर से कहा गया था कि संसदीय मंजूरी के बाद इस समझौते पर हस्ताक्षर किए जा सकते हैं लेकिन भारत इसके लिए तैयार नहीं था। वह जार्ज बुश द्वारा इस विधेयक को कानून बनाने की मंजूरी दिए जाने का इंतजार करना चाहता था जिससे कि कांग्रेस द्वारा पारित किए गए विधेयक के प्रावधानों को लेकर उसकी आपत्तियों का पहले निराकरण हो जाए। इस कारण सुश्री राईस की नयी दिल्ली यात्रा के दौरान समझौते पर दस्तखत नहीं किए जा सके क्योंकि तब तक अमेरिकी राष्ट्रपति की मंजूरी लिए जाने की औपचारिकता पूरी नहीं हो सकी थी। सुश्री राईस की इस यात्रा का वाम दलों ने विरोध किया। इसे एक काला दिवस बता

कर दिल्ली की सड़कों पर प्रदर्शन किया। सीनेट में हुई चर्चा और पारित किए गए विधेयक के कुछ प्रावधानों पर भारत को आपत्ति थी। अमेरिकी प्रतिनिधियों ने भारत को आश्वस्त किया कि इन शंकाओं के बारे में जार्ज बुश अपने अधिकारों का इस्तेमाल करके स्थिति को स्पष्ट करेंगे। भारत ने इस विधेयक को कानून का दर्जा दिए जाने के लिए जार्ज बुश के हस्ताक्षर होने तक इंतजार करने का फैसला किया। इसलिए कोंडीला राईस को भारतीय नेताओं से बातचीत के पूर्व निर्धारित कार्यक्रम को पूरा करने के बाद बिना समझौते पर हस्ताक्षर किए ही स्वदेश लौटना पड़ा। 8 अक्तूबर को हवाइट हाउस में आयोजित एक विशेष समारोह में जार्ज बुश ने इस समझौते को कार्यरूप देने के लिए कांग्रेस द्वारा पारित किए गए कानून को अपनी मंजूरी दी। इस अवसर पर जारी एक बयान में जार्ज बुश ने कहा कि इस कानून को मंजूरी मिल जाने से भारत और अमेरिका के बीच 123 समझौते को मंजूरी मिल गई है। अमेरिकी कांग्रेस द्वारा इस विधेयक को मंजूरी दिया जाना भारत और अमेरिका के बीच संबंधों को मजबूत किए जाने की दिशा में एक महत्त्वपूर्ण मील का पत्थर है। इससे दोनों देशों के बीच सामरिक संबंधों को और मजबूत करने में महत्त्वपूर्ण योगदान करेगा। इससे दोनों देशों को लाभान्वित करने वाले समझौते को लागू किया जा सकेगा।

जार्ज बुश ने भारत की आशंकाओं को दूर किया

अमेरिकी कांग्रेस द्वारा पारित विधेयक के बारे में भारतीय पक्ष द्वारा उठाई गई शंकाओं को दूर करते हुए अमेरिकी राष्ट्रपति ने कहा कि अमेरिकी कांग्रेस के समक्ष सरकार की ओर से पेश किए गए 123 समझौता दस्तावेज में निर्धारित शर्तों में कोई बदलाव नहीं किया गया है। यह समझौता अमेरिकी कानूनों में की गई व्यवस्थाओं के अनुरूप है। जार्ज बुश ने कहा कि यह कानून इसलिए भी महत्त्वपूर्ण है क्योंकि यह मुझे इस बात का अधिकार देता है कि 123 समझौते के अंतर्गत अमेरिका ने जो वादे किए हैं उन्हें पूरा किया जा सके। यह समझौता भारत को परमाणु ईंधन की रिप्रोसेसिंग करने का अग्रिम अधिकार देता है लेकिन ऐसा आई ए ई ए के सेफगार्डस के तहत निर्धारित प्रक्रियाओं के तहत किया जाएगा। इसके अलावा यह कानून भारत के साथ 123 समझौते के अंतर्गत किए गए ईंधन आपूर्ति के वादे में किसी प्रकार का बदलाव नहीं करता। अमेरिकी कांग्रेस द्वारा इस विधेयक को मंजूरी दिए जाने से यह साफ

हो गया है कि वहां की कार्यपालिका और विधायिका के बीच इस मामले में विचारों में समानता है कि यह समझौता दोनों देशों के हित में है।

वाम दलों और भारतीय जनता पार्टी ने श्री बुश के हस्ताक्षर और उस अवसर पर जारी बयान की आलोचना की। भारतीय जनता पार्टी ने कहा कि श्री बुश का बयान सरकार की साख बचाए रखने के लिए दिया गया है। इस बयान के पीछे कोई कानूनी आधार नहीं है। इसकी कोई कानूनी बाध्यता नहीं है। इतिहास साबित करेगा कि यह आम आदमी की कीमत पर किया गया है और यह देश की पराजय है। भारत के परमाणु परीक्षण के बारे में श्री बुश ने अपने बयान में कुछ नहीं कहा है। इस समझौते से देश की सम्प्रभुता और परमाणु ऊर्जा के बारे में स्वतंत्रता प्रभावित हुई है। भाजपा ने कहा कि यह समझौता दो ऐसे नेताओं द्वारा ऐसे समय पर किया गया है जब कि दोनों ही सत्ता से बाहर के रास्ते पर थे। यह समझौता भारत को बहुत महंगा पड़ेगा। सी पी एम ने इस समझौते को भारत के लिए फिर एक बार 'बैड–डील' कहा और आरोप लगाया कि इस समझौते पर भारत ने दबाव में आकर हस्ताक्षर किए हैं। यह समझौता अमेरिका के रक्षा और उद्योग जगत के लिए लाभ का सौदा है।

मंत्रिमंडल की मंजूरी

जार्ज बुश की मंजूरी की जानकारी मिलने के बाद प्रधानमंत्री की अध्यक्षता में कैबिनेट के राजनीतिक मामलों की समिति की बैठक में श्री बुश द्वारा इस बारे में मंजूर किए गए कानून और इस पर दस्तखत किए जाने के अवसर पर जारी बयान पर विचार किया। प्रधानमंत्री ने समिति को बताया कि अमेरिका ने बिना किसी बाधा के ईंधन की आपूर्ति किए जाने और तकनीक के स्थानान्तरण के बारे में किए गए वादों को पूरा किया है। इस समझौते से भारत के सैनिक और सामरिक कार्यक्रम पर कोई प्रभाव नहीं पडेगा। इसके बाद विदेश मंत्री श्री प्रणव मुखर्जी वाशिंगटन गए। दोनों देशों के बीच 10 अक्तूबर को समझौते पर दस्तखत करने की औपचारिकता पूरी की गई। इसके साथ ही भारत–अमरीकी समझौते के क्रियान्वयन की प्रक्रिया शुरू हुई। इस समझौते के होने और उसे लागू किए जाने की प्रक्रिया के बीच करीब तीन साल का समय लगा। दो लोकतांत्रिक देशों के बीच हुआ अपने किस्म का यह अनोखा और दूरगामी समझौता भारत की भावी परमाणु यात्रा में महत्त्वपूर्ण भूमिका निभाएगा और

उसका आधार होगा। इस समझौते के प्रावधानों को लेकर दोनों देशों के नजरिए में एक अंतर अभी बरकरार है। भारत का कहना हैं कि वह 123 समझौते के तहत स्वीकार की गई शर्तों को ही मानने के लिए बाध्य है जब कि अमेरिका का कहना है कि वह हाईड एक्ट और अन्य अमेरिकी कानूनों के तहत यह काम करेगा। इसका आने वाले समय पर क्या असर पड़ेगा यह तो वक्त ही बताएगा। प्रधानमंत्री पहले ही साफ कर चुके हैं कि भारत परमाणु परीक्षण करने के लिए स्वतंत्र है। दूसरे देश उस पर अपनी प्रतिक्रिया देने के लिए स्वतंत्र हैं। भारत को भविष्य में परमाणु परीक्षण करने की आवश्यकता पड़ती है कि नहीं और यदि पड़ती है तो अपने सम्प्रभु अधिकार का इस्तेमाल करने को स्वतंत्र होगा और यह फैसला करते समय वह इस बात को भी ध्यान में रखेगा कि उसे उसकी कीमत चुकानी पड़ेगी। भविष्य में क्या होगा यह तो भविष्य ही बताएगा।

समझौता भारतीय संसद में

दुनिया–भर में इस समझौते और उसको मंजूरी दिए जाने की चर्चा के बाद अब भारत में इस मामले में हुई गतिविधियों पर एक नजर डालते हैं। भारत की संवैधानिक और कानूनी व्यवस्था में कार्यपालिका को दूसरे देशों के साथ संधि समझौते करने का अधिकार है। इसका मतलब यह है कि प्रधानमंत्री को मंत्रिमंडल की बैठक में मंजूरी लेने के बाद किसी भी देश के साथ कोई समझौता करने का अधिकार है। दूसरे देशों के साथ संधि या समझौता करने के मामले में संसद की मंजूरी लेने की कोई व्यवस्था नहीं है। अमेरिकी संविधान और कानून में राष्ट्रपति को किसी देश के साथ समझौता करने के पहले वहां की संसद से मंजूरी लेनी होती है। अमेरिकी राष्ट्रपति संसद से मंजूरी मिलने के बाद ही किसी अंतरराष्ट्रीय संधि या समझौते पर हस्ताक्षर कर सकते हैं। परमाणु ऊर्जा के शांतिपूर्ण इस्तेमाल को लेकर किए जा रहे समझौते के दूरगामी प्रभावों को देखते हुए सरकार ने इस मामले पर संसद को विश्वास में लेकर ही इस राह पर चलना उचित समझा। इसलिए यह मामला संसद के कार्यक्षेत्र में आया। इस समझौते को लेकर संसद में बार–बार चर्चा हुई। प्रश्न पूछे गए। विपक्षी राजनीतिक दलों ने उपलब्ध अन्य विधायी और संसदीय प्रक्रियाओं का इस्तेमाल करके इस बारे में सरकार को कठघरे में खड़ा करने का प्रयास किया गया। इस मामले में विपक्ष ने तो सरकार को घेरने की

बार–बार कोशिश की। सरकार का बाहर से समर्थन कर रहे और साझा सरकार के घटक दलों ने भी कई बार प्रधानमंत्री और अपनी ही सरकार पर हमला बोला। देश को इस रास्ते पर चलने से रोकने का प्रयास किया। यह सिलसिला करीब ढाई साल तक चलता रहा। इस दौरान कई बार ऐसे अवसर भी आए जब कि लगा कि प्रधानमंत्री को इस समझौते को अंजाम तक पहुंचा पाना संभव नहीं हो पाएगा। ऐसा हुआ नहीं। अंततः समझौते को उसके लक्ष्य तक पहुंचाया जा सका। प्रधानमंत्री मनमोहन सिंह और उनके मंत्रिमंडल के सदस्यों ने इस बारे में सदन में उठाए गए सवालों के जवाब दिए। चर्चाओं में भाग लेकर सरकार का पक्ष रखा। प्रधानमंत्री डा. सिंह ने इस बारे में सदन और सदन के बाहर उठाए गए सवालों पर सदन में कई बार अपनी ओर से भी बयान दिए। प्रधानमंत्री के इन भाषणों में इस समझौते और उसके विभिन्न पहलुओं पर कई बार सरकार की स्थिति स्पष्ट की। ये भाषण भारत और अमेरिकी संबंधों के साथ, यह परमाणु समझौता होने से देश और देशवासियों को होने वाले लाभों और संभावनाओं के बारे में विस्तृत जानकारी देते हैं। यह भी बताते हैं कि कैसे इसमें हर तरह के भारतीय हितों को सुरक्षित रखने की व्यवस्था की गई है। आइए! इन भाषणों पर एक नजर डालें। इनके माध्यम से भारत की परमाणु ऊर्जा की दुनिया और उससे जुड़े विभिन्न मसलों के वर्तमान, भूत और भविष्य को समझने का प्रयास करें। ये बयान देश की परमाणु यात्रा के कल, आज और कल के बारे में बहुत महत्त्वपूर्ण जानकारियां उपलब्ध कराते हैं।

ऐसे बदली बात

भारत द्वारा 1998 में दुबारा परमाणु विस्फोट किए जाने के कारण खफा अमेरिका के साथ इतना महत्त्वपूर्ण समझौता करने का रास्ता कैसे खुला? दोनों देशों के बीच संबंधों की कैसे बदली बात ? इसकी विस्तृत जानकारी प्रधानमंत्री डा. मनमोहन सिंह के अमेरिका दौरे के बारे में 29 जुलाई 2005 को संसद में दिये एक बयान से मिलती है। इस बयान में डा. सिंह ने कहा, मुझे अमेरिका के अपने हाल के दौरे के संबंध में इस सदन के समक्ष एक वक्तव्य प्रस्तुत करते हुए खुशी हो रही है। राष्ट्रपति जार्ज बुश ने मुझे सरकारी दौरे पर आमंत्रित किया था। श्री बुश के साथ हुई मेरी व्यापक बातचीत में अनेक द्विपक्षीय और वैश्विक मुद्दों को शामिल किया गया। मैं समझता हूं कि मेरा

यह दौरा हमारी विदेश नीति से जुड़े हितों को आगे बढ़ाने में और इसके सार्थक नतीजों को देखते हुए सफल रहा है। यह इस बात से स्पष्ट है कि अमेरिका यह संकेत देना चाहता था कि हमने संबंधों में बदलाव लाने शुरू कर दिए हैं ताकि उनमें निहित संभाव्यता को ठोस रूप दिया जा सके। मेरे इस दौरे का प्रयोजन अमेरिकी सरकार को भारत में सन 1991 से शुरू हुए बदलावों की जानकारी देना था। इन परिवर्तनों से हमें अमेरिका के साथ और अधिक समानता के आधार पर कार्य करने की एक अधिक मजबूत क्षमता हासिल हुई है क्योंकि हमारे दोनों देशों के समक्ष समान चिंताएं और चुनौतियां हैं। मैंने इस बात पर भी बल दिया है कि भारत की अर्थव्यवस्था पहले से कहीं अधिक मजबूत है। हम आशा करते हैं कि हम वैश्वीकरण की आर्थिक प्रक्रियाओं में हिस्सा लेंगे। उनके लाभ उठाएंगे। हम इस बात के लिए कृतसंकल्प हैं, हम निवेश, जिसमें विदेशी निवेश भी शामिल है, के लिए एक आकर्षक केन्द्र के रूप में उभरें, जिससे अमेरिका का व्यवसायी समुदाय अधिक से अधिक निवेश तथा व्यापार के जरिए भारत के विकास में अपना योगदान दे सके। हमने ऐसे परस्पर लाभकारी संबंधों की शुरुआत कर ली है जिनका स्वरूप हमारे ज्ञान क्षेत्र, नॉलेज सेक्टर की मजबूती पर तय किया गया है। इस यात्रा का दूसरा महत्त्वपूर्ण लक्ष्य अमेरिका को यह स्पष्ट कराना था कि भारत के ज्ञान आधारित उद्योगों और सेवाओं के एक केन्द्र के रूप में उभरने से दोनों देशों की अर्थव्यवस्थाओं के बीच दीर्घकालिक सहयोग का एक बेहतर आधार तैयार होगा। भारतीय अर्थव्यवस्था का विस्तार और हमारी विकास दरों में वृद्धि न केवल हमारे अपने लोगों के लिए ही महत्त्वपूर्ण है, बल्कि विश्व अर्थ व्यवस्था की प्रगति और स्थिरता के लिए भी लाभदायक होगी।

विकास के लिए ऊर्जा-सुरक्षा जरूरी

प्रधानमंत्री ने कहा कि विकास के लिए हमारे दृष्टिकोण के एक आवश्यक घटक के रूप में भारत की ऊर्जा–सुरक्षा की जरूरत मेरी बातचीत का एक महत्त्वपूर्ण विषय था। मैंने इस बात की भी जानकारी दी कि भारत की आर्थिक विकास दर को बनाए रखने और उसमें तेजी लाने के लिए यह अत्यंत जरूरी है कि परमाणु ऊर्जा सहित ऊर्जा के सभी स्रोतों तक भारत की बेरोक–टोक पहुंच हो। मुझे यह बताते हुए बहुत खुशी हो रही है कि अमेरिका ने सभी स्रोतों से ऊर्जा की पर्याप्त और सस्ती आपूर्ति सुनिश्चित करने के बारे में हमारे पक्ष

को समझा। मैंने उल्लेख किया कि इस दृष्टिकोण से जीवाश्म ईंधन यानी हाईड्रोकार्बन पर हमारी निर्भरता कम करने में मदद मिलेगी। इसके दोहरे लाभ होंगे। तेल की कीमतों में कमी आएगी। पर्यावरण को अक्षुण्ण बनाए रखा जा सकेगा। इस संदर्भ में हमने असैन्य परमाणु ऊर्जा क्षेत्र में सहयोग के महत्त्व पर जोर दिया। राष्ट्रपति श्री बुश के साथ मेरी बातचीत का केन्द्र बिंदु भारत और अमेरिका के बीच द्विपक्षीय असैन्य परमाणु सहयोग को फिर से शुरू करना था। इसमें दशकों से प्रगति नहीं हुई थी।

डॉ. सिंह ने कहा कि राष्ट्रपति बुश और मैं इस बात पर सहमत हुए कि हम परमाणु ऊर्जा को भारत के लिए ऊर्जा सुरक्षा प्राप्त करने के एक साधन के रूप में संवर्धित करने की दिशा में काम करेंगे। अमेरिकी पक्ष ने अपने कानूनों और नीतियों में घरेलू स्तर पर सामंजस्य स्थापित करने और इस मामले से जुड़े अन्य अन्तरराष्ट्रीय व्यवस्थाओं में बदलाव करने हेतु अपने दोस्तों और साझेदारों के साथ मिल कर काम करने का वायदा किया। सम्पूर्ण असैन्य परमाणु ऊर्जा सहयोग में तारापुर संयंत्र के लिए ईंधन की आपूर्ति पर शीघ्रता से विचार करना शामिल होगा लेकिन यह उस तक ही सीमित नहीं रहेगा। अमेरिका अपने अन्य भागीदारों को भी इस प्रकार के अनुरोधों पर अनुकूल ढंग से विचार करने के लिए प्रोत्साहित करेगा। हमने अंतरराष्ट्रीय ताप परमाणु अनुसंधान परियोजनाओं और जेनरेशन इंटरनेशनल फोरम में पूर्ण सहयोगी के रूप में भाग लेने की अपनी इच्छा पर विचार करवाने में भी सफलता पाई। विज्ञान और प्रौद्योगिकी के अग्रणी क्षेत्रों में इन कार्यक्रमों का भविष्य में हमारे देश के लिए और विश्व ऊर्जा–सुरक्षा के लिए अत्यधिक महत्त्व है। अमेरिका ने भारत को शामिल करने के विचार से अन्य सहभागियों से विचार–विमर्श करने पर भी सहमति जतायी। यह हमारे परमाणु वैज्ञानिकों द्वारा प्राप्त की गई अत्यधिक अंतरराष्ट्रीय महत्ता और मान–सम्मान का सबूत है। उनकी उपलब्धियों की पहचान का प्रमाण भी है।

हमारा परमाणु कार्यक्रम बेजोड़ है

प्रधानमंत्री ने कहा कि हमारा परमाणु कार्यक्रम बेजोड़ हैं। इसमें सभी प्रकार के कार्यकलाप शामिल हैं। जो विद्युत उत्पादन, उच्च अनुसंधान तथा विकास और हमारे स्ट्रेटजिक कार्यक्रम सहित उन्नत परमाणु ऊर्जा की विशेषता दर्शाते हैं। हमारे वैज्ञानिकों ने सम्पूर्ण परमाणु ईंधन चक्र पर विशेषज्ञता

प्राप्त कर ली है। हमने अपने कार्यक्रम के विकास का जो तरीका सोचा है। उसने हमारे सीमित यूरेनियम ईंधन चक्र पर विशेषज्ञता प्राप्त कर ली हैं। हमने अपने कार्यक्रम के विकास का जो तरीका सोचा है वह हमारे सीमित यूरेनियम संसाधनों और थोरियम के विशाल भंडार पर आधारित है। इन संसाधनों में उपलब्ध ऊर्जा क्षमता असीम है। इसके बाद भी हम त्रिस्तरीय परमाणु ऊर्जा कार्यक्रम जिसमें पहले स्तर पर प्रेसराइज्ड हैवी वाटर रिएक्टर्स, पी एच डब्ल्यू आर, दूसरे स्तर पर फास्ट ब्रीडर रिएक्टर्स एफ बी आर और तीसरे स्तर पर थोरियम रिएक्टर्स होते हैं; के प्रति वचनबद्ध रहते है। इसके लिए एक समन्वित और क्रमिक ढंग से कार्यान्वयन की आवश्यकता पड़ेगी। हमारे वैज्ञानिकों ने उत्कृष्ट कार्य किया है। हम पंडित जवाहरलाल नेहरू और डाक्टर होमी भाभा की भावी सोच के अनुसार इस कार्यक्रम में अच्छी प्रगति कर रहे हैं। हम इस मूल्यवान विरासत को आगे बढ़ाते रहेंगे।

क्यों चाहिए यह करार

भारत–अमेरिकी समझौते की चर्चा शुरू होते ही इस पर तरह–तरह के सवाल उठाए जाने लगे थे। यह कहा जा रहा था कि यह करार भारत के हित में नहीं है। यह तर्क दिया जा रहा था कि भारत को इस तरह के करार की जरूरत ही नहीं है। वह इस करार के बिना अपनी जरूरत की ऊर्जा पैदा कर पाने की स्थिति में है। प्रधानमंत्री ने इस करार की जरूरत बताते हुए कहा, ऊर्जा हमारे आर्थिक विकास की बढ़ावा देने के लिए एक महत्त्वपूर्ण निवेश है। हमने अपने दीर्घकालीन ऊर्जा स्रोतों का आकलन किया है। यह स्पष्ट है कि परमाणु विद्युत को हमारी बिजली उत्पादन योजनाओं में एक अहम भूमिका अदा करनी हैं। घरेलू संसाधनों पर आधारित हमारे देशी परमाणु ऊर्जा उत्पादन को तेजी से आगे बढ़ाने की आवश्यकता है। हम न्यूनतम संभव लागत पर प्राप्त किए गए आर्थिक विकास के स्तरों पर तेजी से आगे बढ़ने के लिए ऊर्जा सुरक्षा प्राप्त करना चाहते हैं। इस उद्देश्य से यह बहुत उपयोगी होगा यदि हम अंतरराष्ट्रीय बाजार से परमाणु ईंधन के साथ–साथ परमाणु रिएक्टर्स भी प्राप्त कर सकें। इस समय हमारे चारों ओर परमाणु प्रौद्योगिकी प्रतिबंधक व्यवस्थाएं लागू होने के कारण यह संभव नहीं है। हम अमेरिका के साथ अब जिस बात पर सहमत हुए हैं उससे हमारे घरेलू प्रयासों में मदद देने के लिए बाहर से परमाणु ईंधन तथा परमाणु रिएक्टर्स और अन्य प्रौद्योगिकियां

प्राप्त करने की संभावनाओं के द्वार खुल सकते हैं।

कार्बन डाई आक्साइड के उत्सर्जन से विश्व में हो रहे जलवायु परिवर्तन के संबंध में भी काफी चिंता है। इस प्रकार हमें स्वच्छ ऊर्जा प्रौद्योगिकियां अपनाने की जरूरत है। इस संदर्भ में भी परमाणु विद्युत अत्यंत महत्त्वपूर्ण है। प्रधानमंत्री ने अपनी अमेरिका यात्रा के दौरान राष्ट्रपति जार्ज बुश के साथ विचार–विमर्श के बाद 18 जुलाई 2005 को जारी संयुक्त बयान का हवाला देते हुए कहा कि इस बयान में यह स्वीकार किया गया है कि उन्नत किस्म की परमाणु प्रौद्योगिकी से सम्पन्न एक जिम्मेदार राष्ट्र होने के नाते भारत को वही लाभ तथा फायदे मिलने चाहिए जो ऐसे अन्य देशों को मिलते हैं। मूल दस्तावेज के लिए देखें खंड 2। यह संयुक्त बयान भारत और अमेरिका के बीच आने वाले वर्षों में होने वाले सुधारों में बहुत महत्त्वपूर्ण भूमिका निभाएगा। उसका आधार बनेगा। इसलिए इसे गहराई से समझे जाने की आवश्यकता है। यह समझौता आने वाले वर्षों और दशकों में भारत की परमाणु यात्रा की दिशा निर्धारित करने और उसके लिए संसाधन उपलब्ध कराने में भी मील का एक पत्थर साबित होगा। इसलिए इसके बारे में जानना–समझना बेहद जरूरी है। प्रधानमंत्री ने कहा कि इसके परिणामस्वरूप, हम यह आशा करते हैं कि अमेरिका तथा दुनिया के देशों के साथ भारत की परमाणु व्यापार तथा वाणिज्य की फिर से शुरुआत किया जाना एक ऐसा लक्ष्य है जो हासिल किया जा सकता है। इसमें प्रौद्योगिकीय प्रतिबंधक व्यवस्थाओं जिन्होंने अब तक भारत को निशाना बनाया हुआ है, को समाप्त करना भी शामिल है।

हम अपनी जिम्मेदारियां निभाएंगे

डॉ. सिंह ने कहा कि अन्य परमाणु शक्ति सम्पन्न देशों के समान ही लाभ तथा फायदे हासिल करने के पीछे हमारी सोच यह है कि हम भी अमेरिका सहित ऐसे अन्य परमाणु शक्ति सम्पन्न देशों की भांति बंधनों और जिम्मेदारियों का निर्वहन करेंगे। साथ ही हम भी वैसे ही अधिकारों तथा लाभों की आशा करते हैं। इस तरह हमने गैर भेदभाव का सिद्धान्त सुनिश्चित किया है। मैं यह भी स्पष्ट करना चाहूंगा कि हमारी प्रतिबद्धताएं अमेरिका द्वारा अपनी ओर से इस समझौते को पूरा करने पर निर्भर करेंगी। तभी हम भी अपनी ओर से इसे पूरा करेंगे। संयुक्त वक्तव्य में हमारे द्वारा असैन्य तथा सैन्य परमाणु सुविधाओं की चरणबद्ध तरीके से पहचान करने और उन्हें अलग करने तथा

असैन्य परमाणु सुविधाओं को स्वेच्छा से अंतरराष्ट्रीय परमाणु एजेंसी के सुरक्षा उपायों के तहत रखने हेतु निर्णय लेने की बात कही गई है। भारत कभी भी भेदभाव को स्वीकार नहीं करेगा। इस संयुक्त वक्तव्य में हमारे स्ट्रेटजिक परमाणु अस्त्र कार्यक्रम, जिस पर हम अपना अप्रतिबंधित, पूर्ण तथा स्वायत्त नियंत्रण बनाए रखेंगे, को सीमित करने या उस पर रोक लगाने जैसा कुछ नहीं है।

इस समझौते पर तभी आगे बढ़ेंगे जब भारत के हित सुरक्षित होंगे

डा. सिंह ने कहा, संयुक्त वक्तव्य में उल्लिखित सभी उपायों के कार्यान्वयन की कुंजी पारस्परिकता है। हम अमेरिका तथा भारत द्वारा की जाने वाली कार्रवाइयों के बीच घनिष्ठ सह–संबंधों की अपेक्षा करते हैं। भारत की कार्रवाइयां हर स्तर पर दूसरे पक्ष द्वारा पूरी की गई कार्रवाइयों पर निर्भर करेगी। यदि हम इस बात से संतुष्ट नहीं हुए कि हमारे हित पूर्णतः सुरक्षित हैं तो हम पूर्व निर्धारित तरीके से आगे बढ़ने के लिए बाध्य नहीं होंगे। अतः हमारे अपने विधिवत सुविचारित राष्ट्रीय निर्णयों के आधार पर असैन्य परमाणु सुविधाओं की पहचान तथा उन्हें अलग करने के संबंध में चरणबद्ध कार्रवाई यथोचित समय पर और हमारे राष्ट्रीय सुरक्षा हितों को ध्यान में रखते हुए की जाएगी। हमारी असैन्य सुविधाओं को स्वैच्छिक रूप से अंतरराष्ट्रीय परमाणु ऐजेंसी के सुरक्षा उपायों के तहत रखने से पूर्व हम यह सुनिश्चित करेंगे कि भारत पर लगे सभी प्रतिबंध उठा लिए गए हैं। निर्णय लेने की हमारी स्वायत्तता किसी भी हालत में सीमित नहीं होगी। मैं सदन में जोर देकर यह कहना चाहता हूं कि इस समझौते में स्पष्ट रूप से यह स्वीकार किया गया है कि भारत एक जिम्मेदार परमाणु शक्ति सम्पन्न देश हैं। उसका परमाणु अप्रसार के संबंध में त्रुटिहीन रिकार्ड रहा है। हमारी स्ट्रेटजिक नीतियां तथा परिसम्पत्तियां राष्ट्रीय सुरक्षा का स्रोत है और बनी रहेंगी। ये किन्हीं भी बाहरी वार्ताकारों के साथ हमारी बातचीत के दायरे से बाहर रहेंगी। इस अवसर पर मैं माननीय सदस्यों को विश्वास दिलाना चाहूंगा कि सरकार मौजूदा अथवा भावी आवश्यकताओं को पूरा करने के लिए हमारे स्ट्रेटजिक कार्यक्रमों के संबंध में फिसाइल मटीरियल 'विखंड्य–सामग्री' की कमी नहीं होने देगी। किसी भी अन्य सामग्री पर सीमा का बंधन नहीं लगने देगी। हमारे देश के रक्षा तथा सुरक्षा हित हमारी सर्वोच्च प्राथमिकता हैं और बने रहेंगे।

सस्ती ऊर्जा विकास की गति तेज करेगी

हमारी नीतियों तथा कार्यों के कारण हमें विश्व में पहचान तथा व्यापक सम्मान मिला है। मुझे विश्वास है कि यह सदन भी मानता है, उसका स्वागत करता है। इसके कारण हम तीन दशक से चले आ रहे प्रौद्योगिकीय प्रतिबंधन की समाप्त करने के लिए एक विश्वसनीय उदाहरण बन गए हैं। अंतरराष्ट्रीय संगठनों में हमें एक प्रमुख तथा महत्त्वपूर्ण स्थान भी प्राप्त होने लगा है। प्रधानमंत्री ने कहा कि मैं महसूस करता हूं कि संयुक्त वक्तव्य के पहलुओं की कुछ हलकों में आलोचना होगी। रचनात्मक आलोचना संसदीय परम्परा का हिस्सा है। मैं इसका स्वागत करता हूं। इससे हमारी चर्चाओं में स्पष्टता और हमारी लोकतंत्रीय संस्था में जीवंतता आती है। तथापि, मैं इस सम्मान्य सदन को तथा इसके माध्यम से अपने राष्ट्र को आश्वस्त कर सकता हूं कि अमेरिका का मेरा दौरा विश्व की एक महाशक्ति के साथ संबंध बढ़ाने के उद्देश्य से किया गया था जिससे कि हम अपने विकास संबंधी विकल्पों को व्यापक बना सकें। मेरा प्रयास था कि अपने स्ट्रेटजिक हितों की रक्षा करते हुए अपने विकास को बढ़ाने के लिए ऊर्जा आपूर्तियां प्राप्त की जाएं। मैं समझता हूं कि लंबे समय से चली आ रही प्रतिबंधात्मक परमाणु व्यवस्थाओं को हटाने से हमें काफी मात्रा में ऊर्जा मिल सकेगी। हमें अपने औद्योगीकरण कार्यक्रम के व्यापक विकास के लिए ऊर्जा की जरूरत होगी। एक बार परमाणु ऊर्जा की प्राप्ति सुनिश्चित हो जाने पर यह सस्ती ऊर्जा भारत को आर्थिक वृद्धि की अपनी मौजूदा गति को तेज करने में सक्षम बना देगी। इससे भावी पीढ़ियों का भविष्य सुरक्षित बनाया जा सके।

हमें मिल कर अवसरों का लाभ उठाना चाहिए

मैं सदन को विश्वास दिला सकता हूं जहां तक हमारी मौलिक तथा स्ट्रेटजिक जरूरतों का संबंध है, हमने न तो कभी समझौता किया है और न करेंगे। हमारी विरासत हममें विश्वास जगाती है। हमारा अनुभव हमें साहस प्रदान करता है। हमारी मान्यता हमें आज अधिकारपूर्वक यह दावा करने का दृढ़ विश्वास दिलाती है कि हमारा राष्ट्र एक अधिक बेहतर भविष्य की दहलीज पर खड़ा है। इसलिए मैं समझता हूं कि मेरे अमेरिका दौरे से हमारी ऊर्जा सुरक्षा को बढ़ावा देने हेतु नए अवसरों तथा संभावनाओं के द्वार खुले हैं। तीव्र

सामाजिक तथा आर्थिक विकास के लिए मार्ग प्रशस्त हुआ हैं। हमें इन अवसरों का लाभ उठाने के लिए एक संगठित राष्ट्र के रूप में मिल–जुल कर कार्य करना होगा ताकि भारत को उभरती विश्व अर्थव्यवस्था का एक प्रमुख शक्ति केन्द्र बनाया जा सके।

इसके बाद दोनों देशों के बीच बातचीत का सिलसिला आगे बढ़ा। नयी दिल्ली और वाशिंगटन में बातचीत के कई दौर हुए। इस बातचीत के दौरान हो रही प्रगति से संसद को अवगत कराने के लिए प्रधानमंत्री ने 27 फरवरी 2006 को फिर एक बार संसद में अपनी ओर से एक बयान दिया। इस बयान में डा. मनमोहन सिंह ने कहा, मैं असैनिक नाभिकीय ऊर्जा सहयोग पर अमेरिका के साथ हुई चर्चाओं की स्थिति के बारे में इस सम्मानित सभा को अवगत कराने के लिए खड़ा हुआ हूं। मैं इस संदर्भ में चल रही बातचीत की स्थिति के बारे में विस्तार से बताने के पहले इस अवसर पर राष्ट्रपति बुश के साथ मेरी पिछली बातचीत के बाद जारी संयुक्त वक्तव्य के संदर्भ और मुख्य बातों का उल्लेख करना चाहूंगा।

समझौते का मकसद ऊर्जा की कमी को दूर करना

माननीय सदस्यों को मालूम है कि असैनिक नाभिकीय ऊर्जा सहयोग के लिए अमेरिका के साथ समझौता करने का हमारा प्रयास हमारे समक्ष ऊर्जा की बढ़ती हुई कमी को पूरा करने की जरूरत पर आधारित था। भारत अपने सकल घरेलू उत्पाद जी डी पी की अपनी वार्षिक दर को वर्तमान 7–8 प्रतिशत से बढ़ा कर दस प्रतिशत करने की कोशिश कर रहा है, इसलिए ऊर्जा की और ज्यादा कमी होगी। इससे विकास अवरुद्ध हो सकता है। तेल और प्राकृतिक गैस आयात करने की लागत बढ़ने से इस पर अतिरिक्त भार भी पड़ सकता है। वह भी उस स्थिति में जब हाईड्रोकार्बन की कीमतें तेजी से बढ़ रही हैं। हमारे पास कोयले के भंडार हैं, फिर भी कोयले पर आधारित ऊर्जा पर अत्यधिक निर्भर रहने से हमारे पर्यावरण के खतरे बढ़ेंगे। नाभिकीय प्रौद्योगिकी हमारी ऊर्जा जरूरतों को पूरा करने के लिए विद्युत का एक प्रचुर और प्रदूषण रहित स्रोत उपलब्ध कराती है। हमारी ऊर्जा जरूरतों के विभिन्न स्रोतों में परमाणु विद्युत की हिस्सेदारी बढ़ाने के लिए हमें उन परिसीमाओं को तोड़ने की जरूरत है जो प्राकृतिक यूरेनियम के अपर्याप्त भंडारों तथा अंतर्राष्ट्रीय प्रतिबंधों के कारण पैदा हुई है। जिनकी वजह से हमारा परमाणु

कार्यक्रम तीन दशकों से अधिक समय से बाधित रहा है।

हमें विकास से वंचित रखा गया है

हमारा परमाणु कार्यक्रम सचमुच अद्वितीय है। इसका सपना पंडित जवाहरलाल नेहरू ने देखा था। डाक्टर होमी भाभा जैसे वैज्ञानिकों की प्रतिबद्धता के कारण साकार हुआ। इसकी अद्वितीयता इस व्यापक दृष्टिकोण पर आधारित है कि भारत अपने विशाल थोरियम संसाधनों का इस्तेमाल कर के एक त्रिस्तरीय परमाणु कार्यक्रम बनाएगा। पूर्ण परमाणु ईंधन चक्र की अधिक जटिल प्रक्रियाओं में विशेषज्ञता हासिल करेगा। इसके परिणामस्वरूप, हमारे असैनिक और सामरिक कार्यक्रम परमाणु ईंधन चक्र के विस्तार के साथ जुड़े हुए हैं। शायद ही कोई ऐसा दूसरा देश होगा जो इस तरह की स्थिति में हो। वर्षों से हमारे परमाणु कार्यक्रम में आई परिपक्वता जिसमें विश्वस्तरीय थर्मल पॉवर रिएक्टर्स का विकास भी शामिल है, से कुछ बदलावों पर विचार करना संभव हुआ है। इन पर तभी विचार किया जा सकता है जब इनसे लाभ मिले, जैसे अंतरराष्ट्रीय स्रोतों से बिना किसी रुकावट के परमाणु सामग्री, उपकरण, प्रौद्योगिकी तथा ईंधन सुलभ होना। परमाणु सामग्री,उपकरण और प्रौद्योगिकी में अंतरराष्ट्रीय व्यापार मुख्यतः न्यूक्लियर सप्लायर्स ग्रुप एन एस जी, जो 45 देशों का एक अनौपचारिक समूह है, द्वारा निर्धारित होता है। इसके सदस्यों में अमेरिका, रूस, फ्रांस तथा ब्रिटेन शामिल हैं। भारत को इस अनौपचारिक व्यवस्था से दूर रखा गया है। इसलिए यह परमाणु सामग्री, उपकरण और विभिन्न प्रकार की प्रौद्योगिकियों में व्यापार बढ़ाने की पहुंच से वंचित है।

हमें अवसर खोने नहीं चाहिए

इस प्रकार की स्थिति को देखते हुए हमने अमरीका से भारत के साथ पूर्ण असैनिक परमाणु ऊर्जा सहयोग करने के लिए बातचीत का प्रस्ताव किया। पिछली जुलाई में वाशिंगटन में जिन बातों पर सहमति हुई उनका सार यह है कि ऊर्जा की हमारी बढ़ती जरूरतों के बारे में हमारे बीच आपसी समझ–बूझ विकसित हुई। हमारे संबंधों में आए सुधार को देखते हुए अमरीका ने परमाणु ऊर्जा के क्षेत्र में द्विपक्षीय और अंतरराष्ट्रीय सहयोग करने हेतु अपनी ओर से अनेक कदम उठाने की प्रतिबद्धता जतायी। इनमें घरेलू नीतियों को

समायोजित करना और संगत अंतरराष्ट्रीय व्यवस्थाओं को समंजित करने के लिए अपने सहयोगियों के साथ मिल कर कार्य करना शामिल है। इसके अलावा, तारापुर स्थित पहले दो परमाणु विद्युत रिएक्टरों के लिए संभावित ईंधन आपूर्ति करने का भी सकारात्मक उल्लेख किया गया था। अमेरिका ने इंटरनेशनल थर्मोन्यूक्लियर एक्सपेरीमेंटल रिसर्च प्रोजेक्ट तथा जेनरेशन फार इंटरनेशनल फोरम में भारत को एक पूर्ण भागीदार के रूप में शामिल करने के समर्थन का भी संकेत दिया। अधिक महत्त्वपूर्ण बात यह है कि संयुक्त वक्तव्य में अमरीका ने भारत के परमाणु हथियार कार्यक्रम की मौजूदगी को निर्विवाद स्वीकार किया। इस बात को भी सार्वजनिक रूप से स्वीकार किया गया कि उन्नत परमाणु प्रौद्योगिकियों वाले एक जिम्मेदार राष्ट्र के रूप में भारत को ऐसे दूसरे राष्ट्रों की तरह ही लाभ हासिल होने चाहिए जिनके पास अमरीका जैसी आधुनिक परमाणु प्रौद्योगिकी है।

सामरिक हित प्रभावित हुए तो समझौता नहीं मानेंगे

इस समझौते को लेकर देश में बार–बार यह सवाल उठाया जा रहा था कि इस पर दस्तखत करने से भारत के सामरिक हितों पर बुरा असर पड़ेगा। प्रधानमंत्री ने इस बारे में उठाए जा रहे सवालों का जवाब देते हुए कहा कि संयुक्त बयान में दशकों पुराने प्रतिबंधों के हटाने की संभावना को भी व्यक्त किया गया ताकि भारत का एक नयी परमाणु विश्व व्यवस्था के पूर्ण सदस्य के रूप में उभरने के लिए स्थान बनाया जा सके। माननीय सदस्यों को पिछली 29 जुलाई को दिया गया मेरा वक्तव्य याद होगा जिसमें हमने अपनी ओर से असैनिक और सामरिक कार्यक्रम को अलग–अलग करने की प्रतिबद्धता जतायी थी। यह प्रतिबद्धता सशर्त और परस्पर अदान–प्रदान के आधार पर थी। इस पर तभी अमल होगा जब अमरीका अपने समझौते के अपने पक्ष को पूरा करेगा। मैंने इस बात पर जोर दिया था कि परस्पर आदान–प्रदान महत्त्वपूर्ण है। हमने उम्मीद जगायी थी कि भारत द्वारा उठाये जाने वाले कदम सशर्त होंगे। अमरीका द्वारा की गई कार्रवाई पर निर्भर करेंगे। तब मैंने इसी बात पर बल दिया था–और आज भी उसी बात को दोहरा रहा हूं–कि इस प्रक्रिया के किसी भी हिस्से का हमारे सामरिक कार्यक्रम पर न तो कोई प्रभाव पड़ेगा और न ही इससे कोई समझौता किया जाएगा।

यह समझौता केवल द्विपक्षीय नहीं है

पिछले कुछ महीनों में जो बातचीत हुई है अब मैं उनके बारे में बताना चाहूंगा। यद्यपि ये बातचीत प्रमुख रूप से अमरीका के साथ हुई है, फिर भी रूस, ब्रिटेन तथा फ्रांस जैसे अन्य देशों के साथ भी चर्चाएं की गयी हैं। राजनीतिक स्तर पर, मैंने फ्रांस के राष्ट्रपति श्री जैक शिराक रूस के राष्ट्रपति श्री पुतीन और ब्रिटेन के प्रधानमंत्री श्री टोनी ब्लेयर के साथ संपर्क रखा है। मैंने इस विषय में नार्वे, कोरिया गणराज्य, नीदरलैंड, चेक गणराज्य और आयरलैंड, जो सभी न्यूक्लियर सप्लायर्स ग्रुप के सदस्य हैं, के राष्ट्राध्यक्षों/शासनाध्यक्षों के साथ भी उठाया है। मैं पिछले सितम्बर में न्यूयार्क में राष्ट्रपति जार्ज बुश से भी मिला था। इस मुलाकात के दौरान हमने 18 जुलाई 2005 के संयुक्त वक्तव्य के कार्यान्वयन पर चर्चा की थी। अमरीकी कांग्रेस के कई नेता और नीति निर्माता पिछले कुछ महीनों में भारत का दौरा कर चुके हैं। उनमें से कई मुझ से भी मिले। हमने अपनी ऊर्जा सुरक्षा के लिए पूर्ण असैनिक परमाणु ऊर्जा सहयोग लेने के उद्देश्य को पूरी तरह स्पष्ट कर दिया है। परमाणु अप्रसार में भारत की विश्वसनीयता का उन्हें पुनः आश्वासन दिया है।

समझौता करने के पहले सशस्त्र सेनाओं से बात की गई है

प्रधानमंत्री ने सदन को बताया कि इस समझौते तक पहुंचने के पहले सरकारी स्तर पर हमने दो समूह गठित किए हैं जिनमें सामरिक और परमाणु मसले से जुड़े प्रमुख अधिकारियों को शामिल किया गया है। इनमें परमाणु ऊर्जा विभाग, विदेश मंत्रालय, सशस्त्र सेनाओं और मेरा कार्यालय शामिल है। इन दोनों समूहों में से एक को स्वीकार्य सेपरेशन प्लान 'पृथक्करण–योजना' तैयार करने और दूसरे को इस आधार पर बातचीत करने की जिम्मेदारी सौंपी गयी। इन समूहों को साफ तौर पर यह कहा गया कि सेपरेशन प्लान के बारे में बातचीत करते समय इस बात को सुनिश्चित किया जाएगा कि इससे भारत के सामरिक परमाणु कार्यक्रम के साथ किसी भी प्रकार का प्रभाव न हो। प्रधानमंत्री ने परमाणु संसाधनों के सैनिक और असैनिक नजरिए से अलग किए जाने की व्यवस्था का उल्लेख करते हुए कहा कि इस सेपरेशन प्लान के बारे में इन दोनों समूहों को यह सुनिश्चित करने के निर्देश दिए गए थे कि अंतरराष्ट्रीय समुदाय के साथ पूर्ण असैनिक परमाणु ऊर्जा सहयोग हेतु अवसर बढ़ाने के प्रयास करते समय हमारे सामरिक परमाणु कार्यक्रम के साथ किसी

भी तरह से समझौता न किया जाए। हमारे अधिकारियों द्वारा इस दिशा में व्यापक और लंबी बातचीत की जाती रही है। इस बातचीत में चार महत्त्वपूर्ण विषयों पर ध्यान केन्द्रित किया गया है : परमाणु संस्थानों को सैनिक और असैनिक दृष्टि से अलग किया जाना यानी सेपरेशन प्लान पृथक्करण योजना की व्यापक रूपरेखा, उन प्रतिष्ठानों की सूची जिन्हें हम असैनिक प्रयोग के रूप में स्पष्ट कर रहे हैं, जिन पर हमें किसी तरह का नियंत्रण स्वीकार नहीं होगा, उन सुरक्षा उपायों का स्वरूप, जो असैनिक क्षेत्र में सूचीबद्ध प्रतिष्ठानों पर लागू होंगे और अमेरिका के घरेलू कानूनों और एन एस जी के दिशा निर्देशों में प्रत्याशित परिवर्तनों का स्वरूप और गुंजाइश जिनसे भारत के साथ पूर्ण असैनिक परमाणु ऊर्जा सहयोग हो सके।

कल की सामरिक जरूरतों को ध्यान में रखा गया है

प्रधानमंत्री ने कहा कि माननीय सदस्य इस बात को लेकर आश्वस्त हो सकते हैं कि पृथक्करण योजना की रूपरेखा पर निर्णय लेते हुए हमने अपने परमाणु सिद्धान्त के अनुरूप सभी संगत कारणों पर सावधानीपूर्वक विचार–विमर्श करने के पश्चात अपनी मौजूदा और भावी सामरिक जरूरतों और कार्यक्रमों का ध्यान रखा है। हम उन चंद देशों में से एक हैं जो परमाणु हथियारों का पहले इस्तेमाल न करने के सिद्धान्त का पालन कर रहे हैं। हमारे सिद्धान्त में पहले परमाणु हमला करने वाले दुश्मन पर भारी क्षति पहुंचाने हेतु एक विश्वसनीय न्यूनतम परमाणु निरोधक क्षमता हासिल करने की परिकल्पना की गई है। इसके लिए सुविधाएं और हमारे सामरिक लचीलेपन के संबंध में अपेक्षित आश्वासन, पृथक्करण योजना तैयार करने में हमारे मानदंड रहे हैं। परमाणु खतरे से अपनी भावी पीढ़ियों को बचाना हमारा परम दायित्व है। हम अपने इस दायित्व का पालन करते रहेंगे। इसलिए माननीय सदस्य आश्वस्त हो सकते हैं कि पृथक्करण योजना तैयार करते समय हमने अपनी मौजूदा अथवा भावी क्षमताओं को देखते हुए अपने परमाणु सिद्धान्त की अखंडता को अक्षुण्ण बनाए रखा है।

भावी अनुसंधान और विकास भी सुरक्षित रहेंगे

डॉक्टर सिंह ने कहा कि यह योजना राष्ट्रीय सुरक्षा के अनिवार्यताओं के अनुकूल है। यह हमारे महत्त्वपूर्ण अनुसंधान तथा विकास संबंधी हितों का भी

बचाव करती है। हमने यह सुनिश्चित किया है कि हमारा त्रिस्तरीय परमाणु कार्यक्रम बाहरी हस्तक्षेप से कमजोर या बाधित नहीं होगा। हमारे त्रिस्तरीय परमाणु कार्यक्रम को हमारी सरकार की पूर्ण सहायता प्राप्त होती रहेगी। इसमें नए प्रतिष्ठानों का निर्माण करना शामिल है। हम केवल उन्हीं प्रतिष्ठानो को निगरानी में रखना चाहेंगे जिन्हें हमारी निरोधक क्षमताओं को नुकसान न पहुंचे। हमारे अनुसंधान एवं विकास के प्रयास किसी भी तरह से प्रतिबंधित न होते हों। हमारे त्रिस्तरीय परमाणु कार्यक्रम के विकास की हमारी स्वायत्तता से समझौता किए बिना जिन्हें असैनिक उपयोग के रूप में निर्दिष्ट किया जा सकता हो। इस प्रक्रिया में परमाणु ऊर्जा विभाग को हर स्तर पर शामिल किया गया है। उनकी ही सूचना के आधार पर पृथक्करण योजना तैयार की गई है। अतः हमारे सेपरेशन प्लान यानी पृथक्करण योजना में हमारे चुनिंदा ताप परमाणु रिएक्टरों का अंतरराष्ट्रीय परमाणु ऊर्जा एजेंसी की निगरानी के तहत रखने के लिए चरणबद्ध तरीके से असैनिक उपयोग के रूप में निर्दिष्ट किया जाना है। इन चुनिंदा रिएक्टरों की क्षमता कुल स्थापित ताप परमाणु योजना का लगभग 65 प्रतिशत होगी। ये रिएक्टर पृथक्करण योजना के पूरा होने तक असैनिक उपयोग के लिए पूरी तरह निर्दिष्ट किए जाएंगे। परमाणु ऊर्जा विभाग की कुछ अन्य सुविधाओं की एक सूची को असैनिक क्षेत्र के तहत सुविधाओं की एक सूची से जोड़ा जा सकता है। पृथक्करण योजना से एक स्पष्ट रूप से परिभाषित असैनिक क्षेत्र का सृजन होगा जहां अंतरराष्ट्रीय परमाणु ऊर्जा एजेंसी की निगरानी लागू हो। जहां तक हमारा संबंध है, हम इस बात के लिए प्रतिबद्ध हैं कि हम असैनिक क्षेत्र के लिए किसी भी परमाणु सामग्री को निर्दिष्ट असैनिक इस्तेमाल से कहीं और नहीं जाने देंगे। किसी तीसरे देश को सुरक्षा उपायों के बिना निर्यात नहीं होने देंगे।

राष्ट्रीय सुरक्षा से जुड़ी जानकारी किसी को नहीं दी जाएगी

प्रधानमंत्री ने कहा कि इस संबंध में बातचीत फिलहाल एक महत्त्वपूर्ण दौर में है। हमने अपने वार्ताकारों के साथ अपनी बातचीत में अमरीकी पक्ष द्वारा रखे गए हर प्रस्ताव को गुण–दोष के आधार पर आंका है। हम इस बात को लेकर दृढ़ हैं कि किन सुविधाओं को असैनिक उपयोग की श्रेणी में रखा जाए, इसका निर्णय केवल भारत द्वारा लिया जाएगा, अन्य किसी के द्वारा नहीं। इसके साथ ही, हम इन वार्ताओं में आने वाली कठिनाइयों

को भी कम करके नहीं आंक रहे हैं। इनमें कई जटिल मुद्दे शामिल हैं। परमाणु कार्यक्रम के कई पहलुओं की जन चर्चाओं में भिन्न–भिन्न व्याख्याएं हो सकती हैं जैसे कि फास्ट ब्रीडर कार्यक्रम और हमारी फ्यूल साइकिल क्षमताएं जैसे री प्रोसेसिंग तथा एनरिचमेंट संबंधी जरूरतें। उन सामरिक सुविधाओं का स्वरूप और श्रेणी जिन्हें हम सुरक्षोपायों से बाहर रखना जरूरी समझते हैं, इसका एक उदाहरण है। हमने अपने वार्ताकारों को यह अवगत करा दिया है कि पृथक्करण योजना पर चर्चा करते समय, हम अपनी सामरिक जरूरतों के स्वरूप और विषयवस्तु के ब्यौरे का जिक्र नहीं करेंगे। बातचीत की प्रक्रिया में राष्ट्रीय सुरक्षा के महत्त्व की किसी भी जानकारी को उजागर करने की अनुमति नहीं दी जाएगी। यहां यह याद रखना जरूरी है कि 18 जुलाई का वक्तव्य हमारे सामरिक कार्यक्रम के बारे में नहीं था। यह हमारी नागरिक परमाणु ऊर्जा क्षमताओं के विस्तार के लिए था। इसके द्वारा तीव्र आर्थिक प्रगति हेतु मार्ग तैयार करने में मदद करने के लिए था। इस उद्देश्य को हासिल करने के लिए धैर्य की जरूरत है, जिससे इस बारे में फैली बहुत–सी गलत धारणाओं को दूर किया जा सके। मैं इस बात को दोहराता हूं कि परमाणु अप्रसार के संबंध में भारत का रिकार्ड अनुकरणीय रहा है। यह आगे भी बना रहेगा। कुल मिला कर अब तक की बड़ी उपलब्धि यह है कि अंतरराष्ट्रीय व्यवस्था में परिवर्तन को अब समझा जाने लगा है। हमारा यह मानना है कि संयुक्त वक्तव्य में उल्लेखित जिन–जिन बातों पर सहमति हुई है जब वे कार्यान्वित हो जाएंगी तो भारत को विश्व परमाणु व्यवस्था में इसका यथोचित स्थान मिल जाएगा। हमारे सामरिक महत्त्व के कार्यक्रम की मौजूदगी को स्वीकार किया जा रहा है। यहां तक कि हमें अंतरराष्ट्रीय असैनिक परमाणु ऊर्जा सहयोग में एक पूर्ण भागीदार बनने के लिए भी आमंत्रित किया जा रहा है।

वैज्ञानिकों की उपलब्धियों से कोई समझौता नहीं

प्रधानमंत्री ने कहा, मैं इस बात का उल्लेख अवश्य करना चाहूंगा कि पूर्ण परमाणु ऊर्जा चक्र के सभी मुख्य पहलुओं के संबंध में महारथ हासिल करने के लिए हमारे परमाणु वैज्ञानिकों को अक्सर कठिन परिस्थितियों से गुजरना पड़ा है। इसके बावजूद उन्होंने उल्लेखनीय काम किया है। इसके लिए हमारे राष्ट्र को उन पर और परमाणु ऊर्जा विभाग पर अत्यधिक

गर्व है। सम्पूर्ण परमाणु ऊर्जा चक्र उनकी प्रतिभा और मेहनत का परिणाम हैं। इसमें महारथ हासिल करने में हमारे वैज्ञानिकों की जबरदस्त उपलब्धियों को बेकार नहीं जाने दिया जाएगा। हम यह सुनिश्चित करेंगे कि हमारे अनुसंधान और विकास कार्यकलापों के रास्ते में कोई बाधा नहीं आए। हमने यह स्पष्ट कर दिया है कि हम अपने स्वदेशी फास्ट ब्रीडर कार्यक्रम के संबंध में कोई निगरानी स्वीकार नहीं कर सकते। हमारे वैज्ञानिक आश्वस्त हैं कि यह प्रौद्योगिकी परिपक्व हो जाएगी। यह कार्यक्रम स्थायी हो जाएगा। यह अतिरिक्त क्षमता के सृजन से और मजबूत हो जाएगा। इससे इस क्षेत्र में भी अंतरराष्ट्रीय सहयोग के लिए और अधिक अवसर पैदा होंगे। अमरीका और उन्नत परमाणु प्रौद्योगिकियां रखने वाले अन्य देशों का भारत के साथ एक महत्त्वपूर्ण भागीदार के रूप में जुड़ने के पीछे एक अहम कारण यह है कि हमारे वैज्ञानिकों ने विश्वभर में अत्यधिक सम्मान और प्रशंसा हासिल की है। वे अत्यधिक कठिन परिस्थितियों में अत्याधुनिक परमाणु कार्यक्रम की रेंज और क्वालिटी का सृजन करने में कामयाब रहे है। इससे हमारे अंदर एक बराबर के भागीदार के रूप मे इन वार्तालापों में शामिल होने का विश्वास पैदा हुआ है।

देश-हित के खिलाफ कुछ नहीं होने दिया जाएगा

प्रधानमंत्री ने कहा, प्रस्तावित पृथक्करण योजना के कई पहलुओं पर इस समय बातचीत चल रही है। यह सच है कि 18 जुलाई के वक्तव्य के कुछेक आश्वासन अभी पूरे किए जाने बाकी हैं--जैसे तारापुर 1 और तारापुर 2 के लिए आयातित ईंधन की आपूर्ति के कुछ घटक कार्यरूप ले चुके हैं। जैसे आई टी ई आर कार्यक्रम में भारत की भागीदारी के लिए अमेरिकी समर्थन निर्दिष्ट असैनिक सुविधाओं पर लागू होने वाले सुरक्षोपायों के स्वरूप के मुद्दे का भी अभी समाधान होना बाकी है। मैं इस सभा से चाहूंगा कि इस समय इन वार्तालापों के संबंध में हरेक जानकारी न मांगी जाए। मैं इस सम्मानित सभा को यह आश्वासन दे सकता हूं कि राष्ट्रीय सुरक्षा और परमाणु कार्यक्रम की स्वायत्तता से जुड़े मुद्दे के प्रति हमारी व्यापक प्रतिबद्धता ही हमारी सीमाएं निर्धारित करती है। हमारी सरकार कोई ऐसा कदम नहीं उठाएगी जिसस इनमें से किसी पर आंच आए। मुझे इस बात की जानकारी है कि ऐसी चिंता व्यक्त की गयी है कि बाहर वालों को तो ज्यादा जानकारी दी जा रही है।

अपने नागरिकों को कुछ नहीं बताया जा रहा है। माननीय सदस्य इस बात से आश्वस्त रह सकते हैं कि हमने किसी को भी ऐसी जानकारी नहीं दी हैं जिससे हमारी परमाणु निरोधक क्षमता को क्षति पहुंचे। इस संबंध में चिंता या संदेह का कोई कारण नहीं है। हमारा दृष्टिकोण हमारी ऊर्जा संबंधी कमी को पूरा करने के लिए हमारे सामने उपलब्ध अवसरों का लाभ उठाने पर आधारित है। हम अंतरराष्ट्रीय प्रतिबंधों को हटाने की जरूरत को समझते हैं। इनके हटने से हमारी वैज्ञानिक प्रतिभा बढ़ सकेगी। परमाणु तथा संबंधित क्षेत्रों में वाणिज्यिक क्षमताओं में वृद्धि होगी।

बातचीत और आगे बढ़ी है

प्रधानमंत्री के इन बयानों के बाद भी इस मामले पर विवाद थमा नहीं। इस करार को लेकर देश–विदेश में भारी विरोध हुआ। इसकी हम पहले विस्तृत चर्चा कर चुके हैं। इस समझौते पर संसद और संसद के बाहर तीखी बहस चलती रही। संसद में एक बार और हुई बहस के दौरान 7 मार्च 2006 को प्रधानमंत्री ने संसद के दोनों सदनों में अपनी ओर से एक और बयान दिया। यह बयान अमेरिका के साथ नागरिक परमाणु ऊर्जा सहयोग संबंधी मामले पर सदन में हुई चर्चा के संदर्भ में दिया गया था। प्रधानमंत्री ने कहा–महोदय, मैंने 27 फरवरी 2006 के अपने वक्तव्य में यह आश्वासन दिया था कि हम अपने नागरिक और सैन्य परमाणु संयंत्रों को अलग–अलग करने के संबंध में अमेरिका के साथ हुई हमारी चर्चाओं से संबंधित गतिविधियों के बारे में इस सम्मानित सदन को अवगत कराएंगे। मैं इस अवसर पर 27 फरवरी 2006 के अपने वक्तव्य के बाद के घटनाक्रमों के बारे में सदन को अवगत कराना चाहता हूं। अमेरिका के राष्ट्रपति श्री जार्ज डब्ल्यू बुश 1–3 मार्च 2006 को भारत के दौरे पर आए थे। उनकी इस यात्रा से जुलाई 2005 में मेरी वाशिंगटन यात्रा के दौरान जारी किए गए संयुक्त बयान के बाद हमारी सामरिक भागीदारी को मजबूत करने में हुई प्रगति की समीक्षा करने का हमारे दोनों देशों को मौका मिला। हमारी चर्चाओं में कृषि, आर्थिक तथा व्यापार सहयोग, ऊर्जा–सुरक्षा तथा स्वच्छ पर्यावरण, नई तथा ज्ञान पर आधारित अर्थव्यवस्था को सुदृढ़ बनाने जैसे क्षेत्रों में हमारे संबंधों का विस्तार करने और विश्व में सुरक्षा का वातावरण पैदा करने तथा लोकतंत्र को मजबूत करने जैसे मुद्दों को शामिल किया गया था। इन सभी क्षेत्रों में सहयोग बढ़ने से भारत के

सामाजिक तथा आर्थिक विकास पर महत्त्वपूर्ण प्रभाव पड़ेगा।

सैनिक और असैनिक संसाधनों को अलग करने की योजना

मुझे सदन को अवगत कराते हुए खुशी हो रही है कि राष्ट्रपति श्री बुश की यात्रा के दौरान नागरिक परमाणु ऊर्जा के क्षेत्र में सहयोग बढ़ाने की प्रक्रिया के एक हिस्से के रूप में भारत और अमेरिका के बीच एक पृथक्करण योजना पर समझौता हुआ। इस समझौते के अनुसार, भारत अपने नागरिक और सैन्य परमाणु संयंत्रों को चिह्नित और पृथक करेगा तथा अपने नागरिक परमाणु संयंत्रों को अंतरराष्ट्रीय परमाणु ऊर्जा की निगरानी में रखेगा। महोदय, मैं माननीय सदस्यों की जानकारी के लिए उस पृथक्करण योजना को सदन के पटल पर रख रहा हूं जिसे भारत द्वारा तैयार किया गया है और जिस पर 18 जुलाई 2005 के भारत–अमरीकी संयुक्त वक्तव्य के क्रियान्वयन के संबंध में भारत तथा अमेरिका के बीच सहमति बनी है।

ऐसे अलग किए जाएंगे सैनिक और असैनिक परमाणु संसाधन

मैं पृथक्करण योजना की मुख्य बातों का उल्लेख करना चाहूंगा।

भारत सन 2006–2014 के बीच 14 ताप विद्युत रिएक्टरों को चिह्नित कर अंतरराष्ट्रीय परमाणु ऊर्जा एजेंसी की निगरानी में रखने के लिए प्रस्तावित करेगा। देश में इस समय 22 ताप विद्युत रिएक्टर काम कर रहे हैं अथवा निर्माणाधीन हैं। इनमें से 14 रिएक्टरों को सन 2014 तक चरण बद्ध तरीके से निगरानी के तहत रखा जाएगा। इससे निगरानी के तहत कुल स्थापित ताप विद्युत मेगावाट क्षमता वर्तमान 19 प्रतिशत से बढ़ कर सन 2014 तक 65 प्रतिशत पहुंच जाएगी। मैं इस बात पर बल देना चाहूंगा कि किन–किन परमाणु रिएक्टरों को चिह्नित किया जाएगा। किन चरणों में उन्हें निगरानी के तहत रखा जाएगा, यह निर्णय भारत का होगा। हम उन 14 रिएक्टरों की एक सूची तैयार कर रहे हैं जिन्हें सन 2006 से 2014 के बीच निगरानी के लिए प्रस्तावित किया जाएगा। हमने बता दिया है कि भारत कलपक्कम में स्थित प्रोटोटाइप फास्ट ब्रीडर रिएक्टर पी एफ बी आर तथा फास्ट ब्रीडर टेस्ट रिएक्टर एफ बी टी आर दोनों पर निगरानी स्वीकार नहीं करेगा। फास्ट ब्रीडर कार्यक्रम अनुसंधान और विकास की अवस्था में है। इसकी प्रौद्योगिकी को परिपक्व होने तथा विकास की उन्नत अवस्था तक पहुंचने में समय लगेगा।

हम नहीं चाहते कि हमारे फास्ट ब्रीडर कार्यक्रम में कोई बाधा पैदा हो। इस बात को पृथक्करण योजना में पूर्ण रूप से सुनिश्चित किया गया है। भारत ने सभी भावी नागरिक ताप विद्युत रिएक्टरों तथा नागरिक ब्रीडर रिएक्टरों को निगरानी के तहत रखने का निर्णय लिया है। भारत सरकार के पास ऐसे रिएक्टरों को नागरिक श्रेणी में रखने का एकमात्र अधिकार है। इसका अर्थ यह है कि भारत को अपनी राष्ट्रीय जरूरतों के अनुसार भावी परमाणु संयंत्रों, चाहे वे नागरिक हों अथवा सैन्य, के निर्माण में किसी भी तरह की कोई बाधा नहीं आएगी।

तारापुर को ईंधन न मिलने जैसी स्थिति फिर कभी न हो

भारत ने यह निर्णय लिया था कि 2010 में साईरस सी आई आर यू एस नाम का रिएक्टर स्थायी रूप से बंद कर दिया जाए। अप्सरा रिएक्टर का फ्यूल कोर फ्रांस से खरीदा गया था। हम इसे इसके मौजूदा स्थान से स्थानांतरित करने तथा सन 2010 में निगरानी के तहत रखने हेतु उपलब्ध कराने के लिए तैयार हैं। साईरस और अप्सरा दोनों रिएक्टर भाभा परमाणु अनुसंधान केन्द्र में स्थित हैं। हमने निर्णय लिया है कि राष्ट्रीय सुरक्षा के लिए अत्यधिक महत्त्व वाले परमाणु संयंत्र का गहन निरीक्षण करने की अनुमति देने की बजाय ये कदम उठाए जाएं। हम इस बात के लिए भी कृतसंकल्प हैं कि इन कदमों से मौजूदा अनुसंधान और विकास कार्य बाधित नहीं होगा। हमारे स्ट्रेटजिक कार्यक्रम के लिए ईंधन से जुड़ी रिप्रौसेसिंग और एनरिचमेंट क्षमताओं तथा अन्य सुविधाओं को पृथक्करण योजना के दायरे से बाहर रखा गया है। पृथक्करण योजना में जिन मुख्य बिंदुओं को शामिल किया गया है, उनमें से एक यह है कि तारापुर के लिए ईंधन की सप्लाई में व्यवधान के संबंध में हमारे पिछले दुर्भाग्यपूर्ण अनुभव को देखते हुए ईंधन की आपूर्ति की विश्वसनीयता को सुनिश्चित किया गया है। हमें अमेरिका से उन रिएक्टरों के लिए भारत को विश्वसनीय तौर पर ईंधन की आपूर्ति का वादा मिला है जिन्हें निगरानी के लिए प्रस्तावित किया जाएगा। अमेरिका ने भी अपने आश्वासन को दोहराया है कि वह भारत के लिए एक आवश्यक माहौल तैयार करेगा ताकि उसे ऐसे रिएक्टरों के लिए सुनिश्चित तथा पूरा ईंधन मिल सके। 18 जुलाई के संयुक्त वक्तव्य के तहत अमेरिका इस बात के लिए प्रतिबद्ध है कि वह अपने घरेलू कानूनों में संशोधन करने के लिए अमेरिकी कांग्रेस की सहमति प्राप्त करेगा।

न्यूक्लियर सप्लायर्स ग्रुप की पद्धतियों को समायोजित करने हेतु अपने मित्र देशों तथा सहयोगियों के साथ मिल कर काम करेगा ताकि भारत के लिए आवश्यक माहौल बनाया जा सके। जिससे भारत को अंतरराष्ट्रीय बाजार में परमाणु ईंधन पूरी तरह से मिल सके जिसमें विभिन्न राष्ट्रों की फर्मों से विश्वसनीय तौर पर, निर्बाध और लगातार ईंधन की आपूर्ति भी शामिल है। इसे यात्रा के दौरान हुए औपचारिक समझौतों में दर्शाया गया है और पृथक्करण योजना में शामिल किया गया है।

भारत को ईंधन की आपूर्ति नहीं रुकेगी

भारत को ईंधन की आपूर्ति किसी तरह से बाधित न हो, इसे सुनिश्चित करने के लिए अमेरिका अन्य कदम उठाने को तैयार है। जैसे : परमाणु ऊर्जा के शांतिपूर्ण इस्तेमाल पर एक द्विपक्षीय अमेरिकी–भारत समझौते, जिस पर बातचीत की जाएगी, में ईंधन की आपूर्ति के संबंध में आश्वासनों को शामिल करना। भारत के लिए ईंधन की आपूर्ति समझौते के संबंध में अंतरराष्ट्रीय परमाणु ऊर्जा एजेंसी से बातचीत करने के लिए अमेरिका भारत को सहयोग देगा। अमेरिका, भारत के रिएक्टरों के जीवनकाल तक ईंधन की आपूर्ति में किसी तरह से व्यवधान न आने देने के लिए परमाणु ईंधन का एक स्ट्रेटजिक रिजर्व तैयार करने में भारत के प्रयासों में सहयोग करेगा। इन व्यवस्थाओं के बावजूद यदि भारत के लिए ईंधन की आपूर्ति बाधित होती है तो अमेरिका और भारत ईंधन की आपूर्ति करने वाले मित्र देशों के समूह से संयुक्त रूप से आग्रह करेंगे कि वह भारत को ईंधन की आपूर्ति की बहाली के उपाय करने हेतु रूस, फ्रांस तथा ब्रिटेन जैसे देशों को शामिल करे। अमेरिका के साथ बनी उपर्युक्त सहमति के मद्देनजर, भारत और अंतरराष्ट्रीय परमाणु ऊर्जा एजेंसी के बीच भारत के लिए निगरानी समझौते पर बातचीत की जाएगी। संक्षेप में, भारत के लिए निगरानी उपायों में : एक ओर निगरानी के तहत रखी हुई परमाणु सामग्री के किसी भी समय नागरिक इस्तेमाल से निकालने पर निगरानी होगी वहीं दूसरी ओर, विदेशी ईंधन की आपूर्ति में व्यवधान आने की स्थिति में भारत को अपने नागरिक परमाणु रिएक्टरों का निर्बाध रूप से संचालन सुनिश्चित करने हेतु उपचारात्मक उपाय करने की अनुमति होगी। इस बात को ध्यान में रखते हुए भारत अपने नागरिक परमाणु संयंत्रों को निरंतर भारत विशिष्ट निगरानी के तहत रखेगा। इस संबंध में अंतरराष्ट्रीय परमाणु ऊर्जा एजेंसी के

साथ एक समुचित निगरानी समझौते पर बातचीत करेगा। इस प्रकार इस पृथक्करण योजना की शर्तों में भारत के उन रिएक्टरों जिन्हें निगरानी के तहत रखा जाएगा, के लिए ईंधन की अबाधित आपूर्ति करने हेतु भारत को आश्वासन दिया गया है। साथ ही ईंधन की आपूर्ति बाधित होने की स्थिति में उपचारात्मक उपाय करने के भारत के अधिकार का भी आश्वासन दिया गया है। सदन इस बात से आश्वस्त हो सकता है कि भारत ने अपने हितों की पूरी तरह रक्षा करने हेतु सभी समुचित उपाय करने का अपना सम्प्रभु अधिकार बनाए रखा है।

सेपरेशन प्लान का सुरक्षा पर कोई प्रभाव नहीं होगा

इस विषय पर 29 जुलाई 2005 और 27 फरवरी 2006 को दिए गए अपने बयानों में इस सम्मानित सदन को और माननीय सदस्यों के माध्यम से देश को यह आश्वासन दिया था कि इस पृथक्करण योजना से हमारे देश की राष्ट्रीय सुरक्षा पर कोई प्रतिकूल प्रभाव नहीं पड़ेगा। मैं सदस्यों को आश्वासन दे सकता हूं कि बात वस्तुतः यही है। मैं कह सकता हूं कि : पृथक्करण योजना से हमारे स्ट्रेटजिक कार्यक्रम पर कोई विपरीत प्रभाव नहीं पड़ेगा। हमारा स्ट्रेटजिक कार्यक्रम किसी तरह बाधित नहीं होगा। पृथक्करण योजना से हमारे स्ट्रेटजिक कार्यक्रम की मौजूदा और भावी जरूरतें, जो खतरे के माहौल के हमारे मूल्यांकन पर आधारित हैं, को पूरा करने के लिए पर्याप्त रूप से फिसाइल सामग्री तथा अन्य सामग्रियां सुनिश्चित होंगी। स्ट्रेटजिक प्रयोजनों के लिए नए संयंत्रों का निर्माण करने के हमारे अधिकार पर कोई रोक नहीं लगाई गई है। हमारे परमाणु सिद्धान्त की अखंडता और न्यूनतम विश्वसनीय परमाणु निरोधक बनाए रखने की हमारी क्षमता पर्याप्त रूप से सुरक्षित हैं। पृथक्करण योजना हमारे थोरियम के भंडारों के भावी इस्तेमाल सहित हमारे त्रिस्तरीय परमाणु कार्यक्रम की अखंडता के रास्ते में आड़े नहीं आएगी। परमाणु क्षेत्र में हमारे अनुसंधान और विकास कार्यकलापों की स्वायत्तता बनी रहेगी। फास्ट ब्रीडर टेस्ट रिएक्टर तथा प्रोटो टाइप ब्रीडर रिएक्टर निगरानी के दायरे से बाहर रहेंगे। हम इस बात पर सहमत हुए हैं कि भावी नागरिक ताप विद्युत रिएक्टरों तथा असैनिक फास्ट ब्रीडर रिएक्टरों को निगरानी के तहत रखा जाएगा। किंतु इनमें से किस रिएक्टर को नागरिक श्रेणी में रखा जाएगा यह निर्धारित करना पूरी तरह से भारत का निर्णय होगा।

भारतीय वैज्ञानिकों को विश्वस्तर पर काम करने का मौका मिलेगा

जैसा मैंने 27 फरवरी के अपने वक्तव्य में उल्लेख किया था, पृथक्करण योजना मेरे कार्यालय की देख–रेख में गहन विचार–विमर्श के बाद बड़ी सावधानीपूर्वक तैयार की गई है। पृथक्करण योजना को तैयार करने में परमाणु ऊर्जा विभाग तथा हमारे परमाणु वैज्ञानिकों को शामिल किया गया है। परमाणु ऊर्जा आयोग के अध्यक्ष तथा भारत सरकार के प्रमुख वैज्ञानिक सलाहकार हर स्तर पर सक्रिय रूप से शामिल रहे हैं। मैं माननीय सदस्यों को यह आश्वासन दे सकता हूं कि वार्ताओं के दौरान हमने किसी भी तरह से राष्ट्रीय सुरक्षा के महत्त्व से जुड़ी किसी भी सूचना से समझौता करने की अनुमति नहीं दी है। मैं समझता हूं कि 18 जुलाई 2005 के वक्तव्य का महत्त्व यह है कि इससे यह आशा बंधी है कि भारत अब परमाणु सम्पन्न देशों से अलग–थलग नहीं रहेगा। इससे न केवल अमेरिका के साथ बल्कि रूस और फ्रांस जैसे देशों तथा उन्नत परमाणु क्षमताओं वाले अन्य देशों जिसमें न्यूक्लियर सप्लाई ग्रुप से प्राप्त होने वाली क्षमताएं भी शामिल हैं, के साथ भी सहयोग की संभावनाओं के द्वार खुलेंगे। ऊर्जा से जुड़े अनुसंधान कार्यों में सहयोग की गुंजायश काफी बढ़ जाएगी। इसी तरह परमाणु अनुसंधान कार्यक्रमों में भी सहयोग बढ़ेगा। भारत अंतरराष्ट्रीय मुख्य धारा में शामिल हो सकेगा। परमाणु समुदाय के शीर्ष देशों में अपना उचित स्थान हासिल करेगा। हमारी ऊर्जा उत्पादन क्षमता में भारी वृद्धि होगी जिसके फलस्वरूप हमारे सकल घरेलू उत्पाद की वृद्धि दर पर प्रभाव पड़ेगा। इससे आई टी ई आर और जेनरेशन 4 इनिशियेटिव जैसे परमाणु क्षेत्र में अत्याधुनिक बहुपक्षीय वैज्ञानिक प्रयासों में एक पूर्ण भागीदार के रूप में भारत की भागीदारी भी सुनिश्चित होगी।

अमेरिका के साथ मिल कर काम करना जरूरी

प्रधानमंत्री ने कहा कि 18 जुलाई के संयुक्त वक्तव्य के सफलतापूर्वक कार्यान्वयन के लिए अमेरिका और भारत को परस्पर मिल कर काम करने की जरूरत है। भारत द्वारा उठाये जाने वाले कदम अमेरिका द्वारा की गई कार्रवाइयों पर निर्भर करेंगे। जहां तक हमारा संबंध है, हमने पृथक्करण योजना तैयार कर ली है। इसमें उन नागरिक संयंत्रों को चिह्नित किया गया है जिन्हें हम निगरानी के लिए प्रस्तावित करना चाहते हैं। अमेरिकी सरकार ने इस पृथक्करण योजना को स्वीकार कर लिया है। अब अमेरिकी सरकार

अपने कानूनों में संशोधन करने के लिए अमेरिकी कांग्रेस से आग्रह करेगी। साथ ही न्यूक्लियर सप्लायर्स ग्रुप से भी अपने दिशा निर्देशों को अनुकूल बनाने के लिए अनुरोध करेगी ताकि भारत और अंतरराष्ट्रीय समुदाय के बीच पूर्ण नागरिक सहयोग स्थापित किया जा सके। भारत उपयुक्त स्तर पर भारत विशिष्ट निगरानी समझौते जिसमें इस बात की व्यवस्था का एकमात्र स्वरूप परिलक्षित होगा, पर चर्चा करने और उसे तैयार करने के लिए अंतरराष्ट्रीय परमाणु एजेंसी से सम्पर्क करेगा। चूंकि इस तरह के निगरानी समझौते पर अभी बातचीत की जानी है, इसलिए इसकी विषयवस्तु पर पहले से कुछ बता पाना मुश्किल होगा। फिर भी मैं सदन को यह आश्वासन दे सकता हूं कि हम ऐसे किसी भी प्रावधान को स्वीकार नहीं करेंगे जो 18 जुलाई 2005 के वक्तव्य और 2 मार्च 2006 को भारत और अमेरिका के बीच सहमति प्राप्त पृथक्करण योजना के मानदंडों से बाहर जाते हों। हमें उम्मीद है कि आने वाले सप्ताहों और महीनों में यह प्रक्रिया आगे बढ़ेगी।

ऊर्जा के और भी विकल्प जरूरी

मैं माननीय सदस्यों से अनुरोध करूंगा कि वे इस मामले को ऊर्जा सुरक्षा के व्यापक परिप्रेक्ष्य में देखें। इस समय परमाणु ऊर्जा हमारे विभिन्न स्रोतों से उत्पादित कुल ऊर्जा का केवल तीन प्रतिशत ही उपलब्ध कराती है। आयातित हाइड्रोकार्बन आपूर्ति की बढ़ती कीमतें और इस पर निर्भरता ऐसे समय में एक बड़ी अनिश्चितता की स्थिति पैदा करती है जब हम अपनी विकास दर में तेजी ला रहे हैं। हमें सम्पूर्ण ऊर्जा क्षेत्र में–स्वच्छ कोयला और कोल बेड मिथेन से लेकर गैस हाईड्रेट्स और पवन तथा सौर ऊर्जा की अपनी क्षमताओं में विस्तार के लिए कोशिश करनी होगी। हम विश्व–भर में सक्रियता से अंतरराष्ट्रीय भागीदारी हासिल कर रहे हैं। हम ऊर्जा के क्षेत्र में की जाने वाली अनेक अंतरराष्ट्रीय पहलों के सदस्य हैं। वस्तुतः राष्ट्रपति श्री बुश के साथ अपनी बातचीत के अंत में हमने दो और कार्यक्रमों में भारत की भागीदारी की घोषणा की थी जिनमें उत्सर्जन रहित ताप विद्युत संयंत्रों के लिए फ्यूचर जेनरेशन प्रोग्राम तथा गैस हाइड्रेटस के लिए इंटीग्रेटेड ओशन ड्रिलिंग प्रोग्राम शामिल हैं।

दूसरी हरित क्रांति का रास्ता खुलेगा

प्रधानमंत्री ने कहा कि सदन इस बात से सहमत होगा कि विभिन्न स्रोतों

से उपयुक्त मात्रा में ऊर्जा आपूर्ति की एक समेकित नीति तैयार करना हमारे व्यापक आर्थिक अथवा सामाजिक उद्देश्यों को हासिल करने पर केन्द्रित है। ऊर्जा हमारी अर्थ–व्यवस्था की जीवन शक्ति है। पर्याप्त मात्रा में और जरूरत के मुताबिक ऊर्जा की उपलब्धता के बगैर सामाजिक क्षेत्र में हमारी आकांक्षाओं की पूर्ति नहीं हो सकती। पर्याप्त मात्रा में ऊर्जा उपलब्ध न होने से आधुनिक आधारभूत ढांचे के निर्माण पर घातक असर पड़ता है। लगातार कम होते जल संसाधनों के अधिकतम उपयोग पर इसका सीधा असर पड़ता है। इस प्रकार, ऊर्जा की कमी केवल एक क्षेत्र में हमें पंगु नहीं बनाती। यह सम्पूर्ण अर्थव्यवस्था पर कुठाराघात करती है। मैं समझता हूं कि भारत के लोगों की जरूरतें हमारे अंतरराष्ट्रीय सहयोग के लिए मुख्य एजेंडा होना चाहिए। इस दृष्टिकोण ने ही अमेरिका के साथ हमारी बढ़ती भागीदारी का मार्ग दर्शन किया है। खास तौर पर मैं एक तीन वर्षीय वित्तीय प्रतिबद्धता के साथ कृषि के क्षेत्र में ज्ञान–पहल की शुरुआत करने की ओर ध्यान आकर्षित करना चाहूंगा ताकि जैव प्रौद्योगिकी के क्षेत्र सहित कृषि, शिक्षा, अनुसंधान क्षमता निर्माण में हमारे विश्वविद्यालयों और तकनीकी संस्थाओं तथा व्यवसायों को जोड़ा जा सके। हमारी हरित क्रांति को अमेरिका द्वारा उपलब्ध कराई गई मदद से काफी लाभ हुआ है। हमें आशा है कि कृषि के क्षेत्र में ज्ञान पहल हमारे देश में दूसरी हरित क्रांति की अग्रदूत बनेगी। भारत और अमेरिका दोनों देशों को इस नई भागीदारी से काफी लाभ मिलेगा। राष्ट्रपति श्री बुश की यात्रा के दौरान हमारी चर्चाओं का यही एक प्रमुख विषय था। नागरिक परमाणु ऊर्जा सहयोग की फिर शुरुआत यह प्रदर्शित करेगी कि हम अपने संबंधों के एक नए और अधिक सकारात्मक चरण में प्रवेश कर गए हैं ताकि हम परमाणु क्षेत्र में वर्षों के तकलीफ देह संबंधों को पूरी तरह पीछे छोड़ सकें। मुझे भरोसा है कि यह एक ऐसा उपयुक्त उद्देश्य है जिसे इस सदन का पूरा समर्थन प्राप्त होगा।

अलगाव की योजना के विस्तृत ब्यौरे

प्रधानमंत्री की ओर से 2 मार्च 2006 को संसद के पटल पर एक दस्तावेज रखा गया। इस दस्तावेज में इस बात की विस्तृत जानकारी दी गई कि भारत अपनी परमाणु सुविधाओं को किस प्रकार सैनिक और असैनिक हिस्सों में विभक्त करेगा। इस योजना को कैसे लागू किया जाएगा। इस बयान में यह भी बताया गया है कि इसकी आवश्यकता क्यों और कैसे पडी।

इसको लागू किए जाने के क्या प्रभाव होंगे। भारत–अमेरिकी परमाणु समझौते को लागू किए जाने के बाद इस योजना के दूरगामी प्रभाव होंगे। इससे भारत की परमाणु यात्रा के रास्ते में एक और महत्त्वपूर्ण बदलाव आयेगा। इसलिए इस दस्तावेज और उसमें शामिल किए गए तथ्यों को जानना और समझना बेहद उपयोगी होगा। इस दस्तावेज के अनुसार भारत और संयुक्त राज्य के बीच पूर्णरूपेण असैनिक नाभिकीय ऊर्जा सहयोग की बहाली का प्रश्न भारत की अपनी तीव्र वृद्धि दर को कायम रखने के लिए और अपने बढ़ते हुए प्रौद्योगिक कौशल की पहचान के लिए काफी मात्रा में सस्ती ऊर्जा की आपूर्तियों संबंधी आवश्यकता के संदर्भ में उठा। दोनों सरकारों, खास तौर पर राष्ट्रपति बुश और प्रधानमंत्री मनमोहन सिंह के बीच सार्वभौमिक ऊर्जा परिदृश्य और हाइड्रो कार्बन संसाधनों पर बढ़ते हुए दबाव और तेल की बढ़ती कीमतों के दीर्घकालीन प्रभावों पर प्रारम्भिक चर्चा हुई। इन गतिविधियों के परिणाम स्वरूप अप्रैल 2005 में भारत–अमेरिकी ऊर्जा वार्ता की घोषणा की गई। उल्लेखनीय है कि यह बातचीत प्रधानमंत्री की वाशिंगटन यात्रा और जार्ज बुश के साथ बातचीत के पहले की गई। इस बातचीत ने दोनों देशों के बीच शिखर स्तर पर बातचीत का आधार तैयार किया। इस वार्ता में तेल और गैस से लेकर कोयले, वैकल्पिक ईंधनों और असैनिक नाभिकीय ऊर्जा तक के ऊर्जा विकल्पों के सम्पूर्ण परिदृश्य को शामिल किया गया था। ऊर्जा सुरक्षा से जुड़ी चिंताओं का हल निकालने के लिए दोनों देशों ने एक सार्थक वार्ता करके भारत की बढ़ती हुई जरूरतों के लिए स्थाई, सक्षम, पूर्वानुमेय और लागत प्रभावी समाधान खोजने का प्रयास किया गया। इसके साथ वे इस बात पर भी सहमत हुए कि ऊर्जा उपभोग के पर्यावरणीय प्रभावों से निपटने के लिए अपेक्षाकृत अधिक स्वच्छ,सक्षम, सस्ती और विविधतापूर्ण ऊर्जा प्रौद्योगिकी का विकास करना और उन्हें स्थापित करना आवश्यक है। भारत ने नाभिकीय क्षेत्र में सम्पूर्ण नाभिकीय ईंधन चक्र सहित प्रमाणित और व्यापक क्षमताएं विकसित कर ली हैं। यह बात अंतरराष्ट्रीय स्तर पर मान ली गई है कि इन उद्देश्यों को पूरा करने की दिशा में अंतरराष्ट्रीय प्रयासों में भारत का अद्वितीय योगदान है। भारत आई टी ई आर में पूर्ण भागीदार है। अमरीका एवं अन्य भागीदारों का उसे पूर्ण समर्थन प्राप्त है। भारत ने स्वच्छ विकास भागीदारी की पहल में शामिल होने के अमरीका के निमंत्रण को भी स्वीकार कर लिया है।

ऊर्जा सुरक्षा और पर्यावरण संरक्षण के लिए जरूरी

ऊर्जा सुरक्षा और पर्यावरण संरक्षण की दोहरी चुनौतियों का सामना करने में असैनिक नाभिकीय ऊर्जा की प्रमुखता को स्वीकार करते हुए दोनों सरकारों ने 18 जुलाई 2005 को पारस्परिक वचनबद्धता और दायित्व निभाने पर सहमति व्यक्त की। इससे इस क्षेत्र में पूर्ण सहयोग बहाल करने की एक रूपरेखा बन पाएगी। अमरीका ने अपनी ओर से वचन दिया है कि पूर्ण असैनिक परमाणु ऊर्जा सहयोग प्राप्त करने हेतु अमरीकी कानूनों और नीतियों को अनुकूल बनाने के लिए कांग्रेस की सहमति प्राप्त करेगा। इस कानून में बदलाव किए बिना अमेरिका भारत के साथ परमाणु क्षेत्र में सहयोग कर ही नहीं सकता था। भारत के साथ पूर्ण असैनिक नाभिकीय ऊर्जा सहयोग एवं व्यापार, जिसमें अन्य बातों के साथ–साथ तारापुर के संरक्षित परमाणु रिएक्टरों हेतु ईंधन आपूर्तियों पर शीघ्र विचार करना शामिल है, को सक्षम बनाने के लिए अंतरराष्ट्रीय शासन प्रणाली को व्यवस्थित करने के लिए मित्रों एवं सहयोगियों के साथ मिल कर कार्य करना। इसी बीच तारापुर को शीघ्र ईंधन की आपूर्ति करने पर विचार करने के लिए इसके साझेदारों को बढ़ावा देना। आई टी ई आर में भारत की भागीदारी पर विचार करने के लिए इसके साझेदारों के साथ परामर्श करना। भारत को शामिल करने के लिए जेनरेशन–4 इंटरनेशनल फोरम में अन्य भागीदारों के साथ परामर्श करना। भारत ने उसी तरह के दायित्वों को लेने और कार्यों को करने में अपनी रजामंदी दे दी है तथा वैसे लाभ एवं फायदे उठाना चाहता है जैसा कि संयुक्त राष्ट्र अमेरिका जैसे उन्नत परमाणु प्रौद्योगिकी वाले अन्य अग्रणी देश उठा रहे हैं। भारत ने अपनी ओर से निम्नलिखित वचनबद्धताएं जाहिर कीं। चरणबद्ध तरीके से असैनिक एवं सैन्य नाभिकीय सुविधाओं एवं कार्यक्रमों की पहचान करना और उन्हें पृथक करना। आई ए ई ए के साथ अपनी असैनिक सुविधाओं के संबंध में की गई घोषणा को पूरा करना। अपनी असैनिक नाभिकीय सुविधाओं के संबंध में एक अतिरिक्त प्रोटोकोल को हस्ताक्षरित करना और उसका अनुपालन करना। भारत द्वारा की गई इस वचनबद्धता को पिछले वर्ष ही पूरा कर दिया गया। उनमें निम्नलिखित शामिल हैं : भारत का उत्तरदायी अप्रसार रिकार्ड, जिसे अमरीका द्वारा मान्यता दी गई, बना हुआ है। यह इसकी नीतियों एवं कार्रवाइयो में दर्शाया गया है। एन एस जी और एम टी सी आर के दिशा–निर्देशों के साथ भारत के निर्यात नियंत्रणों को सुसंगत बनाना, हालांकि, भारत किसी

भी दल का सदस्य नहीं है। इन दिशा–निर्देशों और नियंत्रण सूचियों को अधिसूचित कर दिया गया है। उन्हें क्रियान्वित किया जा रहा है। सामूहिक संहार आयुध अधिनियम मई 2005 के परिणामस्वरूप भारत के अप्रसार विनियमों और निर्यात नियंत्रणों को अत्यधिक उन्नत बनाया गया। अन्य संगत अधिनियमों की जांच और उसमें संशोधन करने के साथ–साथ उपयुक्त नियमों एवं विनियमों को तैयार करने के लिए अंतर मंत्रालयी परामर्श चल रहा है। उन देशों को संवर्धन एवं पुनर्संसाधन प्रौद्योगिकियों के हस्तांतरण रोकना, जिनके पास ये प्रौद्योगिकियां नहीं हैं। इनके प्रसार को रोकने के लिए अंतरराष्ट्रीय प्रयासों में समर्थन करना। इसने हमारी अप्रसार नीति को निर्देशित किया है। परमाणु परीक्षण पर अनवरत एकपक्षीय विलम्बन तथा एक बहुपक्षीय विखंड्य सामग्री विच्छेद संधि को अंतिम रूप देने के लिए संयुक्त राज्य के साथ काम करने की इच्छा।

भारत अपनी जिम्मेदारियां पूरी तरह निभाएगा

18 जुलाई 2005 के संयुक्त वक्तव्य में माना गया है कि भारत उसी तरह के दायित्वों को लेने और कार्यों को करने के लिए तैयार है जैसा कि संयुक्त राज्य जैसे उन्नत परमाणु प्रौद्योगिकी वाले अन्य अग्रणी देश कर रहे हैं। अप्रसार में भारत का त्रुटिहीन रिकार्ड है। संयुक्त वक्तव्य में कहा गया है कि भारत के परमाणु कार्यक्रम में सैन्य और असैनिक दोनों घटक हैं। दोनों पक्ष इस बात पर सहमत हो गए कि भारत के सामरिक कार्यक्रम में बाधा डालना इस समझौते का उद्देश्य नहीं है। यह समझौता वैश्विक ऊर्जा और पर्यावरणीय सुरक्षा को बढ़ाने के लिए पूर्ण असैनिक परमाणु ऊर्जा सहयोग की बहाली को संभव बनाने के लिए है। ऐसे सहयोग की आशा की गई थी कि भारत को असैनिक क्षेत्रों के लिए प्रस्तावित किसी भी अंतरराष्ट्रीय असैनिक परमाणु ऊर्जा सहयोग अमरीका द्वारा दिए गए सहयोग सहित को प्रथमतः असैनिक उद्देश्यों से अलग कार्यों के लिए काम में नहीं लाया जाएगा। द्वितीयतः इन्हें सुरक्षोपायों के बिना भारत से तीसरे देशों को नहीं भेजा जाएगा। इन संकल्पनाओं को भारत और आई ए ई ए के बीच होने वाले सुरक्षोपाय करार में परिलक्षित किया जाएगा। भारत का परमाणु कार्यक्रम अद्वितीय है क्योंकि यह एकमात्र ऐसा देश है, जिसने परमाणु अस्त्रों के होते हुए भी इसे सैन्य कार्यक्रम के लिए समर्पित नहीं किया है। इसकी सराहना की जानी चाहिए कि सामरिक

कार्यक्रम परमाणु विद्युत कार्यक्रम संबंधी अनुसंधान की एक प्रशाखा है। तदुपरांत इसे एक बड़े अभिन्न कार्यक्रम में सन्निहित किया गया है। पूर्णतः असैनिक सुविधाओं एवं कार्यक्रमों का निर्धारण,जिनका कोई सामरिक तात्पर्य नहीं है, एक विशेष चुनौती प्रस्तुत करता है। अतः पृथक्करण योजना में असैनिक स्वरूप में निर्धारित सुविधाएं भारत द्वारा लिए गए निर्णय के अनुसार चरणबद्ध तरीके से सुरक्षोपायों हेतु प्रस्तावित की जाएगी। संबद्ध सुविधा की प्रकृति, उसमें शुरू किये गए कार्य, राष्ट्रीय सुरक्षा की दृष्टि से सामग्रियों का महत्त्व और सुविधाओं का स्थान इस पृथक्करण प्रक्रिया को शुरू करते वक्त ध्यान देने योग्य घटक हैं। यह सिर्फ भारत का संकल्प है।

हम दूसरों से अलग हैं

भारत की नाभिकीय संस्थापना ने न केवल परमाणु रिएक्टरों को बनाया है, वरन एक राष्ट्रीय औद्योगिक ढांचे के विकास को भी बढ़ावा दिया है। परमाणु विद्युत उत्पादन की परिकल्पना एक त्रिचरणीय कार्यक्रम के रूप में की गई थी जिसमें प्रथम चरण में दाबित भारी पानी रिएक्टरों पी एच डब्ल्यू आर को काम में लाने के लिए चुना गया था। जैसे ही स्वदेशी रिएक्टरों को स्थापित किया गया, भारतीय अनुसंधान एवं विकास कार्यों पर आधारित कई अभिनव डिजाइनों में सुधार किए गए और एक मानकीकृत डिजाइन विकसित किया गया। अनुसंधान और प्रौद्योगिकी विकास कार्य में फ्रंट एंड और बैक एंड सहित सम्पूर्ण परमाणु ऊर्जा ईंधन चक्र का परिदृश्य शामिल है। ईंधन चक्र के बैक एंड संबंधी प्रौद्योगिकियों में हासिल सफलता ने हमें एक फास्ट ब्रीडर टेस्ट रिएक्टर का निर्माण कर इस कार्यक्रम के द्वितीय चरण की शुरुआत करने में मदद की है। इस रिएक्टर ने अद्वितीय कार्बाइड ईंधन के आधार पर 20 वर्षों तक काम किया है। समस्त प्रौद्योगिकी उद्देश्यों को हासिल कर लिया है। अब हम आगे बढ़ गए हैं और 500 मेगावाट के प्रोटो टाइप फास्ट ब्रीडर रिएक्टर का निर्माण कर रहे हैं। साथ ही साथ हमने थोरियम का उपयोग करने के लिए लक्षित और अंतर्निहित सुरक्षा विशेषताओं को शामिल करने वाले रिएक्टरों के डिजाइन और विकास का काम शुरू कर दिया है। ग्रिड संयोजकता जैसी अवधारणाएं पृथक्करण कार्यों के लिए प्रासंगिक नहीं हैं। ईंधन संसाधन की निरंतरता, तकनीकी डिजाइन और आर्थिक दृष्टि से उपयोगी होना, और साथ ही रिएक्टरों के निर्बाध संचालन से जुड़े मुद्दे प्रासंगिक कारक हैं। इससे

इस बात पर विचार किये बिना कि संबंधित रिएक्टर असैनिक हैं या असैनिक नहीं हैं, ग्रिड की संयोजकता हो पाएगी। यह भी माना जाना चाहिए कि अभी भी भारत परमाणु कार्यक्रम का आधार अपेक्षाकृत सीमित है। इनसे ऐसे समाधान को स्वीकर करने की आशा नहीं की जा सकती, और अपेक्षाकृत बड़े कार्यक्रमों के लिए व्यवहार्य माने जा सकते हैं। परमाणु हथियार सम्पन्न देशों पी–5 और भारत के बीच रिएक्टरों की संख्या और कुल स्थापित क्षमता की तुलना कुछ इस तरह की जा सकती है।

हम कहां खड़े हैं

भारत के पास कुल 15 रिएक्टर हैं जिनकी स्थापित बिजली उत्पादन की क्षमता 3 दशमलव 04 गीगावाट हैं। यह कुल इलेक्ट्रिकल बिजली उत्पादन क्षमता का 2 दशमलव 8 प्रतिशत है। अमेरिका के पास 104 रिएक्टर हैं जिनमें से इस समय 103 संचालन में हैं। इनकी कुल स्थापित क्षमता 99 दशमलव 21 गीगावाट है। यह देश में उत्पादित की जाने वाली इलेक्ट्रिकल उत्पादन क्षमता का 19 दशमलव 9 प्रतिशत है। इसी प्रकार फ्रांस में 59 रिएक्टर काम कर रहे हैं। इनकी स्थापित विद्युत उत्पादन क्षमता 63 दशमलव 36 गीगावाट है। यह फ्रांस की कुल इलेक्ट्रिकल उत्पादन का 78 दशमलव 1 प्रतिशत है। ब्रिटेन में कुल मिलाकर 23 रिएक्टर काम कर रहे हैं। इनमें बिजली की उत्पादन क्षमता 11 दशमलव 85 गीगावाट है। यह देश में पैदा की जाने वाली कुल इलेक्ट्रिकल उत्पादन क्षमता का 19 दशमलव 4 प्रतिशत है। रूस में कुल मिला कर 31 रिएक्टर काम कर रहे हैं। इनकी उत्पादन क्षमता 21 दशमलव 74 गीगावाट है। यह उस देश की कुल इलेक्ट्रिकल उत्पादन का 15 दशमलव 6 प्रतिशत है। चीन में 9 एटामिक रिएक्टर काम कर रहे हैं। इनमें बिजली की स्थापित उत्पादन क्षमता 6 दशमलव 602 गीगावाट है जो देश की कुल इलेक्ट्रिकल उत्पादन क्षमता का 2 दशमलव 2 प्रतिशत। यह जानकारियां परमाणु ऊर्जा संस्थान वाशिंगटन डी सी द्वारा उपलब्ध कराए गए आंकड़ों पर आधारित हैं।

दूसरे देशों में क्या हो रहा है

यहां पर ध्यान में रखी जाने वाली दूसरी बात यह है कि भारत द्वारा स्वदेश में निर्मित रिएक्टरों की कम क्षमता जिसमें से कुछ सुरक्षा परिधि से

बाहर होंगे। अतः सुरक्षाओं के दायरे की सीमा के मूल्यांकन में रिएक्टरों की संख्या और स्थापित क्षमता की प्रतिशतता, दोनों को देखना महत्त्वपूर्ण हैं। एक औसत भारतीय रिएक्टर की क्षमता 220 मेगावाट है और पी–5 इकोनामी में मानक रिएक्टर की तुलना में इसका उत्पादन काफी कम है। निम्नलिखित आंकड़े इस पक्ष को स्पष्ट करते हैं।

भारत में सबसे ज्यादा पी एच डब्ल्यू आर 220 मेगावाट इलेक्ट्रिकल रिएक्टर इस्तेमाल होते हैं। देश में इस प्रकार के रिएक्टरों की संख्या 12 है। अमेरिका में सबसे ज्यादा 69 दाबित पानी हैवी वॉटर रिएक्टर काम कर रहे हैं। इसके अलावा वहां पर 34 बायलिंग वाटर रिएक्टर भी काम कर रहे हैं। उस देश में 1000 मेगावाट इलेक्ट्रिकल से 1250 मेगावाट क्षमता के इलेक्ट्रिकल रेंज के 51 रिएक्टर हैं। फ्रांस में सबसे ज्यादा इस्तेमाल होने वाले 900 मेगावाट इलेक्ट्रिकल और 1300 मेगावाट इलेक्ट्रिकल क्षमता के पी डब्ल्यू आर किस्म के रिएक्टर काम कर रहे हैं। उस देश में इस समय 20 रिएक्टर हैं। ब्रिटेन में ए जी आर 600–700 मेगावाट इलेक्ट्रिकल रेंज में आने वाला पी डब्ल्यू आर सबसे ज्यादा इस्तेमाल किया जाता है। वहां पर इस तरह के 14 रिएक्टर हैं। रूस में तीसरी पीढ़ी के वी वी ई आर –1000 कहे जाने वाले पी डब्ल्यू आर और आर बी एम के 1000 कहे जाने वाले लाइट वाटर ग्रेफाइट रिएक्टर काम कर रहे हैं। चीन में पी डब्ल्यू आर 948 मेगावाट इलेक्ट्रिकल कहे जाने वाले चार रिएक्टर हैं। यह जानकारी यूरेनियम इन्फारमेंशन सेंटर मेलबोर्न द्वारा उपलब्ध कराए गए आंकड़ों पर आधारित है।

वही मानेंगे, जो जनमत और संसद स्वीकार करेगी

दस्तावेज में कहा गया है कि सेपरेशन की प्रक्रिया की जटिलता उन सीमित संसाधनों से और भी अधिक बढ़ जाती है जिन्हें भारत ने पी–5 राष्ट्रों की तुलना में अपने परमाणु कार्यक्रम में लगाया है। इसके अतिरिक्त, जैसे–जैसे भारत अंतरराष्ट्रीय सहयोग का विस्तार करेगा, वैसे–वैसे सुरक्षोपायों के अंतर्गत उसके ताप विद्युत रिएक्टरों की स्थापित क्षमता पर्याप्त रूप से बढ़ जाएगी क्योंकि इस प्रकार के सहयोग से नई क्षमता जुड़ जाती है। भारत ने अपने परमाणु संस्थानों को सैनिक और असैनिक के रूप में चुनाव करने के लिए निम्न मानक सिद्धान्त तय किए हैं। सुस्पष्ट रूप में विश्वसनीय, व्यवहार्य और क्रियान्वित किया जा सकने योग्य हो, 18 जुलाई के वक्तव्य में निहित बातों

के अनुरूप हो, देश की राष्ट्रीय अनुसंधान एवं विकास अपेक्षाओं के अनुरूप हो तथा भारत के त्रिचरणीय परमाणु कार्यक्रम के प्रतिकूल नहीं हो। यही नहीं, इस सिद्धान्त में यह भी स्वीकार किया गया है कि सेपरेशन इस तरह से किया जाएगा जिससे उसका क्रियान्वयन मितव्ययतापूर्ण होना चाहिए; और संसद और जनमत को स्वीकार्य होना चाहिए। इन सिद्धान्तों के आधार पर सुरक्षोपायों के लिए प्रस्तावित केवल उन संयंत्रों को असैनिक सूची में शामिल करेगा जिन्हें पृथक होने के पश्चात सामरिक महत्त्व की गतिविधियों में संलग्न नहीं किया जाएगा। इसका फैसला करने का भी यह आधार रखा गया है कि इसका निर्णायक मापदंड यह होगा कि किसी संयंत्र को आई ए ई ए सुरक्षा उपायों के अधीन करने से उससे राष्ट्रीय सुरक्षा पर प्रतिकूल प्रभाव पड़ेगा या नहीं। किसी ऐसे संयंत्र को असैनिक सूची में शामिल नहीं किया जाएगा यदि वह सामरिक महत्त्व के किसी अपेक्षाकृत बड़े क्षेत्र में स्थित हो। भले ही वह सामान्यतः सामरिक महत्त्व की गतिविधियों में शामिल नहीं होता है।

अतः असैनिक सुविधा वह होगी, जिसके बारे में भारत यह निर्धारित करे कि वह उसके सामरिक कार्यक्रम के लिए संगत नहीं है। ऊपर बताए गए सिद्धान्तों को दृष्टिगत रखते हुए भारत, अमेरिका द्वारा उठाए गए प्रतिक्रियात्मक कदमों के आधार पर निम्नलिखित मार्ग अपनाएगा। ताप विद्युत रिएक्टर भारत 2006 से 2014 के बीच 14 ताप विद्युत रिएक्टरों की पहचान करेगा तथा उनके सुरक्षोपायों का प्रबंध करेगा। इनमें मौजूदा सुरक्षोपाय युक्त रिएक्टर टी ए पी एस 1 और 2 तथा आर पी एस 1 और के 2 शामिल होंगे। इसके अतिरिक्त के 1 और के 2 भी शामिल होंगे जो अभी निर्माणाधीन हैं। 8 अन्य दाबित भारी पानी रिएक्टर की पेशकश भी की जाएगी जिनमें से प्रत्येक की क्षमता 220 एम डब्ल्यू होगी। सुरक्षोपाय प्रदान किए जाने के लिए प्रस्तावित विशिष्ट ताप विद्युत रिएक्टरों को चरणबद्ध करते समय भारत द्वारा उन्हें अलग से इंगित किया जाएगा। इस प्रकार की पेशकश के जरिए सुरक्षोपायों के अंतर्गत रखे जाने के लिए प्रस्तावित मौजूदा परिचालनरत अथवा निर्माणाधीन 22 ताप विद्युत रिएक्टरों में से 14 शामिल किए जाएंगे। इनसे मेगावाट एम डब्ल्यू के रूप में कुल स्थापित ताप विद्युत क्षमता मौजूदा 19 प्रतिशत से बढ़ कर 2014 में 65 प्रतिशत हो जाएगी।

हम तय करेंगे कि सैनिक और असैनिक क्या है

फास्ट ब्रीडर रिएक्टर : भारत कलपक्कम स्थित प्रोटोटाइप फास्ट ब्रीडर रिएक्टर पी एफ बी आर और फास्ट ब्रीडर टेस्ट रिएक्टर एफ बी टी आर के लिए सुरक्षोपाय स्वीकार करने की स्थिति में नहीं है। फास्ट ब्रीडर कार्यक्रम अनुसंधान एवं विकास अवस्था में है। उसकी प्रौद्योगिकी परिपक्व होने में और विकास की प्रगति अवस्था में पहुंचने में समय लगेगा। भारत के सभी भावी असैनिक ताप विद्युत रिएक्टरों और असैनिक ब्रीडर रिएक्टरों को सुरक्षोपायों के अंतर्गत लाने का निर्णय लिया है। भारत सरकार इस प्रकार के रिएक्टरो को असैनिक घोषित करने का अधिकार केवल अपने पास सुरक्षित रखती है। भारत 2010 में साइरस रिएक्टर को स्थायी रूप से बंद कर देगा। भारत बी ए आर सी से बाहर फ्रांस से खरीदे गए अप्सरा रिएक्टर ईंधन क्रोड को स्थानांतरित करने और 2010 में उपलब्ध ईंधन क्रोड को सुरक्षोपाय के अंतर्गत लाने के लिए भी तैयार रहेगा। निम्नलिखित अपस्ट्रीम सुविधाओं की पहचान करके उन्हें असैनिक सुविधाओं के तौर पर पृथक किया जाएगा। नाभिकीय ईंधन सम्मिश्र में उन विशिष्ट सुविधाओं की सूची, जिन्हें 2008 तक सुरक्षोपायों के अंतर्गत लाए जाने के लिए इंगित किया जाएगा, को अलग से इंगित किया जाएगा। थल, तूतीकोरन और हजीरा स्थित भारी पानी उत्पादन संयंत्रों को 2006–2009 के बीच असैनिक प्रयोग के लिए विनिर्दिष्ट किए जाने का प्रस्ताव है। हम इन संयंत्रों को सुरक्षोपाय प्रयोजना के लिए संगत नहीं मानते। निम्नलिखित डाउन स्ट्रीम सुविधाओं की पहचान करके उन्हें असैनिक सुविधाओं के तौर पर पृथक किया जाएगा। भारत तारापुर विद्युत रिएक्टर ईंधन पुनर्संसाधन संयंत्र के संबंध में 2010 के बाद सुरक्षोपायों को 'अभियान' रूप में स्वीकार करने को तैयार है। तारापुर और राजस्थान स्थित अवे फ्राम रिएक्टर्स के भुक्त शेष भंडारण कुंड वर्ष 2006–2009 के बीच उपयुक्त चरणबद्ध तरीकों से सुरक्षोपायों के लिए उपलब्ध कराए जाएंगे।

भारत निम्नलिखित सुविधाओं की उद्घोषणा असैनिक सुविधाओं के रूप में करेगा। टाटा मूलभूत अनुसंधान संस्थान, परिवर्ती ऊर्जा साइक्लोट्रॉन केन्द्र, साहा नाभिकीय भौतिकी संस्थान, प्लाज्मा अनुसंधान संस्थान, गणित विज्ञान संस्थान, भौतिकी संस्थान, टाटा स्मारक केन्द्र, विकिरण तथा आइसोटोप प्रौद्योगिकी बोर्ड, हरीशचन्द्र अनुसंधान संस्थान। ये सुविधाएं सुरक्षोपायों से संगत नहीं हैं। हमारी यह आशा है कि अंतरराष्ट्रीय सहयोग की दिशा में वे

मुख्य भूमिका निभाएंगे। अमेरिका ने ईंधन की विश्वसनीय आपूर्ति की अपनी प्रतिबद्धता से भारत को अवगत करा दिया है। 18 जुलाई 2005 के संयुक्त बयान के अनुस .ग में अमरीका ने भारत के लिए आवश्यक परिस्थितियां उत्पन्न करने के आश्वासन की फिर से पुष्टि की है ताकि भारत को अपने रिएक्टरों के लिए ईंधन की सुनिश्चित रूप से और पूर्णतः प्राप्ति हो सके। अमरीका, 18 जुलाई 2005 के संयुक्त वक्तव्य के क्रियान्वयन एक भाग के रूप में अपने घरेलू नियमों में संशोधन करने और अपने मित्रों तथा सहयोगियों के साथ काम करने के लिए अमरीकी कांग्रेस से सहमति प्राप्त करने के लिए प्रतिबद्ध है ताकि नाभिकीय आपूर्ति वर्ग की पद्धतियों को अनुकूल बना कर अंतरराष्ट्रीय ईंधन बाजार तक पूरी पहुंच हासिल करने के लिए आवश्यक परिस्थितियां तैयार की जा सकें, जिनमें कई राष्ट्रों में फर्मों से ईंधन आपूर्ति विश्वसनीय निर्बाध और निरंतर रूप से हो सके।

ईंधन आपूर्ति में बाधा से बचाव

ईंधन आपूर्ति में किसी प्रकार की बाधा आने से और बचाव के उद्देश्य से अमरीका निम्नलिखित अतिरिक्त उपाय करने के लिए भी तैयार है। अमरीका परमाणु ऊर्जा अधिनियम की धारा 123 के तहत नाभिकीय ऊर्जा के शांतिपूर्ण उपयोगों पर द्विपक्षीय अमरीकी करार में ईंधन आपूर्ति के संबंध में आश्वासनों को शामिल करने के लिए तैयार है, जिसे अमरीकी कांग्रेस के समक्ष प्रस्तुत किया जाएगा। अमरीका अंतरराष्ट्रीय परमाणु ऊर्जा अभिकरण के साथ एक भारत विशिष्ट ईंधन आपूर्ति करार पर बातचीत करने में भारत का साथ देगा। अमरीका भारत के रिएक्टरों के पूरे जीवन काल के दौरान किसी प्रकार की आपूर्ति में बाधा आने के विरुद्ध सुरक्षा प्रदान करने के लिए नाभिकीय ईंधन का सामरिक दृष्टि से अतिरिक्त भंडार विकसित करने के भारतीय प्रयास का समर्थन करेगा। इन व्यवस्थाओं के बावजूद भारत को ईंधन आपूर्ति में बाध्यता आती है तो रूस, फ्रांस और ब्रिटेन जैसे देशों को शामिल करते हुए अमरीका और भारत संयुक्त रूप से मित्र आपूर्तिकर्ता देशों के समूह की बैठक बुलाएगा ताकि रूस, फ्रांस और ब्रिटेन जैसे देशों को शामिल करके ऐसे उपायों का क्रियान्वयन किया जा सकें जिससे भारत को ईंधन की आपूर्ति फिर से शुरू की जा सके। अमरीका के साथ उपर्युक्त सहमतियों को ध्यान में रखते हुए, भारत और अंतरराष्ट्रीय परमाणु ऊर्जा अभिकरण के बीच भारत विशिष्ट सुरक्षोपाय

के लिए एक विशेष करार पर वार्ता की जाएगी जिसमें असैनिक प्रयोग के लिए सुरक्षित नाभिकीय सामग्री की आपूर्ति किसी भी समय समाप्त कर देने के विरुद्ध सुरक्षा प्रदान करने के रक्षोपायों के साथ–साथ विदेशों से ईंधन आपूर्ति में बाधा आने की स्थिति में भारत द्वारा अपने असैनिक नाभिकीय रिएक्टरों का निर्बाध परिचालन सुनिश्चित करने के लिए किए जाने वाले सुधारात्मक उपायों की व्यवस्था की गई है। इसे ध्यान में रखते हुए भारत अपने असैनिक नाभिकीय रिएक्टरों को भारत विशिष्ट सुरक्षोपायों के अंतर्गत रखेगा। अंतरराष्ट्रीय परमाणु ऊर्जा अभिकरण के साथ इस दिशा में एक उपयुक्त सुरक्षोपाय करार पर वार्ता करेगा। यह व्यवस्था सरकार द्वारा संसद में की गई प्रतिबद्धताओं के अनुरूप है।

हमारी विदेश नीति स्वतंत्र रहेगी

11 मार्च 2006 को संसद में इस मुद्दे पर फिर एक बार संसद में चर्चा हुई। प्रधानमंत्री ने चर्चा का जवाब देते हुए कहा कि कुछ सदस्यों ने आशंका व्यक्त की है कि कहीं हम अमेरिका के साथ समझौता करके अपनी स्वतंत्र विदेश नीति के केन्द्र बिंदु तथा दिशा के लक्ष्य से दूर तो नहीं जा रहे हैं? मैंने कई अवसरों पर कहा है कि हमारी विदेश नीति की जड़ें हमारी सांस्कृतिक विरासत और हमारे प्रबुद्ध राष्ट्रीय हितों में अंतर्निहित हैं। वे विभिन्न देशों के साथ समझौते करने में हमारा मार्ग दर्शन करते हैं। अमरीका एक विश्व शक्ति है। कई अवसरों पर उसके हित भारत के हितों से मेल नहीं खाते हैं, परन्तु ऐसे भी अवसर आते हैं जब इसके विपरीत भी हुआ है। मैं मानता हूं कि ऐसे में भारत सरकार का यह कर्तव्य बनता है कि वह उपलब्ध अवसरों का लाभ उठाए जिनसे हमारे विकास के विकल्प व्यापक होते हैं। अमरीका के साथ समझौता करते हुए इसी बात को ध्यान में रखा गया है।

पारम्परिक सामरिक सहयोगियों को नहीं भूले हैं

मैं इस सम्माननीय सभा को आश्वस्त करना चाहता हूं कि अमरीका के साथ अपने संबंधों को सुदृढ़ बनाते समय हम अपने पारम्परिक सामरिक सहयोगियों को नहीं भूले हैं। उदाहरण के लिए, आज रूस के साथ हमारे संबंध पहले से भी अधिक प्रगाढ़ और मजबूत हैं। यही बात फ्रांस के साथ

हमारे संबंधों पर भी लागू होती है। आज चीन के साथ हमारे संबंध अधिक मजबूत और प्रगाढ़ हैं। यहां तक कि आज भी जब सभा की बैठक चल रही है, हमारे दो विशेष प्रतिनिधि सीमा संबंधी विवाद को हल करने संबंधी मुद्दों पर चर्चा कर रहे हैं। हमने उपलब्ध अवसरों का सदुपयोग दक्षिण–पूर्व एशिया के देशों, जापान तथा कोरिया के साथ अपने संबंधों को बेहतर बनाने के लिए किया है। हमें इसी तरह के प्रयास जारी रखने चाहिए। मैं इस सम्मानित सभा को आश्वस्त करना चाहता हूं कि भारत का प्रबुद्ध राष्ट्रीय हित ही हमारे लिए सर्वोपरि है। संयुक्त राज्य अमरीका के साथ बातचीत के दौरान हमने इसी बात को ध्यान में रखा है।

यह समझौता केवल परमाणु ऊर्जा के लिए ही नहीं है

निश्चित रूप से यह सच है कि हमने अमरीका के साथ जो समझौता किया है उसमें यद्यपि असैनिक परमाणु ऊर्जा एक महत्त्वपूर्ण घटक है, तथापि संयुक्त वक्तव्य में अन्य महत्त्वपूर्ण कार्यों का भी उल्लेख किया गया हैं। इसमें क्या शामिल है? इसके द्वारा हम अमरीका में उपलब्ध तकनीकी ज्ञान, अनुभव और विशेषज्ञता का उपयोग अपने देश में, विशेषतः विभिन्न कृषि विश्वविद्यालयों और कृषि अनुसंधान संस्थानों के माध्यम से, कृषि अनुसंधान और विस्तार सेवाओं की गुणवत्ता का उन्नयन कर पाएंगे। मेरी राय में इसके बारे में कोई आपत्ति नहीं होनी चाहिए। वास्तव में हमारे देश में पहली हरित क्रांति में वस्तुतः नॉर्मन बारलॉग जैसे महान अमरीकी वैज्ञानिक का अत्यंत महत्त्वपूर्ण योगदान रहा। अमरीका ने, विशेष रूप से वहां के लैंट ग्राट कालेज ने, हमारे देश में प्रमुख कृषि विश्वविद्यालय स्थापित करने में महत्त्वपूर्ण भूमिका निभायी। इस प्रकार हमारे देश में हरित क्रांति आई। पिछले कई वर्षों में हमारी कृषि उत्पादकता स्थिर होकर रह गई है। हमारे देश में आज दूसरी हरित क्रांति की आवश्यकता है। हमें अपना कृषि उत्पादन बढ़ाने के लिए तथा उसे प्रोन्नत करने के लिए नई प्रौद्योगिकियों की आवश्यकता है। ऐसे में यदि अमरीका के पास ऐसी जानकारी है जिससे हमें अपनी उन्नति की प्रक्रिया में सहायता मिल सकती है तो उसका उपयोग करने में मुझे कोई दोष दिखाई नहीं देता। वैश्वीकरण के इस युग में अपने विकास संबंधी विकल्पों को बढाने के लिए विज्ञान और प्रौद्योगिकी के क्षेत्र में सहयोग लेना आवश्यक होता जा रहा है। यदि हम भारतीय कृषि में उत्पादकता की स्थिरता के प्रति गंभीर हैं तो

हमें देखना होगा कि कहां–कहां का उन्नयन किया जा सकता है। मुझे नहीं लगता कि हम ऐसा कार्य कर रहे हैं जिससे हमारे देश के हितों को क्षति पहुंचे।

हम केवल आयातित तेल पर निर्भर नहीं रह सकते

अब मैं असैनिक परमाणु ऊर्जा सहयोग की बात करता हूं। हमने जो किया है उसकी पृष्ठभूमि क्या है? इस समय हमारी अर्थव्यवस्था की वार्षिक विकास की दर 7 से 8 प्रतिशत है। हम चाहते हैं कि अर्थव्यवस्था की विकास दर 8 से 10 प्रतिशत सुनिश्चित हो सके। मुझे विश्वास है कि हमारे देश की बचत और निवेश के आंकड़े यह दर्शाते हैं कि 10 प्रतिशत विकास दर वास्तविक रूप में प्राप्त की जा सकेगी। बचत अलग बात है जब कि ऊर्जा संबंधी सुरक्षा एक अन्य मुद्दा है। मैंने गणना की है और विशेषज्ञ सलाहकारों द्वारा इसकी पुष्टि भी की गई है कि हमारी अर्थव्यवस्था की विकास दर यदि एक प्रतिशत होती है तो हमें एक प्रतिशत अतिरिक्त वाणिज्यिक ऊर्जा की आपूर्ति करनी होगी। यदि अर्थव्यवस्था का 10 प्रतिशत प्रति वर्ष की दर से विकास करना है तो हमें अपनी वाणिज्यिक ऊर्जा को भी दस प्रतिशत की दर से बढ़ाना होगा। आज अपनी वाणिज्यिक ऊर्जा की जरूरतों की पूर्ति के लिए हम मध्यपूर्व तथा पश्चिम एशिया से मिलने वाले हाइड्रोकार्बन पर बहुत अधिक निर्भर हैं। हम सामान्यतः 110 मिलियन टन तेल का उपयोग करते है जब कि हम 30 मिलियन टन से ज्यादा का उत्पादन नही करते हैं। बाहरी दुनिया पर हमारी यह निर्भरता और बढ़ने वाली है। विश्व बाजार में हाइड्रोकार्बन की आपूर्ति तथा इसकी कीमतों, दोनों के संबंध में स्पष्ट तौर पर अनिश्चितता है जिसके बारे में मुझे अभी चर्चा नहीं करनी है।

हमारे कोयले में राख ज्यादा है

हमारे पास कोयले के पर्याप्त भंडार हैं लेकिन हमारे कोयले में राख की मात्रा ज्यादा होती है। कोयले के अधिक उपयोग से अत्यधिक कार्बन डाई आक्साइड निकलने के कारण पर्यावरण संबंधी खतरों की समस्याओं का सामना करना पड़ रहा है। इसके परिणामस्वरूप कार्बन डाई आक्साइड के उत्सर्जन और वैश्विक तापमान में वृद्धि चिंता का विषय बने हुए हैं। इस पृष्ठभूमि को ध्यान में रखते हुए मैं समझता हूं कि यह हमारे हक में होगा कि

वाणिज्यिक जरूरतों की पूर्ति के लिए हमारे पास ऊर्जा के अतिरिक्त विकल्प हों। परमाणु ऊर्जा हमें इस प्रकार का एक विकल्प देता है। यह ऊर्जा के सुरक्षित भंडार हेतु हमारे अन्वेषण संबंधी कार्य क्षेत्र को बढ़ाती है। ऊर्जा के बढ़ते उपयोग के कारण इसकी बढ़ती हुई मांग को परमाणु ऊर्जा के माध्यम से पूरा करने में अनेक समस्याएं हैं।

तीस साल पहले रखे गए परमाणु ऊर्जा के लक्ष्य अब तक प्राप्त नहीं हो पाए

लगभग तीस साल पूर्व मैं वित्त मंत्रालय में सचिव था तो मैं परमाणु ऊर्जा आयोग का भी सदस्य था। उस समय आयोग ने 10 हजार मेगावाट परमाणु बिजली उत्पादन क्षमता का लक्ष्य रखा था। आज वर्ष 2006 है। हमारी स्थापित क्षमता संभवतः 3000 मेगावाट की है। इसका कारण यह नहीं है कि हमारे वैज्ञानिक सक्षम नहीं हैं। वे अत्यंत उत्साहित हैं। उनकी जानकारी चरम पर है। परमाणु मुद्दों पर विद्यमान भेदभाव की कठिन शर्तों के बावजूद उन्होंने अपने ज्ञान को सिद्ध किया हैं। हम उनकी उपलब्धियों पर गर्व करते हैं। लेकिन कुछ कड़वे सच भी हैं। कच्चे माल की प्राप्ति के मामले में हमारे सामने समस्या आ गई है। 1974 के बाद से विश्व समुदाय के दबंग देशों ने एक संगठन बना लिया हैं। वह हमारी परमाणु ऊर्जा की जरूरतों की पूर्ति के हमारे विकल्पों में बाधा बन रहा है फिर चाहे वह रिएक्टर हो या ईंध न या इनपुट के संबंध में हो। इससे हमारे ऊर्जा संबंधी कार्यक्रमों को नुकसान हुआ हैं। यही कारण है कि चाहने के बावजूद हमने परमाणु क्षमता में जो विस्तार करना चाहा था वह नहीं कर पाए हैं।

वर्तमान व्यवस्था हमारे विकल्प सीमित करती है

मैं यह नहीं कह रहा हूं कि आयात ही एकमात्र रास्ता है। लेकिन आयात की सुविधा दिए जाने तथा प्रतिबंधात्मक अंतरराष्ट्रीय व्यापार प्रणाली जो परमाणु सामग्री और परमाणु प्रौद्योगिकी के मामले में हमारे विकल्पों को सीमित करती है, को समाप्त किए जाने से ऊर्जा सुरक्षा की चुनौती से निपटने में हमारे देश की क्षमता निश्चित रूप से बढ़ेगी। यही कारण है कि जब मैं और राष्ट्रपति बुश ने इस विषय पर चर्चा की तो उन्होंने मुझे कहा कि यह एक ऐसा क्षेत्र है जिसमें भारत के प्रति अमरीका के दृष्टिकोण में मूलचूक परिवर्तन की जरूरत है। उन्होंने मुझसे यह भी कहा कि अमरीका और परमाणु आपूर्ति समूह

के अन्य देश हमें परमाणु बम बनाने में मदद नहीं करने वाले हैं। मैंने कहा कि यह बिल्कुल तर्कसंगत है। मैं विश्व से ऐसी अपेक्षा भी नहीं करता। इसलिए असैनिक क्षेत्र और सामरिक क्षेत्र को एक दूसरे से अलग करने का विचार सामने आया। हमने अमरीका के साथ सामरिक सहयोग की दिशा में कोई कार्य योजना नहीं बनाई है। यह मूलतः भारत की वाणिज्यिक ऊर्जा संबंधी जरूरतों की पूर्ति के लिए परमाणु सामग्री आपूर्ति समूह के सदस्यों और भारत के बीच सहयोग को बढ़ावा देने का प्रयास है।

समझौते का सार

मैं जिसे अपनी सरकार की उपलब्धि होने का दावा करता हूं कि वह यह है कि देश की वाणिज्यिक ऊर्जा संबंधी सभी जरूरतों की पूर्ति के लिए यह समझौता करते समय हमने अपने सामरिक कार्यक्रमों की स्वायत्तता के संबंध में कोई समझौता नहीं किया है। अमरीका के साथ इस विषय पर कोई चर्चा नहीं हुई है। हमने ऐसे किसी फार्मूले या प्रस्ताव पर सहमति व्यक्त नहीं की है जो हमारे परमाणु कार्यक्रम में बाधा बने। हमने इस संबंध में पूरी सावधानी बरती है। हमने भारत की जरूरतों का आकलन करते समय अपने परमाणु वैज्ञानिकों और सशस्त्र सेनाओं से इस बारे में परामर्श किया है कि भारत के कार्यक्रम के लिए अत्यंत न्यूनतम निवारक मात्रा कितनी हो सकती है। हमने यह सुनिश्चित किया है कि यथासंभव भारत की वर्तमान तथा भावी जरूरतों का ध्यान रखा जाए। इसलिए देश को आश्वस्त होना चाहिए कि भारत के सामरिक परमाणु कार्यक्रम के मामले में किसी प्रकार का समझौता नहीं किया गया है। हमने अपने परमाणु कार्यक्रम के बारे में किसी प्रकार की सीमा स्वीकार नहीं की है। अपने देश की सुरक्षा संबंधी सरोकारों को ध्यान में रखते हुए यह निर्णय भारत सरकार को लेना होगा कि क्या वांछित है और क्या नहीं। इसके बारे में निर्णय लेने का अधिकार सिर्फ हमें है। यही अमरीका के साथ समझौते का सार है।

निवारक क्षमता पर सीमा स्वीकार करने का कोई सवाल ही नहीं

परमाणु समझौते के संबंध में कई प्रकार के सवाल उठाए गए हैं। यह कहा गया है कि हमने अपने सामरिक परमाणु क्षमता के लिए एक सीमा तय करना स्वीकार कर लिया है। मैं पहले ही बता चुका हूं कि ऐसी कोई बात

नहीं है। हमसे पूछा गया है कि क्या हमने अपने सामरिक कार्यक्रमों के लिए पर्याप्त विखंडनशील सामग्री और अन्य सामग्रियों की उपलब्धता सुनिश्चित की है। मैं इस सभा को पुनः आश्वासन देना चाहता हूं कि पृथक्करण योजना इस तरह से बनाई गई है कि इससे सामरिक कार्यक्रम पर कोई प्रतिकूल प्रभाव नहीं पड़ेगा। भारत के लिए अपनी निवारक क्षमता पर किसी प्रकार की सीमा स्वीकार करने का सवाल ही पैदा नहीं होता। खतरे की आशंका के आकलन के आधार पर सरकार ने यह सुनिश्चित किया है कि विखंडनशील सामग्री तथा अन्य सामग्री पर्याप्त मात्रा में उपलब्ध हो जिससे हमारे सामरिक कार्यक्रम की वर्तमान तथा भावी जरूरतों को पूरा किया जा सके। पृथक्करण योजना किसी भी रूप में हमारे परमाणु सिद्धान्तों को कमजोर नहीं करती। पहले उपयोग न करने की नीति पर आधारित इस सिद्धान्त में एक विश्वसनीय न्यूनतम निवारक क्षमता का प्रावधान है। इससे हम पर पहले हमला करने वाले शत्रु को भारी क्षति पहुंचाने हेतु विश्वसनीय क्षमता का प्रावधान किया गया है। बढ़ते खतरे का सामना करने के लिए संयम और जिम्मेदारी पूर्वक उपयुक्त कदम उठाने की हमारी परमाणु नीति के कारण इस पृथक्करण योजना से हमारे वर्तमान तथा भावी विकल्प सीमित नहीं होंगे। प्रधानमंत्री ने कहा कि हमसे पूछा जाता है कि सेफगार्ड एग्रीमेंट क्यों जरूरी हैं। लोग पूछते है कि भारत विशेष सुरक्षोपाय ही क्यों? क्योंकि यह निश्चित रूप से सत्य हैं कि हम परमाणु अप्रसार संधि एन टी पी पर हस्ताक्षर करने वाले परमाणु हथियार रखने वाले देशों के सदस्य नहीं हैं। इसलिए हम पी–5 में सम्मिलित नहीं हैं। हम दूसरी श्रेणी अर्थात गैर परमाणु हथियार वाले देशों में भी नहीं हैं। हमारा एक अपना परमाणु अस्त्र कार्यक्रम है। शेष विश्व इस सत्य से अवगत हैं। इसलिए, निश्चित रूप से यह सही है कि जब हम अंतरराष्ट्रीय परमाणु ऊर्जा एजेंसी के साथ कोई समझौता करते हैं तो हमारे सुरक्षोपायों समझौते माडल–1 या माडल–2 की हू–ब–हू प्रति नहीं हो सकते। हमारे द्वारा अंतरराष्ट्रीय परमाणु ऊर्जा एजेंसी से विचार–विमर्श करके किया जाने वाला समझौता बिल्कुल अलग तरह का सुरक्षोपाय समझौता होगा।

ईंधन की कभी आपूर्ति रुकी तो भी हमारे पास विकल्प होंगे

मैं सभा को आश्वासन देना चाहता हूं कि भारत एन टी पी के अंतर्गत गैर परमाणु हथियार वाले देशों द्वारा हस्ताक्षरित, अन्यथा व्यापक कहे जाने

वाले समझौतों को स्वीकार नहीं करेगा। ऐसा इसलिए है कि हमारी सैनिक सुविधाएं अन्य परमाणु हथियार वाले देशों के सुरक्षोपाय के दायरे से बाहर रहेंगी। प्रत्येक परमाणु हथियार वाले देश ने अंतरराष्ट्रीय परमाणु एजेंसी से अलग–अलग सुरक्षोपाय समझौते किए हैं। जिसके तहत विभिन्न देशों के विभिन्न सुरक्षोपायों के लिए भिन्न–भिन्न प्रावधान किए गए हैं। इसी प्रकार हम भी विशेषतः अंतरराष्ट्रीय परमाणु ऊर्जा एजेंसी सुरक्षोपायों के लिए प्रदत्त सुविधाओं की सूची को भारत सुरक्षोपाय समझौते में सम्मिलित करेंगे। महोदय, इस प्रकार का भारत विशेष सुरक्षोपाय समझौता अभी किया जाना है। इसके विषय वस्तु और ब्योरे के बारे में कहना अभी मुश्किल होगा। तथापि, इसमें किसी भी समय असैनिक उपयोग के लिए सुरक्षित परमाणु सामग्री वापस लिए जाने के विरुद्ध उपाय किए जाएंगे। इस प्रकार का समझौता किया जाएगा कि विदेशी ईंधन की आपूर्ति बाधित हो जाने की स्थिति में भी भारत अपने असैनिक परमाणु रिएक्टरों का निर्बाध प्रचलन सुनिश्चित करने हेतु उपचारात्मक कदम उठा सके। प्रधानमंत्री ने कहा, ईंधन आपूर्ति के मामले में मैं सदन को यह बताना चाहूंगा कि अमरीका ने ईंधन की निर्बाध आपूर्ति के बारे में भी कई आश्वासन दिए हैं। इससे ईंधन आपूर्ति बाधित होने की स्थिति में भारत द्वारा उपचारात्मक कदम उठाने के भारत के अधिकार के प्रति आश्वस्त हो जाना चाहिए। इन आश्वासनों के बावजूद भी यदि सभी उपाय असफल हो जाते हैं और हमारे सुरक्षित रिएक्टरों के लिए आपूर्ति बंद हो जाती है तो भी भारत के पास अपने हितों की रक्षा के लिए उचित कदम उठाने का अधिकार होगा। इस प्रकार इन सुरक्षोपायों को निर्बाध आपूर्ति हेतु विश्वसनीय आश्वासनों से समर्थित संदर्भ में देखा जाना चाहिए।

भाभा परमाणु केन्द्र अंतरराष्ट्रीय निरीक्षण के लिए नहीं

तीसरा मुद्दा सी आई आर यू एस और अप्सरा अनुसंधान रिएक्टरों के संबंध में सरकार द्वारा घोषित उपायों के बारे में है। ये रिएक्टर भाभा परमाणु अनुसंधान केन्द्र में स्थित है। मैंने अपनी ओर से दिए पिछले वक्तव्य में कहा था कि हमने 2010 तक सी आई आर यू एस रिएक्टर को स्थायी रूप से अंदर करने तथा विदेशी स्रोत के ईंधन पर आधारित अप्सरा रिएक्टर को भाभा परमाणु अनुसंधान केन्द्र से बाहर स्थानांतरित करने का निर्णय लिया है। तत्पश्चात ईंधन कोर वर्ष 2010 में सुरक्षोपायों के लिए उपलब्ध होगा। सवाल

पूछे जा रहे हैं कि हम ऐसा क्यों कर रहे हैं? मैं यह स्पष्ट करना चाहता हूं कि केवल फ्यूल कोर को ही स्थानांतरित किया जाएगा न कि रिएक्टर को। हमने ये दोनों कदम उठाने का निर्णय लिया है क्योंकि भाभा परमाणु अनुसंधान केन्द्र परिसर राष्ट्रीय सुरक्षा की दृष्टि से बहुत महत्त्वपूर्ण है। इस क्षेत्र में हम किसी भी प्रकार के अंतरराष्ट्रीय निरीक्षण की अनुमति नहीं दे सकते। हालांकि सी आई आर यू एस रिएक्टर हाल ही में साधन सम्पन्न किया गया था लेकिन इसकी लागत, इसके द्वारा उत्पादित आइसोटोप्स और इसे बंद किए जाने से पूर्व किए जाने वाली अनुसंधान की उपलब्धि से अधिक होगी। चूंकि सी आई आर यू एस और अप्सरा दोनों की हमारे सामरिक कार्यक्रम से संबंधित नहीं हैं, अतः हमारे वैज्ञानिकों ने मुझे विश्वास दिलाया है कि पृथक्करण योजना में घोषित किए गए इन प्रयासों का हमारे सामरिक कार्यक्रम पर कोई प्रभाव नहीं पड़ेगा।

हमारे अनुसंधान और विकास में कोई बाधा नहीं पड़ेगी

कुछ सदस्यों ने यह चिंता जाहिर की है कि क्या इन प्रयासों से हमारे अनुसंधान तथा विकास कार्यों में बाधा उत्पन्न होगी? इस सम्माननीय सभा के माध्यम से मैं राष्ट्र को तथा विशेष रूप से वैज्ञानिक समुदाय को यह भरोसा दिलाता हूं कि हम ऐसे सभी संभव उपाय करेंगे जिनसे अनुसंधान और विकास पर कोई प्रतिकूल प्रभाव न पड़े। हमारे वैज्ञानिकों को ज्ञान का विस्तार करने के लिए आधुनिकतम सुविधाएं मिलें। अनुसंधान और विकास कार्यक्रम की स्वायत्तता की रक्षा करने का हमारा दृढ़ निश्चय हमारी पृथक्करण योजना तैयार करने का एक प्रमुख आधार रहा है। इसे पूर्ण रूप से सुनिश्चित किया जाएगा। कुछ सदस्यों ने इस बात पर भी चिंता व्यक्त की है कि अमरीका से वार्ता के दौरान सामरिक कार्यक्रम के बारे में पूरी गोपनीयता बरती गई है या नहीं ? मैं माननीय सदस्यों को यह भरोसा दिलाता हूं कि अमरीका के साथ हमारा विचार–विमर्श उन्हीं सुविधाओं से संबंधित है जिनकी 2006 से 2014 के बीच सुरक्षोपायों के लिए पेशकश की जा रही है। हमारी बातचीत में सामरिक कार्यक्रम के मुद्दे पर कोई चर्चा नहीं हुई। हमारी राष्ट्रीय सुरक्षा तथा सामरिक कार्यक्रम के संबंध में गोपनीय सूचना पूरी तरह सुरक्षित रही है और रहेगी।

यह समझौता सिर्फ अमेरिका के साथ नहीं है

मुझे विश्वास है कि सभा की यह भावना है कि हमने जो निर्णय लिया है उससे अंतर्राष्ट्रीय सहयोग की फिर से शुरुआत होगी। हमारी परस्पर समझ बूझ से न केवल अमरीका के साथ बल्कि हमारे अन्य महत्त्वपूर्ण साझेदारों यथा रूस, ब्रिटेन और फ्रांस के साथ भी हमारे असैनिक नाभिकीय ऊर्जा क्षेत्र में सहयोग और विकास के द्वार खुलेंगे। इसके साथ ही हम असैनिक नाभिकीय प्रौद्योगिकी के क्षेत्र में अपनी अन्य क्षमताओं का भी अंतरराष्ट्रीय स्तर पर आदान–प्रदान कर सकेंगे। इस संदर्भ में कुछ सदस्यों ने विश्व नाभिकीय ऊर्जा साझेदारी का उल्लेख किया है किन्तु यह अमेरिका के साथ असैनिक नाभिकीय सहयोग के बारे में द्विपक्षीय वार्ता से भिन्न विषय है। इस संदर्भ में नाभिकीय ईंधन चक्र के समस्त पहलुओं पर हमारी व्यापक क्षमताएं और विशेषज्ञता सुस्थापित है और इसे व्यापक स्तर पर मान्यता मिली हुई है। अतः ऐसी किसी अंतरराष्ट्रीय पहल में हमारा संभावित संबंध, अन्य प्रवर्तक सदस्यों के साथ भारत की बराबरी के साझेदार के रूप में और एक आपूर्तिकर्ता राष्ट्र के रूप में भागीदारी पर ही हो सकता है। मैं इसी बात पर जोर देना चाहता हूं। हम अपने तीन स्तरीय कार्यक्रम को नहीं छोड़ेंगे जिससे हम भविष्य में अपने थोरियम के विशाल भंडारों का उपयोग कर सकेंगे। मैं दोहराता हूं कि जो भी हमने किया है उसका उद्देश्य ऊर्जा का पर्याप्त सुरक्षित भंडार सुनिश्चित करने की दृष्टि से अपने विकास के विकल्पों को विस्तृत करना है। हमने इस बात का पूरा ध्यान रखा है कि हमारे सामरिक कार्यक्रम की सुरक्षा की जा सके। हमने यह भी ध्यान रखा है कि इस समझौते से ऐसे महत्त्वपूर्ण क्षेत्र में जारी अनुसंधान और विकास पर किसी भी प्रकार का प्रतिकूल प्रभाव न पड़े। मेरा मानना है कि हमने जो किया है वह अपने देश को प्रगति तथा विकास के पथ पर तेजी से बढ़ाने का एक और कदम है।

हरेक आंख का आंसू पोंछना है

17 अगस्त 2006 को फिर एक बार प्रधानमंत्री डा. मनमोहन सिंह ने संसद में इस समझौते के बारे में अपने विचार व्यक्त किए। उन्होंने कहा कि सभापति जी, मैं इस सम्मानित सदन में खड़े होकर आपको और माननीय सदस्यों को उस सपने के बारे में बताना चाहूंगा जिससे हमें प्रेरणा मिलती है। जिसे और किसी ने नहीं बल्कि पंडित जवाहरलाल नेहरू जैसे व्यक्ति ने हमें

दिया था जब उन्होंने आजादी की पूर्व सन्ध्या पर कहा था, " हमारा काम तब तक पूरा नहीं होगा जब तक हम लंबे समय से चली आ रही घोर गरीबी, अज्ञानता और बीमारियों, जिनसे अभी भी हमारे देश के करोड़ों लोग पीड़ित हैं, को दूर नहीं कर लेते।" पिछले साठ सालों में घोर गरीबी को कम करने के लिए काफी कुछ किया जा चुका हैं लेकिन, इस बात से कौन इंकार कर सकता है कि हमें अपने मन में संजोए हुए लक्ष्य को हासिल करने के लिए अभी भी बहुत कुछ करना है। महोदय, 1947 में पंडित नेहरू ने महात्मा गांधी को उद्धृत करते हुए कहा था कि हरेक व्यक्ति की आंख से आंसू पोंछना हमारे युग के महानतम व्यक्ति का सपना रहा है। उन्होंने यह भी कहा था कि हो सकता है कि यह हमारे लिए एक कठिन काम हो, लेकिन यह एक ऐसी प्रेरणा है जिससे हमारे जैसे गरीब और अल्पविकसित देश की सरकारों को सीख लेनी होगी।

तेज विकास से गरीबी दूर होगी

महोदय, मुझे पूरा यकीन है कि यदि हमारे पास तेजी से विकसित हो रही अर्थव्यवस्था हो तो घोर गरीबी को दूर किया जा सकता है। हालांकि, मैं यह भी मानता हूं कि तेजी से विकसित हो रही अर्थव्यवस्था अपने आप में गरीबी से मुक्ति दिलाने की कोई पर्याप्त शर्त नहीं है। हमें विशेष रूप से अपने समाज के उपेक्षित वर्गों की जरूरतों पर ध्यान केन्द्रित करने के लिए संस्थागत व्यवस्थाओं की जरूरत है। यदि भारत को अपनी विकास दर 8 प्रतिशत से 10 प्रतिशत या उससे अधिक ले जानी है तो इसे ऊर्जा की मात्रा को बढ़ाना होगा। एक सवाल पूछा गया है, क्या मैंने इस बात का आकलन किया है कि देश को किस–किस तरह की ऊर्जा की जरूरत हैं? और क्या मैंने उस पर आने वाली लागत का हिसाब लगा लिया है? सभापति जी मुझे इसका कुछ आभास था। सन 1974 में पोखरण परीक्षणों के तुरंत बाद मैं परमाणु ऊर्जा आयोग का वित्त सदस्य बना। डा. रामन्ना, डा. सेठना और डा. आयंगर जैसे अपने सहयोगियों के साथ हमने अपनी ऊर्जा जरूरतों की कमी को पूरा करने में परमाणु ऊर्जा की भूमिका का आकलन किया।

परमाणु ऊर्जा सबसे कम लागत वाला उपाय

इस संदर्भ में, हमें यह कभी नहीं भूलना चाहिए कि भारत के परमाणु

कार्यक्रम का प्रमुख उद्देश्य ऊर्जा का उत्पादन करना था। रक्षा की बात तो बहुत देर बाद आई। लेकिन आज हम कहां हैं? साठ सालों के बाद हमारा कुल परमाणु ऊर्जा उत्पादन तीन हजार मेगावाट से अधिक नहीं हैं। लोग कहते हैं कि हम कोयले का इस्तेमाल कर सकते हैं। हमारे पास बहुतायत में कोयला उपलब्ध है। अक्सर घटिया स्तर के कोयले में अधिक मात्रा में राख के तत्त्व होते हैं। कोयले का ज्यादा इस्तेमाल होने से कार्बन डाई आक्साइड और अन्य गैसों का अधिक उत्सर्जन होगा। उससे पर्यावरण को नुकसान पहुंचेगा। जहां तक हाइड्रोकार्बन का संबंध है आप जानते ही है कि इसकी आपूर्ति में बहुत अधिक अनिश्चितता है। हम यह भी जानते हैं कि हाइड्रोकार्बन, तेल और गैस के दाम बहुत कम अवधि में प्रति बैरल सौ डालर तक बढ़ सकते हैं। इसलिए, इस माहौल में समझदारी यही हैं कि हम अपने ऊर्जा विकल्पों को खुला रखें। मैं यह नहीं कह रहा हूं कि परमाणु ऊर्जा ही इसका आखिरी उत्तर होगा, बल्कि मैं यह कह रहा हूं और समझता हूं कि अपने विकल्पों को खुला रखने से ही हमारा समग्र विकास होगा। जब ऊर्जा सुरक्षा की बात होती है तो अपने विकल्पों को खुला रखने का मतलब है कि हमें अपने आपको इस काबिल बनाना है कि जिससे हम परमाणु ऊर्जा का प्रभावी ढंग से इस्तेमाल कर सकें। यदि हमारी जरूरतें बढ़ती हैं और यदि आर्थिक हालत की यह मांग हो तो यह सर्वाधिक कम लागत वाला उपाय हैं।

बदले नहीं तो अनिश्चितता का सामना करना होगा

मेरा मानना है कि यदि विश्व में लगभग तीस सालों से चली आ रही परमाणु व्यवस्था जिसने भारत के साथ परमाणु व्यापार करने पर प्रतिबंध लगाए हैं, को बदला नहीं जाता तो भारत को अपने विकास के विकल्पों विशेष कर ऊर्जा सुरक्षा की मांग को लेकर बहुत अधिक अनिश्चितता के दौर से गुजरना पड़ेगा। मुझसे पूछा गया है कि मैंने कौनसी गणनाएं देखी हैं। मैं कहता हूं कि परमाणु ऊर्जा विभाग में मैंने कई गणनाएं देखी हैं। अस्सी के दशक में जब श्री के. सी. पंत ऊर्जा नीति समिति के अध्यक्ष थे, एक विस्तृत अध्ययन किया गया था। इसमें यह बताया गया था कि यदि बिजली का उत्पादन करके उसे कोयला खदान से 700 किलोमीटर दूर पहुंचाना है तो इसके लिए आर्थिक दृष्टि से सही उत्तर परमाणु ऊर्जा ही है। चीजें बदली जा सकती हैं। मैं समझता हूं कि योजना आयोग ने अभी जो काम किया है उससे

वे इस नतीजे पर पहुंचे हैं कि परमाणु विकल्प से हमें ऊर्जा के क्षेत्र में अत्यधिक सुरक्षा मिलेगी। यह हमारी सोच है। इससे प्रेरित होकर हम परमाणु व्यवस्था को बदलने के अपने प्रयासों को आगे बढ़ा रहे हैं। वस्तुतः हमारी सुरक्षा संबंधी चिंताएं हैं, अंतरराष्ट्रीय सुरक्षा संबंधी चिंताएं हैं। हमारे पड़ोस में परमाणु हथियारों का जमावड़ा हमारे लिए चिंता की बात है। इसलिए यह स्पष्ट हैं कि एक ओर जहां हम वैश्विक निरस्त्रीकरण के लिए अथक काम करने के लिए प्रतिबद्ध हैं वहीं दूसरी ओर, हमें यह भी समझना होगा कि हम एक ऐसी दुनिया में रह रहे हैं जहां, यह काम आज, कल या परसों नहीं होने वाला है। हम एक ऐसी दुनिया में रह रहे हैं जहां अनिश्चितता है। जहां पर कुछ भी पूर्वानुमान नहीं लगाया जा सकता। ऐसे में हमारी सुरक्षा संबंधी चिंताएं वाजिब हैं। परमाणु हथियार कार्यक्रम जिसकी स्वायत्तता और स्वतंत्रता पूरी तरह से हमारे अपने आकलन पर निर्भर है, हमारी परमाणु नीति के एक प्रमुख सिद्धान्त के रूप में बना रहेगा।

हम सही रास्ते पर चल रहे हैं

प्रधानमंत्री ने कहा कि महोदय, मैं समझता हूं कि यदि हम यथास्थिति से हटने की कोशिश करेंगे तो समझो कि हम जोखिम उठा रहे हैं। बदलाव बहुत विघटनकारी होता है। इससे मौजूदा संस्थाएं, सोचने के मौजूदा ढंग सभी गड़बड़ा जाते हैं। यथास्थिति में संतोष, वास्तविकता के आधार पर टिका होता है। यदि कोई भविष्य की योजना बना रहा हो और भविष्य अनिश्चितता से घिरा हो तो वह जोखिम उठा रहा होता है और वह उसके लिए गलत हो सकता है। लेकिन हम एक ऐसी दुनिया में रह रहे हैं जहां बदलाव अटल है। इस देश को अपने भविष्य के बारे में बड़ा सोचने के लिए तैयार रहना होगा। यदि हमारा यही सपना हो, यही मिशन हो तो मैं समझता हूं कि हमने जिस रास्ते को चुना है वह सही रास्ता है। मैं यह नहीं कह रहा हूं कि मैं जानता हूं कि हम इसमें सफल होंगे कि नहीं। वस्तुतः यदि मुझे इस बहस को शुरू करने की इजाजत दी गई होती तो मैंने उन जोखिमों को रेखांकित किया होता जिनका हम सामना कर रहे हैं। हो भी सकता था कि इसके आखिर में सम्पूर्ण सदन यह कह देता कि यही बातें और यही दृष्टिकोण तो हम चाहते थे। मुझे वह अवसर नहीं दिया गया। यहां तक कि मैंने दोनों सदनों से आग्रह किया था कि मैं एक स्वतः वक्तव्य देना चाहता हूं जिसमें हमारे दृष्टिकोण, लक्ष्यों और

उन जोखिमों तथा अनिश्चितताओं का जिक्र होगा जिनका हम सामना कर रहे हैं। साथ ही इन जोखिमों और अनिश्चितताओं का हम कैसे मुकाबला करेंगे, इसका भी उल्लेख होगा।

मेरे बारे में फैसला इतिहास करेगा

महोदय, मुझे वर्ष 1991 की याद है जब मुझे दिवालिया अर्थव्यवस्था सौंपी गई थी। दो हफ्ते से अधिक का विदेशी मुद्रा भंडार नहीं था। मुझे इस अर्थव्यवस्था को बचाने के लिए एक हफ्ते के भीतर कोई कार्यक्रम तैयार करना था। एक महीने के अंदर मुझे ऐसा बजट पेश करना था जिसमें इस तरह से दूरगामी बदलावों की जरूरत थी। जिस तरह से हमें अपनी आर्थिक समस्याओं के बारे में सोचने के लिए बताया गया था। सन 1992 में उसी मौके पर जब मैं अपना दूसरा बजट पेश करने के लिए उठा तो सारा विपक्ष, दक्षिण और वाम, खड़ा हो गया और कहने लगा कि मुझ पर महाअभियोग चलाया जाए क्योंकि मैंने यह बजट वाशिंगटन के परामर्श से तैयार किया हैं और यह भी कि मैं एक अमेरिकी एजेंट हूं। मैंने इस तरह की बातों के साथ जीना सीखा है। इसलिए, मुझे आश्चर्य नहीं होता जब आज भी इस तरह की बातें कही जाती हैं। मैं मजबूत हूं अथवा कमजोर, यह इतिहास ही तय करेगा। लेकिन, मैं इस सदन को यह बताना चाहता हूं कि मैं इन जोखिमों को समझता हूं कि समस्त आधुनिक समाजों में सुधार कार्य किए जाते हैं। मैं हाल ही में मैशिएवेल्ली को पढ़ रहा था। मैं द प्रिंस के एक पैराग्राफ को उद्धृत करना चाहूंगा : "इस बात को समझ लेना चाहिए कि किसी भी चीज की एक नई व्यवस्था शुरू करने से ज्यादा कोई भी ऐसा कठिन काम नहीं है जिसे किया न जा सकता हो, जिसमें सफलता मिलने का अधिक संदेह बना हो, जिसे संभालने में अधिक खतरा हो। क्योंकि सुधारक के दुश्मन उन सभी में होते हैं जिन्हें पुरानी व्यवस्था से लाभ मिलता हैं, और केवल कुछ समर्थक ही उनमें ऐसे होते हैं जो नई व्यवस्था से लाभान्वित होने वाले होते हैं। यह अनुत्साह कुछ तो उनके उन विरोधियों के डर से उत्पन्न होता है जिनके पक्ष में कानून होता है; और कुछ उनके लोगों के अविश्वास से पैदा होता है जो किसी भी नई चीज में तब तक पूरी तरह से यकीन नहीं करते जब तक उन्हें इसका अनुभव नहीं हो जाता। इससे यह बात सामने आती है कि जब भी सुधारक पर कटाक्ष करने का कोई मौका मिलता है, उसके विरोधी अपने समर्थकों के साथ

उत्साहपूर्वक ऐसा करते हैं; जब कि दूसरे लोग आधे–अधूरे मन से उसका समर्थन करते हैं। इस तरह, उसके लिए इन दोनों पक्षों के बीच चलना खतरे से भरा काम होता है। इसलिए मैं ऐसे जोखिमों से वाकिफ हूं जिन्हें मैं उठा रहा हूं।"

समझौते से बाहर कुछ भी मंजूर नहीं

इस मामले पर सदन में हुई चर्चा के दौरान दो तरह की टिप्पणी की गई है। पहले कुछ मुद्दे हमारी विदेश नीति के बुनियादी स्वरूप से संबंधित हैं। कुछ माननीय सदस्यों ने उल्लेख किया है कि अमेरिका के साथ चर्चा करके तथा उसकी अपेक्षाओं पर कथित तौर पर मौन सहमति जताकर, हमने अपनी विदेश नीति के स्वतंत्र स्वरूप से समझौता किया है। दूसरे कुछ मुद्दे 18 जुलाई के संयुक्त बयान और 2 मार्च के पृथक्करण योजना से विचलन से संबंधित हैं। माननीय सदस्यों द्वारा उठाए गए कई बिंदु संसद से बाहर, विशेषकर वैज्ञानिक प्रतिष्ठान के कुछ वरिष्ठ सदस्यों द्वारा भी व्यक्त किए गए हैं। कुल मिला कर, जो महत्त्वपूर्ण चिंताएं व्यक्त की गई हैं उनमें ये शामिल हैं कि भारत अमेरिका–परमाणु पहल और विशेष कर अमेरिकी कांग्रेस में प्रस्तावित कानून की विषयवस्तु से हमारी निर्णय लेने की स्वायत्तता कम हो सकती है; हमारे सामरिक कार्यक्रम की अखंडता से समझौता किया जा सकता है। अथवा उसके विकल्प सीमित हो सकते हैं; और हमारे वैज्ञानिक अनुसंधान और विकास के भविष्य पर बुरा प्रभाव पड़ सकता है। कुल मिला कर, इससे ऐसा संकेत मिलता है कि भारत की सामरिक परमाणु स्वायत्तता से समझौता किया जा रहा है। भारत स्वयं ही उन नई और अस्वीकार्य शर्तों को मानने के लिए दबाव में आ रहा है, जो जुलाई 2005 और इस वर्ष फरवरी और मार्च में मेरे द्वारा किए गए वादों से विचलन है।

समझौते से बुनियादी नीतियों में कोई बदलाव नहीं होगा

मैं मानता हूं कि इनमें कई चिंताएं इस धारणा पर आधारित हैं कि ऐसा कुछ भी नहीं किया जाना चाहिए जिससे उन चिरकालिक नीतियों को नुकसान पहुंचता हो जो भारत के महत्त्वपूर्ण राष्ट्रीय सुरक्षा हितों पर आधारित हैं। मैं इन भावनाओं को पूरी तरह समझता हूं। उनका समर्थन करता हूं। मैं माननीय सदस्यों को विश्वास दिलाना चाहूंगा कि नागरिक परमाणु सौदे के

बारे में अमेरिका से किये गए समझौते से हमारी नीतियों के बुनियादी स्वरूप में कोई बदलाव नहीं आया है। ना ही राष्ट्रीय हित के मुद्दों पर स्वतंत्र रूप से हमारे निर्णय पर कोई प्रभाव पड़ा है। पिछले साल अमेरिका के अपने दौरे के समय मैंने नेशनल प्रेस क्लब को संबोधित किया था जिसमें बड़ी संख्या में मीडिया के लोग उपस्थित थे। मुझसे एक सवाल पूछा गया था कि इराक में अमेरिकी हस्तक्षेप के बारे में मेरे क्या विचार हैं। बड़ी तादाद में मौजूद मीडिया के लोगों के सामने मैंने कहा कि यह एक भूल थी। यही बात मैंने राष्ट्रपति श्री बुश से भी उस समय कही जब वे भारत के दौरे पर आए थे। मैंने कहा कि भारत, शासन बदलने के पक्ष में नहीं है। हमारी विदेश नीति का मुख्य उद्देश्य हमारे राष्ट्रीय हित को बढ़ावा देना है। हम स्वतंत्र विदेश नीति के प्रति अपनी वचनबद्धता पर अटल हैं। हम बढ़ते हुए परस्पर निर्भर और बहु ध्रुवीय विश्व में मौजूदा जटिलताओं को समझते हैं। यद्यपि हम इस बात को मानते हैं कि अमेरिका विश्व में सबसे बड़ी शक्ति है। अमेरिका के साथ अच्छे संबंध हमारे राष्ट्रीय हित में हैं, लेकिन इससे हमारे निर्णय पर किसी तरह से असर नहीं पड़ा है। अमेरिका के साथ कई क्षेत्रों में सहमति हुई है, लेकिन साथ ही ऐसे कई क्षेत्र हैं जिनमें हमारे मतभेद हैं। हमने इन्हें अमेरिका को बताने और सार्वजनिक करने में कोई संकोच नहीं किया है। इस समय हम न केवल अमेरिका बल्कि रूस, चीन, यूरोपीय संघ, ब्रिटेन, फ्रांस और जापान जैसी अन्य वैश्विक शक्तियों के साथ संबंध बना रहे हैं। हम आसियान तथा पश्चिम एशिया, अफ्रीका तथा लैटिन अमेरिका के देशों पर भी ध्यान केन्द्रित कर रहे हैं। अधिक महत्त्वपूर्ण बात यह है कि हम नेपाल, भूटान, श्री लंका, बंगला देश, म्यामांर और पाकिस्तान जैसे अपने निकटस्थ पड़ोसी देशों के साथ संबंध बनाने पर अपेक्षाकृत अधिक समय दे रहे हैं। प्रयास कर रहे हैं। इन सभी देशों के साथ हमारे संबंध हमारे प्रबुद्ध राष्ट्रीय हित की कामना पर निर्धारित किये जाते हैं। हमने अमेरिका सहित किसी भी अन्य देश को अपनी नीतियों को प्रभावित करने की अनुमति नहीं दी है। इसमें तब तक बदलाव नहीं आएगा जब तक मैं प्रधानमंत्री हूं।

अमरीकी कानूनों से हम बंधेंगे नहीं

इसलिए, व्यक्त की गई आशंकाओं को देखते हुए मैं यह दोहराना चाहूंगा कि भारत के साथ परमाणु सहयोग पर प्रस्तावित अमेरिकी कानून

अंगीकरण के दूसरे चरण को पूरा कर लेंगे। इसी बीच, अमरीकी सरकार ने परमाणु आपूर्ति समूह से अपने दिशा निर्देशों को अनुकूल बनाने के लिए आग्रह किया है ताकि भारत और अंतरराष्ट्रीय समुदाय के बीच पूर्ण ऊर्जा सहयोग हो सके। इस वर्ष मार्च में, परमाणु आपूर्ति समूह ने ब्राजील में हुई अपनी पूर्ण बैठक में इस मुद्दे पर एक प्रारंभिक चर्चा की। इस मामले पर परमाणु ऊर्जा समूह द्वारा इस वर्ष के आखिर में और चर्चा की जाएगी। अपनी ओर से, हमने इस मुद्दे को कई देशों के साथ अलग से उठाया है और उनसे आग्रह किया है कि वे भारत के लिए परमाणु आपूर्ति पर लगे मौजूदा प्रतिबंधों को हटा लें। मैंने स्वयं भी अन्य देशों के साथ–साथ रूस, फ्रांस, ब्रिटेन, जापान, जर्मनी, ब्राजील, नार्वे, आइसलैंड और साइप्रस के राष्ट्राध्यक्षों अथवा सरकारों के साथ यह मसला उठाया है।

समझौते के लागू करने के हमारे अपने मापदंड हैं

माननीय सदस्यों द्वारा व्यक्त की गई चिंताओं को देखते हुए, मैं प्रत्येक चिंता का कुछ विस्तार से समाधान करने की कोशिश करूंगा। तथापि, मैं इस बात पर जोर देते हुए शुरुआत करना चाहूंगा कि हमारी नीति जुलाई 2005 के संयुक्त बयान और मार्च 2006 की पृथक्करण योजना में निहित समझौतों पर आधारित है। परमाणु सहयोग करने के लिए अमेरिका के साथ जिस बात पर हम सहमत हो सकते हैं, वह पूरी तरह से इन्हीं मापदंडों के भीतर ही होगी। जिन प्रमुख प्रावधानों के बारे में संसद और संसद के बाहर उल्लेख हुआ है वे निम्न प्रकार हैं : नागरिक परमाणु सहयोग पर अमेरिका के साथ हमारी चर्चाओं में मुख्य बात यह है कि वर्षों से भेदभाव पूर्ण व्यवस्थाओं के जरिए भारत पर लगाए गए मौजूदा प्रतिबंधों को पूर्णरूप से और अपरिवर्तनीय रूप से हटाना सुनिश्चित किया जाए। हम चाहते हैं कि नागरिक परमाणु ऊर्जा–परमाणु ईंधन की आपूर्ति और परमाणु रिएक्टरों से लेकर इस्तेमाल में लाए गए ईंधन की फिर से प्रोसेसिंग अर्थात एक पूर्ण परमाणु ईंधन चक्र के सभी पहलुओं तक–से संबंधित सहयोग और प्रौद्योगिकी हस्तांतरण के सभी पहलुओं पर लगे प्रतिबंधों को हटाया जाए। यह जहां एक ओर अंतरराष्ट्रीय परमाणु समुदाय के एक पूर्ण और बराबर भागीदार के रूप में भारत की स्वीकार्यता की पक्की गारंटी होगी, वहीं दूसरी ओर हमारे तीन स्तरीय परमाणु कार्यक्रम की अखंडता सुरक्षित रहेगी तथा हमारे वैज्ञानिक अनुसंधान और विकास की

स्वायत्तता भी बनी रहेगी। हम ऐसी किसी भी व्यवस्था को स्वीकार नहीं करेंगे जो हमें पूर्ण नागरिक परमाणु सहयोग जैसा कि ऊपर बताया गया है, के लाभों को प्राप्त करने से वंचित रखे।

परस्पर आदान-प्रदान के सिद्धान्त

मैंने पहले भी संसद को विश्वास दिलाया था कि जुलाई 2005 के वक्तव्य में निहित हमारे समझौते के कार्यान्वयन के लिए परस्पर आदान–प्रदान प्रमुख बात है। मैं इस प्रतिबद्धता से बंधा हुआ हूं। जब हमने पृथक्करण योजना को पेश किया था तब हमने अमेरिका को फिर से यह स्पष्ट कर दिया था कि भारत से इन दायित्वों को पूरा करने की उम्मीद नहीं की जा सकती कि भविष्य में प्रतिबंधों के उठने की प्रत्याशा में वह अपने परमाणु संयंत्रों को निगरानी में रख देगा। भारत और अमेरिका ने प्रस्तावित द्विपक्षीय सहयोग के समझौते पर एक दौर की चर्चा की है। भारत और अंतरराष्ट्रीय परमाणु ऊर्जा एजेंसी ने भारत विशिष्ट निगरानी समझौते के संबंध में तकनीकी चर्चा की है। इन दोनों दस्तावेजों पर आगे और चर्चा करने की जरूरत है। इन समानान्तर प्रयासों के चलते हमारा रुख यह है कि भारत पर लगे सभी परमाणु प्रतिबंध हटा लेने पर ही हम परमाणु संयंत्रों पर चरण बद्ध रूप में अंतरराष्ट्रीय परमाणु ऊर्जा एजेंसी की निगरानी स्वीकार करेंगे, और जैसा कि पृथक्करण योजना में इस प्रयोजन के लिए चिह्नित किया गया है। पिछले वर्ष 29 जुलाई को मैंने कहा था कि अपने नागरिक परमाणु संयंत्रों को स्वेच्छा से अंतरराष्ट्रीय परमाणु ऊर्जा एजेंसी की निगरानी में रखने से पहले हम यह सुनिश्चित करेंगे कि भारत पर लगे सभी प्रतिबंध हटा लिए जाएं। इस मुद्दे पर हमारे रुख में कोई बदलाव नहीं आया है। सीनेट बिल के मसौदे के लिए अमेरिकी राष्ट्रपति द्वारा कांग्रेस को एक वार्षिक रिपोर्ट देनी होती है जिसमें यह प्रमाण दिया जाता है कि भारत परमाणु अप्रसार और अन्य प्रतिबद्धताओं का पूर्णतया पालन कर रहा है। हमने इन प्रावधानों पर अपने विरोध के बारे में अमेरिका को साफ बता दिया है। इन्हें भारत पर बाध्यकारी न होने के रूप में पेश किया जा रहा है। ये जुलाई के वक्तव्य के बिल्कुल उलट हैं। हमने अमेरिकी प्रशासन को बता दिया है कि इस प्रकार के प्रमाणीकरण से प्रतिबंधों को स्थायी आधार पर नहीं बल्कि वार्षिक आधार पर हटाया जाएगा। हमने यह भी संकेत दिया है कि इससे भावी सहयोग की अनिश्चितता बनी रहेगी और यह हमें स्वीकार्य

नहीं है।

उन्नत परमाणु प्रौद्योगिकी रखने वाले देश के रूप में भारत

माननीय सदस्यों को याद होगा कि जुलाई के वक्तव्य में इस बात को स्वीकार किया गया था कि भारत को एक ऐसे देश के रूप में समझा जाएगा जिसके पास उन्नत परमाणु प्रौद्योगिकी है और जिसे वैसे ही अधिकार और लाभ प्राप्त होने चाहिए जो अमेरिका जैसे उन्नत परमाणु प्रौद्योगिकी वाले अन्य देशों को प्राप्त हैं। जुलाई के वक्तव्य में भारत का एक परमाणु हथियार सम्पन्न देश के रूप में उल्लेख नहीं किया गया क्योंकि उसका परमाणु अप्रसार संधि में एक विशेष संकेतार्थ है, बल्कि इसमें भारत के सैन्य परमाणु संयंत्रों की मौजूदगी को साफ तौर पर स्वीकार किया गया है। इसका यह भी अर्थ है कि भारत उस पूर्ण निगरानी के दायरे में नहीं आएगा जैसा कि परमाणु हथियार न रखने वाले उन देशों पर लागू होता है जिन्होंने परमाणु अप्रसार संधि पर हस्ताक्षर किए हैं। इसके साथ ही, भारत के परमाणु हथियारों से जुड़ी गतिविधियों को जारी रखने पर भी कोई प्रतिबंध नहीं होगा। इन महत्त्वपूर्ण विषयों में, भारत पांचों परमाणु हथियार सम्पन्न देशों के ही समकक्ष होगा जिन्होंने परमाणु अप्रसार संधि पर हस्ताक्षर किए हैं। इसी तरह, पृथक्करण योजना में अंतरराष्ट्रीय परमाणु ऊर्जा एजेंसी के साथ भारत विशिष्ट निगरानी समझौता किया गया है जिसमें रिएक्टरों के लिए निर्बाध रूप से ईंधन की आपूर्ति करने और ईंधन की आपूर्ति बाधित होने की स्थिति में उपचारात्मक उपाय करने के भारत के अधिकार का आश्वासन दिया गया है। हमने अमेरिका को स्पष्ट कर दिया है कि भारत का सामरिक कार्यक्रम जुलाई के वक्तव्य के दायरे से पूरी तरह बाहर है, और हम ऐसे किन्हीं भी कानूनी प्रावधानों का विरोध करते हैं जिनमें या तो हमारे परमाणु हथियार कार्यक्रम अथवा निगरानी दायरे से बाहर के हमारे परमाणु संयंत्रों की जांच जरूरी हो।

निगरानी समझौता और ईंधन आपूर्ति का आश्वासन

इस संबंध में भी यह उल्लेखनीय है कि मार्च 2006 की पृथक्करण। योजना में, अंतरराष्ट्रीय परमाणु ऊर्जा एजेंसी के साथ भारत विशिष्ट निगरानी समझौते में यह प्रावधान किया गया है जिसमें अंतरराष्ट्रीय परमाणु ऊर्जा

एजेंसी की निगरानी में रखे जाने वाले रिएक्टरों के लिए निर्बाध रूप से ईंधन की आपूर्ति करने और ईंधन की आपूर्ति बाधित होने की स्थिति में उपचारात्मक उपाय करने के भारत के अधिकार का आश्वासन दिया गया है। वस्तुतः हमारे पास अपने हितों की सुरक्षा करने हेतु सभी समुचित उपाय करने का सम्प्रभु अधिकार है। एक महत्त्वपूर्ण आश्वासन हैं—भारत के रिएक्टरों को उनके जीवनकाल तक परमाणु ईंधन का स्ट्रेटजिक रिजर्व तैयार करने के भारत के अधिकार का समर्थन करने की प्रतिबद्धता। हमने भारत विशिष्ट निगरानी समझौते पर अंतरराष्ट्रीय परमाणु ऊर्जा एजेंसी के साथ विशेषज्ञ स्तर पर तकनीकी चर्चाएं शुरू की हैं। अमेरिका के साथ द्विपक्षीय परमाणु सहयोग समझौता और अंतरराष्ट्रीय परमाणु एजेंसी के साथ भारत विशिष्ट निगरानी समझौता दोनों ही जुलाई के वक्तव्य और मार्च की पृथक्करण योजना के मानदंडों के दायरे में ही होंगे। इस बात पर कोई सवाल ही नहीं उठता कि भारत अंतरराष्ट्रीय परमाणु ऊर्जा एजेंसी के साथ किसी निगरानी समझौते पर हस्ताक्षर कर रहा है, या ऐसे किसी अतिरिक्त प्रोटोकोल पर जैसा कि परमाणु हथियार न रखने वाले उन देशों ने किया है, जिन्होंने परमाणु अप्रसार संधि पर हस्ताक्षर किए हैं। निगरानी के दायरे में रखे हमारे परमाणु संयंत्रों के बारे में जिन प्रमाणीकरण उपायों का उल्लेख अंतरराष्ट्रीय परमाणु ऊर्जा एजेंसी के साथ भारत विशिष्ट निगरानी समझौते में किया गया है, उन्हें छोड़ कर अन्य दूसरे उपायो को हम स्वीकार नहीं करेंगे। इसलिए अमेरिकी निरीक्षकों को हमारे परमाणु संयंत्रों के इर्द–गिर्द घूमने की अनुमति देने का सवाल ही नहीं उठता।

सैन्य परमाणु संस्थानों की जांच का किसी को अधिकार नहीं होगा

मैंने 7 मार्च 2006 के अपने वक्तव्य में संसद को आश्वासन दिया था कि पृथक्करण योजना से हमारे सामरिक कार्यक्रम पर कोई विपरीत असर नहीं पड़ेगा। मैं आज इस प्रतिबद्धता को दोहराता हूं। पृथक्करण योजना को इस तरह से तैयार किया गया है कि ताकि हमारी मौजूदा और आंकी गई भावी जरूरतों के आधार पर हमारे सामरिक कार्यक्रम के लिए विखंड्य सामग्री और अन्य सामग्री पर्याप्त रूप में सुनिश्चित हो सके। हमारे तीन स्तरीय परमाणु कार्यक्रम की अखंडता पर कोई प्रभाव नहीं पड़ेगा। परमाणु क्षेत्र में हमारे अनुसंधान और विकास कार्यकलापों, जिनमें हमारे फास्ट ब्रीडर रिएक्टरों

का विकास और थोरियम कार्यक्रम भी शामिल है, की स्वायत्तता पर कोई असर नहीं पड़ेगा। हम अपने सामरिक कार्यक्रम पर किसी भी तरह से बाह्य जांच की अनुमति नहीं देंगे, ना ही हम इसे भारत और अंतरराष्ट्रीय समुदाय के साथ भावी परमाणु सहयोग की एक शर्त के रूप में स्वीकार करेंगे। इस मामले में हमारा रुख बिल्कुल साफ है। हम विखंड्य सामग्री के उत्पादन पर स्थगन को स्वीकार नहीं करेंगे। हम जिनेवा में निरस्त्रीकरण सम्मेलन में फिसाइल मटीरियल कट ऑफ ट्री टी पर ही वार्ता करने के लिए प्रतिबद्ध हैं जिसका वादा पिछली सरकार ने किया था। निरस्त्रीकरण सम्मेलन में फिसाइल मटीरियल कट ऑफ ट्री टी को जब भी अंतिम रूप दिया जाता है, भारत इसमें तब ही शामिल होगा जब वह भेदभाव रहित हो, इसमें बहुपक्षीय चर्चा हुई हो और यह अंतरराष्ट्रीय तौर पर प्रमाणीकृत हो। साथ ही इसमें हमारे सुरक्षा हितों का पूरा ख्याल रखा गया हो। भेदभाव रहित विश्व परमाणु निरस्त्रीकरण के बारे में हम अपनी प्रतिबद्धता पर राजीव गांधी कार्य योजना पर अटल हैं। इससे हम पीछे नहीं हटेंगे। हम ऐसे प्रस्तावों को स्वीकार नहीं करते जो क्षेत्रीय परमाणु अप्रसार अथवा क्षेत्रीय निरस्त्रीकरण के लिए समय--समय पर पेश किये जाते हैं। विश्व परमाणु निरस्त्रीकरण तक, भारत के एक परमाणु हथियार सहित देश के रूप में परमाणु अप्रसार संधि में शामिल होने अथवा अभी या भविष्य में भारत को परमाणु आपूर्तियों की जरूरत के रूप में पूर्ण रूप से निगरानी स्वीकार करने का प्रश्न ही नहीं उठता।

भावी सहयोग की समाप्ति

प्रधानमंत्री ने कहा कि प्रस्तावित अमेरिकी कानून में प्रावधान है कि यदि भारत द्वारा परमाणु विस्फोट किया जाता है तो अमेरिका को आगे और सहयोग को खत्म करने का अधिकार है। इस पर हमारा रुख एकदम साफ है। अमेरिका को सूचित कर दिया गया है कि भारत अमेरिकी द्विपक्षीय परमाणु सहयोग समझौते में परमाणु विस्फोट को भावी सहयोग की एक शर्त के रूप में हमें स्वीकार्य नहीं है। हम परमाणु परीक्षण पर एक तरफा स्वैच्छिक रोक से आगे जाने को तैयार नहीं हैं जैसा कि जुलाई के वक्तव्य में बताया गया है। यह उन दूसरे अनुचित अप्रसार सिद्धान्तों के लिए सच है जिनका प्रस्तावित अमेरिकी कानून में उल्लेख है। भारत द्वारा परमाणु हथियार रखना और उनका विकास करना हमारी राष्ट्रीय सुरक्षा का एक अभिन्न हिस्सा है, और यह बना रहेगा। माननीय

सदस्य इस तथ्य को समझेंगे कि परमाणु ऊर्जा सहयोग पर अंतरराष्ट्रीय बातचीत, विशेषकर जब इसमें तीन दशकों से अधिक समय से लागू प्रतिबंधित व्यवस्थाओं को समाप्त करने का मामला जुड़ा हुआ हो, एक जटिल और संवेदनशील कार्य है। आज हम नई अंतरराष्ट्रीय व्यवस्थाएं लागू करने के लिए जो कुछ प्रयास कर रहे हैं, उससे तीन दशकों से लगे भेदभावपूर्ण प्रतिबंध दूर हो जाएंगे। इसलिए यह अपरिहार्य हैं कि कुछ परस्पर विरोधी खींचतान और दबाव होंगे। इसका अर्थ यह नहीं है, भारत दबावों के सामने झुक जाएगा अथवा उन शर्तों को स्वीकार कर लेगा जो इसके राष्ट्रीय हितों के विपरीत है। मैंने इस मुद्दे पर पिछले माह सेंट पीटर्सबर्ग में राष्ट्रपति बुश से व्यक्तिगत रूप से बात की थी। उन्हें अवगत करा दिया था कि प्रस्तावित कानून पूरी तरह से 18 जुलाई 2005 के वक्तव्य और 2 मार्च 2006 की पृथक्करण योजना के मापदंडों के अनुरूप होना चाहिए। यही भारत–अमेरिका के बीच परमाणु सहयोग के लिए एकमात्र स्वीकार्य आधार होगा। भारत इस सहमत ढांचे से बाहर कोई अतिरिक्त वादे नहीं कर सकता और करने के लिए तैयार भी नहीं है। वह किन्हीं असंगत मुद्दों को पेश करने की अनुमति देगा। मुझे अमरीकी राष्ट्रपति से आश्वासन मिला है कि लक्ष्यों से हटने की उनकी कोई मंशा नहीं हैं। सहयोग दायरे के मापदंड वही होंगे जो जुलाई 2005 के संयुक्त वक्तव्य और मार्च 2006 की पृथक्करण योजना में निहित हैं। ह्वाइट हाउस के 26 जुलाई 2006 के प्रशासन नीति संबंधी वक्तव्य में भारत की कुछ चिंताओं, हालांकि सभी नहीं, को स्वीकार किया गया है और बतलाया गया है कि उन्हें कांग्रेस के समक्ष व्यक्त कर दिया गया है।

समझौते के बाहर हम कोई शर्त नहीं मानेंगे

मैं आपको यकीन दिलाता हूं कि हमारी स्थिति में कोई अस्पष्टता नहीं है। जहां तक इसे अमेरिका को अवगत कराने का संबंध है अमेरिका हमारी स्थिति से वाकिफ है कि आगे बढ़ने का रास्ता यही है कि जुलाई 2005 के वक्तव्य और मार्च 2006 की पृथक्करण योजना का कड़ाई से अनुपालन किया जाए। मुझे आशा है कि द्विपक्षीय भारत–अमेरिका नागरिक परमाणु सहयोग समझौते को सम्पन्न करते समय इस सदन में उठाए गए मुद्दों को ध्यान में रखा जाएगा। मैं ईमानदारी से स्पष्ट रूप से कहता हूं, मैं अमेरिकी कानून के अंतिम स्वरूप अथवा परमाणु आपूर्ति समूह, जिसमें अलग–अलग विचारधारा वाले

45 देश शामिल हैं, के साथ चल रही इस प्रक्रिया के निष्कर्ष के बारे में निश्चित रूप से भविष्यवाणी नहीं कर सकता। हमें आशा है कि इससे हमारे हितों की पूरी तरह से रक्षा होगी। भारत पर तीन दशकों से लगे प्रतिबंध पूरी तरह से हट जाएंगे। यदि ऐसे निष्कर्ष को मूर्त रूप दे दिया जाता है, तो इससे परमाणु शक्ति में तेजी से वृद्धि करके हमारी दीर्घकालिक उर्जा सुरक्षा में मदद मिलेगी। इससे प्रौद्योगिकी देने से इंकार करने वाली व्यवस्थाएं ढह जाएंगी, जिन्होंने विशेषकर हाई टेक क्षेत्रों में हमारे विकास में रोड़े अटकाए हैं। मैं इस महत्त्वपूर्ण मसले पर व्यापक राष्ट्रीय आम सहमति बनाने के लिए परमाणु ऊर्जा आयोग के सदस्यों, परमाणु तथा वैज्ञानिक समुदायों और अन्य लोगों से व्यापक बातचीत करूंगा। मैं सदस्यों को अवगत कराना चाहता हूं कि मैंने 26 अगस्त को परमाणु ऊर्जा आयोग के सदस्यों को एक बैठक के लिए आमंत्रित किया है। मैंने इसी दिन उन प्रतिष्ठित वैज्ञानिकों के एक दल को भी मिलने के लिए आमंत्रित किया है जिन्होंने अपनी चिंताएं व्यक्त की हैं। मैं केवल यही बताना चाहूंगा कि संसद और राष्ट्र से किये गए अपने वादों पर कायम रहने के लिए हम ऐसी कोई शर्त स्वीकार नहीं करेंगे। भारत और अमेरिका के बीच सहमति प्राप्त 18 जुलाई 2005 के संयुक्त वक्तव्य तथा 2 मार्च 2006 की पृथक्करण योजना के मापदंडों के बाहर जाती हो। यदि अमेरिकी कानून के अंतिम रूप में अथवा परमाणु आपूर्ति समूह के अनुकूल दिशा निर्देशों में भारत पर असंगत शर्तें थोपी जाती हैं तो संसद में किये गए मेरे वादों के अनुरूप सरकार आवश्यक निष्कर्ष निकालेगी।

वाम दलों के सवालों के जवाब

प्रधानमंत्री ने इस मामले में वाम दलों द्वारा उठाए गए मुद्दों के भी जवाब दिए। वाम दलों ने सरकार से जानना चाहा था कि क्या इस समझौते से भारत को सम्पूर्ण असैन्य परमाणु प्रौद्योगिकी मिलेगी और परमाणु अप्रसार संधि पर हस्ताक्षर न करने की वजह से दोहरे इस्तेमाल वाली प्रौद्योगिकी के इस्तेमाल के बारे में भारत पर लगाए गए सभी मौजूदा प्रतिबंध उठा लिए जाएंगे। प्रधानमंत्री ने कहा, जुलाई वक्तव्य में संपूर्ण असैन्य परमाणु सहयोग का लक्ष्य निहित है। यह लक्ष्य तभी पूरा किया जा सकता है,जब भारत के साथ परमाणु व्यापार पर लगे मौजूदा प्रतिबंधों को पूरी तरह उठा लिया जाए। जुलाई वक्तव्य के अनुसार, अमरीका ने अपने कानून में संशोधन करने तथा परमाणु ईंधन आपूर्ति

कर्ता समूह एन एस जी के दिशा निर्देशों को तदनुकूल बनाने के लिए उससे सम्पर्क करने के उद्देश्य से कदम उठाए हैं। हम चाहते हैं कि सहयोग के सभी पहलुओं और परमाणु ईंधन की आपूर्ति से लेकर परमाणु रिएक्टरों, इस्तेमाल किए गए ईंधन की फिर से शोधन यानी सम्पूर्ण परमाणु ईंधन आपूर्ति के सभी पहलुओं तथा असैन्य परमाणु ऊर्जा से संबंधित प्रौद्योगिकी हस्तांतरण पर से सभी प्रतिबंध हटाए जाएं। केवल इसी प्रकार का सहयोग जुलाई के संयुक्त वक्तव्य के अनुकूल होगा।

किसी देश का कानून हमारे संप्रभु अधिकार नहीं छीन सकता

वाम मोर्चे ने प्रधानमंत्री से जानना चाहा था कि क्या ईरान की तरह भारत की विदेश नीति पर प्रतिबंध स्वीकार नहीं किए जा सकते, चाहे ये नीतिगत रूप में हों या फिर अमरीकी सदन में बनाए गए कानून में व्यक्त सदन की मंशा के रूप में हों। प्रधानमंत्री ने सदन को बताया कि सरकार इस बारे में पूरी तरह से स्पष्ट है कि हम केवल जुलाई के संयुक्त वक्तव्य तथा पृथक्करण योजना में निहित मुद्दों के प्रति प्रतिबद्ध हैं। हम विदेश नीति के बारे में असंगत मुद्दों को शामिल करना स्वीकार नहीं कर सकते। इस बारे में किसी भी प्रकार के निर्देशात्मक सुझाव हमें स्वीकार नहीं हैं। हमारी विदेश नीति हमारे राष्ट्रीय हितों द्वारा निर्धारित होती है और होती रहेगी। किसी अन्य देश का कानून हमसे हमारे संप्रभु अधिकार छीन नहीं सकता। वाम दलों का एक सवाल यह था कि अमेरिकी कांग्रेस द्वारा 123 न्यूक्लियर कोआपरेशन एग्रीमेंट को मंजूर किए जाने के बाद ही आई ए इ ए के असैन्य परमाणु कार्यक्रमों के बारे में सुरक्षा उपायों पर स्थाई रूप से हस्ताक्षर किए जाएं। आई ए ई ए सुरक्षा उपायों पर हम हस्ताक्षर करें, इससे पहले भारत पर लगाए गए सभी प्रतिबंध उठा लिए जाने चाहिए। प्रधानमंत्री ने कहा, वाशिंगटन से वापस आने के बाद 29 जुलाई 2005 को मैंने संसद को बताया था कि हमारे परमाणु संयंत्रों को आई ए ई ए सुरक्षा उपायों के तहत लाने के पहले हम यह सुनिश्चित करेंगे कि भारत पर लगाए गए सभी प्रतिबंध उठा लिए गए हैं। अमेरिका के साथ जिस पृथक्करण योजना पर सहमति हुई है, उसके अंतर्गत भारत अपने मौजूदा काम कर रहे 14 रिएक्टरों या 2006–2014 के बीच निर्माणाधीन रिएक्टरों को आई ए ई ए सुरक्षा उपायों के तहत लाने की पेशकश की है। भारत पर लगाए गए सभी परमाणु प्रतिबंधों को उठा लिए जाने के बाद ही पृथक्करण योजना में शामिल

को भारत की प्रभुसत्ता से समझौता करने का साधन नहीं बनने दिया जाएगा। हमारी .विदेश नीति पूर्णतः हमारे राष्ट्रीय हितों को ध्यान में रखते हुए निर्धारित की गई है। विदेश में बना कोई भी कानून उस प्रभुसत्ता संपन्न अधिकार को हमसे छीन नहीं सकता। इसलिए विदेशी विधानमंडल द्वारा पारित कानून से भारत के बाध्य होने का प्रश्न नहीं उठता। हमारी विदेश नीति के संबंध में हमारा एकमात्र मार्ग दर्शक सिद्धान्त, चाहे यह ईरान के बारे में हो, अथवा किसी अन्य देश के बारे में हो, पूरी तरह हमारे राष्ट्रीय हित पर आधारित होगा।

अब मैं कुछ अन्य चिंताओं की ओर आता हूं जो 18 जुलाई 2005 के संयुक्त वक्तव्य और 2 मार्च 2006 की पृथक्करण योजना के बारे में इस सम्मान्य सदन में मेरे द्वारा दिये गए आश्वासनों से संभावित विचलनों के बारे में कुछ दूसरे मुद्दों पर व्यक्त की गई हैं। मैं स्पष्ट रूप से यह कहना चाहूंगा कि इस बाबत ना तो कोई समझौता किया गया है और ना ही किया जाएगा। सरकार भविष्य में ऐसा कोई समझौता करने की अनुमति नहीं देगी।

अमरीकी कानून के प्रति हमारी चिंताएं हैं

अमेरिकी प्रशासन 1954 के अमेरिकी परमाणु ऊर्जा अधिनियम के कतिपय प्रावधानों, जो इस समय भारत के साथ नागरिक ऊर्जा सहयोग पर प्रतिबंध लगाते हैं, में संशोधन करने हेतु अमेरिकी कांग्रेस के पास गया। अमेरिकी प्रतिनिधि सभा की अंतरराष्ट्रीय संबंधों की समिति ने 27 जून, 2006 को इस विषय पर एक विधेयक पारित किया। प्रतिनिधि सभा ने अपनी अंतरराष्ट्रीय संबंधों की समिति द्वारा अनुमोदित विधेयक को 27 जुलाई को पारित कर दिया। सीनेट की विदेश संबंध समिति ने विधेयक के इस रूपांतर को 29 जून 2006 को पारित कर दिया। आशा है कि अब अमेरिकी सीनेट विधेयक के इस रूपांतर पर सितम्बर में किसी समय मतदान करेगी। विधेयक के हाउस और सीनेट रूपांतरों के बारे में हमारी चिंताएं हैं। चूंकि दोनों विधेयक विषयवस्तु में भिन्न हैं, अमेरिकी पद्धति के अनुसार एक ही विधान प्रस्तुत करने के लिए उनमें मेल खाना जरूरी होगा। अमेरिकी हाउस और सीनेट–दोनों द्वारा पारित हो जाने के बाद जब यह विधेयक उस समय कानून बन जाएगा जब अमरीकी राष्ट्रपति इस पर अपना अनुमोदन दे देंगे। इसलिए इस कानून का आखिरी स्वरूप तभी सामने आएगा जब हाउस और सीनेट सहमति

परमाणु संयंत्रों को सुरक्षा उपायों के लिए पेश किया जाएगा। इसके लिए अमरीकी कानून में उचित संशोधन करना होगा, ताकि इस प्रकार के सहयोग की अनुमति दी जा सके, भारत के साथ द्विपक्षीय समझौते को पारित करना होगा और परमाणु ईंधन आपूर्तिकर्ता समूह एन एस जी के दिशा निर्देशों को तद्नुकूल बनाना होगा। स्पष्ट है कि भविष्य में उठायें जाने वाले प्रतिबंधों की प्रत्याशा में भारत से सुरक्षा उपायों को अपनाने की आशा नहीं की जा सकती।

अमेरिका ईंधन आपूर्ति के वायदे से हटा तो?

वाम दलों ने जानना चाहा है कि मार्च 2006 के वक्तव्य में बनी सहमति के अनुसार यदि अमरीका ईंधन आपूर्ति से पीछे हटता है तो एन एस जी के अन्य सदस्य देशों के जरिए ईंधन की निरंतर आपूर्ति सुनिश्चित करेंगे? प्रधानमंत्री ने सदन को बताया कि अमरीका द्वारा ईंधन आपूर्ति के वायदे को पृथक्करण योजना में स्पष्ट रूप से शामिल किया गया है। पृथक्करण योजना में भारत को ईंधन आपूर्ति में बाधा की स्थिति में आपात योजना का भी प्रावधान है। ऐसे मामले मे भारत और अमरीका मिलकर आपूर्तिकर्ता मित्र देशों के दल रूस, फ्रांस और ब्रिटेन की बैठक बुलाएंगे। इसका उद्देश्य भारत को ईंधन की आपूर्ति को फिर से बहाल करना होगा। समझौते में भारत के इस अधिकार के प्रति, समर्थन के प्रति प्रतिबद्धता कि वह अपने परमाणु रिएक्टरों के कार्यकाल के दौरान ईंधन के सामरिक भंडार बना सकता है, एक महत्त्वपूर्ण आश्वासन है। आश्वासनों के बावजूद यदि ईंधन आपूर्ति में बाधा आती है तो भारत को सुधारात्मक कदम उठाने का अधिकार होगा ताकि उसके परमाणु रिएक्टर काम करते रहें।

हम राजीव गांधी और दिल्ली घोषणा को लागू करेंगे

वाम दलों ने प्रधानमंत्री से जानना चाहा कि क्या भारत राजीव गांधी योजना या दिल्ली घोषणा के अनुसार परमाणु शस्त्रों से लैस सभी देशों के साथ एक फिसाइल मैटीरियल कट आफ ट्रीटी एफ एम सी टी और परमाणु निरस्त्रीकरण के लिए काम करता रहेगा? प्रधानमंत्री ने कहा कि वैश्विक परमाणु निरस्त्रीकरण के लिए हमारा समर्थन अडिग है। राजीव गांधी ने 1988 मे निरस्त्रीकरण पर संयुक्त राष्ट्र आम सभा के विशेष सत्र में एक कार्य

योजना पेश की थी। इस कार्य योजना के प्रमुख लक्ष्य यानि "एक समयबद्ध कार्यक्रम के अनुसार परमाणु शस्त्रों को पूरी तरह समाप्त करके वैश्विक परमाणु निरस्त्रीकरण" के प्रति हम कटिबद्ध हैं। भारत ने जिनेवा में परमाणु निरस्त्रीकरण के बारे में होने वाले सम्मेलन में फिसाइल मटीरियल कट आफ ट्रीटी के वार्ता पर सहमति व्यक्त की है। इस मामले में हमारी स्थिति में कोई बदलाव नहीं आया है।

आई ए ई ए के अलावा किसी और को जांच का अधिकार देने का कोई सवाल नहीं

वाम दलों की ओर से एक आपत्ति यह उठाई गई कि मूल समझौते में अमरीकी इन्सपेक्टरों का कोई प्रावधान नहीं है, इसमें केवल आई ए ई ए इन्सपेक्टरों का प्रावधान है जब कि अमेरिकी विधेयक में ऐसे प्रावधान किए गए है। प्रधानमंत्री ने कहा कि पृथक्करण योजना में, हमने इस योजना में विनिर्दिष्ट परमाणु सुविधाओं को आई ए ई ए सुरक्षा उपायों के लिए पेश करने की सहमति दी है। सुरक्षा उपाय किस प्रकार के होंगे, इसका निर्धारण आई ए ई ए के साथ भारत के लिए विशिष्ट रूप से बनाए गए सुरक्षा उपायों के द्वारा होगा। ये सुरक्षा उपाय भारत की परमाणु सुरक्षा सुविधाओं के लिए लागू होंगे। इसलिए, भारत के लिए विशेष सुरक्षा उपाय के बाहर किसी प्रकार के अन्य सत्यापन कदम या हमारी सुविधाओं की किसी तीसरे देश के इन्सपेक्टरों द्वारा जांच को स्वीकार करने का प्रश्न ही नहीं उठता। संसद में सरकार का बाहर से समर्थन करने वाले लेकिन परमाणु ऊर्जा के शांतिपूर्ण इस्तेमाल के लिए किए जाने वाले भारत–अमेरिकी समझौते के कट्टर विरोधी वाम दलों का कहना था कि विशेष रूप से भारत के लिए एक अलग प्राटोकोल हो न कि आई ए ई ए के संशोधित मानक प्रोटोकोल के अनुसार एक अलग प्रोटोकोल हो? प्रधानमंत्री डा. मनमोहन सिंह का कहना था कि पृथक्करण योजना में, हमने आई ए ई ए के साथ भारत के लिए विशेष सुरक्षा उपायों का समझौता करने के प्रति सहमति व्यक्त की है। अतिरिक्त प्रोटोकोल का प्रश्न तभी उठेगा जब भारत के लिए विशेष सुरक्षा उपाय समझौता कर लिया जाए। भारत एक परमाणु शस्त्र सम्पन्न राष्ट्र है। इसलिए यह प्रश्न ही नहीं उठता कि भारत परमाणु अप्रसार संधि एन पी टी के गैर परमाणु शस्त्र वाले देशों पर लागू सुरक्षा उपाय समझौते या अतिरिक्त प्रोटोकोल को स्वीकार करे।

परमाणु समझौता और विदेश नीति अलग-अलग है

प्रतिनिधि सभा में ईरान का समर्थन करने के बारे में उठाए गए सवाल का जवाब देते हुए प्रधानमंत्री ने कहा कि हम परमाणु मुद्दे को किसी असंगत मुद्दे से जोड़ना स्वीकार नहीं करते। भारत की विदेश नीति के फैसले केवल राष्ट्रीय हितों के आधार पर लिए जाएंगे। प्रतिनिधि सभा में और सीनेट में प्रसार सुरक्षा पहल के बारे में पूछे गए एक प्रश्न के उत्तर में प्रधानमंत्री ने कहा कि प्रसार सुरक्षा पहल प्रॉलीफेरेशन सिक्यूरिटी इनीशिएटिव पी एस आई एक असंगत मुद्दा है क्योंकि यह 18 जुलाई के संयुक्त वक्तव्य के फ्रेमवर्क में नहीं है, इसलिए हम जुलाई वक्तव्य को लागू करने में इसे एक शर्त के रूप में स्वीकार नहीं करते। सरकार ने पी एस आई पर अलग से विचार किया है। इसके कानूनी प्रभावों और एन पी टी के साथ इसे जोड़ने के बारे में हमारी कुछ चिंताएं हैं। इंटरनेशनल मेरी टाइम संगठन के तहत समुद्री समझौते में गैर कानूनी गतिविधियों पर रोक के प्रावधानों में संशोधन के बारे में हमारी कुछ चिंताएं हैं। वामदलों का कहना था कि सोवियत संघ को एम एफ एन मोस्ट फेवरिट नेशन का दर्जा देने को यहूदियों के उत्प्रवासन से जोड़ने के बारे में जैक्सन–वैनिक संशोधन एक ऐसा उदाहरण है जो मौजूदा बहस में प्रासंगिक है? प्रधानमंत्री का कहना था कि हमने तथाकथित बाध्यकारी तथा गैर बाध्यकारी प्रावधानों सहित प्रस्तावित अमरीकी कानून का सावधानी से अध्ययन किया है। गैर बाध्यकारी प्रावधानों में अनिवार्य रूप से कार्रवाई करना अपेक्षित नहीं है लेकिन साथ ही कानून को पूर्ण रूप से लागू करने में इसका कुछ प्रभाव जरूरी पड़ेगा।

अमेरिका को मालूम है हम नहीं मानेंगे

हमने अमरीकी प्रशासन को इस बारे में अपनी चिंताओं से अवगत करा दिया है। जैक्सन–वैनिक संशोधन को लागू करने के लिए प्रशासन बाध्य था। मौजूदा विधेयकों के गैर बाध्यकारी प्रावधानों के लिए इसे एक उदाहरण के रूप में नहीं लिया जा सकता। जैक्सन–वैनिक संशोधन के ज्यादा सटीक उदाहरण वे प्रावधान हैं जो चीन को दिए गए एम एफ एन मोस्ट फेवरर्ड नेशन दर्जे के नवीनीकरण के लिए बनाए गए थे। इनमें चीन के मानव अधिकार, राजनैतिक तथा धार्मिक कैदी, तिब्बत विरासत का संरक्षण तथा राजनीतिक अभिव्यक्ति की स्वतंत्रता जैसे संदर्भों को शामिल किया गया था। विदेश नीति

के बारे में संसद की भूमिका के बारे में उठाए गए प्रश्न के उत्तर में प्रधानमंत्री ने कहा, भारत संविधान में विनिर्दिष्ट संसदीय माडल का अनुकरण करता है। इसमें समझौते करने की शक्तियां कार्यपालिका को सौंपी गई हैं। हमने अमरीका के साथ हमारी वार्ता के विभिन्न स्तरों के बारे में संसद को पूरी तरह अवगत कराए रखा है। संसद के बाहर और संसद में पूरी तरह घरेलू आम सहमति होना जरूरी होगा। हम सभी चिंताओं को, जहां तक संभव हो पूरी तरह निपटा कर ही इस लक्ष्य को प्राप्त करने की दिशा में कार्य करेंगे।

समझौते पर वैज्ञानिकों की चिंताएं और उनके समाधान

इस समझौते के बारे में देश परमाणु वैज्ञानिकों के एक समूह ने भी कुछ सवाल उठाए थे। प्रधानमंत्री ने संसद में दिए गए अपने इस बयान में इन सवालों के भी जवाब दिए। इन वैज्ञानिकों की राय थी कि जिस वास्तविक दुनिया में हम रहते हैं, उसकी सामरिक जरूरतों के अनुसार और अंतरराष्ट्रीय राजनीतिक व्यवस्था की हमेशा बदलती जटिलताओं के अनुरूप भारत को अपने परमाणु विकल्प बनाए रखना चाहिए। इसका मतलब यह है कि हम अपने कार्य की स्वतंत्रता पर किसी प्रकार के स्थायी प्रतिबंध स्वीकार नहीं कर सकते। परमाणु अप्रसार संधि के अस्तित्व में आने के चालीस वर्ष बाद भी हमने ऐसा नहीं किया है, और ऐसा कोई कारण नहीं है हमें इसके आगे घुटने टेक देने चाहिए। सार्वभौमिक परमाणु अप्रसार हमारा अंतिम लक्ष्य होना चाहिए और जब तक हम इस महत्त्वपूर्ण मुद्दे के बारे में हमें अंधेरे में रोशनी की किरण नजर नहीं आती, हम स्थाई रूप से किसी समझौते को स्वीकार नहीं कर सकते।

समझौता सामरिक कार्यक्रमों को प्रभावित नहीं करेगा

प्रधानमंत्री ने कहा कि हम अपने संकल्प पर पूरी तरह दृढ़ हैं कि असैन्य परमाणु ऊर्जा पर अमेरिका के साथ जो समझौता हुआ है वह हमारे सामरिक कार्यक्रमों को किसी भी प्रकार से प्रभावित न करे। हम अंतरराष्ट्रीय राजनीति व्यवस्था की बदलती जटिलताओं के प्रति पूरी तरह जागरूक हैं। परमाणु शस्त्र हमारी राष्ट्रीय सुरक्षा के अभिन्न अंग हैं और आगे भी तब तक बने रहेंगे जब तक दुनिया से परमाणु शस्त्रों तथा भेदभाव पूर्ण सार्वभौमिक परमाणु निरस्त्रीकरण नीति को पूरी तरह समाप्त नहीं कर दिया जाता। सामरिक कार्यक्रमों के बारे

में हमारी कार्रवाई की स्वतंत्रता पर कोई प्रतिबंध नहीं है। परमाणु समझौते को भारत पर एन पी टी जैसे प्रतिबंध लगाने की छद्म पद्धति के रूप में इस्तेमाल करने की इजाजत नहीं दी जाएगी। परमाणु सुविधाओं को स्थाई तौर पर सुरक्षा–उपायों के तहत लाने की हमारी पेशकश सशर्त है, और वह शर्त यह है कि इन सुविधाओं को उनके कार्यकाल के दौरान अंतरराष्ट्रीय स्रोतों से ईंधन प्राप्त होता रहे। पृथक्करण योजना में जैसा कि आश्वासन दिया गया हैं, यदि ईंधन की आपूर्ति बाधित होती है तो भारत को सुधारात्मक कदम उठाने का अधिकार होगा, ताकि ये रिएक्टर निरंतर कार्य करते रहें। इन वैज्ञानिकों की एक चिंता यह भी थी कि 1974 के बाद, जब बड़ी शक्तियों ने हमारे साथ सहयोग करना बंद कर दिया था, हमने कई संवेदनशील प्रौद्योगिकियों के क्षेत्र में अपनी क्षमता का विकास कर लिया था। इन क्षमताओं पर अब कोई बाहरी नियंत्रण की जरूरत नहीं है, और यह नियंत्रण होना भी नहीं चाहिए। सुरक्षा उपायों की बात वहां तो समझ में आती है, जहां परमाणु सामग्रियों या प्रौद्योगिकियों के लिए बाहरी सहायता जरूरी है। हम पहले भी इस बारे में सहमत हुए हैं और भविष्य में भी इस बारे में सहमत हो सकते हैं, लेकिन केवल उन्हीं सुविधाओं और सामग्रियों तक ही यह सुरक्षा उपाय सीमित होने चाहिए जिन्हें बाहरी स्रोतों से आयात किया गया है। प्रधानमंत्री ने कहा कि संवेदनशील परमाणु प्रौद्योगिकी सुविधाओं को पृथक्करण योजना में शामिल नहीं किया गया है। इसलिए इन्हें सुरक्षा उपायों के तहत या बाहरी नियंत्रण के तहत रखने का प्रश्न ही नहीं उठता। यहां तक कि जिन परमाणु सुविधाओं को पृथक्करण योजना में शामिल भी किया गया है उन पर भी ये सुरक्षा उपाय 2006 और 2014 के बीच चरणबद्ध रूप से लागू किए जाएंगे। सुरक्षा उपायों के तहत रखी गई इन सुविधाओं को अंतरराष्ट्रीय स्रोतों से ईंधन सामग्री और प्रौद्योगिकी उपलब्ध होगी। इन आपूर्तियों के बंद हो जाने की स्थिति में भारत सुधारात्मक कदमों के जरिए अपने हितों की रक्षा करने के लिए स्वतंत्र होगा। भारत के लिए विशेष सुरक्षा उपाय समझौते में इसे पूरी तरह स्पष्ट किया जाएगा।

हमारे अनुसंधान और विकास पर असर नहीं पड़ेगा

वैज्ञानिकों का कहना था कि हमें लगता है कि अमेरिका की प्रतिनिधि सभा ने भारत–अमरीका समझौते को जिस रूप में मंजूर किया है, उससे परमाणु विज्ञान तथा प्रौद्योगिकी के क्षेत्र में देश में ही अनुसंधान तथा विकास

कार्यों के संचालन की हमारी स्वतंत्रता का हनन होगा। बाहरी जांच या नियंत्रण, किसी अंतरराष्ट्रीय संगठन को संतुष्ट करने की जरूरत की वजह से हमारे अनुसंधान तथा विकास कार्य में कोई बाधा नहीं आनी चाहिए। अनुसंधान तथा प्रौद्योगिकी विकास किसी भी राष्ट्र के संप्रभु अधिकार हैं। उन स्थितियों में यह विशेष रूप से और भी जरूरी हो जाता है जब वे राष्ट्र की सामरिक सुरक्षा और ऊर्जा आत्मनिर्भरता के मुद्दों से जुड़े हों। प्रधानमंत्री ने कहा कि परमाणु विज्ञान तथा प्रौद्योगिकी में अनुसंधान तथा विकास कार्य जारी रखने की हमारी स्वतंत्रता पर कोई प्रभाव नहीं पड़ेगा। हमारे अनुसंधान तथा विकास कार्यों की बाहरी राष्ट्रों द्वारा कोई जांच नहीं की जाएगी क्योंकि परमाणु सामग्री से जुड़ी हमारी किसी भी अनुसंधान तथा विकास सुविधा को पृथक्करण योजना में शामिल नहीं किया गया है। पृथक्करण योजना में ऐसा कुछ नहीं है, जिससे हमारी राष्ट्रीय सुरक्षा और ऊर्जा आत्मनिर्भरता से संबंधित अनुसंधान तथा प्रौद्योगिकी विकास कार्यों के संचालन के हमारे संप्रभु अधिकारों का हनन होता हो। सरकार देश के विशाल थोरियम संसाधनों के इस्तेमाल तथा तीन स्तरों वाले परमाणु विद्युत कार्यक्रमों की अक्षुण्णता बनाए रखने के प्रति कटिबद्ध है। टी आई एफ आर, वैरिएबल एनर्जी सायक्लोट्रोन सेंटर, साहा इंस्टीट्यूट आफ न्यूक्लियर फिजिक्स आदि सहित कुछ परमाणु सुविधाओं को पृथक्करण योजना में असैन्य परमाणु संस्थानों के रूप में नामजद किया गया है। चूंकि इन संस्थानों में परमाणु सामग्री का उपयोग नहीं होगा, इसलिए इन पर सुरक्षा उपायों के लागू होने का प्रश्न ही नहीं उठता। हम आशा करते हैं कि ये केन्द्र अंतरराष्ट्रीय सहयोग से चलाई जा रही परियोजनाओं में एक पूर्ण साझीदार के रूप में भाग लेंगे।

समझौते के अलावा शर्तें थोपी गईं तो हम समझौता नहीं करेंगे

वैज्ञानिकों का कहना था कि हालांकि इस सहयोग को किसी क्रम में लागू किया जाए, यह दोनों देशों की सरकारों के बीच विचार विमर्श का मुद्दा है लेकिन जिन सिद्धान्तों पर यह परमाणु सहयोग कार्य करेगा उनके बारे में निर्णय लेने का अधिकार संसद और देश के लोगों को होगा। प्रधानमंत्री अमरीकी प्रतिनिधि सभा द्वारा सुझाए गए नए प्रावधानों के मुद्दों की राष्ट्रपति जार्ज बुश के साथ पहले ही उठा चुके हैं। यदि अमरीकी कांग्रेस अपनी सोच के अनुसार विधेयक को इसके मौजूदा स्वरूप में पारित कर देती हैं तो यह

करार भारत के लिए अस्वीकार हो जाएगा और कूटनीतिक रूप से, बाद में इसमें बदलाव करना बहुत मुश्किल हो जाएगा। इसलिए, हमारी संसद के लिए यह महत्त्वपूर्ण है कि इस स्तर पर ही परमाणु समझौते के लिए बुनियादी नियम बनाए जाएं और इन पर जोर दिया जाए। प्रधानमंत्री ने कहा कि मैंने इन दोनों विधेयकों में प्रावधानों के बारे में हमारी चिंताओं को राष्ट्रपति बुश के साथ उठाया है। यह स्पष्ट है कि यदि मौजूदा स्वरूप में ही यह करार अंतिम रूप लेता है तो इस विधेयक को स्वीकार करना भारत के लिए अत्यंत मुश्किल होगा। अमरीका को हमारी स्थिति के बारे में पूरी तरह स्पष्ट रूप से अवगत करा दिया गया है। विचार–विमर्श के लिए हमारे बुनियादी नियम स्पष्ट हैं। जुलाई वक्तव्य और मार्च की पृथक्करण योजना तथा तीन स्वतः वक्तव्यों में संसद को जताई गई मेरी प्रतिबद्धता के यही पैरामीटर्स हैं तथा आज के विचार–विमर्श में मेरे उत्तर हमारी स्थिति के दिशा निर्देशक सिद्धान्त होंगे। विचार–विमर्श के हर स्तर पर संसद को पूरी तरह अवगत कराया गया है। यदि अमरीकी कानून अपने अंतिम रूप में या एन एस जी अपने दिशा निर्देशों में भारत पर कोई अप्रासंगिक शर्तें लगाता है तो सरकार संसद से किए गए वायदे के अनुसार अनुरूप आवश्यक निष्कर्ष निकालेगी।

परमाणु मुद्दे पर राजनीति नहीं होनी चाहिए

अमेरिका के साथ नागरिक परमाणु ऊर्जा सहयोग के बारे में प्रधानमंत्री ने संसद में 13 अगस्त 2007 को फिर एक बार बयान दिया। उन्होंने कहा, मैं इस गरिमापूर्ण सदन में यह बताने के लिए उपस्थित हुआ हूं कि भारत सरकार, अमेरिकी सरकार के साथ परमाणु ऊर्जा के शांतिपूर्ण इस्तेमाल हेतु सहयोग के द्विपक्षीय करार के पाठ पर सहमत हो गई है। यह करार नागरिक परमाणु ऊर्जा सहयोग के बारे में ही है। यह करार दो ऐसे राष्ट्रों के बीच है जिनके पास उन्नत परमाणु प्रौद्योगिकियां हैं और दोनों को समान रूप से लाभ और सुविधाएं हासिल हैं। करार का महत्त्व इस तथ्य से उजागर होता है कि इसके अमल में आने से भारत और अमेरिका के बीच पूर्ण नागरिक परमाणु ऊर्जा सहयोग का रास्ता खुल जाएगा। हमने इस करार के लिए भागीदार की हैसियत से विचार–विमर्श किया है। इसके पीछे हमारे वैज्ञानिकों और प्रौद्योगिकी विशेषज्ञों की वे उपलब्धियां रही हैं जिनके कारण हम विगत में आई कई अड़चनों को सफलता के साथ पार कर पाए हैं। यह करार परस्पर लाभ के सिद्धान्त पर

आधारित है। इस करार के विभिन्न पहलुओं पर काफी आम बहस और चर्चा होती रही है। भारत से नागरिक परमाणु ऊर्जा सहयोग करने के लिए अमेरिका के साथ हम किस बात पर सहमत और किस बात पर असहमत हो सकते हैं, इस बारे में मैंने 17 अगस्त 2006 को संसद और देश के सम्मुख अपनी प्रतिबद्धता प्रकट कर दी थी। मैंने इस बात पर जोर दिया था कि यह उन विशेष मानदंडों के भीतर ही होगा जिनका मैंने संसद के समक्ष जिक्र किया था। बातचीत के जटिल दौर के बावजूद मैंने इस संबंध में अभूतपूर्व पारदर्शिता दिखाई। मैंने संसद को आश्वासन दिया था कि सरकार जुलाई 2005 और मार्च 2006 के संयुक्त बयानों में कही गई बातों को मूर्त रूप देने का हर संभव प्रयास करेगी। मैं समझता हूं कि हमने अपने वचन को निभाया है। हमने करार को अंतिम रूप देते समय यह सुनिश्चित किया है कि हमारे रणनीतिक कार्यक्रम की स्वायत्तता पूरी तरह बरकरार रहे और डाक्टर होमी भाभा का दीर्घकालिक सपना हमारा मार्ग दर्शन करता रहे। करार के ब्यौरे देते हुए प्रधानमंत्री ने कहा कि इसमें पूर्ण नागरिक परमाणु सहयोग की धारणा का स्पष्ट रूप से उल्लेख किया गया है। करार में कहा गया है कि इस सहयोग से परमाणु रिएक्टर्स तथा संबद्ध न्यूक्लियर फ्यूल साइकिल के पहलू शामिल होंगे जिसमें औद्योगिक अथवा वाणिज्यिक स्तर पर टेक्नॉलाजी का हस्तांतरण भी सम्मिलित है। इसके अलावा, इसमें हमारे रिएक्टर्स के जीवन काल में ईंधन की आपूर्ति में किसी प्रकार की रुकावट से बचने के लिए परमाणु ईंधन का रणनीतिक भंडार बनाना भी शामिल होगा। इस करार का एक महत्त्वपूर्ण पहलू यह है कि हमें अमेरिका से मिले ईंधन को इस्तेमाल के बाद दोबारा प्रोसेसिंग का अधिकार होगा। इसे बिल्कुल सुरक्षित रखा गया है। हम रिप्रोसेस के अपने अधिकार को उस क्लोज्ड फ्यूल साइकिल के महत्त्वपूर्ण हिस्से के रूप में देखते हैं, जिससे हम अपने रिएक्टर्स में इस्तेमाल में लाए गए परमाणु ईंधन की ऊर्जा क्षमता को अपनी राष्ट्रीय सुविधाओं में पूरी तरह से इस्तेमाल में ला सकेंगे। रिप्रोसेस करने की भारत को मिली स्थायी अनुमति से इस मानदंड को पूरा किया गया है।

एक नई राष्ट्रीय रिप्रोसेसिंग सुविधा स्थापित की जाएगी

भारत एक नई राष्ट्रीय रिप्रोसेसिंग सुविधा स्थापित करेगा जो अंतरराष्ट्रीय परमाणु एजेंसी की सुरक्षा निगरानी के तहत विदेशी परमाणु सामग्री की

रिप्रोसेसिंग करने के लिए समर्पित होगी। उन व्यवस्थाओं और प्रक्रियाओं पर भारत और अमेरिका की परस्पर सहमति होगी जिनके तहत नई सुविधा में यह रिप्रोसेसिंग की जाएगी। व्यवस्थाओं और प्रक्रियाओं पर चर्चा किसी भी पक्ष द्वारा अनुरोध किए जाने के छह महीने के भीतर शुरू की जाएगी और एक वर्ष के अंदर इसे पूरा किया जाएगा। जहां तक दोनों देशों की प्रतिबद्धताओं का संबंध है, उनमें किसी तरह का कोई दुराव–छिपाव नहीं है। पृथक की जाने वाली किसी भी विशेष विखंडनीय सामग्री को अंतरराष्ट्रीय परमाणु ऊर्जा एजेंसी की सुरक्षा निगरानी के तहत राष्ट्रीय सुविधाओं में इस्तेमाल में लाया जा सकेगा। इस तरह हमारे त्रिस्तरीय परमाणु कार्यक्रम के हितों को सुरक्षित रखा गया है। अमेरिका की लंबे समय से यह नीति रही है कि वह किसी भी देश को संवर्द्धन, रिप्रोसेसिंग और हैवी वॉटर उत्पादन की सुविधाओं की सप्लाई नहीं करेगा। इस करार में एक संशोधन के जरिए ही भारत को इस प्रकार के हस्तांतरण की व्यवस्था है। संवर्धन, रिप्रोसेसिंग और हैवी वॉटर उत्पादन सुविधाओं के दोहरे इस्तेमाल के हस्तांतरण के लिए दूरदर्शी भाषा का प्रयोग किया गया है। हमें उम्मीद है कि जैसे–जैसे भविष्य में सहयोग और बढ़ेगा और उसका विस्तार होगा, वैसे–वैसे हस्तांतरण संभव होता चला जाएगा। यह महत्त्वपूर्ण बात है कि करार में किसी भी ऐसे निषेध को शामिल नहीं किया गया है जो विशेष रूप से भारत के खिलाफ हो।

आदान-प्रदान का सिद्धान्त

आदान–प्रदान के सिद्धान्त को जो जुलाई 2005 के वक्तव्य का अभिन्न हिस्सा रहा है, इस करार में पूरी तरह से सुरक्षित रखा गया है। हमारे इस रुख में कोई बदलाव नहीं आया है कि हम अपनी नागरिक परमाणु सुविधाओं पर केवल अंतरराष्ट्रीय परमाणु एजेंसी की सुरक्षा निगरानी को ही स्वीकार करेंगे। यह भी चरण बद्ध तरीके से होगा और पृथक्करण योजना में इस प्रयोजन हेतु चिह्नित किए गए अनुसार होगा। और तभी होगा जब भारत के साथ परमाणु व्यापार पर सभी अंतरराष्ट्रीय प्रतिबंध उठा लिए जाएं। भारत इससे पहले अंतरराष्ट्रीय परमाणु ऊर्जा एजेंसी के साथ कोई भी ऐसा कदम नहीं उठाएगा जिसे बदला न जा सके। इस करार में दोनों देशों द्वारा यह इच्छा व्यक्त की गई है कि वे स्थायी रूप से, विश्वसनीयता के साथ और भावी जरूरतों के आधार पर ऊर्जा सुरक्षा हासिल करने के लिए शांतिपूर्ण उद्देश्यों हेतु परमाणु

ऊर्जा के इस्तेमाल में व्यापक रूप से सहयोग करेंगे। यह करार इस बात की भी पुष्टि करता है कि भारत के साथ अमरीकी सहयोग स्थायी है। ऐसा कोई भी प्रावधान नहीं है जिसमें यह उल्लेख हो कि भारत के साथ अमेरिकी सहयोग को वार्षिक प्रमाणन की प्रक्रिया की शर्त से गुजरना होगा। माननीय सदस्यों को याद होगा कि 18 जुलाई 2005 के संयुक्त बयान में यह स्वीकार किया गया था कि भारत को उन्नत परमाणु टेक्नालाजी से सम्पन्न राष्ट्र के रूप में समझा जाए। उसे वे सभी सुविधाएं मिलें जो अमेरिका जैसे अन्य उन्नत परमाणु टेक्नालाजी से सम्पन्न राष्ट्रों को मिल रही हैं। इस करार में भारत और अमेरिका का ऐसे दो राष्ट्रों के रूप में विशेष संदर्भ है जिनके पास उन्नत परमाणु टेक्नालाजी है, जिन्हें समान लाभ और सुविधाएं प्राप्त हैं जो व्यापक विनाश के हथियारों के प्रसार को रोकने के लिए प्रतिबद्ध हैं।

सुरक्षा निगरानी

मार्च की पृथक्करण योजना में बनी सहमति के आधार पर भारत ने केवल अंतरराष्ट्रीय परमाणु ऊर्जा एजेंसी की सुरक्षा निगरानी को ही स्वीकार किया है जो अंतरराष्ट्रीय परमाणु ऊर्जा एजेंसी के साथ भारत विशिष्ट सुरक्षा निगरानी करार में परिलक्षित होगी। हमने ऐसे किसी भी प्रावधान की अनुमति नहीं दी है जिसमें हमारे परमाणु हथियार कार्यक्रम अथवा हमारी सुरक्षा निगरानी इतर परमाणु सुविधाओं की जांच जरूरी हो। करार में ऐसे स्पष्ट प्रावधान है जिनसे यह साफ होता है कि इस करार से न तो हमारी सुरक्षा निगरानी इतर सुविधाओं पर कोई असर पड़ेगा और न ही सामग्री, उपकरण सूचना अथवा अर्जित या स्वतंत्र रूप से विकसित टेक्नालाजी के इस्तेमाल के हमारे अधिकार पर कोई प्रभाव पड़ेगा। भारत और अमेरिका इस बात पर सहमत हुए हैं कि करार के अमल में आने से हमारी सैन्य परमाणु सुविधाओं सहित भारत की परमाणु गतिविधियां न तो बाधित होंगी न ही उनमें किसी प्रकार का कोई हस्तक्षेप होगा। करार में ऐसा कुछ नहीं है जिससे हमारे रणनीतिक कार्यक्रम, हमारे त्रिस्तरीय परमाणु विद्युत कार्यक्रम अथवा उन्नत अनुसंधान और विकास करने की हमारी क्षमता पर असर पड़े।

ईंधन की आपूर्ति का आश्वासन

मैं इस बात को दोहराना चाहूंगा कि मार्च 2006 की पृथक्करण योजना

में अंतरराष्ट्रीय परमाणु ऊर्जा एजेंसी के साथ भारत विशिष्ट सुरक्षा निगरानी करार की व्यवस्था की गई है जिसमें ये आश्वासन दिए गए हैं कि उन परमाणु रिएक्टर्स के लिए ईंधन की आपूर्ति बाधित नहीं होगी जिन्हें अंतरराष्ट्रीय परमाणु ऊर्जा एजेंसी की सुरक्षा निगरानी में रखा जाएगा। इसके साथ ही, ईंधन की आपूर्ति बाधित होने पर सुधारात्मक उपाय करने का भारत को अधिकार होगा। एक महत्त्वपूर्ण आश्वासन यह भी दिया गया है कि भारत के रिएक्टर्स की आजीवन जरूरतों को पूर्ण करने के लिए परमाणु ईंधन के रणनीतिक भंडार बनाने के भारत के अधिकार का समर्थन करने की प्रतिबद्धता बनी रहेगी। इस करार में पृथक्करण योजना के अनुरूप यह व्यवस्था की गई है कि भारत के रिएक्टर्स के जीवनकाल में उत्पन्न किसी बाधा से बचने के लिए अमेरिका, भारत के परमाणु ईंधन के रणनीतिक भंडार बनाने की कोशिशों में सहयोग करेगा। करार में पृथक्करण योजना के संगत हिस्सों को पूर्ण रूप से दोहराया गया है। इससे विदेशी ईंधन की आपूर्ति के बाधित होने की स्थिति में भारत के नागरिक परमाणु रिएक्टर्स का निर्बाध रूप से संचालन सुनिश्चित करने के लिए भारत द्वारा सुधारात्मक उपाय करने के अधिकार की पुष्टि की गई है। माननीय सदस्यगण इस बात से सहमत होंगे कि इन प्रावधानों से यह सुनिश्चित होगा कि तारापुर के साथ हुए दुर्भाग्यपूर्ण अनुभव की पुनरावृत्ति न हो।

निर्णय लेने की स्वायत्तता और भावी वैज्ञानिक अनुसंधान एवं विकास

मैंने 7 मार्च और 17 अगस्त 2006 के अपने वक्तव्यों में संसद को यह आश्वासन दिया था कि पृथक्करण योजना से हमारे रणनीतिक कार्यक्रम, त्रिस्तरीय परमाणु कार्यक्रम की सत्यनिष्ठा और हमारे अनुसंधान तथा विकास गतिविधियों की स्वायत्तता पर कोई विपरीत असर नहीं पड़ेगा। इस करार से भारत की वर्तमान तथा भावी रणनीतिक जरूरतों के लिए विखंडन सामग्री उत्पादित करने और इसका इस्तेमाल करने की इसकी योग्यता पर किसी भी तरह का कोई असर नहीं पड़ेगा। अपनी जरूरतों के लिए देश में ही स्वतंत्र रूप से विकसित परमाणु सुविधाओं के इस्तेमाल का हमारा अधिकार पूर्ण रूप से सुरक्षित रखा गया है। इस करार में प्रावधान है कि स्वयं के प्रयोजनों के लिए उत्पादित, अर्जित अथवा स्वतंत्र रूप से विकसित परमाणु सामग्री, गैरपरमाणु सामग्री, उपकरण कलपुर्जों, सूचना अथवा प्रौद्योगिकी और सैन्य परमाणु

सुविधाओं के इस्तेमाल से जुड़ी हमारी गतिविधियों में न तो कोई बाधा आएगी और न ही उनमें किसी प्रकार का कोई हस्तक्षेप होगा।

सहयोग की समाप्ति

यदि भविष्य में कोई ऐसी घटना घटती है जिसे किसी एक पक्ष द्वारा सहयोग को समाप्त करने अथवा करार को रद्द करने के कारण के रूप में उल्लेख किया जाता हो तो इसके लिए करार में एक व्यापक, बहुस्तरीय विचार–विमर्श की प्रक्रिया की व्यवस्था है। दोनों पक्ष इस बात पर सहमत हैं कि वे अपने विचार–विमर्श में कई कारकों को ध्यान मे रखेंगे ताकि अविचारित अथवा एकपक्षीय कार्रवाई की गुंजायश को कम किया जा सके। अमेरिका द्वारा सहयोग को समाप्त करने की मांग तभी की जा सकती है जब वह इस करार को निरस्त करने का कड़ा कदम उठाने को तैयार हो। करार के रद्द हो जाने के बाद भी भारत का सुधारात्मक उपाय करने का अधिकार बरकरार रहेगा।

इस करार के रद्द होने तथा किसी पक्ष द्वारा सहयोग समाप्त करने की स्थिति में प्रत्येक को एक दूसरे को दी गई परमाणु सामग्री और उपकरण वापस लौटाने का अधिकार होगा। लेकिन, करार में इस बात की भी व्यवस्था है कि लौटाने के अधिकार का प्रयोग करने से पूर्व दोनों पक्षों को सलाह–मशविरा करने और राष्ट्रीय सुरक्षा, चल रहे करारों और परियोजनाओं, बाजार दरों पर मुआवजा, वास्तविक सुरक्षा और पर्यावरणीय मुद्दों जैसे विशेष कारकों को ध्यान में रखना होगा। भारत और अमेरिका उन परिस्थितियों पर सावधानीपूर्वक विचार करने पर राजी हुए हैं जिनमें करार रद्द हो सकता है। इन परिस्थितियों में सुरक्षा माहौल में बदलाव के बारे में किसी एक पक्ष की चिंताएं अथवा अन्य देशों द्वारा इसी प्रकार की कार्रवाई, जिससे राष्ट्रीय सुरक्षा पर असर पड़ सकता है। इस करार में यह भी व्यवस्था की गई है कि दोनों पक्ष यह मानते हैं कि लौटाने के अधिकार का प्रयोग करने पर दोनों पक्षों के संबंधों पर गंभीर असर पड़ेगा और इसके दुष्परिणाम होंगे।

विस्फोट का फैसला हमारा सम्प्रभु अधिकार है और रहेगा

प्रधानमंत्री ने कहा कि भारत के दृष्टिकोण से हमारा प्राथमिक उद्देश्य

यह सुनिश्चित करना है कि पृथक्करण योजना में दिए गए विस्तृत ईंधन आपूर्ति के आश्वासनों, जिनका उल्लेख अब समझौते में पूरी तरह कर दिया गया है, के संदर्भ में हमारे परमाणु रिएक्टर्स बिना किसी बाधा के कार्य करते रहें। इस करार में ईंधन आपूर्ति के आश्वासनों और सुधारात्मक उपाय करने के अधिकार सहित भारत के अधिकारों में किसी प्रकार की कोई कमी नहीं की जाएगी। इससे भारत के रिएक्टर्स का अबाधित प्रचालन सुनिश्चित होगा। इसमें वे सब बातें आ गई हैं जो जुलाई के वक्तव्य और मार्च की पृथक्करण योजना में बनी सहमति के अनुरूप हैं। इस समझौते की महत्त्वपूर्ण और नवीनतम विशेषताएं ये हैं कि इसमें, विदेशों से सप्लाई किए गए रिएक्टर्स के अबाधित रूप से प्रचालन करने और ईंधन आपूर्ति बाधित होने की स्थिति में सुधारात्मक उपाय करने के अधिकार का विशेष उल्लेख किया गया है। ऐसा इसलिए संभव हो पाया है, हमने प्रावधानों को इस प्रकार से तैयार किया है कि इनसे करार में उल्लिखित अधिकार और प्रतिबद्धताएं स्पष्ट और परस्पर संबद्ध हों। यह करार किसी भी प्रकार से भारत के भविष्य में परमाणु परीक्षण करने के अधिकार को प्रभावित नहीं करता, यदि ऐसा करना भारत के राष्ट्रीय हित के लिए जरूरी हो। अतः मैं इस बात को दोहराना चाहूंगा कि भविष्य में परमाणु परीक्षण करने का निर्णय हमारा सम्प्रभु होगा। यह निर्णय पूरी तरह से सरकार के अधिकार में होगा। इस समझौते में ऐसा कुछ भी नहीं है जो भविष्य में सरकार को कुछ करने से रोके या भारत की सुरक्षा और रक्षा जरूरतों का बचाव करने के इसके विकल्पों पर कानूनी बंधन लगाता हो। संक्षेप में, यह करार किसी प्रकार से हमारी रणनीतिक स्वायत्तता अथवा क्षमताओं पर रोक नहीं लगाता अथवा उनमें प्रतिबंधित अथवा कम नहीं करता। हमारे त्रिस्तरीय परमाणु विद्युत कार्यक्रम का हमारा अधिकार बरकरार है। सहयोग को रोक देने की किसी अप्रत्याशित स्थिति में सुधारात्मक उपायों के संबंध में हमारे अधिकारों में किसी प्रकार की कमी नहीं होगी। हमारे रिप्रोसेसिंग अधिकार सबसे ऊपर हैं और स्थायी हैं। उन्नत अनुसंधान और विकास कार्यक्रम और आई पी आर सुरक्षा पूरी तरह से सुरक्षित है।

समझौता परमाणु ऊर्जा के शांतिपूर्ण उपयोग के लिए है

जैसा कि मैंने कहा है कि यह करार भारत और अमेरिका के बीच परमाणु ऊर्जा के शांतिपूर्ण इस्तेमाल के लिए किया गया करार है। इस करार

के अस्तित्व में आने के पीछे भारत और अमरीका के बीच परस्पर यह धारणा रही है कि दोनों ही देशों को अपनी ऊर्जा संबंधी चुनौतियों का पर्यावरण अनुकूल तरीके से हल ढूंढ़ने की जरूरत है। भारत के लिए यह बेहद जरूरी है कि यदि हमें गरीबी हटाने के अपने लक्ष्य को हासिल करना है तो हमें अपने सकल घरेलू उत्पाद को मौजूदा आठ से दस प्रतिशत की वार्षिक विकास दर को बनाए रखना होगा। अगले दो दशकों में इस विकास दर को बनाये रखने के लिए ऊर्जा का व्यापक महत्त्व है। यदि हम अपने कोयला, तेल, गैस और जल विद्युत के समस्त ज्ञात स्रोतों का दोहन कर भी लें तब भी हमारी मांग और पूर्ति के बीच बड़ा भारी अंतर बना रहेगा। भारत के त्रिस्तरीय परमाणु विद्युत कार्यक्रम से भविष्य के लिए काफी उम्मीदें हैं। इस त्रिस्तरीय कार्यक्रम के क्रमानुसार क्रियान्वयन के उपरांत आगे चल कर थोरियम आधारित हमारी अनोखी प्रौद्योगिकी आर्थिक रूप से एक व्यवहार्य विकल्प बनेगी। इस बीच, हमें ऊर्जा के हर संभावित स्रोत का पता लगाना होगा और उसका दोहन करना होगा। परमाणु ऊर्जा भारत के लिए एक तर्कसंगत विकल्प है। यूरेनियम की स्वदेशी स्रोतों से होने वाली आपूर्ति बेहद कम है। इसलिए हमें अन्यत्र से यूरेनियम आपूर्ति की आवश्यकता है। एक वैश्वीकृत दुनिया में प्रौद्योगिकी सदैव ही एक अमूल्य चीज होती है। इस बारे में हम अपनी नयी दिशाएं तलाशना चाहते हैं। हम नागरिक परमाणु ऊर्जा में अन्य देशों, विशेषकर रूस और फ्रांस जैसे बड़े देशों परमाणु आपूर्ति कर्ताओं के साथ सहयोग और आगे बढ़ाना चाहते हैं।

हमारे पास परमाणु ऊर्जा का आधारभूत ढांचा है

डॉ. सिंह ने कहा कि हमारे पास पहले से ही एक व्यापक परमाणु आधारभूत ढांचा मौजूद है। इस क्षेत्र में हमारे पास कुशल और तकनीकी रूप से सक्षम लोगों की एक विशाल फौज मौजूद है। इस बहुमूल्य परिसम्पत्ति को सुदृढ़ बनाना हमारे लिए सर्वथा उचित है। जैसा कि माननीय सदस्य जानते हैं कि हमारा लक्ष्य वर्ष 2020 तक 20 हजार मेगावाट परमाणु विद्युत पैदा करना है हालांकि, यह काफी कम है, लेकिन हमें एक बार फिर अंतरराष्ट्रीय सहयोग हासिल हो जाता है तो हम इस लक्ष्य को दुगना करने की उम्मीद रख सकते हैं। भारत--अमेरिका द्विपक्षीय करार और अंतरराष्ट्रीय परमाणु एजेंसी के साथ भारत विशिष्ट सुरक्षा निगरानी करार, जो कि जल्दी किया जाने वाला है, के आधार पर परमाणु आपूर्तिकर्ताओं समूह द्वारा अपने दिशा निर्देशों में परिवर्तन

करने की आशा है ताकि नागरिक परमाणु ऊर्जा और इससे जुड़े सभी दोहरे इस्तेमाल वाली टेक्नॉलाजी में भारत के साथ अंतरराष्ट्रीय व्यापार किया जा सके। इससे भारत पर पिछले तीन दशकों से भी अधिक समय से लगे प्रौद्योगिकी प्रतिबंध समाप्त होने की दिशा में शुरुआत होगी। जहां एक ओर इस करार का हमारे परमाणु ऊर्जा कार्यक्रम पर सीधा असर पड़ेगा, वहीं दूसरी ओर सार्वजनिक और निजी क्षेत्र के हमारे उद्योगों के विकास को भी काफी अधिक बढ़ावा मिलेगा। अमेरिका और अन्य प्रौद्योगिकी रूप से उन्नत देशों के साथ तेजी से उच्च प्रौद्योगिकी व्यापार बढ़ेगा। मैं इस पहल से भारत को प्राप्त होने वाले एक और महत्त्वपूर्ण लाभ की ओर आपका ध्यान आकर्षित करना चाहता हूं। हम अपने वैज्ञानिकों के लिए अंतरराष्ट्रीय स्तर पर वैज्ञानिक विचारों और तकनीकी ज्ञान के आदान–प्रदान में हिस्सा लेने और ऊर्जा सुरक्षा तथा पर्यावरण बदलाव की विश्वव्यापी चुनौतियों का सामना करने के वैश्विक प्रयासों में योगदान देने के अवसर उपलब्ध कराएंगे। इसमें आई टी ई आर परियोजना या अंतरराष्ट्रीय थर्मोन्युक्लियर रिसर्च रिएक्टर शामिल हैं जिसमें तकनीकी रूप से उन्नत चंद इने–गिने देशों के साथ भारत पहले ही एक बराबर के सदस्य के रूप में शामिल हो चुका है।

हमारी विदेश नीति पर कोई प्रभाव नहीं होगा

प्रधानमंत्री ने कहा कि इस विषय पर चर्चाओं में स्वतंत्र विदेश नीति के प्रति सरकार की प्रतिबद्धता के बारे में सवाल खड़े किए गए हैं। मैंने मार्च और अगस्त 2006 को संसद में दिए गए अपने वक्तव्यों में इस संबंध में सरकार के रुख को स्पष्ट कर दिया था। मैंने इस बात को विशेष रूप से रेखांकित किया था कि एक ऐसी विदेश नीति, जो अपना निर्णय लेने में स्वतंत्र हो, को अपनाना हमारे राष्ट्र निर्माताओं की विरासत है। मेरी सरकार इसके लिए पूरी तरह प्रतिबद्ध है। भारत जो इतना बड़ा और महत्त्वपूर्ण देश है, उसकी विदेश नीति की स्वतंत्रता को कोई शक्तिशाली देश छीन नहीं सकता। आज भारत अंतरराष्ट्रीय समुदाय के एक प्रभावशाली और सम्मानित सदस्य के रूप में विश्वमंच पर खड़ा हैं। हमें सोचने और काम करने की अपनी पूरी आजादी है। मैं इस बात को दोहराना चाहूंगा कि अमेरिका, रूस, चीन, यूरोपीय संघ, ब्रिटेन, फ्रांस, जर्मनी तथा जापान जैसी सभी विश्व ताकतों के साथ आज हमारे संबंध पहले से कहीं अधिक प्रगाढ़ हैं। पश्चिम, पूर्व, दक्षिण–पूर्व तथा मध्य एशिया

के साथ हमारे संबंधों में महत्त्वपूर्ण वृद्धि हुई है जिसके परिणाम सामने दिखने लगे हैं। हम अफ्रीका तथा लैटिन अमेरिका के साथ अपने संबंधों को नई दिशा प्रदान कर रहे हैं। दक्षिण एशिया में हम ऐसा शांतिपूर्ण माहौल बनाना चाहते हैं जो विकास के महत्वाकांक्षी लक्ष्यों को हासिल करने के अनुकूल हों। जो लोग स्वतंत्र विदेश नीति के प्रति हमारी प्रतिबद्धता पर सवाल खड़ा कर रहे हैं उनसे मेरा आग्रह है कि वे भारत के प्रति उसी तरह का विश्वास जगाएं जैसे कि दूसरे बाहर से जताते हैं।

सरकारें बदलीं, नेता बदले लेकिन नीतियां नहीं बदलीं

इस प्रकार, यह सवाल ही नहीं उठता कि हम कभी भी अपनी अंतरराष्ट्रीय विदेश नीति के साथ कोई समझौता करेंगे। हम अपनी रणनीतिक स्वायत्तता को बनाए रखेंगे। इसके साथ ही, हमें परमाणु निरस्त्रीकरण और परमाणु हथियारों की दौड़ सहित किसी भी तरह की हथियारों की दौड़ में भाग न लेने के महान आदर्शों के प्रति भारत की लंबे समय से चली आ रही प्रतिबद्धता को भी नहीं भूलना चाहिए। परमाणु हथियारों को सार्वभौमिक रूप से और बिना किसी भेदभाव के तथा पूरी तरह से समाप्त किये जाने की हमारी वचनबद्धता आज भी कायम है। परमाणु हथियार रहित दुनिया की यही कल्पना श्री राजीव गांधी ने 1988 में संयुक्त राष्ट्र संघ के समक्ष रखी थी और आज भी इसे सार्वभौमिक समर्थन प्राप्त है। हम परमाणु परीक्षण पर स्वेच्छा से और इकतरफा अस्थायी रोक के प्रति वचनबद्ध हैं। हम निरस्त्रीकरण सम्मेलन में विखण्डनीय सामग्री संधि या एफ एम सी टी पर वार्ता के लिए भी वचनबद्ध हैं। निरस्त्रीकरण सम्मेलन में जब भी सहमति बनती है, भारत भेदभाव रहित, बहुपक्षीय वार्तायुक्त और अंतरराष्ट्रीय रूप से सत्यापित विखंडनीय सामग्री कटौती संधि में शामिल होना चाहता है, बशर्ते कि यह हमारे राष्ट्रीय सुरक्षा हितों के अनुकूल हो।

प्रधानमंत्री ने कहा कि चाहे सरकार बदली हो या राजनीतिक नेतृत्व में बदलाव आया हो लेकिन हमने वैश्विक उत्तरदायित्व की भावना के साथ और विश्व परमाणु निरस्त्रीकरण सहित व्यापक एवं पूर्ण निरस्त्रीकरण के आदर्शों के प्रति वचनबद्ध होकर हमेशा अपनी रणनीतिक स्वायत्तता को बनाए रखा है। इस सरकार का यह मानना है कि इन आदर्शों के प्रति हमारी वचनबद्धता और इन्हें हासिल करने के हमारे प्रयास और भी जोर शोर से जारी रहने

चाहिए क्योंकि अब हम एक परमाणु शस्त्र सम्पन्न राष्ट्र बन चुके हैं। हमारे पास परमाणु हथियारों का होना हमारी जिम्मेदारी के एहसास को बढ़ाता ही है उसे कम नहीं करता। जहां तक विचाराधीन विश्व परमाणु निरस्त्रीकरण का संबंध है, भारत ने परमाणु अप्रसार का त्रुटिहीन रिकार्ड बनाए रखा है। एक जिम्मेदार परमाणु ताकत के रूप में भारत संवेदनशील प्रौद्योगिकियों के प्रसार का स्रोत नहीं बनेगा। हम विश्व अप्रसार उद्देश्यों का सुदृढ़ करने के पक्षधर हैं क्योंकि इस व्यवस्था में कमियों के कारण हमारे सुरक्षा हितों पर असर पड़ा है। हम अप्रसार के अपने साझे उद्देश्य को हासिल करने की दिशा में आगे बढ़ने के लिए अंतरराष्ट्रीय समुदाय के साथ मिल कर काम करेंगे।

अभी दूर जाना है

इससे पहले कि भारत अंतरराष्ट्रीय मुख्य धारा में एक पूर्ण और बराबर के भागीदार के रूप में शामिल हो, हमें अभी दूसरे महत्त्वपूर्ण पड़ाव पार करने हैं। हमें अंतरराष्ट्रीय परमाणु एजेंसी के साथ भारत विशिष्ट सुरक्षा निगरानी करार को अंतिम रूप देना है। उसके बाद परमाणु आपूर्तिकर्ता समूह द्वारा सर्वसम्मति से भारत के साथ परमाणु व्यापार को शुरू करने के लिए अपने दिशा–निर्देशों में परिवर्तन करने और हमारे देश पर दोहरे इस्तेमाल वाली प्रौद्योगिकियों और मदों के अंतरण पर लगे प्रतिबंध को समाप्त करने पर राजी करना होगा, जिसकी हमें बिना शर्त उम्मीद है। अमरीकी प्रशासन अमरीकी कांग्रेस से अपेक्षित अनुमोदन हासिल करेगा। इन कदमों के साथ ही यह पहल व्यावहारिक तौर पर मूर्त रूप ले पाएगी। हमारे वार्ताकारों को इस उपलब्धि का श्रेय मिलना चाहिए कि उन्होंने हमारे देश को एक ऐसा करार हासिल करने में सहायता की है जो हमारे देश के आर्थिक परिदृश्य को बदलने की क्षमता रखता है। यह एक ऐसा करार है जिससे ऊर्जा सुरक्षा और पर्यावरण को बचाए रखने की अपनी दोहरी चुनौतियों का सामना करने में सक्षम हो सकेंगे। जिससे भारत के खिलाफ दशकों से लगे वे प्रौद्योगिकी प्रतिबंध हट सकेंगे, जो हमारे विकास की राह में एक बड़ी बाधा रहे हैं। इसके साथ ही, इससे भारत को उसका हक शुदा सम्मान मिलेगा। इसके लिए हमारे परमाणु विज्ञान, अंतरिक्ष विज्ञान तथा अन्य उच्च प्रौद्योगिकी के क्षेत्रों के वैज्ञानिक अपनी उत्कृष्ट उपलब्धियों के लिए साधुवाद के पात्र हैं। इस ऐतिहासिक पहल को राष्ट्रपति बुश और उनके प्रशासन के वरिष्ठ सदस्यों का सतत सहयोग मिला है। हमारे

द्विपक्षीय संबंधों को मजबूत करना और उन्हें आगे बढ़ाना एक उद्देश्य है, जिसके लिए उन्होंने बिना शर्त व्यक्तिगत सहयोग दिया है और उसके लिए प्रतिबद्ध हैं। अपने उद्देश्य में हम कितना आगे बढ़ चुके हैं, यह करार उसका शानदार उदाहरण है।

भावी पीढ़ी करार के महत्त्व का फैसला करेगी

महोदय, आखिर में, मैं यह कहते हुए अपनी बात समाप्त करना चाहूंगा कि हमने एक ऐसा करार किया है जो न केवल भारत के लिए बल्कि पूरी दुनिया के लिए भी अच्छा है। मैंने न तो बढ़ा–चढ़ा कर बातें कही हैं और न ही मेरी कभी स्वयं बधाई लेने की मंशा रही है। मैं समझता हूं कि इतिहास और हमारी भावी पीढ़ी इसका फैसला करेगी कि हमने इस करार के जरिए जो कुछ किया है उसका कितना महत्त्व है। आने वाले दिनों में यह दिखेगा कि न केवल अमेरिका बल्कि विश्व के तमाम देश भारत के साथ अपने संबंधों में एक नए संतुलन पर पहुंचना चाहते हैं। अमेरिका के साथ इस करार से विश्व भर की राजधानियों में नए द्वार खुलेंगे। विश्व परिषदों में भारत का उचित स्थान फिर से हासिल करने की हमारी यात्रा में यह एक और कदम है। जब भावी पीढ़ियां पीछे मुड़ कर देखेंगी तो वे इस ऐतिहासिक करार के महत्त्व को स्वीकार करेंगी।

यस प्राइम मिनिस्टर।

7

अब यहां से कहां

ऊर्जा के सभी संसाधनों का उपयोग करना होगा

प्रकृति ने हमें ऊर्जा के अनेक संसाधन उपलब्ध कराए हैं। इनमें प्रमुख हैं पेड़ों और जंगलों से मिलने वाली लकड़ी से उत्पन्न होने वाली ऊर्जा, गोबर और खेती किसानी से मिलने वाली सामग्री से मिलने वाली ऊर्जा, सौर ऊर्जा, वायु ऊर्जा, समुद्र की लहरों से उत्पन्न की जा सकने वाली ऊर्जा, पन बिजली ऊर्जा, पेट्रोलियम पदार्थों, कोयले और गैस से मिलने वाली ऊर्जा और परमाणु उर्जा। अब तक हम अपनी ऊर्जा की आवश्यकताओं के लिए मुख्य रूप से पेट्रोल, डीजल और गैस तथा कोयले से मिलने वाली ऊर्जा पर ही निर्भर हैं। ऊर्जा के देश में उपलब्ध ये संसाधन हमारी बढ़ती हुई जरूरतों को हमेशा के लिए पूरे कर पाने में सक्षम नहीं होंगे। हमें दूसरे संसाधनों का उपयोग भी बढ़ाना पड़ेगा। पनबिजली योजनाओं की कुल उपलब्ध क्षमता का एक मामूली हिस्से का ही इस्तेमाल किया जा सका है। एक अनुमान के अनुसार हमारे देश की नदियों मे 84 गीगावाट बिजली के उत्पादन की क्षमता है लेकिन हम वास्तव में 25 गीगावाट का ही इस्तेमाल कर पा रहे हैं। पनबिजली योजनाओं के तहत जो बिजलीघर लगाए भी गए हैं उनकी स्थापित क्षमता का पूरा इस्तेमाल नहीं हो पा रहा है। इसका मुख्य कारण है हमारी नदियों में पूरे साल पानी का नहीं होना और बरसात के दिनों में जरूरत से ज्यादा पानी का होना। जहां यह क्षमता उपलब्ध है वहां भी इसका पूरा इस्तेमाल कर पाना संभव नहीं हो पा रहा है। उदाहरण के लिए दूरदराज के पहाड़ी इलाकों में इस 25 मेगावाट और उससे कम क्षमता वाले पनबिजलीघर लगाकर इन इलाकों को बिजली की आपूर्ति की जा सकती है। उसे रीजनल और नेशनल ग्रिड से जोड़ कर अन्य इलाकों में जहां उसकी जरूरत है, ले जाया जा सकता है लेकिन ऐसा

हो नहीं पा रहा है। एक अनुमान के अनुसार पहाड़ी नदी–नालों पर छोटे–छोटे बिजलीघर बनाने की अनुमानित क्षमता का दस प्रतिशत ही अभी तक इस्तेमाल हो पा रहा है।

कितना पानी, कितनी बिजली

इस बात के पर्याप्त आंकड़े उपलब्ध हैं कि देश की नदियों से बिजली उत्पादन की कितनी क्षमता है लेकिन बहस इस बात पर होनी चाहिए कि उसमें से हम कुल कितनी क्षमता का वास्तव में इस्तेमाल कर पा रहे हैं। बाकी का नहीं हो पा रहा है तो उसका कैसे इस्तेमाल कर सकते हैं। देश के विभिन्न प्रदेशों में नदियों पर बांध बना कर उनसे बिजली बनाने और सिंचाई तथा पीने के पानी की आपूर्ति सुनिश्चित करने का प्रयास हुआ है। लेकिन अभी भी देश को बारी–बारी से सूखे और बाढ़ की विभीषिका का सामना करना पड़ रहा है। इससे हर साल जान–माल का भारी नुकसान होता है। देश की विभिन्न नदियों को आपस में जोड़ कर और पानी को एक क्षेत्र से दूसरे क्षेत्र में ले जाकर इस स्थिति से निपटा जा सकता है लेकिन नदियों को जोड़ने की ये योजनाएं कागजों पर ही बन कर रह गई हैं। इन योजनाओं को वास्तविकता के धरातल पर लाने में तकनीकी और संसाधनों की कमी से ज्यादा राजनीतिक इच्छा शक्ति की कमी और वोट की राजनीति एक बड़ी समस्या है। नदियों को जोड़ने की योजनाओं के रास्ते में एक बड़ी बाधा इन योजनाओं को लागू करने से पर्यावरण पर पड़ने वाले प्रभाव की है। इस मुद्दे को समस्या के समाधान के प्रयास की बजाय इस तरह से उठाया और देखा जाता है कि वे योजनाओं के क्रियान्वयन के रास्ते में एक बड़ी बाधा के रूप में दिखाई देती हैं। पर्यावरण संरक्षण निश्चय ही महत्त्वपूर्ण है इसमें दो राय नहीं हो सकती लेकिन पर्यावरण संरक्षण के नाम पर योजनाओं को रोकने के साधन के रूप में इस्तेमाल किए जाने की इजाजत नहीं दी जानी चाहिए। इन योजनाओं के क्रियान्वयन में सभी पहलुओं से लाभ–हानि को ध्यान में रख कर समग्र रूप से विचार किया जाना चाहिए। इससे देश को हो रही लाभ और हानि के नजरिए को भी ध्यान में रखा जाना चाहिए। इन योजनाओं के क्रियान्वयन में सबसे बड़ी चुनौती उन लोगों के पुनर्वास की होती है जो इन योजनाओ को लागू किए जाने से प्रभावित होते हैं। पुनर्वास को योजना की कुल लागत का एक हिस्सा बना कर उसे साफ तौर पर लागू करके इसका समाधान किया जा सकता है। अब तक

ऐसा हो नहीं पा रहा है। इस ओर योजना के क्रियान्वयन के साथ–साथ ही ध्यान दिए जाने और उन्हें भागीदारी बनाने की आवश्यकता है।

सौर, वायु ऊर्जा का उपयोग बराए नाम

पृथ्वी पर भौगोलिक रूप से भारत इस तरह से स्थित है कि उसे करीब–करीब पूरे साल ही सूर्य भगवान इफरात में अपनी ऊर्जा उपलब्ध कराते है। हम परम्परा से सूर्य की उपासना करते आए हैं लेकिन इसे सिद्धान्त और विचार के रूप में ऊर्जा उपलब्ध कराने के एक महत्त्वपूर्ण संसाधन की तरह इस्तेमाल नही किया जा रहा है। उपलब्ध और इस्तेमाल की जा रही सौर ऊर्जा के उपयोग की स्थिति बहुत ही निराशाजनक है। सौर ऊर्जा के प्रचार–प्रसार के लिए अब तक किए गए प्रयासों के बावजूद प्रकृति द्वारा भरपूर और पूरे साल उपलब्ध इस संसाधन का नाम मात्र का ही इस्तेमाल हो पा रहा है। इसका मुख्य कारण इसके इस्तेमाल के लिए अपनाए जाने वाले संयंत्रों की लागत का लोगों की भुगतान की क्षमता से कहीं अधिक होना और इसका उस स्तर तक प्रचार–प्रसार नहीं हो पाना जहां इन यंत्रों की लागत कम हो सके। सौर ऊर्जा के इस्तेमाल के लिए सोलर फोटोवोल्टिक थर्मल सिस्टम का इस्तेमाल जैसे विकल्प तलाशने होंगे। लगभग यही स्थिति वायु और समुद्र की लहरों से मिलने वाली ऊर्जा की है। एक अनुमान के अनुसार देश मे पवन ऊर्जा से 43 गीगावाट बिजली बनाने की क्षमता है। इसमें से अधिकतर अवसर समुद्र के तटवर्ती इलाके में है। इस समय हम केवल इस क्षमता से 2 गीगावाट बिजली का उत्पादन कर पा रहे हैं। हां, एक यहां पर एक खास बात कही जा सकती है कि दुनिया में सबसे ज्यादा बिजली बनाने का यह रिकार्ड है। इस बात पर खुश हुआ जा सकता है लेकिन जरूरत भी है और ऐसा साधन भी है जिससे कि प्रदूषण भी नहीं होता तो फिर पूरी क्षमता का उपयोग क्यों नहीं हो पा रहा है?

गांवों और शहरों में बिजली के विकल्प हैं

ग्रामीण भारत में आजादी के साठ साल बाद बिजली की पर्याप्त आपूर्ति की व्यवस्था नहीं की जा सकी है। इस क्षेत्र में खेती किसानी से निकलने वाले लकड़ी, गोबर, फसलों की बची सामग्री आदि का बायोगैस कम्बस्टन से ऊर्जा की आपूर्ति की व्यवस्था की जा सकती है। इस क्षमता का पर्याप्त इस्तेमाल

नहीं हो पा रहा है। चीनी, कागज और धान साफ करने के कारखानों में इस प्रकार से ऊर्जा उपलब्ध कराने की संभावनाएं हैं। एक अनुमान के अनुसार इन कारखानों में 17 गीगावाट बिजली का उत्पादन करने की क्षमता है लेकिन इनसे आधा गीगावाट उत्पादन ही हो पा रहा है। इस क्षमता का इस्तेमाल करके ऊर्जा की कमी की स्थिति से निपटने में मदद मिल सकती है। इसके लिए दूरदराज से ग्रिड बना कर बिजली लाने की आवश्यकता नहीं होगी। नजदीकी इलाकों में ऐसा किया जा सकता है। ऐसी ही स्थिति शहरी इलाकों की है। देश में शहरीकरण साल दर साल बढ़ रहा है। इसके साथ ही इनमें ऊर्जा की मांग और खपत दोनों बढ़ रही हैं। शहरों से निकलने वाले कूड़े से बिजली बना कर उससे बढ़ती हुई मांग को पूरा कर पाने की पर्याप्त संभावनाएं है। इस संसाधन का इस्तेमाल अभी भी परीक्षण के दौर से आगे नहीं बढ़ पाया है। ऐसा तब हो रहा है जब कि हम अपनी ऊर्जा की कुल मांग का 70 प्रतिशत आयात करने के लिए मजबूर है। दुनिया के कच्चे तेल के बाजारों में होने वाले उतार–चढ़ाव हमारी अर्थव्यवस्था पर बेहद बुरा असर डाल रहे हैं, इससे निपटने के लिए अल्पकालिक कदम उठाए जाने पर्याप्त नहीं कहे जा सकते।

समग्र विकास और उचित उपयोग

आवश्यकता इस बात की है कि देश में उपलब्ध ऊर्जा के संसाधनों का समग्र रूप में उपयोग करने के लिए प्राथमिकता के आधार पर कदम उठाए जाएं। ये ऐसे संसाधन हैं जिन्हें पर्यावरण को नुकसान पहुंचाने की बजाय उसके संरक्षण में मददगार कहा जा सकता है। आवश्यकता इनके उसी तरह से इस्तेमाल की है जिस तरह से हम अन्य संसाधनों को अधिकतम उपयोग का प्रयास कर रहे हैं। पेट्रोल बचाएं, डीजल बचाएं के नारों का प्रभाव साफ देखा जा सकता है क्योंकि उनके लिए हमें अपनी जेब से भुगतान करना पड़ता है। बर्बाद हो रही सौर ऊर्जा की ओर हम ध्यान देने को तैयार नहीं हैं क्योंकि शायद वह हमें मुफ्त में मिल रही है। यही स्थिति पनबिजली योजनाओं और अन्य क्षेत्रों में आसानी से उपलब्ध ऊर्जा के अन्य साधनों की है। रोचक बात यह है कि केन्द्र सरकार में ऊर्जा के हर संसाधन की देखभाल के लिए एक अलग मंत्री और मंत्रालय है। यही स्थिति राज्यों में भी है। इसका परिणाम यह हो रहा है कि इस मामले पर सरकारी स्तर पर ही पर्याप्त तालमेल नहीं

है, केन्द्र और राज्य के बीच तालमेल कमी का दूसरा पहलू है। संविधान में इस काम के लिए केन्द्र और राज्य सरकारों के बीच जिम्मेदारियों को अलग–अलग बांटा गया है। वर्तमान दशक में इस काम के लिए प्राइवेट कंपनियों को भी भागीदार बनाने के लिए काम किया गया है लेकिन जमीनी हालात अभी तक नहीं बदले हैं। बिजली और उत्पादन और उत्पादकता के बीच सीधा संबंध है। बिना पर्याप्त ऊर्जा की उपलब्धता के जी डी पी में दो अंकों की दर से लगातार बढ़ोतरी कर पाना संभव नहीं हो पाएगा। परमाणु ऊर्जा कोई सस्ता संसाधन होगा ऐसा नहीं है लेकिन ऊर्जा का बेहतर इस्तेमाल करके सभी संसाधनों का अधिकतम उपयोग सुनिश्चित करके उचित कीमत पर पर्याप्त ऊर्जा उपलब्ध कराए जाने की व्यवस्था किया जा पाना संभव हैं। ग्रामीण और दूरदराज के क्षेत्रों में वैकल्पिक संसाधनों से निश्चित और पर्याप्त मात्रा में ऊर्जा उपलब्ध कराए जाने के लिए कदम उठाए जाने की आवश्यकता है।

समझौता तो ठीक लेकिन बिजली कब मिलेगी

परमाणु ऊर्जा के क्षेत्र में भारत–अमेरिकी समझौते पर हस्ताक्षर होने के साथ ही भारत और दुनिया के बीच परमाणु क्षेत्र में कारोबार का मार्ग प्रशस्त हो गया है। इससे हमें ऊर्जा का एक और संसाधन उपलब्ध हो सकेगा। यह पहलू केवल बिजली तक सीमित नहीं है। इसका दूसरा और कहीं अधिक महत्त्वपूर्ण पहलू है, उस तकनीक को आयात किए जाने की सुविधा जिसे दोहरी इस्तेमाल की तकनीक का नाम देकर भारत को आयात करने की इजाजत नहीं दी जा रही थी। इस डुएल यूज टेक्नॉलाजी कहे जाने वाली औद्योगिकी के आयात का रास्ता तो खुल गया है लेकिन क्या इसका लाभ आम लोगों तक पहुंच पाएगा। यह तकनीक उन सरकारी और निजी कंपनियों को तो उपलब्ध हो जाएगी लेकिन क्या वे इसका लाभ आम लोगों तक पहुंचाने के लिए काम करेगी। प्राइवेट कंपनियां तो मुनाफा कमाने के लिए ही काम करती हैं। लैब टू लैंड जैसी योजनाओं के क्रियान्वयन के बावजूद सरकारी क्षेत्र में किए गए अनुसंधान का लाभ आम लोगों तक पहुंचाए जाने के लिए अभी बहुत कुछ किया जाना बाकी है। इस कवायद का लाभ तभी प्राप्त हो सकेगा जब इसे प्राथमिकता के आधार पर क्रियान्वित किया जाए। वरना इस सारी प्रक्रिया का लाभ देश और देशवासियों को नहीं मिल सकेगा।

भारत–अमेरिकी समझौते को लेकर जिस तरह से चर्चा हुई है उससे लोगों के मन में आशा जगी है कि इससे हमें बिजली मिल सकेगी। यदि इन योजनाओं को समय से पूरा नहीं किया गया और उनका लाभ लोगों को नहीं मिला तो इससे उनमें उतनी ही निराशा होगी। इस स्थिति से बचे जाने की आवश्यकता है। इस स्थिति का राजनीतिक लाभ मिल सकता है वहीं इनके सफल नहीं होने के बुरे राजनीतिक परिणाम भी देखने को मिल सकते हैं। यह तर्क सही माना जा सकता है कि रातोंरात बिजलीघर नहीं लगाए जा सकते लेकिन यह भी सही नहीं है कि दुनिया में केवल अपना रुतबा बढ़ाने के लिए इस प्रकार का काम किये जाने की जरूरत नहीं थी। इसका लाभ तो तभी सामने आयेगा जब कि आम लोगों तक इसकी हिस्सेदारी हो। वह तभी होगी जब कि लोगों को बिजली मिले।

परिणाम जमीन पर दिखें तो बात बने

विशेषज्ञों का मानना है कि पर्याप्त ईंधन नहीं मिल पाने के कारण इस समय काम कर रहे बिजलीघर अपनी स्थापित उत्पादन क्षमता के आधे या एक–तिहाई उत्पादन क्षमता से काम कर पा रहे थे। ईंधन मिल जाने के कारण बाद में इनसे स्थापित क्षमता के 90 प्रतिशत तक का उत्पादन किया जा सकेगा। विशेषज्ञों की मानें तो देश में परमाणु ऊर्जा बनाने के लिए यूरेनियम थोरियम के इतने भंडार हैं कि उनसे आने वाले सालों में हजारों साल तक बिजली का उत्पादन करने की संभावना है लेकिन इसके लिए आधुनिक तकनीक और आर्थिक संसाधनों की आवश्यकता होगी। आशा की जानी चाहिए कि भारत–अमेरिकी परमाणु समझौते और उसके साथ ही भारत के दुनिया के परमाणु कारोबार से जुड़ जाने से आधुनिक तकनीक और पूंजी निवेश की कमी नहीं रहेगी। आवश्यकता इस बात की है कि यह प्रभाव यथाशीघ्र सामने दिखाई देना चाहिए। अब हमारे पास परमाणु ईंधन के आयात का अधिकार उपलब्ध है सबसे पहले इसका इस्तेमाल ईंधन आयात करने के लिए किया जाना चाहिए। इनसे राजस्थान और उत्तर प्रदेश जैसे बिजली की कमी का सामना कर रहे राज्यों को एक निर्धारित समय सीमा में राहत उपलब्ध कराई जा सकती है। आधुनिक प्रौद्योगिकी का लाभ यदि आम लोगों तक नहीं पहुंचता तो ये समझौते केवल बड़े लोगों के बीच बहस तक ही सीमित रह जाएंगे।

कल की जरूरतें कैसे पूरी होंगी

भारत के तेजी से आर्थिक विकास के साथ ऊर्जा की मांग साल दर साल बढ़ती जा रही है। आने वाले समय में मांग और पूर्ति के अंतर में साल दर साल बढ़ोतरी होने का अनुमान है। भारत की भावी ऊर्जा आवश्यकताओं के बारे में लगाए गए एक अनुमान के अनुसार 2100 में भारत की आबादी एक अरब पैंसठ करोड़ हो जाएगी। उस समय तक भारत की अर्थव्यवस्था 22000 बिलियन अमेरिकी डालर के बराबर की हो जाएगी। उस समय बिजली की उत्पादन क्षमता को 1000 गीगावाट की आवश्यकता होगी। उस से भी कुल बिजली उत्पादन का आधा हिस्सा कोयले पर आधारित होगा। एक–चौथाई के लिए प्राकृतिक गैस से बनानी होगी और बाकी एक–चौथाई के लिए परमाणु ऊर्जा और ऊर्जा के अन्य वैकल्पिक स्रोतों का इस्तेमाल किया जाना जरूरी होगा। इस समय देश में कोयले की खपत में हर साल करीब 15 प्रतिशत की बढ़ोतरी हो रही है। आने वाले समय में इस खपत के और बढ़ने के आसार हैं। कोयले का इतने बड़े पैमाने पर इस्तेमाल किये जाने से पर्यावरण पर बुरा प्रभाव पड़ेगा। अभी कोयले के इस्तेमाल से वायु और जल दोनों प्रकार का प्रदूषण हो रहा है। इसे रोका जाना होगा। इसलिए क्लीन कोल टेक्नालाजी के क्षेत्र में विकास और अनुसंधान को उच्च प्राथमिकता दी जानी जरूरी है। भारत दुनिया का चौथा सबसे बड़ा कोयले का उत्पादक है। देश की कोयला खानों में 214 बिलियन टन कोल, लिगनाइट आदि के भंडार होने का अनुमान हैं। कोयले के भंडार आम तौर पर पूर्वी भारत में हैं। उससे बिजली बनाने और दूसरे इस्तेमाल के लिए करीब एक हजार किलोमीटर दूर तक ले जाना होता है। इसके अलावा भारत में मिलने वाले कोयले में राख और मिट्टी आदि की मात्रा बहुत ज्यादा है। इसलिए उसे इस्तेमाल करने के पहले साफ करना जरूरी होता हैं। उसे इस्तेमाल के लायक बनाने के लिए आयात किए गए कोयले के साथ मिला कर तैयार करना पड़ता है।

देश के ऊर्जा संसाधनों का पता लगाना होगा

देश के खनिज तेल के भंडारों का पता लगाने का काम अभी तक पूरा नहीं किया जा सका है। ताजा अनुमानों के अनुसार देश में जहां क्रूड आयल पाए जाने की संभावना है उन बेसिन के इलाकों के करीब 40 प्रतिशत हिस्से का अभी तक विधिवत सर्वेक्षण तक नहीं किया जा सका

है। देश में जितना कच्चा तेल मिलने की संभावना का अनुमान लगाया गया है उतना यदि मिल जाए तो देश की जरूरत का सिर्फ एक दशक की आवश्यकता की पूर्ति हो सकती है। पेट्रोलियम पदार्थों का इस्तेमाल अधिकतर परिवहन क्षेत्र में होता है। परिवहन सेक्टर देश में होने वाले कुल पर्यावरण प्रदूषण का सबसे ज्यादा भागीदार है। इस पर नियंत्रण रखने के लिए वाहनों का अधिक फ्यूल एफीशियेंट और पेट्रोलियम प्रोडक्टस की बजाय ऊर्जा के वैकल्पिक साधनों जैसे फ्यूल सेल, हाईड्रोजन और बिजली से चलाने के विकल्प तलाशने होंगे। इसी प्रकार प्राकृतिक गैस हमारी ऊर्जा की बढ़ती मांग को पूरा करने में महत्त्वपूर्ण भूमिका निभा सकती है। एक अनुमान के अनुसार हमारे देश में प्राकृतिक गैस के इतने भंडार हैं कि यदि उनका इस्तेमाल किया जाए तो वर्तमान खपत की दर अगले तीस साल के लिए हमारी जरूरत को पूरा किया जा सकता है। देश में प्राकृतिक गैस की खपत में हर साल आठ प्रतिशत की दर से बढ़ोतरी हो रही है। बिजली और औद्योगिक क्षेत्र में इसकी खपत में विशेष रूप से बढ़ोतरी हो रही है। प्राकृतिक गैस का इस्तेमाल पर्यावरण प्रदूषण की दृष्टि से अपेक्षाकृत कम हानिकारक कहा जा सकता है। गैस के भंडार जमीन से करीब डेढ़ किलोमीटर की गहराई में मिलते हैं। उनका पता लगा कर गैस को बाहर निकालने और उसे उपभोक्ताओं तक पहुंचाने के लिए अनुसंधान और विकास के क्षेत्र में काम किया जाना है।

परियोजनाओं का क्रियान्वयन एक बड़ी चुनौती

केन्द्र राज्य संबंध और लाल फीताशाही इस रास्ते की सबसे बड़ी समस्या है। इसे हल किया जाना जरूरी है। इस समय देश में ऊर्जा की कमी एक बड़ी चुनौती है। अब तक इसे हल किए जाने के प्रयास सफल नहीं हो सके हैं। आई ए ई ए से समझौता एन एस जी से मंजूरी और सोवियत रूस और फ्रांस आदि देशों के साथ किए गए समझौतों के लिए किये गये प्रयासों का लाभ तभी मिलेगा जब कि बिजलीघर लग जाए और उनसे लोगों को बिजली मिलने लगे। इसके लिए लंबी दूरी तय की जानी है। इस समय सरकार के खजाने में पैसा है। दूसरे देश रिएक्टर और उनके लिए ईंधन निर्यात करने को भी तैयार हैं। अब आवश्यकता इस बात की है कि ये बिजलीघर लगें। इनके लिए जमीन की आवश्यकता

होगी। इन्हें लगाने के लिए केन्द्र और राज्य सरकारों से विभिन्न प्रकार की मंजूरी लिए जाने की आवश्यकता होगी। एक रिएक्टर को लगाने में करीब पांच साल का समय लगता है। हमारा अब तक का रिकार्ड यह रहा है कि हम एक रिएक्टर दस से चौदह साल में पूरा कर पाए हैं। इस बारे में निर्धारित किए गए लक्ष्यों को कभी भी प्राप्त करने में सफल नहीं रहे हैं। सन 2000 तक हमने इस क्षेत्र से दस गीगावाट बिजली के उत्पादन का लक्ष्य रखा था लेकिन सिर्फ 2 दशमलव दो गीगावाट का उत्पादन ही संभव हो पाया। अब 2025 तक हमने 40 गीगावाट का लक्ष्य रखा है, इसे पाने के लिए बहुत कुछ किया जाना होगा। अंतरराष्ट्रीय नियंत्रण के कारण हुई देरी को समझा जा सकता है लेकिन बाकी देरी के कारणों और परिणामों की कीमत हमें समझनी होगी। इन गलतियों से हमें सीख लेनी होगी। इन संयंत्रों आदि की सुरक्षा के महत्त्व को देखते हुए इस मामले में अधिक कटौती किए जाने की संभावना नहीं है। इसे कम कि जाने के प्रयास की आवश्यकता है। यह स्थिति सिर्फ बिजलीघरों की ही नहीं है।

योजनाओं को समय से लागू किया जाना होगा

इन्फ्रास्ट्रक्चर यानी देश के आधारभूत ढांचे के विकास से जुड़ी लगभग सभी प्रमुख योजनाओं की स्थिति यही है। सभी दावों के बावजूद इस क्षेत्र से जुड़ी लगभग सभी योजनाएं निर्धारित समय से सालों साल पीछे चलती रहती हैं। इससे देश को दोहरा नुकसान होता है। एक ओर इन योजनाओं के समय से पूरा हो जाने से उनसे देश और देशवासियों को उनका लाभ नहीं मिल पाता। वहीं इनकी लागत साल दर साल बढ़ती चली जाती है। अंततः इस बढ़ती लागत का बोझ भी सरकारी खजाने और लोगों से बढ़ी हुई दरों पर की जाने वाली वसूली से ही पूरा किया जाता है। इन योजनाओं के समय से पूरा नहीं होने के रास्ते में मुख्य बाधा लाल फीताशाही और भ्रष्टाचार है। यह दोनों कारण और परिणाम दोनों बन कर रह गए हैं जो विकास के रास्ते में सबसे बड़ी बाधा है। इस दुष्चक्र को तोड़ने के अब तक के सारे प्रयास लगभग असफल रहे हैं, नियोजित तरीके से असफल कर दिए गए हैं। इसमें देश की कीमत पर निजी राजनीतिक लाभ कमाने की राजनीतिक दलों और उनके नेताओं की भी बहुत बड़ी भूमिका रही है। इस समझौते ने यह साबित

कर दिया है कि एक लक्ष्य निर्धारित किया जाए, उसे पाने के लिए निश्चित योजना के तहत लगातार काम किया जाए तो कितनी भी बाधाएं क्यों न आएं लक्ष्य हासिल किया जा सकता है। इसी प्रकार के लक्ष्य और उसे पाने के लिए काम करने की इन्फ्रास्ट्रक्चर क्षेत्र और विकास की सभी योजनाओं के क्रियान्वयन के लिए काम किए जाने की आवश्यकता हैं। हम ऐसा नहीं कर पा रहे हैं। व्यापक आर्थिक सुधार की योजनाओं को इसी नजरिए से देखे जाने की आवश्यकता है।

विकास वोट की राजनीति न बने

1991 में जब आर्थिक सुधार शुरू किए गए थे तब भी इसी प्रकार का विरोध देखा गया था। उस समय विरोध का रास्ता अख्तियार करने वालों को इस नयी व्यवस्था का सबसे ज्यादा लाभ मिला है। उसी बाम्बे क्लब के सदस्य कहे जाने वाले नेता इसके सबसे बड़े समर्थक के रूप में उभरे हैं। रिफार्मस के लाभ आम लोगों तक पहुंचे और रिफार्मस को लोगों की भाषा में लोगों तक पहुंचाने की सबसे बड़ी आवश्यकता है। ऐसा उनकी मूल समस्याओं के समाधान के परिणाम दिखा कर आसानी से किया जा सकता है। योजनाएं बनाने और उनके लिए बजट में धन रखने की घोषणा करने से अब काम नहीं चलने वाला है। विकास की चर्चा की बजाय उनके परिणाम सामने आते हैं तब ही बात बनती है। यथास्थिति सभी को पसंद आती है। बदलाव के प्रति अज्ञात का भय सबसे बड़ी बाधा होती है। परमाणु ऊर्जा के शांति पूर्ण इस्तेमाल के लिए विश्व स्तर पर किए गए समझौते के लिए प्रयास और उनकी उपलब्धि इसका सबसे बड़ा उदाहरण कहा जा सकता है। इसके परिणाम लोगों तक पहुंचें उतनी ही बड़ी चुनौती है जितनी इस प्रयास को उसके अंत तक पहुंचाने की थी। नयी योजनाओं के क्रियान्वयन में सबसे बड़ी चुनौती यह है कि इन योजनाओं के क्रियान्वयन से जिन पर सीधा कुप्रभाव पड़ता है उन्हें विश्वास में नहीं लिया जाता, उनके पुनर्वास को उतनी प्राथमिकता नहीं मिल पाती जिसके कि वास्तविक हकदार हैं क्योंकि उन्हें अपना घर–बार, परिवार, समाज और सबसे बड़ी अपनी जड़ों से अलग होना पड़ता है। इसलिए पुनर्वास को केवल आर्थिक नजरिए से ही नहीं पारिवारिक, सामाजिक संदर्भों में भी देखे जाने की आवश्यकता है। यही नहीं पुनर्वास की नीतियों को जिस तरह से लागू किया जाता है उससे असली हकदार को उसका लाभ मिल पाने की बजाय बिचौलिये मलाई मार

लेते हैं और नेताओं को विरोध का मौका मिल जाता है और टी आर पी और मार्केट पाने के लिए मीडिया उसे उचित से ज्यादा अनुचित हवा देने में भूमिका निभाती है। नेता और मीडिया की भूमिका का दुश्चक्र नेता अफसर और ठेकेदार की तिकड़ी की ही तरह निजी लाभ के लिए विकास की योजनाओं को लागू होने के रास्ते में एक बड़ी बाधा बन जाता है, इससे बचना और निपटना जरूरी है। वरना इसकी बहुत बड़ी कीमत हम सब को चुकानी पड़ रही है और पड़ेगी।

बिजली कटौती इतिहास की बात हो

विभिन्न सरकारी संगठनों से बिजलीघरों की स्थापना के लिए ली जाने वाली मंजूरियों में ही दो से तीन साल का समय लग जाता है। इसमें कमी किए जाने की पर्याप्त संभावनाएं हैं। सिंगल विंडो क्लियरेंस की व्यवस्था कर के ऐसा किया जा सकता है। अब तक का अनुभव यही बताता है कि ऐसा हो नहीं पा रहा है। इसलिए इन व्यवस्थाओं में इस तरह के बदलाव लाए जाने की आवश्यकता है कि मंजूरी आदि की प्रक्रिया को कम से कम समय में पूरा किया जा सके। सूचना प्रौद्योगिकी का इस्तेमाल इस काम में एक बड़ी सहायता कर सकता है। ऐसा किया जाना इसलिए जरूरी है क्योंकि बिजली की मांग दिनोंदिन बढ़ रही है और मांग और पूर्ति का अंतर रोजाना बढ़ता जा रहा है। नए बिजलीघरों से बिजली मिलने में जितनी देरी होगी यह अंतर उतना ही बढ़ता जाएगा। मांग और पूर्ति के अंतर के कारण घरों में लोगों को बिजली नहीं मिल पाएगी और न ही कल–कारखानों में पूरी क्षमता से काम किया जा सकेगा। इसलिए इन बिजलीघरों की स्थापना को सर्वोच्च प्राथमिकता दिए जाने की आवश्यकता होगी। एक निश्चित समय सीमा में उन्हें चालू किया जाना सुनिश्चित किया जाना जरूरी होगा। इसके लिए देश के कानूनों में बदलाव किया जाना होगा। उसके आधार पर नियम और उपनियमों को बदला जाना होगा और फिर इन योजनाओं को लागू किया जाना होगा। इसके लिए केन्द्र और राज्य सरकारों के बीच बेहतर तालमेल सुनिश्चित किया जाना होगा। सरकार ने समग्र ऊर्जा नीति बना कर इस दिशा में पहल की है लेकिन केवल नीति बनाना ही पर्याप्त नहीं होगा। नीतियां बनाने में हम बहुत आगे रहते हैं लेकिन प्रगति का वास्तविक पैमाना तो परिणाम होता है वह भी आंकड़ों में नहीं बल्कि घरों में सड़कों पर, कल–कारखानों में बिजली आ रही है कि नहीं।

हमें बिजली की कटौती की बजाय बिजली क्यों गई और उसके लिए क्या किया जाए, पर विचार करना होगा। हमें देश में उपलब्ध ऊर्जा के सभी संसधानों को समग्र रूप से अधिकतम इस्तेमाल सुनिश्चित करना होगा।

महत्त्वपूर्ण पड़ाव लेकिन अभी लंबी दूरी तय करनी है

भारत की परमाणु यात्रा का यह एक बहुत महत्त्वपूर्ण पड़ाव है। यहां से देश को प्रगति के रास्ते पर बहुत तेजी से आगे जाने का रास्ता खुल गया है। 1948 में हमारे संविधान सभा के सदस्यों ने इसके महत्त्व को पहचाना था और इसके लिए काम करना शुरू किया था। साठ साल के बाद आज फिर वैसी ही स्थिति आ गई है। क्या हम अपने को उन दूरद्रष्टाओं के हकदार संतान के रूप में साबित कर पाएंगे, यह आने वाला वक्त बताएगा। उनके पास हमारी तरह न संसाधन थे और न सुविधाएं, उन्होंने ऊर्जा के इस संसाधन और विकास में इसके महत्त्व को पहचाना था। उसके लिए काम भी किया था। क्या हम वैसा कर पाएंगे? क्या उनकी उम्मीदों पर खरे उतर पाएंगे? वे आज हमारे बीच नहीं हैं लेकिन उन्होंने जो हमें रास्ता दिखाया था और उस पर चल कर अब तक हमने जो भी हासिल किया है उसको लेकर यात्रा के अगले चरण की ओर चलना होगा। उनके सपनों को साकार करने के लिए हमें अभी दूर तक जाना है। रास्ते में अनेक चुनौतियां और बाधाएं अभी भी आएंगी। इनमें से बहुत–सी देश के अंदर की ही हैं। ऐसा नहीं है कि इन समझौतों से सारी समस्याओं का हल मिल गया है। विदेश से ईंधन मिलने की शर्तें हैं तो देश में ईंधन के लिए उपलब्ध खनिजों को निकाल पाने की अपनी समस्याएं हैं। देश की इस क्षेत्र में काम आने वाली खनिज सम्पदा छत्तीस गढ़ झारखंड, उड़ीसा और आंध्रप्रदेश की उस बेल्ट में है जहां कि आज नक्सलवाद और माओवादियों के प्रभाव क्षेत्र में आती है। कानून व्यवस्था की स्थिति ऐसी नहीं है जहां कि आसानी से इन खनिजों को निकाला और इस्तेमाल किया जा सके। ऐसी स्थिति उत्तरी–पूर्वी भारत के मिजोरम जैसे राज्यों की है जहां से हम ईंधन के लिए कच्चा माल प्राप्त कर सकते हैं। पुनर्वास और पर्यावरण से जुड़े मसले इस पहलू को और भी उलझाते हैं। समस्या सिर्फ उत्पादन की ही नहीं वितरण की भी है। अभी भी देश में बनने वाली कुल बिजली का एक–तिहाई और उससे भी अधिक हिस्सा वितरण में बर्बाद हो जाता है। जो वितरित होता है उससे भी होने वाली पूरी आय उन कंपनियों तक नहीं पहुंच

पा रही है जो इसमें पैसा लगाती हैं। इस काम में केन्द्र सरकार से ज्यादा भूमिका राज्य सरकारों की है। वोट की राजनीति इस मामले में अभी भी एक बडी चुनौती है। उनके सपनों को साकार करने के लिए एक लंबी दूरी तय की जानी है। लंबी दूरी तय करने में वक्त तो लगता है लेकिन वक्त किसी का इंतजार नहीं करता।

8

भारत की परमाणु यात्रा : एक नजर में

1944 : मार्च

14 मार्च को डा. होमी जहांगीर भाभा ने सर दोराबजी टाटा को पत्र लिख कर भारत में परमाणु अनुसंधान के क्षेत्र मे काम करने का अनुरोध किया।

1945 : दिसम्बर

19 दिसम्बर टाटा इंस्टीट्यूट आफ फंडामेंटल रिसर्च का उद्घाटन।

अगस्त

15 अगस्त को देश आजाद हुआ।

1948 : अप्रैल

15 अप्रैल को एटामिक एनर्जी कानून पारित।

अगस्त

10 अगस्त को परमाणु ऊर्जा आयोग एटामिक एनर्जी कमीशन का गठन।

1949 : जुलाई

29 जुलाई को रेयर मिनरल सर्वे यूनिट को परमाणु ऊर्जा आयोग के अधीन लाया गया। इसे रॉ मटीरियल डिवीजन का नाम दिया गया और इसका मुख्यालय नई दिल्ली में बनाया गया। 1958 में इसे एटामिक मिनरल डिवीजन ए एम डी का नाम दिया गया। और 1974 में इसे हैदराबाद ले जाया गया। 29 जुलाई 98 को इसे एटामिक मिनरल डायरेक्टोरेट फार एक्सप्लोरेशन

एंड रिसर्च का नाम दिया गया।

1950 : अगस्त

इंडियन रेयर अर्थस लिमिटेड को परमाणु ऊर्जा आयोग के अधीन लाया गया। अब तक यह भारत सरकार और कोचीन की ट्रावनकोर सरकार के अधीन काम कर रहा था। इस संगठन को मिनरलस की रिकवरी और रेयर अर्थ कम्पाउंडस और थोरियम यूरेनियम कंसन्ट्रेट की प्रोसेसिंग का काम सौंपा गया। 1963 में इसे परमाणु ऊर्जा विभाग के तहत काम करने वाले सरकारी कारपोरेशन में बदल दिया गया।

1951 : अप्रैल

एटामिक मिनरल डिवोजन ए एम डी ने जादूगुडा बिहार अब झारखंड में यूरेनियम भंडारों का पता लगाया। दिसम्बर 1951 में इसकी खुदाई शुरू की गई।

1952 : दिसम्बर

24 दिसम्बर को केरल के अलवेयज में रेयर अर्थस प्लांट को देश को समर्पित किया गया। इसके साथ ही इस संयंत्र में रेयर अर्थ और थोरियम यूरेनियम कंसन्ट्रेट का उत्पादन शुरू हुआ।

1954 : अप्रैल

2 अप्रैल को पंडित जवाहर लाल नेहरू ने लोकसभा में भारत की परमाणु नीति के बारे में बयान दिया।

1955 : अगस्त

1 अगस्त को ट्राम्बे के थोरियम संयंत्र में उत्पादन शुरू।

1956

राजस्थान के उमरा में यूरेनियम का पता लगा।

1956 : अगस्त

4 अगस्त को ट्राम्बे मुंबई में एशिया के पहले रिसर्च रिएक्टर अप्सरा

क्रिटिकेलिटी प्राप्त की।

1957 : जनवरी

20 जनवरी को एटामिक एनर्जी स्टेब्लिशमेंट ए ई ई टी ट्राम्बे का उद्घाटन।

अगस्त

19 अगस्त को ए ई ई टी ट्रेनिंग स्कूल ने ट्राम्बे में काम करना शुरू किया।

1959 : जनवरी

यूरेनियम मेटल प्लांट ट्राम्बे में यूरेनियम का उत्पादन शुरू।

1960 : फरवरी

ट्राम्बे में सायरस रिएक्टर के लिए पहली बार दस फ्यूल एलीमेंट तैयार किये गए।

जुलाई

40 मेगावाट क्षमता वाले सायरस रिएक्टर ने क्रिटेक्लिटी प्राप्त की। 31 अक्तूबर 2002 को इसको फिर से रिफरबरिश करके देश को समर्पित किया गया।

1961 : जनवरी

रिसर्च रिएक्टर जरलीना ने क्रिटेक्लिटी हासिल की। 1983 में इसे डिकमीशन कर दिया गया।

1962

नया परमाणु ऊर्जा कानून बनाया गया। 1948 का एटामिक एनर्जी एक्ट समाप्त कर दिया गया।

1965 : जनवरी

22 जनवरी को ट्राम्बे में प्लूटोनियम प्लांट का उदघाटन किया गया।

1967 : जनवरी

22 जनवरी को ए ई ई टी का नाम भाभा एटामिक इनर्जी रिसर्च सेंटर रखा गया।

अप्रैल

11 इलेक्ट्रानिक कारपोरेशन आफ इंडिया की हैदराबाद में स्थापना। इसे इलेक्ट्रानिक सिस्टम्स इन्स्ट्रयूमेंट्स बनाने का काम सौंपा गया।

जून

1 जून को पावर प्रोजेक्टस इंजीनियरिंग डिवीजन की स्थापना। 17 अगस्त 1984 को इसे न्यूक्लियर पॉवर बोर्ड में बदल दिया गया।

अक्तूबर

4 अक्तूबर को यूरेनियम कारपोरेशन आफ इंडिया की स्थापना। इसका मुख्यालय जादूगुडा झारखंड तब बिहार में रखा गया।

1968 : मई

1000 टन प्रतिदिन उत्पादन क्षमता वाली जादूगुडा की यूरेनियम मिल में व्यावसायिक स्तर पर उत्पादन शुरू।

नवम्बर

जादूगुडा माइन के शैफ्ट को कमीशन किया गया।

दिसम्बर

31 दिसम्बर को हैदराबाद में न्यूक्लियर फ्यूल की स्थापना।

1969 : मार्च

12 मार्च को कलपक्कम तामिलनाडु में रिएक्टर रिसर्च सेंटर ने काम करना शुरू किया। 18 दिसम्बर 1985 को इसका नाम बदल कर इंदिरा गांधी सेंटर फार एटामिक रिसर्च रखा गया।

अक्तूबर

2 अक्बूतर को तारापुर परमाणु बिजलीघर ने व्यावसायिक स्तर पर

उत्पादन शुरू किया।

1970 : सितम्बर

6 सितम्बर को इरेडिएटेड थोरियम से यूरेनियम 233 को अलग करने में सफलता मिली।

1971 : फरवरी

18 फरवरी को रिसर्च रिएक्टर पूर्णिमा 1 के लिए ट्राम्बे में प्लूटोनियम फ्यूल तैयार किया गया।

1972 : फरवरी

3 फरवरी को परमाणु ऊर्जा विभाग में सेफ्टी रिव्यू कमेटी का गठन किया गया।

फरवरी

3 फरवरी को रिसर्च रिएक्टर पूर्णिमा 1 ने क्रिटिकेलिटी हासिल की।

नवम्बर

30 नवम्बर को राजस्थान के रावत भाटा स्थित परमाणु बिजलीघर की पहली इकाई में व्यावसायिक स्तर पर उत्पादन शुरू। इस बिजलीघर की दूसरी इकाई ने 1 नवम्बर 1980 को काम करना शुरू किया।

1974

बाई प्रोडक्ट रिकवरी प्लांट यू सी आई सी ने जादूगुडा में काम करना शुरू किया।

मई

18 मई को पोखरण में पहला परमाणु विस्फोट।

1975 : मार्च

सुरदा में यूरेनियम मिनरल कन्सन्ट्रेट का व्यावसायिक स्तर पर उत्पादन शुरू हुआ।

सितम्बर

सुरदा में यूरेनियम रिकवरी प्लांट ने काम करना शुरू किया।

1977 : जून

16 जून को कलकत्ता में वैरिएबल एनर्जी सायक्लोट्रोन ने काम करना शुरू किया।

1979 : नवम्बर

18 नवम्बर को प्लूटोनियम यूरेनियम मिक्सड ऑक्साइड फ्यूल ट्रॉम्बे में तैयार किया गया।

1984

मेघालय में सैंडस्टोन टाइप के यूरेनियम भंडारों का पता चला।

जनवरी

27 जनवरी को मद्रास एटामिक पावर स्टेशन के कलपक्कम स्थित पहली इकाई ने काम करना शुरू किया। इसकी दूसरी इकाई 21 मार्च 1986 को चालू की गई।

फरवरी

19 फरवरी को सेंटर फार एडवांस टेक्नॉलाजी इंदौर का औपचारिक उद्घाटन।

मार्च

8 मार्च को फास्ट ब्रीडर रिएक्टर के लिए ट्राम्बे में प्लूटोनियम यूरेनियम मिक्स कारबाइड फ्यूल बनाया गया।

10 मई रिसर्च रिएक्टर पूर्णिमा तीन ने क्रिटिकेलिटी हासिल की।

1985 : अगस्त

8 अगस्त को 100 मेगावाट क्षमता के रिसर्च रिएक्टर ध्रुव ने क्रिटिकेलिटी हासिल की। 11 जनवरी को इसने पूरी क्षमता से काम करना शुरू किया।

1987 : सितम्बर

न्यूक्लियर पॉवर बोर्ड को न्यूक्लियर पावर कारपोरेशन आफ इंडिया लिमिटेड में बदला गया।

1989 : मार्च

12 मार्च को नरौरा एटामिक पावर हाउस की पहली इकाई ने क्रिटिकेलिटी हासिल की। 24 अक्तूबर 1991 को इसने पूरी क्षमता से काम करना शुरू कर दिया।

1990 : नवम्बर

9 नवम्बर को पूर्णिमा 3 ने क्रिटिकेलिटी हासिल की।

1992 : सितम्बर

3 सितम्बर को काकरापार एटामिक पावर हाउस की पहलो इकाई ने क्रिटिकेलिटी हासिल की।

1995

जनवरी नरवा पहाड़ खान का उद्‌घाटन।

1997

कामिनी रिएक्टर ने पूरी क्षमता से काम करना शुरू किया।

मार्च

31 मार्च को राजस्थान एटामिक पावर हाउस की पहली इकाई ने फिर से काम करना शुरू किया।

1998 : मई

11–13 मई को पोखरण में दुबारा परमाणु विस्फोट।

27 मई को राजस्थान एटामिक पावर हाउस की दूसरी इकाई को फिर से चालू किया गया।

2002 : फरवरी

12 फरवरी भारत ने सोवियत फेडरेशन के साथ कुदानकुलम में परमाणु बिजली घर लगाने का सबसे बड़ा समझौता किया।

दिसम्बर

5 दिसम्बर को भारत इंटरनेशनल थर्मो न्यूक्लियर एक्सपेरिमेंटल रिएक्टर वेंचर में शामिल। इसके अन्य सदस्यों में अमेरिका चीन यूरोपीय यूनियन जापान चीन और साउथ कोरिया शामिल।

2005 : जुलाई

18 जुलाई को जार्ज बुश और मनमोहन सिंह के बीच वाशिंगटन में हुई बातचीत के बाद दोनों देशों के बीच परमाणु ऊर्जा के असैनिक सहयोग के बारे में समझौते को मंजूरी।

2006 : मार्च

15 मार्च को अमेरिकी सांसद हेनरी हाईड और सेनेटर रिचर्ड लुगार द्वारा विधेयक संसद में रखा गया।

3 मार्च को जार्ज बुश भारत के दौरे पर आए और मनमोहन सिंह के साथ बातचीत के बाद दोनों देशों के बीच परमाणु संसाधनों के सैनिक और असैनिक इस्तेमाल की व्यवस्था के बारे में सहमति।

अगस्त

एशिया के पहले न्यूक्लियर रिएक्टर अप्सरा ने अपनी स्थापना के पचास साल पूरे किए।

दिसम्बर

8–9 दिसम्बर को अमेरिकी संसद द्वारा हाईड एक्ट को मंजूरी।

2007 : अगस्त

3 अगस्त को भारत और अमेरिका के बीच हुए समझौते 123 का प्रारूप जारी किया गया।

2008 : जुलाई

22 जुलाई को मनमोहन सिंह सरकार ने लोकसभा में बहुमत साबित किया।

7 जुलाई को मनमोहन सिंह ने आई ए ई ए में जाने के सरकार के फैसले की घोषणा की।

8 जुलाई को यू पी ए सरकार का बाहर से समर्थन कर रहे वाम मोर्चे ने सरकार से समर्थन वापस लेने के फैसले का ऐलान किया।

अगस्त

1 अगस्त को इंटरनेशनल एटामिक इनर्जी एजेंसी आई ए ई ए और भारत के बीच हुए सेफगार्डस एग्रीमेंट को मंजूरी।

सितम्बर

6 सितम्बर को न्यूक्लियर सप्लायर्स ग्रुप द्वारा भारत को नियमों में छूट।

12 सितम्बर को जार्ज बुश ने समझौते को अमरीकी संसद की मंजूरी के लिए भेजा।

अमेरिकी संसद के दोनों सदनों द्वारा भारत और अमेरिका के बीच परमाणु ऊर्जा के नागरिक उपयोग के समझौते को मंजूरी दी।

अक्तूबर

10 अक्बूतर को प्रणव मुखर्जी और कोंडीला राईस ने वाशिंगटन डी सी में समझौते पर औपचारिक दस्तखत किए।

9

दुनिया में परमाणु ऊर्जा के विकास की प्रमुख घटनाएं : एक नजर में

2008 : अक्तूबर

8 अक्तूबर को जार्ज बुश ने भारत–अमेरिकी नाभिकीय असैन्य सहयोग समझौते के बारे में अमेरिकी कांग्रेस द्वारा पारित विधेयक को मंजूरी दी।

सितम्बर

अमरीकी संसद ने विधेयक को मंजूरी दी।

6 सितम्बर को न्यूक्लियर सप्लायर्स ग्रुप द्वारा भारत को नियमों में छूट।

अगस्त

1 अगस्त को इंटरनेशनल एटामिक इनर्जी एजेंसी आई ए ई ए और भारत के बीच हुए सेफगार्डस एग्रीमेंट को मंजूरी।

मई

2–27 मई को नॉन प्रालीफिरेशन ट्रीटी एन टी पी पर हस्ताक्षर करने वाले देशों की न्यूयार्क में सातवी बैठक। इस बैठक में इस संधि के क्रियान्वयन की समीक्षा की गई।

2004 : नवम्बर

15 नवम्बर को ईरान ने फ्रांस, जर्मनी और ब्रिटेन के साथ एक समझौते पर हस्ताक्षर किए। इसके तहत ईरान ने एन्रीचमेंट और प्रोसेसिंग के क्षेत्र में आगे भी कोई काम नहीं करने का वादा किया।

मार्च

10 मार्च को लीबिया ने आई ए ई ए के साथ एडीशन प्रॉटोकोल पर दस्तखत किए।

जनवरी

6 जनवरी को लीबिया ने सी टी बी टी पर दस्तखत किए और रासायनिक हथियारों के इस्तेमाल पर रोक के समझौते पर अपनी सहमति दी।

2003 : दिसम्बर

19 दिसम्बर को लीबिया ने अपने वीपेन आफ मास डिस्ट्रक्शन कार्यक्रम को समाप्त करने और आई ए ई ए को उनके क्रियान्वयन की पुष्टि करने का अधिकार देने की घोषणा की।

दिसम्बर

18 दिसम्बर को ईरान ने आई ए ई ए के साथ एडीशनल प्रॉटोकोल पर हस्ताक्षर किए।

नवम्बर

26 नवम्बर को आई ए ई ए ने ईरान द्वारा समझौते के बावजूद गुपचुप तरीके से न्यूक्लियर गतिविधियों के जारी रखने के कारण आलोचना का प्रस्ताव पारित किया। भारत ने इस प्रस्ताव के पक्ष में मतदान किया।

सितम्बर

3–5 सितम्बर को वियना में सी टी बी टी के विधिवत लागू किए जाने की घोषणा।

जून

1 जून को ट्रीटी आन स्ट्रेटजिक आफेसिंव रिडक्शन एस ओ आर टी लागू।

मई

10 मई को उत्तरी कोरिया ने एन पी टी से अपने को अलग करने की घोषणा की।

2002 : नवम्बर

25 नवम्बर को हेग कोड आफ कंडक्ट अगेनस्ट प्रॉलीफिरेशन आफ बैलेस्टिक मिसाईल एच सी ओ सी की शुरुआत।

4 नवम्बर को क्यूबा ने नान न्यूक्लियर वीपेन स्टेट के रूप में एन पी टी पर दस्तखत किए।

जून

26–27 जून को जी 8 के शिखर सम्मेलन में वीपेन्स एंड मटीरियल आफ मास डिस्ट्रक्शन के प्रसार को रोकने के लिए विशेष सहयोग की घोषणा।

13 जून को अमेरिका ने 1972 में हुई एंटी बैलेस्टिक मिसाइल ट्रीटी ए बी एम से अपने को अलग करने की घोषणा की।

मई

24 मई को रसियन फेडरेशन और अमेरिका के बीच मास्को ट्रीटी पर हस्ताक्षर किए गए। मास्को समिट में हुई ट्रीटी आन स्ट्रेटजिक आफेन्सिव रिडक्शन्स के तहत दोनों देशों ने 31 दिसम्बर 2012 तक अपने परमाणु हथियारों की संख्या कम करके 1700–220 के बीच लाने की बात कही।

2001 : दिसम्बर

5 दिसम्बर को अमेरिका और रशियन फेडरेशन ने स्ट्रार्ट वन समझौते के अनुरूप अपने परमाणु हथियारों की संख्या में कमी की।

नवम्बर

13 नवम्बर को कम्प्रेहन्सिव टेस्ट बैन ट्रीटी सी टी बी टी के लागू किए जाने के बारे में न्यूयार्क में अंतिम घोषणा जारी की गई। भारत ने सी टी बी टी को एक तरफा और पक्षपातपूर्ण करार दिया और इस पर हस्ताक्षर करने से मना कर दिया।

2 नवम्बर को आई ए ई ए ने परमाणु आतंकवाद से निपटने के लिए एक विशेष बैठक बुलाई।

जून

18 जून को स्पेंट फ्यूल मैनेजमेंट और रेडियोएक्टिव वेस्ट मैनेजमेंट की

सुरक्षा के बारे में संयुक्त समझौता लागू किया गया।

मई

31 मई को आई एन एफ ट्रीटी की शर्तों के अनुरूप अमेरिका और रशियन फेडरेशन ने अंतिम जांच की।

10–11 मई को एन एस जी के कंस्लटेटिव ग्रुप की स्थापना की गई।

2000 : मई

4 मई को रसियन फेडरेशन ने स्टार्ट 2 को अपनी मंजूरी दी।

1999 : अक्तूबर

6–8 अक्तबूर को सी टी बी टी पर विचार करने के लिए विएना में सम्मेलन हुआ।

जुलाई

25 जुलाई को न्यूक्लियर नान प्रोलीफिरेशन एंड डिसआरमामेंट के मामले पर बने टोकियो फोरम ने अपनी रिपोर्ट जारी की।

जून

अमेरिका और रशियन फेडरेशन ने स्टार्ट 3 के बारे में बातचीत करने पर सहमत हुए।

1998 : सितम्बर

18 सितम्बर को ब्राजील ने एन टी पी पर दस्तखत किए।

अगस्त

11 अगस्त को परमाणु हथियारों के लिए फिसाइल मटीरियल के उत्पादन पर रोक लगाने के लिए संधि पर विचार के लिए तदर्थ समिति का गठन।

जून

6 जून को संयुक्त राष्ट्र सुरक्षा परिषद ने एक प्रस्ताव पास करके भारत और पाकिस्तान द्वारा परमाणु परीक्षण किए जाने की आलोचना की और इसे

परमाणु अप्रसार और डिसआरमामेंट के लिए एक खतरा बताया। इस प्रस्ताव में दोनों देशों से बिना किसी देरी या शर्त के परमाणु अप्रसार संधि पर हस्ताक्षर करने को कहा।

मई

28–30 मई को पाकिस्तान ने परमाणु बमों का परीक्षण किया।

11–13 मई को भारत ने परमाणु बमों का परीक्षण किया।

1997 : मार्च

27 मार्च को दक्षिण पूर्व एशिया का परमाणु मुक्त क्षेत्र बनाने की संधि बैंकाक ट्रीटी को अमल में लाया गया।

मई

16 मई को आई ए इ ए के बोर्ड आफ गवर्नस ने एडीशन प्रॉटोकोल के नमूने को मंजूरी दी। इसका मकसद सेफगार्डस को और अधिक मजबूत बनाना था। अभी भारत को आई ए ई ए के साथ इस पर हस्ताक्षर करने होंगे।

1996 : नवम्बर

19 नवम्बर को सी टी बी टी संगठन के तैयारी आयोग का गठन किया गया जिसका मुख्यालय वियना में होगा।

सितम्बर

24 सितम्बर को न्यूयार्क में सी टी बी टी को सदस्य देशों के हस्ताक्षर के लिए रखा गया। 71 देशों ने इस संधि पर हस्ताक्षर किए। इनमें पांच परमाणु हथियारों से लैस देश भी शामिल थे।

10 सितम्बर को संयुक्त राष्ट्र महासभा ने कम्प्रेहेंसिव न्यूक्लियर टेस्ट बैन ट्रीटी सी टी बी टी को मंजूरी दी। 158 सदस्य देशों ने इसके पक्ष में मतदान किया। तीन देशों ने इसका विरोध किया और पांच ने इस बारे में हुए मतदान में हिस्सा नहीं लिया।

अगस्त

14 अगस्त को परमाणु हथियारों को समाप्त करने के बारे में गठित

कैनबरा आयोग ने अपनी रिपोर्ट पेश की।

जुलाई

29 जुलाई को चीन ने अब और परमाणु परीक्षण नहीं करने की घोषणा की।

8 जुलाई को अंतरराष्ट्रीय न्यायालय ने परमाणु हथियारों के इस्तेमाल या उसके इस्तेमाल की धमकी के बारे में अपनी राय जारी की।

अप्रैल

19–20 अप्रैल को परमाणु सुरक्षा पर मास्को में शिखर सम्मेलन।

11 अप्रैल को अफ्रीका को परमाणु हथियार मुक्त क्षेत्र घोषित करने के लिए की जाने वाली संधि पेलिंदाबा संधि को हस्ताक्षरों के लिए पेश किया गया।

जनवरी

29 जनवरी को फ्रांस ने परमाणु परीक्षण पर रोक लगाने की घोषणा की।

1995 : दिसम्बर

15 दिसम्बर को दक्षिण पूर्व एशिया को परमाणु मुक्त क्षेत्र घोषित करने की संधि बैंकाक ट्रीटी को हस्ताक्षरों के लिए रखा गया।

9 दिसम्बर को 33 देशों ने वासेनार व्यवस्था को अपनी मंजूरी दी। इस व्यवस्था के तहत परम्परागत हथियारों और दोहरे उपयोग वाली तकनीक और साज–सामान के निर्यात पर नियंत्रण लगाने के प्रावधान किए गए थे।

अप्रैल

11 अप्रैल को एन पी टी पर दस्तखत करने वाले गैर परमाणु शस्त्रों वाले देशों की सुरक्षा आश्वासन के बारे में संयुक्त राष्ट्र सुरक्षा परिषद ने एक प्रस्ताव पारित किया।

1994 : दिसम्बर

युक्रेन ने एक ऐसे देश के रूप में एन पी टी पर दस्तखत किए जिसके पास परमाणु हथियार नहीं थे।

सितम्बर

20 सितम्बर को परमाणु सुरक्षा के लिए अंतरराष्ट्रीय समझौता वियना में हस्ताक्षरों के लिए रखा गया।

फरवरी

14 फरवरी को कजाख्तान ने एक गैर परमाणु शस्त्र वाले देश के रूप में एन पी टी पर दस्तखत किए।

सी टी बी टी पर विचार–विमर्श शुरू हुआ।

1993 : अप्रैल

1 अप्रैल एन एस जी परमाणु तकनीक के स्थानान्तरण के बारे में लंदन निर्देशों में फेरबदल किया।

फरवरी

बेलारस ने एक गैर परमाणु शस्त्र वाले देश के रूप में एन पी टी पर दस्तखत किए।

जनवरी

अमेरिका और सोवियत संघ ने अपने हथियारों में और कमी करने के बारे स्टार्ट 2 संधि पर हस्ताक्षर किए।

1992 : अगस्त

2 अगस्त को फ्रांस ने एन पी टी पर दस्तखत किए।

अप्रैल

3 अप्रैल को एन एस जी ने वारसा में हुई एक बैठक में अपने नियमों में बदलाव कर के निर्यात की व्यवस्थाओं को और कड़ा किया।

मार्च

9 मार्च को चीन ने एन पी टी पर हस्ताक्षर किए।

1991 : सितम्बर-अक्तूबर

अमेरिका और सोवियत संघ ने अपने परमाणु हथियारों के जखीरे में कमी करने की घोषणा की।

जुलाई

31 जुलाई को अमेरिका और सोवियत संघ के बीच परमाणु हथियारों में कमी करने के लिए स्टार्ट 1 संधि पर हस्ताक्षर। इस समझौते के तहत दोनों देशों ने अपने दस से ग्यारह हजार हथियारों में कमी करके उन्हें नौ से दस हजार के स्तर पर लाने का समझौता किया।

18 जुलाई को अर्जेंटाइना और ब्राजील ने परमाणु सामग्री के नियंत्रण के लिए एक एजेंसी का गठन किया।

10 जुलाई को दक्षिण अफ्रीका ने अपने परमाणु हथियार कार्यक्रमों को रद्द किया और एक परमाणु हथियार न रखने वाले देश के रूप में नान प्रोलीफिरेशन ट्रीटी पर हस्ताक्षर किए।

जनवरी

7–18 जनवरी को न्यूयार्क में वातावरण अंतरिक्ष और पानी के अंदर परमाणु विस्फोट करने पर रोक लगाने वाली संधि पर दस्तखत करने वाले देशों का एक सम्मेलन हुआ। इस सम्मेलन में इस संधि में फेरबदल किए जाने पर विचार किया गया।

1990 : जून

अमेरिका और सोवियत संघ के बीच 1974 की थ्रेशहोल्ड टेस्ट बैन ट्रीटी और 1976 की पीसफुल न्यूक्लियर एक्सप्लोजनस ट्रीटी की जांच के लिए समझौते पर हस्ताक्षर किए।

1987 : दिसम्बर

अमेरिका और सोवियत संघ के बीच इंटरमीडिएट रेंज और शार्ट रेंज की मिसाइलों को समाप्त करने के बारे में आई एन एफ ट्रीटी पर दस्तखत किए गए।

नवम्बर

30 नवम्बर को संयुक्त राष्ट्र की आम सभा ने सेक्रेटरी जनरल से सदस्य राष्ट्रों द्वारा किए गए परमाणु परीक्षणों की जानकारी सदन को दिए जाने की व्यवस्था करने को कहा।

अप्रैल

16 अप्रैल को सात औद्योगिक देशों द्वारा मिसाइल टेक्नालॉजी कंट्राल रिजीम की स्थापना। इसके तहत मिसाइल से संबधित संवेदनशील तकनीक के हस्तांतरण को नियंत्रित करने की व्यवस्था की गई।

मार्च-अप्रैल

23–10 मार्च–अप्रैल को परमाणु ऊर्जा के शांतिपूर्ण इस्तेमाल को बढ़ावा देने के लिए जिनेवा में संयुक्त राष्ट्र सम्मेलन।

1985 : अगस्त-सितम्बर

27– 21 अगस्त–सितम्बर को एन टी पी पर विचार करने के लिए जिनेवा में तीसरा सम्मेलन।

6 सितम्बर को साउथ पैसफिक क्षेत्र को परमाणु मुक्त क्षेत्र घोषित करने के लिए रारोटोंगा संधि को हस्ताक्षरों के लिए रखा गया।

1982 : जून-जुलाई

निशस्त्रीकरण पर संयुक्त राष्ट्र महासभा का विशेष अधिवेशन न्यूयार्क में।

1980 : अगस्त-सितम्बर

एन पी टी पर विचार करने के लिए जिनेवा में दूसरा सम्मेलन।

1979 : जून

18 जून को अमेरिका और सोवियत संघ के बीच परमाणु हथियारों को कम करने के लिए साल्ट 2 संधि पर हस्ताक्षर।

1978 : मई-जून

संयुक्त राष्ट्र महासभा का निशस्त्रीकरण पर पहला सम्मेलन।

1977 : सितम्बर

न्यूक्लियर सप्लायर्स ग्रुप या लंदन क्लब के नाम से पुकारे जाने वाले 15 देशों ने परमाणु साज–सामान के निर्यात की शर्तों गाइड लाइन्स को मंजूरी दी।

1976 : मई

28 मई को अमेरिका और सोवियत संघ के बीच शांतिपूर्ण उपयोग के लिए भूमिगत परमाणु परीक्षण करने पर किए गए समझौते पीसफुल न्यूक्लियर एक्सप्लोजन ट्रीटी पर हस्ताक्षर किए गए।

1975 : मई

जेनेवा में एन पी टी की पहली समीक्षा बैठक।

1974 : जुलाई

3 जुलाई को अमेरिका और सोवियत संघ के बीच जमीन के अंदर शांतिपूर्ण कार्यों के लिए परमाणु विस्फोट करने को सीमित करने के लिए संधि पर हस्ताक्षर।

18 जुलाई को भारत द्वारा पोखरण में पहला शांतिपूर्ण परम।णु विस्फोट बुद्धा स्माइल्ड।

1972 : मई

26 मई को अमेरिका और सोवियत संघ के बीच परमाणु हथियारों के विकास पर रोक लगाने के लिए समझौता साल्ट 1।

1971 : फरवरी

11 फरवरी को समुद्र की तलहटी में परमाणु हथियारों को रखने पर रोक लगाने वाली संधि सी बेड ट्रीटी हस्ताक्षरों के लिए रखी गई।

1970 : मार्च

एन पी टी लागू। संधि पर हस्ताक्षर करने वाले देशों के लिए आई ए ई ए के सेफगार्ड व्यवस्था की स्थापना।

1968 : सितम्बर

16 सितम्बर को आई ए ई ए ने अपने सेफगार्ड सिस्टम में संशोधन किया।

जुलाई

1 जुलाई को ट्रीटी आन नान प्रालीफरेशन आफ न्यूक्लियर वीपन्स एन पी टी लंदन मास्को और वाशिंगटन में हस्ताक्षरों के लिए रखी गई।

अप्रैल

5 अप्रैल को लोकसभा में परमाणु अप्रसार संधि एन पी टी पर चर्चा हुई। प्रधानमंत्री श्रीमती इंदिरा गांधी ने इस संधि के बारे में भारत के पक्ष से अवगत कराया।

1 जनवरी

यूरोपियन एटामिक एनर्जी कम्युनिटी यूरोटम की स्थापना की संधि लागू।

1967 : फरवरी

14 फरवरी को लैटिन अमेरिकी और कैरेबिनयन देशों में परमाणु हथियारों पर रोक की संधि द ट्रीटी आफ ट्लैटिलोलको को मैक्सिको में दस्तखत के लिए रखा गया। यह पहला मौका था जब कि किसी घने बसे इलाके को परमाणु हथियारों से मुक्त रखने का फैसला किया गया था। इस संधि को लागू करने के काम पर नजर रखने के लिए एक एजेंसी ओपना।ल का भी गठन करने की व्यवस्था की गई।

जनवरी

अंतरिक्ष को परमाणु हथियारों से दूर रखने के लिए की जाने वाली संधि हस्ताक्षरों के लिए रखी गई।

1965

आई ए ई ए ने सेफगार्डस सिस्टम में संशोधन किया।

नवम्बर

19 नवम्बर को भारत सहित आठ गुटनिरपेक्ष देशों की ओर से संयुक्त राष्ट्र महासभा में रखा गया एक प्रस्ताव पारित किया गया जिसमें अप्रसार संधि के बारे में पांच सिद्धान्तों को आधार बनाने की बात कही गई थी।

सितम्बर

24 सितम्बर को सोवियत संघ ने संयुक्त राष्ट्र महासभा में परमाणु हथियारों के प्रसार पर रोक लगाने के लिए एक प्रस्ताव पेश किया।

अगस्त

17 अगस्त को अमेरिका की ओर से निशस्त्रीकरण के बारे में गठित 18 सदस्यीय समिति के समक्ष परमाणु हथियारों के प्रसार को रोकने के लिए एक संधि का मसौदा पेश किया।

1964 : अक्तूबर

चीन ने पहले परमाणु बम का विस्फोट किया।

1963 : अगस्त

5 अगस्त को पार्शियल टेस्ट बैन ट्रीटी सी टी बी टी पर सोवियत संघ ब्रिटेन और अमेरिका ने हस्ताक्षर किए। वातावरण अंतरिक्ष और पानी के अंदर परमाणु विस्फोट पर रोक लगाने वाली इस संधि को 8 अगस्त को मास्को, लंदन और वाशिंगटन में दस्तखतों के लिए रखा गया।

1961

आई ए ई ए ने पहली बार सेफगार्ड व्यवस्था की स्थापना की।

1960 : दिसम्बर

20 दिसम्बर को आयरलैंड के अनुरोध पर संयुक्त राष्ट्र महासभा ने एक प्रस्ताव पारित करके ऐसे कदम उठाने को कहा जिससे निशस्त्रीकरण समझौता होने तक परमाणु प्रसार पर अस्थायी रोक लग सके।

1957

अंतरराष्ट्रीय परमाणु ऊर्जा ऐजेंसी आई ए ई ए कानून अमल में आया। आई ए ई ए का उद्देश्य परमाणु ऊर्जा के शांतिपूर्ण उपयोग को फैसिलेट करना था। उसे यह भी सुनिश्चित करना था कि उसकी सहायता से बनने वाली व्यवस्था का सैनिक इस्तेमाल नहीं हो सके।

मार्च

25 मार्च को यूरोपियन एटामिक इनर्जी कम्युनिटी यूरोएटम की स्थापना की संधि पर रोम में हस्ताक्षर किए गए।

1956 : अक्तूबर

26 अक्तूबर को इंटरनेशनल एटॉमिक एनर्जी एजेंसी बनाने के कानून को सदस्य देशों को हस्ताक्षरों के लिए रखा गया।

1952 : अक्तूबर

3 अक्तूबर को ब्रिटेन ने परमाणु बम का परीक्षण किया।

1949 : अगस्त

29 अगस्त को सोवियत यूनियन ने अपने पहले परमाणु बम का परीक्षण किया।

1947

भारत को आजादी मिली।

1945 : अगस्त

6–9 अगस्त को जापान के हिरोशिमा और नागासाकी शहरों पर परमाणु बम गिराए गए। लाखों हताहत।

जुलाई

16 जुलाई को अमेरिका ने पहली बार परमाणु बम का सफलतापूर्वक परीक्षण किया।

□□

www.ingramcontent.com/pod-product-compliance
Lightning Source LLC
LaVergne TN
LVHW050655051026
849532LV00002B/650

* 9 7 8 9 3 9 5 1 4 5 1 9 0 *